LES RUINES D'ISIS

ŒUVRES DE MARION ZIMMER BRADLEY
CHEZ POCKET

LA ROMANCE DE TÉNÉBREUSE

L'Atterrissage
1. La Planète aux vents de folie

Les âges du Chaos
2. Reine des orages !
3. La belle Fauconnière

Les Cent Royaumes
4. Le loup des Kilghard
5. Les héritiers d'Hammerfelf

Le Temps des Comyn
6. Redécouverte (avec Mercedes Lackey)

Les Amazones Libres
7. La chaîne brisée
8. La maison des Amazones
9. La cité mirage

L'Âge de Damon Ridenow
10. L'épée enchantée
11. La tour interdite
12. L'étoile du danger
13. La captive aux cheveux de feu

L'Âge de Regis hastur
14. Soleil sanglant
15. L'héritage d'hastur
16. Projet Jason
17. L'exil de Sharra
18. Les casseurs de mondes

CHRONIQUES DE TÉNÉBREUSE

1. Le cycle des légendes (1998)
2. Les âges du Chaos
3. Les cent royaumes
4. Les amazones libres
5. Le temps des Comyn (1999)
6. L'alliance (2000)

UNITÉ

1. Chasses sur la lune rouge
2. Les survivants
3. Les ruines d'Isis

Les voix de l'espace G.T.S.-F.
Les trois amazones (avec André Norton & Julian May)

SCIENCE-FICTION

Collection dirigée par Jacques Goimard

MARION ZIMMER BRADLEY

UNITÉ

LES RUINES D'ISIS

POCKET

Titre original :
The Ruins of Isis

traduit de l'anglais
par Simone Hilling

Si vous souhaitez recevoir régulièrement
notre zine « **Rendez-vous ailleurs** », écrivez-nous à :

« Rendez-vous ailleurs »
Service promo Pocket
12, avenue d'Italie
75627 PARIS Cedex 13

PRESSECO

PAPIER RECYCLÉ
NATURE PROTÉGÉE

ISBN : 2-266-06603-X

Je ne suis qu'un homme
Je n'ai pas ma place au Paradis.
Deux fois j'ai goûté le bonheur
Et deux fois il me fut ravi;
D'abord quand j'ai quitté le ventre de ma mère,
Puis quand de sa maison je fus chassé.

Quand j'en aurai fini avec la vie
La Déesse acceptera-t-elle
De me serrer tendrement sur son cœur?

Chant
de la Maison des Hommes
d'Ariane.

I

Le pilote de la navette était une femme. Cendri y était préparée – intellectuellement – mais elle éprouva un choc en présence de la réalité : petite femme musclée, cheveux courts, bandeau de tissu métallisé autour des seins, second bandeau, plus large, autour des hanches, et petit badge écarlate épinglé sur la bretelle. L'observatrice en Cendri, l'anthropologue qu'elle était, se demanda automatiquement : *Uniforme ? insigne de grade ? Je ne savais pas qu'elles avaient un service spatial; elles ont si peu de contacts avec l'Unité.*

Cendri avait envie de se cramponner à la main de Dal, tout en sachant très bien qu'en cet instant de son arrivée officielle dans le Matriarcat d'Isis / Cendrillon, c'était la chose à éviter à tout prix.

Le pilote attendait, haussant les sourcils.

– Dame Savante Malocq ?

Cendri se ressaisit. Heureusement, la pilote devait présumer que le transfert de l'astronef de l'Unité par le transittube l'avait désorientée, la laissant incapable de parler. Cendri sut qu'était venu le moment de vérité – *de vérité ?* Le moment, plutôt, où elle devait commencer à jouer son personnage. Elle dit, se raidissant pour faire ce mensonge :

– Je suis la Dame Savante Malocq.

Grave et solennelle, la pilote fit le geste cérémonieux – mains jointes à hauteur du visage – qui, sur toutes les planètes de l'Unité, était le salut universel et le témoignage de respect. Cendri se demanda qui le lui avait enseigné.

– Bienvenue au Matriarcat d'Isis, Dame Savante.

De nouveau, avec détachement, Cendri prit mentalement des notes. *Elles n'utilisent pas le nom de Cendrillon.* Elle ne s'attendait pas vraiment à ce qu'elles s'en servent, même si les archives de l'Unité et d'Université mentionnaient toujours la planète sous le double nom d'Isis / Cendrillon.

– Et voici, sans doute, l'époux et Compagnon de la Dame Savante ? dit la pilote, jetant à Dal un regard froid, impersonnel, clinique, comme s'il n'était qu'un sac ou une valise.

Cendri acquiesça. Elle et Dal en plaisantaient depuis des mois ; cela leur avait semblé une innocente imposture, une formalité, un détail technique sans importance. Ils avaient ri ensemble de la rigidité des lois du Matriarcat d'Isis / Cendrillon. Mais devant le regard indifférent et glacé de la jeune femme, cela avait brusquement cessé d'être drôle. Dal était derrière elle, où elle ne pouvait pas rencontrer son regard, même pour se rassurer momentanément dans la plaisanterie partagée.

– Oui, dit-elle. Il s'appelle...

Mais la pilote n'écoutait pas.

– La Dame Savante sait sans doute que l'importation de mâles d'outre-planète est techniquement une infraction aux lois du Matriarcat. Comme la Dame Savante le sait, des concessions ont été faites par égard pour son statut respecté de Dame Savante d'Université. Mais certaines formalités demeurent. Je dois remplir une déclaration au nom de la Dame Savante. A-t-il un tatouage de propriétaire ? demanda-t-elle, sortant un formulaire et de quoi écrire.

– A-t-il un... *quoi* ?

Dissimulant son impatience, la pilote répéta :
– Un tatouage de propriétaire, ou une marque au fer rouge, bref un signe indélébile indiquant qu'il est votre bien et votre responsabilité. Ma connaissance de la langue de la Dame Savante est-elle insuffisante ? La Dame Savante désire-t-elle que je fasse venir une Traductrice Officielle ?
– Non, merci, dit Cendri d'une voix mourante. Le... le terme ne m'est pas familier, c'est tout. Non, Dal n'est pas... tatoué ni marqué au fer rouge. Ce n'est pas notre... notre coutume de défigurer les mâles.
La jeune femme haussa les épaules avec indifférence.
– Comme je l'ai dit à la Dame Savante, des concessions ont été faites par égard pour son statut respecté, par intervention spéciale de la Pro-Matriarche, en tant que courtoisie diplomatique.
Sans modifier son ton inexpressif et courtois, elle parvint à faire entendre qu'à son avis ces concessions étaient une erreur. Cendri se demanda si elle était hypersensible. Joignant cérémonieusement les mains devant son visage, elle murmura qu'elle appréciait la courtoisie de la Pro-Matriarche, tout en se demandant qui ça pouvait bien être.
– Néanmoins, comme la Dame Savante le comprend certainement, nous ne pouvons pas la dispenser, même dans un but diplomatique, de la déclaration de responsabilité officielle et d'une forme quelconque d'identification permanente, dit la jeune pilote. Si vous le désirez, je peux convoquer un chirurgien mâle qui pourra le marquer ou le tatouer dès notre atterrissage. Le processus est rapide et très humain, et les marques peuvent être soit cachées, soit ornementales, selon le bon plaisir de la Dame Savante.
Cendri battit des paupières, regarda Dal, déroutée, mais – comme on le lui avait soigneusement enseigné – il regardait droit devant lui, feignant de

ne pas entendre. Elle ne pouvait absolument pas le consulter. Elle ne s'était pas préparée à cette formalité d'identification. Elle déglutit avec effort, et dit, avec une fermeté qu'elle était loin de ressentir :

– Nous n'avons pas été informés de cette exigence, et nous ne pouvons pas y satisfaire. Puisque nous n'avons pas l'intention de nous établir définitivement sur Isis / Cendrillon, il n'est pas désirable qu'il soit marqué ou fer ou tatoué.

Qu'est-ce que je vais faire si elle insiste ? Bluffer, menacer de repartir immédiatement à Université ?

La pilote haussa les sourcils et Cendri réalisa qu'elle avait commis une erreur en utilisant le double nom d'Isis / Cendrillon.

– Dans ce cas, Dame Savante, nous devons nous mettre d'accord sur une marque temporaire quelconque. Il peut porter une agrafe d'oreille ou un collier d'identité gravés à son nom, mais la méthode la plus efficace est un implant testiculaire électronique sous-cutané. C'est un excellent appareil pédagogique et disciplinaire pour un mâle non habitué à la contrainte civilisée, car cela permet de le localiser et de le contrôler en permanence.

Les implications de ce dernier procédé l'horrifièrent, mais elle parvint à rester impassible et à parler avec calme.

– Non, ce serait excessif.

– Je félicite la Dame Savante de sa confiance, dit la pilote avec indifférence. Si elle accepte de se contenter d'une agrafe d'oreille ou d'un collier...

– Un collier sera tout à fait suffisant, je crois, dit Cendri, sans oser regarder Dal.

Une fois de plus, elle admira le courage de son mari, et la curiosité scientifique qui lui avait fait accepter cette situation de subordonné.

– ... Dans ce cas, nous pouvons nous dispenser d'un chirurgien mâle, dit le pilote. Je suis autorisée à poser moi-même les agrafes d'oreille ; je l'ai fait bien souvent et je peux vous assurer que la douleur est très fugitive, si la Dame Savante désire cette sécurité supplémentaire.

Cendri secoua la tête, et la pilote, bien que dubitative, acquiesça.

– Je suis également équipée d'un collier d'identité diplomatique, dit-elle.

D'une poche suspendue à sa ceinture, elle sortit une plaque d'identité attachée à une mince chaîne métallique, la boucla autour du cou de Dal, y grava un numéro à l'aide d'un crayon au carbure.

– Bien entendu, la Dame Savante est légalement responsable de tout dommage causé par son bien. La Dame Savante a-t-elle bien compris qu'il est passible d'exécution sommaire s'il devait attaquer une citoyenne du Matriarcat ?

Comment nous sommes-nous laissé entraîner dans cette galère ? se demanda Cendri, prise de vertige. Mais il était trop tard pour reculer. Quelle idée ridicule – que Dal soit un dangereux animal, susceptible d'attaquer une citoyenne et d'être exécuté pour ça ! La voix de la pilote était neutre, plaisante même, mais elle sembla à Cendri pleine d'une sinistre menace.

– La Dame Savante signera-t-elle le formulaire de responsabilité légale ?

– Certainement, dit Cendri, s'efforçant de raffermir sa voix et griffonnant son nom sur la feuille. Elle nota au passage l'antique coutume de la signature. A Université, elle aurait simplement présenté son numéro d'identité de Savante. Mais elle était à des années-lumière d'Université, et très en dehors de l'Unité elle-même.

Ces formalités terminées, la pilote la gratifia enfin d'un sourire.

– Maintenant, nous pouvons partir, Dame Savante. Je vais signaler à l'astronef de l'Unité que je quitterai son orbite dans quelques minutes.

Efficace, elle rangea les bagages de Cendri dans des compartiments spéciaux, lui indiqua une couchette capitonnée, une ceinture, un harnais. Cendri hésita avant de s'y installer, jetant à Dal un regard anxieux. La pilote haussa les épaules.

– Si la Dame Savante s'inquiète pour son Compagnon – elle peut le mettre dans ce siège et le caler avec des couvertures. Mais je ne m'inquiéterais pas, si j'étais vous. Quelques bleus et bosses ne leur font pas grand mal, vous savez. Ils ne ressentent pas les choses comme nous. C'est un fait scientifiquement établi, Dame Savante, et nous avons des règlements très humains pour éviter que les mâles ne se blessent.

Cendri ravala sa salive, et cala soigneusement Dal sur la couchette indiquée.

– Le voyage sera rude, j'en ai peur, murmura-t-elle.

Ce genre de navette n'était pas très confortable, même avec les harnais adéquats. Sans eux, elle aimait mieux ne pas penser à ce que serait la sortie de l'astronef de l'Unité, et la longue décélération dans l'atmosphère d'Isis / Cendrillon.

Dal sourit, et ce sourire lui redonna du courage. Il dit, tout bas, pour ne pas être entendu de la pilote qui s'installait sur sa couche d'accélération :

– Relaxe, ma chérie. On savait tout ça avant d'accepter de venir. Jusque-là, je tiens le coup. Les navettes de Pionnier n'étaient pas douces non plus, rappelle-toi ! C'est seulement quand les femmes ont commencé à partir hors-planète que nous avons pris la peine d'installer des couches dans les navettes.

Il glousse doucement, et la pilote lui lança un regard irrité par-dessus ses épaules nues. Exactement, pensa Cendri, comme agacée par un aboiement de chien.

Oui, exactement comme ça...

Cendri s'allongea sur sa couchette, disposant soigneusement les coussins et attachant les harnais. Dal avait raison, bien sûr. Il avait grandi sur Pionnier, et chez les hommes de Pionnier, l'endurance aux épreuves était considérée comme un test de courage et de virilité. Il avait l'habitude.

Mais il n'en a plus l'habitude maintenant...

Elle se reprocha sa nervosité. Dal l'avait assurée que tout irait bien. La pilote se retourna brièvement pour vérifier que sa passagère était prête, puis elle parla dans une U-com, à l'évidence demandant le feu vert à l'astronef de l'Unité et au port d'Isis. Puis elle dit :

– Préparez-vous, Dame Savante. La première poussée est puissante. Après ça, les roquettes de freinage entreront en action au bout de trois secondes, puis nous resterons approximativement quatre minutes en chute libre avant de commencer la décélération pour l'atterrissage. Dans un peu moins de quatorze minutes, nous atterrirons dans la cité d'Ariane.

Comme on l'en avait avertie, l'accélération fut puissante à la sortie de l'astronef. Angoissée à l'idée que Dal n'avait pas de harnais, Cendri fut prise de vertige et de violentes nausées au renversement des sensations, qui empirèrent avec l'apesanteur de la chute libre. La pilote, apparemment indifférente à ces tribulations, se concentrait sur sa tâche en sifflotant.

Cendri se mordit les lèvres, et pensa, non pour la première fois : *Je ne tiendrai jamais le coup. Pas même avec l'aide de Dal. Jamais. Peut-être que l'Unité a raison de ne pas donner ce genre de mission à des femmes. Je sais que celle-là sera catastrophique !*

Ce sera dur pour Dal si j'échoue – et peut-être pire si je réussis. Sur Pionnier, les femmes ne sont jamais des Savantes. Et aucune femme de Pionnier n'a jamais obtenu le titre de Dame Savante dans l'histoire d'Université !

Cendri et Dal s'étaient rencontrés sur Université, le monde réservé aux études et à la recherche, où étaient rassemblées toutes les connaissances de toutes les planètes connues de l'Unité. A l'époque,

Cendri était déjà une Savante, alors que Dal n'était encore qu'un Etudiant. D'abord – elle le savait – cette différence avait intrigué le jeune homme de Pionnier. Le monde de Cendri ne considérait pas l'instruction comme quelque chose d'exceptionnel chez une femme, et il y avait eu quelques Dames Savantes originaires de sa planète natale, Beta Capella. Surtout en pédagogie et en linguistique, mais ce n'était pas vraiment rare pour une femme d'exceller dans les sciences sociales. Elle avait été surprise qu'il la courtise. Elle était, elle le savait, la première femme de sa connaissance qui fût intellectuellement son égale. Elle était flattée qu'il se soit tourné vers elle, plutôt que vers un homme, pour l'aider à se repérer dans le nouveau monde déconcertant d'Université. Et aussi, au premier abord, flattée qu'il place leurs rapports sur le plan intellectuel, de Savant à Savante, plutôt que d'homme à femme. Plus tard, quand il avait commencé à lui faire une cour en règle, elle l'avait presque ressentie comme un affront, tout en se sentant soulagée, comme s'il avait, en quelque sorte, confirmé sa féminité. Bientôt, la sexualité avait concurrencé leurs intérêts et goûts communs, et ils s'étaient mis à passer tant de temps ensemble qu'il leur avait semblé logique de se marier plutôt que de garder deux appartements.

Ils étaient mariés depuis un peu plus d'un an. Dal préparait son examen de Maître Savant, et Cendri savait qu'on le considérait comme l'un des Savants les plus prometteurs du Département d'Archéologie et Artefacts Extraterrestres. Il avait choisi de faire sa thèse sur les rares ruines subsistant de la race mystérieuse et encore hypothétique connue sous le nom de Bâtisseurs. Il avait posé sa candidature comme Assistant de Recherches de la Dame Savante Lurianna di Velo, et avait été accepté.

La Dame Savante di Velo était une femme d'âge très avancé, puissante, importante, auteur de nombreux ouvrages d'archéologie, controversés mais d'une érudition sans faille. Elle était considérée comme la plus haute autorité sur les artefacts extraterrestres ; mais elle était surtout célèbre parce qu'elle adhérait publiquement à la théorie très disputée, selon laquelle toute la Galaxie avait été peuplée et colonisée par une unique race d'êtres auxquels on avait donné le nom de Bâtisseurs. Dames et Maîtres Savants de toute la Galaxie attaquaient sa thèse ; mais ils ne pouvaient pas mettre en défaut son érudition ni ses états de service. Cette théorie avait acquis une certaine respectabilité uniquement parce qu'elle la défendait. Auparavant, elle était considérée comme sujette à caution, sinon franchement farfelue.

De son côté, Cendri aurait dû demander, deux ans plus tôt, une bourse de Dame Savante, mais au moment de son mariage, elle avait sollicité un congé d'une saison et l'avait obtenu. Ensuite, elle avait décidé d'attendre un peu. Le Département de Xénoanthropologie et de Culture Comparée, auquel elle appartenait, insistait pour que toutes les thèses soient le résultat d'un travail sur le terrain, et elle n'avait pas voulu se séparer de Dal si tôt après leur mariage. Dal devait partir pour sa première mission avec la Dame Savante di Velo, afin de conquérir le grade de Maître Savant, et elle espérait pouvoir l'accompagner pour se livrer en même temps à ses propres recherches.

Puis elle avait commencé à se poser des questions, à hésiter à continuer ses études. Dal était originaire de Pionnier ; il avait fait beaucoup de progrès en une génération, mais les attitudes sociales culturellement imposées changent lentement. Cela étant, un diplôme supérieur suffisait peut-être dans un couple. Il y avait toujours des travaux intéressants à faire pour une Savante, et maintenant, elle n'ambitionnait plus spécialement d'être une Dame. Elle n'était pas sûre que cela plairait à Dal.

Dal aimait bien la Dame Savante di Velo et respectait son travail. Mais à l'évidence, il acceptait difficilement l'idée qu'une femme soit sa supérieure par le statut et la situation Et il lui tardait, elle le savait, de devenir Maître Savant pour être l'égal de la Dame Savante. Il disait souvent en plaisantant – mais il l'avait dit une ou deux fois de trop pour que ce ne soit qu'une plaisanterie – *qu'est-ce qu'ils penseraient de moi sur Pionnier s'ils savaient qu'une femme me donne des ordres?*

Puis tout s'était passé très vite. Le Matriarcat d'Isis / Cendrillon avait demandé à la Dame Savante di Velo de venir examiner les antiques ruines de leur monde, qui pouvaient être ou ne pas être l'œuvre des Bâtisseurs. La Dame Savante di Velo avait considéré cette requête comme la revanche de sa longue campagne, mais Dal avait été beaucoup moins enthousiaste.

– Le Matriarcat de Cendrillon! s'était-il écrié, partagé entre le dégoût et le désespoir.

Secouée et bousculée par les mouvements de la navette passant de la chute libre à la décélération, Cendri repensa à la consternation de Dal parlant du Matriarcat.

– Une société entièrement gouvernée par les femmes. *Sharrioz!* Je n'aurais aucune chance de faire des recherches indépendantes, pas dans le Matriarcat! Je serai juste là pour servir de larbin à la di Velo! rageait-il. Et moi qui espérais obtenir mon diplôme de Maître Savant avant de partir...

Malgré la colère de Dal, Cendri ne pouvait s'empêcher d'être tout excitée.

– Le Matriarcat! Oh, Dal, si nous pouvions y aller ensemble, si je pouvais obtenir une bourse pour y faire mes recherches, il n'existe pratiquement aucune étude faite à l'intérieur d'une société matriarcale.

– C'est parce qu'il n'en existe pas dans les mondes civilisés, avait grommelé Dal. Et je l'ai déjà demandée à la Dame Savante.

Le ton ulcéré disait clairement : « Tu vois, je pense toujours à toi », et Cendri avait grimacé tout en lui étant reconnaissante.

– Le Matriarcat refuse d'autoriser toutes recherches anthropologiques sur Cendrillon, sous prétexte que c'est une société fonctionnelle, et pas une culture primitive – de sorte que tu ne pourrais pas y aller ouvertement en tant qu'anthropologue. Mais la Dame Savante a dit que tu pourrais nous accompagner ; elle va inventer pour toi un poste subalterne afin que nous ne soyons pas séparés, et peut-être que tu pourras prendre assez de notes pour en faire un compte rendu de recherches. On a si peu d'informations sur les Matriarcats fonctionnels que même quelques renseignements pourraient se révéler précieux.

Et Cendri lui avait su gré de cette miette qu'il lui jetait, jusqu'au moment où il avait ajouté, maussade :

– Enfin, si j'y vais. Je devrais refuser cette mission et me trouver un Assistanat de Recherche avec un homme qualifié.

Mais il n'avait pas eu le choix. La Dame Savante di Velo était l'unique érudite à travailler sur les Bâtisseurs, et seule sa réputation avait rendu acceptables les travaux sur ces êtres hypothétiques. Dal devait continuer à travailler avec la Dame Savante, ou recommencer ses deux dernières années de recherches sur un autre sujet – sans compter que, s'il abandonnait la Dame Savante sous un prétexte aussi futile, il ne retrouverait plus jamais un poste intéressant d'Assistant de Recherches.

La pilote regarda Cendri par-dessus son épaule nue.

– Nous allons maintenant aborder l'atmosphère, Dame Savante, dit-elle. Dans quelques minutes, vous apercevrez le rivage d'Ariane.

Cendri, luttant contre la traction de la gravité – dont elle n'avait plus l'habitude après un si long voyage dans l'astronef de l'Unité –, grimaça une fois de plus à ce titre usurpé. Elle retourna à ses souvenirs, comme pour tout mettre en ordre dans sa tête avant l'atterrissage.

Il y avait eu tous les préparatifs de départ pour Cendrillon, que le Matriarcat avait rebaptisé Isis. Leçons de langue sur cassettes, et sur le peu qu'on savait de leur culture. Cendri se rappelait tout ça, et plus encore l'inquiétude et la détresse croissantes de Dal à l'idée de cette mission, de sorte que son enthousiasme personnel lui donnait des remords. Comment pouvait-elle être si contente alors que Dal était si malheureux ?

Elle avait discuté de ce projet avec son propre Mentor de Recherches, et il lui avait donné son accord de principe – soumis à révision à son retour selon les observations qu'elle aurait pu faire sur Isis / Cendrillon – pour que cela lui soit compté comme Travail sur le Terrain.

Puis était survenu l'accident qui avait complètement modifié leurs plans. La Dame Savante Lurianna di Velo était actuellement dans un caisson amniotique du Centre Médical d'Université, attendant que lui repoussent une nouvelle main, un nouvel œil, et que se régénèrent différents organes internes. A son âge, c'était une entreprise longue et compliquée. Il avait semblé un moment que le projet Isis / Cendrillon serait abandonné, et Cendri ne savait pas si elle devait en rire ou en pleurer. Le Matriarcat avait été dûment informé de l'incident, et, après un certain délai, avait donné sa réponse. A la place de la Dame Savante di Velo, le Matriarcat accepterait volontiers la présence de son assistante, la Dame Savante Malocq.

Comme tous les érudits, Cendri était une linguiste passable ; mais elle n'avait pas fait d'études approfondies en sémantique, et n'avait tout d'abord pas compris les implications de cette réponse. Sur son monde, une femme mariée ne prenait pas le nom de son mari, et Cendri pensait toujours à elle comme à Cendri Owain, Savante Owain. Mais c'était la coutume sur Pionnier, et elle avait eu l'impression que c'était très important pour Dal. Alors, elle avait demandé, et obtenu, ses pièces d'identité au nom de Dal, Cendri Malocq.

– Tu ne comprends donc pas ? lui avait dit Dal. Dans *leur* langue, il n'y a pas de mot spécial pour différencier entre Maître Savant et Dame Savante. Le mot désignant le titulaire d'un diplôme supérieur se traduirait approximativement par Extra-Savant, mais elles disent Dame Savante parce que sur Isis / Cendrillon, *tous* les titres honorifiques sont féminins. Il ne leur est pas venu à l'idée qu'une célèbre chercheuse – et elles *savent* que di Velo est une femme, elles s'en étaient assurées – n'ait pas une femme pour assistante. De sorte qu'en envoyant le message acceptant l'assistante de Dame di Velo, elles ont naturellement utilisé l'honorifique féminin.

– Mais pourquoi ont-elles supposé...

– Je croyais que tu avais étudié le Matriarcat. L'un de leurs principes de base, c'est que tous les mondes de l'Unité sont dominés par les hommes, et qu'aucune femme assez intelligente pour être une Savante ne se soumettrait à cette domination. Elles ont donc cru que l'assistant de di Velo était une femme...

– Mais tu n'es pas... dit-elle, sans bien voir où il voulait en venir.

– Mais tu es femme, toi. Tu ne comprends donc pas ? Il y a une personne nommée Malocq qui a les titres universitaires requis. Quelle chance que tu aies adopté mon nom ! Maintenant, tu peux prendre la place de la Dame Savante...

– Je ne peux pas, Dal, protesta-t-elle. Je ne connais rien à l'archéologie...

– Mais moi, je connais, dit-il, très excité. Je te donnerai des cassettes, des cours accélérés, des disques hypno-pédagogiques – suffisamment pour donner le change ! Et je serai toujours près de toi, en qualité de *ton* Assistant de Recherche. Je ferai tout le travail, j'obtiendrai mon diplôme, et tu me serviras de paravent ! Et tu pourras faire aussi tes propres recherches, parce qu'elles t'emmèneront partout en ta qualité de dignitaire étrangère ! Quelle chance c'est pour nous deux, Cendri !

Ce n'était pas honnête vis-à-vis du Matriarcat, avait-elle protesté, mais sans conviction. La chance d'étudier sur place le Matriarcat, une mission qui lui permettrait de devenir Dame Savante sans être séparée de Dal ! Les autorités d'Université n'avaient que trop volontiers couvert cette supercherie. Après tout, c'était la première fois qu'une anthropologue était autorisée à entrer dans le Matriarcat. Et de toute façon, il aurait été difficile de trouver une remplaçante à l'iconoclaste di Velo, seule érudite de réputation acceptant d'enquêter sérieusement sur la possibilité de ruines des Bâtisseurs sur Isis.

C'est ainsi que Cendri s'était vu décerner le titre provisoire de Dame Intérimaire pour la durée de son séjour sur Isis / Cendrillon. Et voilà.

La jeune pilote prononça dans son U-com quelques phrases techniques incompréhensibles pour Cendri, puis ajouta :

– Nous sommes maintenant à une altitude de six mille Mètres Universels au-dessus du rivage d'Ariane, Dame Savante. Si la vue aérienne du port et de la côte vous intéresse, vous avez un hublot près de votre couchette. Le loquet s'ouvre vers le haut.

Cendri débloqua le loquet, et la lumière d'un soleil orange inonda l'habitacle. Etrécissant les yeux, elle vit une mer qui, à cette altitude, était d'un vert uniforme, parsemé d'îlots verdâtres et de sombres affleurements rocheux. Puis elle distingua la côte, avec des parties brunâtres dont elle savait que c'étaient des plages, séparées par des plaques de végétation noires. Dans le port et au large, elle vit des bateaux, petits comme des jouets à cette distance. Plus loin dans l'intérieur, elle vit de douces collines vallonnées, et des bandes de terre qui devaient être des champs cultivés, d'une couleur violet noirâtre.

La navette longea la côte, et Cendri aperçut de hautes formes noires aux contours aigus et réguliers disposées selon un modèle géométrique qu'elle ne put identifier.

– Ces tours... c'est la cité d'Ariane ? demanda-t-elle.

La pilote eut un geste de dénégation.

– Bien sûr que non, dit-elle. Des femmes intelligentes pourraient-elles vivre à de telles hauteurs ? Que se passerait-il quand le sol tremble ? Non. Nous survolons actuellement le territoire connu sous le nom de « Nous-Fûmes-Guidées ». A l'époque de ma grand-mère, nous disent les Anciennes, le vaisseau qui amena nos aïeules sur Isis fut guidé jusqu'à ces antiques ruines.

Dal se redressa, se dévissant le cou pour voir par le hublot de Cendri. Elle comprit ce qu'il ressentait. Elle, Cendri, voyait les ruines mystérieuses – étaient-ce les ruines des Bâtisseurs ? – qui étaient la raison de la venue de Dal sur cette planète, et Dal, emmailloté dans ses couvertures et coincé comme un paquet sur une couchette de secours, ne le pouvait pas ! Son cœur se serra, mais elle devait jouer son rôle, car déjà la pilote regardait Dal de travers par-dessus son épaule.

– Dites-lui de se rallonger et de se tenir tranquille, ou il pourrait être blessé, dit le pilote avec indifférence, et Cendri, la gorge serrée à s'étouffer, s'exécuta.

– Allonge-toi, Dal. Ce ne sera plus long maintenant.

Comme si elle parlait à un chien agaçant ; exactement comme ça. Et pourtant, c'était Dal le Savant que les Matriarches avaient demandé – mais elles ne le savaient pas !

Cendri n'avait jamais autant ressenti son imposture ; elle chercha les yeux de Dal, mais il refusa de la regarder.

Tout cela leur avait paru une bonne plaisanterie sur Université. Maintenant, cela ne semblait plus drôle.

II

Cendri avait vu bien des astroports dans l'Unité, et en général ils se ressemblaient tous. Il y régnait la confusion et le chaos, avec des hordes de passagers pressés, du personnel en uniforme partout, et toutes sortes de boutiques et de services. Par contraste, celui-ci ne ressemblait pas du tout à un astroport. Un mur bas en béton entourait un vaste terrain planté d'une épaisse végétation qui semblait douce et élastique sous les pieds, avec, ici et là, des allées tracées dans le sable, et une aire calcinée, dépourvue de toute végétation, où la navette avait atterri. Il y avait environ une demi-douzaine d'autres navettes à l'intérieur de ce vaste enclos, parquées dans un long bâtiment bas ouvert d'un côté. Au-delà du mur, on voyait des collines, grises dans la distance.

Deux autres bâtisses se dressaient à l'intérieur de l'enclos. L'une ressemblait à un immense entrepôt préfabriqué en plastique. L'autre était un édifice de bonne taille couronné d'un dôme d'où sortaient toutes sortes de girouettes, antennes et autres instruments.

Cendri et Dal étaient les seuls passagers en vue. Il n'y avait pas de trottoirs, la jeune pilote elle-même aida Cendri à descendre de la navette (Dal se débrouilla comme il pouvait) et fit signe à un grand maigre vêtu d'une sorte de pyjama blanchâtre, avec un baudrier rouge sur l'épaule, qui conduisait une petite plate-forme motorisée.

– Les bagages personnels de la Dame Savante doivent être livrés à la résidence de la Pro-Matriarche Vaniya, lui dit la pilote. Tu devras t'en assurer quand un moyen de transport sera disponible.

L'homme s'inclina sans un mot. Fixant le baudrier rouge – Cendri ne se rappelait aucun monde de l'Unité où les hommes se décoraient ainsi – Cendri intercepta un regard entre l'homme à la plate-forme, porteur quelconque apparemment, et Dal. L'homme le regarda jusqu'à ce qu'il fût certain d'avoir son attention, puis, d'une main, s'assurant qu'il n'était pas vu de la pilote, fit un geste curieux. Il leva la main droite, les quatre doigts réunis touchant le pouce ; puis, écartant lentement le pouce, il murmura quelque chose, trop bas pour que Cendri l'entende.

La jeune pilote attendait ; Cendri sursauta et la suivit précipitamment. L'anthropologue en elle commençait à prendre des notes. Naturellement, sur une planète où les femmes étaient dominantes, les hommes devaient avoir bien des sociétés secrètes et des signes de reconnaissance. Les associations masculines semblaient universelles – Cendri était trop cultivée pour penser qu'il y avait quelque chose de *vraiment* universel dans une civilisation galactique, mais c'était certainement un phénomène très répandu, et on lui avait appris que c'était un facteur majeur de cohésion sociale. C'était une des raisons pour lesquelles les planètes comme Isis / Cendrillon, avec femmes socialement dominantes, étaient extrêmement rares. En fait, elle n'en voyait que deux : Isis, où elle se trouvait actuellement, et sa planète d'origine, Perséphone. A part l'expérience malheureuse de Labrys, elle n'en voyait pas d'autre.

Dal devrait l'aider pour l'étude des groupes masculins. Si elle faisait des travaux archéologiques pour *lui*, il faudrait bien qu'il fasse quelques travaux pour *elle*. Elle suivit la pilote dans une allée, posant les pieds avec précaution. Elle ne s'attendait pas à un monde si primitif, et avait pensé qu'il y aurait au moins des trottoirs.

L'homme au baudrier avait salué Dal. Pourquoi ? Etait-ce seulement un salut universel entre mâles ?

A l'intérieur, le dôme aux instruments était divisé en aires séparées par ce qui semblait être de basses cloisons mobiles, en papier ou plastique translucide, décorées de paysages et de fleurs peints en couleurs vives, qui rappelaient des paravents. Au-delà d'une de ces cloisons, elle vit un bureau plein des consoles et de moniteurs de télévision. Elle perçut le bourdonnement sourd des machines et de conversations à voix basse. De nombreuses personnes allaient et venaient dans l'aire la plus vaste, et c'est alors que Cendri comprit ce qui lui paraissait si étrange en ce lieu.

Ce n'était pas l'absence d'immenses étendues de béton et d'innombrables gratte-ciel ; Cendri avait visité des mondes qui n'avaient pas les moyens de construire de vastes installations et où il y avait peu de voyageurs. Ce n'était pas l'absence de trafic passagers ; il existait bien des mondes où les habitants étaient contents de rester chez eux, pour des raisons psychologiques ou culturelles. Non, il y avait autre chose qui rendait ce monde complètement différent. C'était l'absence d'*uniformes*.

Deux ou trois femmes étaient vêtues comme la jeune pilote, de deux bandeaux de tissu métallisé, sur les seins et les hanches ; l'une d'elles se trouvait dans une cabine offrant un service que Cendri ne put déterminer, ne connaissant pas encore suffisamment la langue écrite pour déchiffrer l'inscription qu'elle portait ; l'autre vidait une corbeille à papier, de sorte que cette tenue ne signifiait pas « pilote de navette », ou « officier de l'astroport ». Bien des femmes allaient et venaient, se livrant à des activités non identifiables, mais jusque-là, Cendri avait vu tant de costumes différents qu'elle en avait le vertige. Beaucoup portaient une sorte de pyjama flou, permettant mal de distinguer au premier regard si le porteur était mâle ou femelle. En plus de ces pyjamas et des bandeaux de seins et de hanches (elle vit même un homme ainsi vêtu) il y avait de longues robes flottantes, certaines avec capuchon, d'autres sans ; quelques kilts s'arrêtant aux genoux et laissant la poitrine découverte (pas de tabou sexuel en ce domaine, car les femmes en portaient comme les hommes). Elle remarqua un ou deux hommes à la coiffure bouclée très recherchée, mais certaines femmes étaient également coiffées ainsi. Il semblait ne pas exister de différences spécifiques dans le vêtement des femmes et des hommes. Cendri était en pleine confusion. Comment savoir la fonction ou le statut des individus sans un uniforme quelconque indiquant ce qu'ils faisaient ? Sur l'astronef de l'Unité qui les avait amenés, on distinguait immédiatement les officiers des fonctionnaires, les stewards du personnel de service. Mais ici, tout le monde s'habillait n'importe comment, sans égard à la fonction ni même au sexe. Cendri était habituée à cela sur Université – où la plupart des gens conservaient le costume de leur planète natale, sauf dans les aires officielles - et dans les astroports où se mêlaient hommes et femmes de cultures différentes. Mais une telle diversité à l'intérieur d'un même groupe culturel était insolite. Cendri avait fait des études de terrain dans bien des sociétés, et elle ne s'en rappelait pas une seule où il n'était pas immédiatement possible de distinguer les hommes des femmes par quelque détail de vêtement, de coiffure ou de maintien.

Comment distinguent-elles les mâles des femelles ? se demanda-t-elle. Il devait exister des indices culturels qu'elle n'était pas encore capable de repérer.

Elle avait envie de poser un million de questions, regrettant de ne pas être en mission normale d'anthropologie interculturelle. Mais elle se rappelait que le Matriarcat avait mis les choses au point depuis très longtemps, dans l'une de ses rares communications à l'Unité :

« Le Matriarcat d'Isis n'est pas une société expérimentale et nous n'accepterons pas d'être étudiées par des scientifiques comme si nous étions une de ces colonies d'insectes sous globe de verre que nous donnons comme jouets à nos filles. »

Enfilant un long couloir longeant un mur du bâtiment – elle nota que lui aussi était séparé des bureaux par des parois à mi-hauteur, de ce même matériau semi-transparent, qui semblaient mobiles – elle réfléchit à ce décret.

Le Mentor de Cendri, le Dr Lakshmann, avait grommelé que c'était une attitude antiscientifique, indigne d'une société quelle qu'elle fût, ingrate et antisociale. Cendri avait protesté – elle n'était alors qu'Etudiante. Elles étaient chez elles, avait-elle dit, et elles avaient le droit d'interdire leur sol à qui elles voulaient. Lakshmann n'avait pas été convaincu. Il avait qualifié le Matriarcat de paranoïaque. Mais une société s'étant convaincue que les femmes étaient opprimées à l'intérieur d'un groupement de planètes aussi libéral que l'Unité devait forcément l'être. Cendri avait été encline à acquiescer. Après tout, les femmes étaient les égales des hommes sur Université, qui représentait la politique officielle de l'Unité dans ce qu'elle avait de plus éclairé. S'il y avait moins de Dames Savantes que de Maîtres Savants et de Savants Docteurs, c'était parce que moins de femmes se présentaient à ces examens supérieurs. Psychologiquement, avait appris Cendri, les femmes avaient moins le sens de la compétition. Cendri l'avait constaté sur elle-même après son mariage. Cendri n'avait eu aucun problème pour atteindre le grade de Savante, et les hommes reconnaissaient qu'elle était supérieure à bien des hommes de ce rang. La plupart des Savantes et des Dames Savantes étaient supérieures aux diplômés masculins de même rang. Il n'y avait pas de Savante médiocre, les Etudiantes médiocres abandonnant leurs études. Cela ne prouvait-il pas que, dans l'Unité, les femmes étaient considérées comme supérieures aux hommes ? Cendri savait qu'elle aurait elle-même obtenu le diplôme suprême si elle n'avait pas fait ce que font beaucoup de femmes, et pris un congé après son mariage. A l'évidence, l'attitude du Matriarcat était donc purement paranoïaque...

Ils étaient arrivés au bout du couloir ; la jeune pilote fit signe à Cendri d'entrer dans une petite pièce entourée des mêmes parois à mi-hauteur semi-transparentes, et répéta le salut de l'Unité, mains jointes à la hauteur du visage. Puis, avec un sourire, qui, pour la première fois, lui donna l'air de la jeune fille qu'elle était, elle dit :

– Cela fut pour moi un plaisir et un honneur, Dame Savante, que de vous escorter jusqu'à la Salle-de-réception-des-hôtes-de-marque. J'espère sincèrement vous revoir pendant le séjour dont vous honorez Isis. La Pro-Matriarche Vaniya a été informée de votre arrivée ; si vous voulez bien attendre et vous mettre à votre aise, Dame Savante, quelqu'un viendra bientôt vous accueillir de sa part. Si vous désirez des rafraîchissements, ajouta-t-elle, montrant une console contre le mur, vous obtiendrez des boissons chaudes en appuyant sur le bouton du haut, et des boissons fraîches en appuyant sur celui du bas. Quant à moi, je dois malheureusement regagner mon poste. La Dame Savante m'autorise-t-elle à prendre congé ?

– Certainement, et merci beaucoup de votre accueil.

La jeune pilote s'éloigna.

Il n'y avait pas de meubles dans la Salle-de-réception-des-hôtes-de-marque, mais quelques coussins rebondis éparpillés sur le sol recouvert d'une douce moquette de couleur neutre. Cendri s'approcha des parois pour les examiner ; elle pensait que les paysages étaient imprimés, mais ils étaient peints à la main, quoique maladroitement.

– Eh bien, quel effet ça te fait d'être une V.I.P., Cendri ? dit Dal derrière elle.

Elle en fut aussitôt contrite. Elle avait presque oublié son mari !

– Oh, chéri, je suis désolée ! dit-elle vivement. C'est toi qui aurais dû être reçu ainsi – c'est terrible, n'est-ce pas ? Elle s'est montrée abominablement grossière. Elle t'a traité comme un chien !

Dal éclata de rire, et Cendri en fut soulagée. Ils parviendraient à assumer la situation si Dal continuait à la prendre à la plaisanterie. Car, franchement, elle ne voyait pas comment elle pourrait la supporter autrement.

– J'ai l'impression que les hommes sont traités plus ou moins comme des chiens. Mais même il y a cinq cents ans sur Pionnier, nous n'avons jamais tatoué ou marqué les femmes au fer rouge, et nous ne les obligions pas à porter des badges de propriété ! gloussa-t-il en tripotant son collier d'identité. Je suppose qu'un monde de femmes est porté aux excès.

– C'est incontestable, dit Cendri avec indignation. Je crois que je ne vais pas me plaire ici, Dal !

– C'est heureux ! On m'a beaucoup plaisanté au Département d'Archéologie, disant que tu allais prendre goût à cette vie, et que, si j'avais la moindre cervelle, je ne lâcherais jamais ma femme dans un monde où elle pourrait se rendre compte de ce qu'est la vie avec des femmes au sommet... des blagues de ce genre. Je leur ai dit que tu étais raisonnable et que je te faisais confiance, mais quand même... tous ces abrutis trouvaient ça comique ! dit-il, branlant du chef. Dans les semaines précédant notre départ, j'étais la risée de tout le Département !

– Oh, Dal, j'en suis désolée... Tu aurais dû me dire...

– Tu n'aurais rien pu y faire, mon amour. Je leur ai dit aussi que, de toute façon, j'accepterais de me déguiser en femme s'il le fallait, avec rondeurs en plastique, pour avoir l'occasion d'étudier les ruines des Bâtisseurs, et par moments, je crois presque que je parlais sérieusement, termina-t-il en riant.

Soudain, elle se souvint.

– Dal, le porteur, l'homme au baudrier rouge qui a pris nos bagages, il t'a fait un signe, qui ressemblait à un code, à un signe de reconnaissance...

– Oh, ça ! dit Dal. Oui, j'ai remarqué.

– Qu'est-ce qu'il t'a dit ? Je n'ai pas entendu.

– Il a dit *Nous ne sommes pas nés dans les chaînes*, répondit Dal. Ce doit être un genre de confrérie religieuse. Un peu comme les Khorists de Bételgeuse Neuf qui saluaient tout le monde en disant : *L'Infini c'est la Paix*, tu te souviens ? Bien sûr, c'est plus dans tes cordes que dans les miennes ; je ne sais pas grand-chose sur les sous-cultures, les sous-groupes et les trucs de ce genre. Et vraiment, ça ne me manque pas, termina-t-il en souriant.

– J'ai pensé qu'il s'agissait peut-être d'une société secrète masculine, dit-elle pensivement, mais maintenant... je me demande si ce n'est pas un mouvement clandestin de résistance contre le gouvernement ou quelque chose dans ce genre...

Dal eut l'air mal l'aise.

– Allons, Cendri, les organisations de ce type sont très secrètes, et ils n'iraient pas débiter des slogans révolutionnaires à un parfait étranger !

Cendri fronça les sourcils. Des slogans révolutionnaires ? C'est vrai, se dit-elle, *Nous ne sommes pas nés dans les chaînes* pouvait passer pour un slogan révolutionnaire dans une société où les hommes étaient tatoués ou marqués au fer rouge, et étaient légalement la propriété des femmes. Elle n'avait pas pensé à cela. Mais Dal avait certainement raison ; si *c'était* un slogan révolutionnaire, l'homme ne s'en servirait pas pour saluer un parfait étranger, et encore moins un homme d'outre-planète !

– Il faudra que je découvre comment vivent les hommes dans cette société... commença-t-elle quand elle se sentit soudain très lasse et incapable de continuer. Si nous buvions quelque chose ? proposa-t-elle, se dirigeant vers la console. Froid ou chaud, Dal ?

– Froid, dit-il, mais je crois qu'une boisson chaude te ferait du bien, Cendri. Je vais te chercher ça.

Il l'installa sur un coussin et s'approcha de la console. Sirotant sa boisson chaude à petites gorgées, Cendri trouva que ça ressemblait à une soupe de fruits, au petit goût acidulé agréable, et, après avoir bu la moitié de son gobelet, elle se sentit assez revigorée pour s'interroger sur la boisson froide de Dal et demander à la goûter. Elle était brun foncé et avait un goût de chocolat glacé, mais, après la première gorgée elle fut tellement stimulée qu'elle commença à se demander ce qu'elle contenait. De la caféine ? Des amphétamines ? Les drogues mondaines variaient beaucoup d'un monde à l'autre.

Dal s'assit près d'elle, observant les peintures des parois-paravents.

– Tu lis la langue mieux que moi ; qu'est-ce que ça veut dire ? dit-elle, montrant une inscription dans un coin.

Dal étrécit les yeux.

– C'est le nom de l'artiste, je suppose. Oui : *Peint par les... élèves*, sans doute, *de l'école réservée aux filles des pêcheuses*. Pas fameux comme peinture, mais très bon pour des écolières.

Il remua nerveusement sur son coussin.

– Je me demande jusqu'à quand on va nous faire attendre. Je trouve que ce n'est pas un traitement à infliger à une V.I.P. !

Elle haussa les épaules.

– Tout dépend de leurs attitudes culturelles envers le temps et la ponctualité. Dans certaines sociétés, notre attente serait déjà d'une longueur inexcusable, et selon le rapport entre notre statut de V.I.P. et le statut de celui désigné pour nous accueillir, notre réceptionniste officiel se traînerait à nos pieds dans la poussière ou se suiciderait. A l'autre extrême, si nous sommes dans une société très détendue vis-à-vis du temps et de la ponctualité, il est possible que personne ne se souvienne de nous avant un ou deux jours. Nous ferions donc bien de nous mettre à notre aise, car nous devrons accepter leur attitude, quelle qu'elle soit. C'est la première règle du travail sur le terrain en anthropologie – découvrir les attitudes et les tabous d'une société envers le temps, et les accepter.

Dal fronça les sourcils avec colère.

– Enfer et damnation, Cendri ! J'ai fait une remarque en passant, je n'ai pas demandé un discours sur l'anthropologie !

– Je ne discourais pas... commença Cendri, puis elle soupira. Excuse-moi, chéri. Déformation professionnelle, je suppose.

– Ça ne fait rien, dit-il, magnanime. Rappelle-toi seulement que tu n'es pas censée être anthropologue, et je crois bien que la Dame di Velo ne reconnaîtrait pas un tabou même s'il s'avançait sur elle et lui crachait dessus !

Cendri le regarda, stupéfaite.

– On ne vous donne pas des instructions à ce sujet dans ton département ? Comment pouvez-vous donc travailler sur des mondes étrangers si vous ne connaissez pas leurs tabous et leurs impératifs culturels ?

– On se débrouille, dit-il, pinçant les lèvres.

– Je t'en prie, ne nous disputons pas, soupira-t-elle.

– Il me semble que c'est toi qui me cherchais, dit-il, et elle se mordit les lèvres sans répondre.

Inutile de le provoquer. Ce séjour allait mettre

sa patience à rude épreuve. C'était déjà assez humiliant pour lui d'accepter une situation de subordonné pendant cette enquête, mais en plus, il devait maintenant porter un collier attestant qu'il était sa propriété légale. Elle devrait faire tous les efforts possibles pour ne pas ajouter à ces humiliations. Elle se pencha pour mieux voir les peintures des parois-paravents, puis se leva pour en examiner d'autres.

Brusquement, la paroi s'inclina vers elle, et tomba ; stupéfaite, perdant l'équilibre, elle se raccrocha à Dal, et ils tombèrent par terre ensemble. Il y eut un grondement, ressemblant à un lointain roulement de tonnerre ; des cris retentirent dans tout le bâtiment, avec des bruits de paravents qui s'écroulent. Choquée, se cramponnant à Dal, elle pensa : *Ce doit être un tremblement de terre !* Le distributeur de boissons vacilla sur sa base, mais ne tomba pas. *Il doit être monté sur roulettes !*

La secousse dura quelques secondes, puis cessa. Une fine poudre grisâtre tomba des pierres des murs, derrière les paravents translucides, mais les murs extérieurs avaient résisté au choc sismique. Et maintenant, Cendri comprenait l'utilité de ces parois mobiles. Des murs intérieurs rigides se seraient effondrés, et auraient été longs à rebâtir, tandis que Dal redressa la paroi tombée d'une seule main.

Une jeune femme, la poitrine barrée d'un baudrier rouge, apparut dans le trou laissé par un paravent tombé, et dit sans préambule :

– Suivez-moi immédiatement. Il y aura peut-être des répliques et le bâtiment doit être évacué.

Dal aida Cendri à se relever. Rencontrant le regard stupéfait de la femme au baudrier, Cendri s'écarta de lui aussitôt. Ils la suivirent vivement dans un couloir encombré de parois effondrées, dont certaines éventrées ou éclatées, puis elles sortirent à l'air libre et s'arrêtèrent sur une vaste pelouse.

– Vous êtes la Savante d'Université ? dit la femme.

Cendri acquiesça.

– Excusez mon ignorance des courtoisies diplomatiques, reprit vivement la femme, mais vous devez rester là. Je dois retourner m'assurer que toutes les femmes enceintes et toutes les visiteuses ont quitté le bâtiment. Si vous voulez bien attendre ici, je vous enverrai quelqu'un dès que possible.

Elle s'éloigna en hâte, jetant un regard troublé par-dessus son épaule.

– Quelle réception ! dit Dal, branlant du chef. Tu crois que ça arrive souvent ? Tu as remarqué que tous les équipements lourds sont montés sur roues ?

– J'ai remarqué, dit-elle. Il semble que tout soit prévu en cas de tremblement de terre. Je crois me rappeler...

Elle fronça les sourcils. Avant de venir, elle avait lu – parcouru, plutôt – tout ce qu'elle avait pu trouver sur Isis / Cendrillon. La planète alors connue sous le nom de Cendrillon avait été déclarée impropre à la colonisation, et si elle était activement sismique, c'était bien compréhensible. Pourtant, c'était la seule qui avait été disponible pour le Matriarcat. Les femmes semblaient avoir inventé des méthodes sophistiquées pour lutter contre les tremblements de terre – parois intérieures légères, équipements lourds sur roues, et Cendri aurait parié qu'elles avaient des tabous concernant les feux non surveillés ! En ce moment même, des flammes montaient d'un coin du bâtiment, et elle voyait des gens courir en criant et en traînant des tuyaux montés sur des chariots motorisés. Les techniques de lutte contre le feu paraissaient rapides et efficaces.

– Cendri ! dit Dal, sifflant entre ses dents de surprise. Ce sont des femmes qui combattent l'incendie !

– Dal, nous sommes dans un Matriarcat...

– Mais pour les gros travaux manuels, les travaux dangereux... Les hommes sont physiquement plus forts, et il serait normal que ces tâches leur reviennent, non ?

– C'est ce que j'aurais pensé, mais nous n'en savons rien. Je n'en parlerais pas si j'étais toi.

– De toute façon, si j'en parlais je suppose que personne ne m'écouterait ! dit-il avec humeur.

Des femmes, en épais vêtements protecteurs, découpaient les parois déchirées et les traînaient dehors, où elles pouvaient brûler sans surveillance. Il y avait de la fumée noire, comme si des fils électriques avaient pris feu, mais ils furent rapidement éteints. Brusquement, tout fut fini. Des femmes au visage barbouillé de suie enroulèrent les tuyaux et les emportèrent sur leurs chariots motorisés, et les gens qui avaient évacué les bâtiments commencèrent à y rentrer. Quelques femmes continuèrent à arroser le hangar ouvert et les navettes pour empêcher qu'une étincelle ne mette le feu au carburant et aux appareils.

Cendri se demanda si leurs bagages étaient en sécurité. Ils avaient apporté beaucoup de documentation, de livres, de cassettes, d'appareils enregistreurs. Devait-elle aller se renseigner ? Mais quand Dal exprima aussi ses inquiétudes, elle hésita.

– On nous a dit d'attendre ici, qu'on nous enverrait quelqu'un. D'ailleurs, regarde, je crois que quelqu'un arrive. Cette femme nous désigne du doigt – tu la vois ?

La femme qu'elle lui montrait était l'une des dernières sorties du bâtiment en feu, et faisait sans doute partie de celles chargées d'assurer la sécurité du matériel. Elle montrait Cendri et Dal à une jeune femme en ample pyjama bleu ciel, avec un chapeau de soleil à large bord et une longue tresse noire lui tombant dans le dos. La femme dit quelques mots à son informatrice, puis se hâta vers Cendri et Dal. Quand elle fut assez près, Cendri réalisa qu'elle était très jeune – plus jeune que Cendri elle-même –, qu'elle était enceinte et sans doute pas loin d'accoucher.

Elle s'arrêta à quelque distance.

– Dame Savante Malocq ? dit-elle avec hésitation.

Cendri s'identifia de la façon la plus neutre possible. Tant qu'elle n'en saurait pas plus sur leurs coutumes, elle pouvait violer l'étiquette en faisant pratiquement n'importe quoi. Ne *rien* faire était peut-être aussi un manquement aux usages, mais les péchés par omission étaient généralement moins graves que les autres, dans toutes les cultures. Dal, remarqua-t-elle – qui n'avait pas subi un entraînement intensif concernant le protocole interculturel – s'était déjà incliné, mais les yeux de la femme ne s'attardèrent pas sur lui un seul instant.

– Je suis Miranda, troisième fille de la Pro-Matriarche Vaniya, dit-elle. Ma vénérable Mère m'a demandé de venir vous accueillir et de vous escorter personnellement jusqu'à notre maison. Ainsi que vous pouvez le constater, dit-elle, montrant nerveusement les gens qui s'affairaient autour du bâtiment dont sortaient encore quelques volutes de fumée, nous avons eu quelques ennuis. Et comme le tremblement de terre a aussi été ressenti en ville, la Pro-Matriarche n'a pas eu le loisir de venir vous accueillir elle-même. Elle m'a envoyée à sa place, en vous suppliant d'excuser cette impolitesse apparente.

Cendri fit le salut en usage dans l'Unité, mains jointes à hauteur du visage.

– La Pro-Matriarche me fait beaucoup d'honneur, Dame Miranda.

– C'est plutôt vous qui nous faites honneur, Dame Savante, dit Miranda. Une voiture et un chauffeur nous attendent dehors, si mon hôte honorée veut bien me suivre.

Cendri la suivit, plissant légèrement le front. Quelque chose l'intriguait.

Ses manières sont trop cérémonieuses. Elles ne concordent pas avec ce que j'ai vu jusque-là : l'absence d'uniformes, la désinvolture avec laquelle tout semble se faire. Pourtant, elle m'a accueillie comme si le protocole de l'Unité lui était familier.

Elle aurait voulu pouvoir en discuter avec Dal ; mais la façon dont la pilote et Miranda l'avaient ignoré constituaient des avertissements. Accorder trop d'attention à Dal en public pouvait nuire à son propre statut. Elle calma ses remords en se promettant d'en parler longuement avec lui dès qu'ils seraient seuls.

S'en souciera-t-il seulement ? Il est archéologue, et se moque de leurs structures sociales et de leurs coutumes... Elle pensa soudain que c'était une bonne chose qu'elle soit venue à la place de Dame di Velo, qui n'aurait pas su comment se comporter dans cette société inhabituelle et délicatement structurée. Et pourtant, n'était cet accident, elle n'aurait jamais été autorisée à venir. Elle se dit qu'elle pouvait être reconnaissante à Dal d'avoir imaginé le stratagème qui l'avait amenée ici, mais au lieu de cela, elle se surprit à nourrir à son égard un ressentiment si intense qu'il la secoua jusqu'au tréfonds.

– ... honorable Dame Savante ?

– Je suis désolée, dit Cendri, se ressaisissant avec effort. Je crains d'avoir été distraite. Que me disiez-vous, Dame Miranda ?

– Votre Compagnon, dit-elle sans regarder Dal, peut voyager à côté du chauffeur s'il le désire. Je suppose qu'il est doux et obéissant ?

– Très, dit Cendri, sans oser regarder Dal.

– Alors, dites-lui, je vous prie, de monter à l'avant dans le compartiment réservé aux bagages...

Elle s'interrompit, regardant avec étonnement Dal qui montait avant que Cendri ne traduise.

– Comprend-il vraiment notre langue ?

– Mon Compagnon, Dame Miranda, dit Cendri avec ironie, est aussi un Savant sur Université.

Surprise, Miranda haussa les sourcils mais ne répondit rien.

Le chauffeur était une femme, trapue et grisonnante, vêtue de grossier tissu noir. D'un geste désinvolte, elle fit comprendre à Dal qu'il pouvait se tasser par terre à côté des bagages, dans le compartiment avoisinant le levier de vitesse. Cendri, pour sa part, fut cérémonieusement installée dans l'habitacle en forme de boîte, moquetté et capitonné. Cendri pensa qu'elles n'auraient pas eu à se serrer beaucoup pour faire place à Dal, mais elle ne savait pas si cela violerait un tabou ou un autre. Sa curiosité de plus en plus excitée, elle avait envie de poser d'innombrables questions qui n'avaient rien à voir avec sa mission officielle.

Elle dit plutôt, tandis que Miranda s'installait lourdement – sa grossesse approchait de son terme – sur les coussins :

– J'espère que le tremblement de terre n'a pas causé trop de dégâts.

– Très peu, dit Miranda. La directrice d'une équipe de peinture a été contusionnée par un véhicule entré en collision avec un mur, mais aucune de ses subordonnées n'a été blessée ; une femme des Transmissions, qui est restée un peu trop longtemps à son poste pour diffuser des avertissements aux localités de la côte, a respiré des vapeurs provenant de la combustion des fils électriques ; mais elle se remettra. Une autre a eu la cheville cassée par un conteneur d'ordures qui lui est tombé dessus. Et naturellement, il y a des douzaines de parois mobiles à réparer et repeindre, mais c'est un travail réservé aux enfants de la cité. En fait, elles sont toujours ravies d'avoir à confectionner ces paravents pour les endroits publics, de sorte que nos écolières seront contentes.

– Ces tremblements de terre sont-ils fréquents ?

– Très, malheureusement, dit Miranda. Mais ne vous inquiétez pas, Dame Savante, ajouta-t-elle vivement pour la rassurer. Vous serez logée dans la maison de la Pro-Matriarche, près des ruines de Nous-Fûmes-Guidées, où la terre ne tremble jamais, car ceux qui les ont construites protègent le sol.

Intéressant. La société qui les avait construites – que ce fût ou non les hypothétiques Bâtisseurs – devait donc posséder les connaissances techniques nécessaires pour ériger la cité loin des lignes tectoniques de stress. Quand même peu probable qu'il s'agisse des Bâtisseurs. Les ruines étaient beaucoup plus anciennes que la colonie Isis / Cendrillon, créée moins de soixante-dix ans standard auparavant, mais certainement pas assez anciennes pour être l'œuvre des mystérieux Bâtisseurs qui avaient censément peuplé la Galaxie des millénaires avant toute race connue. Aucune technologie survivante n'aurait permis à une société de prédire le stress tectonique et l'activité sismique – ou leur absence – quelques milliers d'années à l'avance.

Et d'après ce que Miranda avait dit de la protection qu'accordaient au sol les constructeurs des ruines, le site était manifestement l'objet d'une vénération quasi religieuse. Elle avait envie d'en savoir plus ! Elle voulait tout savoir sur cette culture !

Ruines des Bâtisseurs ! Bâtisseurs ! Qui pouvait se soucier d'une race préhistorique, qui n'était peut-être même pas humaine, quand toute l'Unité et même toute la Galaxie fourmillaient de cultures vivantes et fonctionnelles à étudier ! De nouveau, elle éprouva un sentiment de frustration. Ces femmes du Matriarcat voulaient-elles tenir tout le monde à l'écart de leur société jusqu'à ce qu'elle soit morte et doive être étudiée comme celle des Bâtisseurs, à partir d'indices presque imperceptibles laissés par leurs rares artefacts impérissables ?

Non que le Matriarcat dût laisser beaucoup d'artefacts impérissables à étudier dans quelques millions d'années, se dit-elle, regardant à travers le plastique transparent de la portière. A première vue, la cité était une longue succession de maisons basses et régulières, construites en ce qui semblait une sorte d'adobe lissée et décorée de peintures aux couleurs vives dont la qualité variait tant que Cendri soupçonna leurs auteurs d'être non des peintres professionnels, mais les habitants de ces demeures.

Les maisons étaient disposées en groupes de tailles variables, dans des jardins ressemblant à des parcs. La voiture avançait tranquillement dans des rues étroites, où circulaient femmes, hommes et enfants, tous vêtus avec la même variété confondante qu'à l'astroport. Aucune uniformité, mais ceux qui travaillaient – un homme fixait des tissus multicolores sur un cadre de bois, une femme poussait une brouette pleine de globes verts qui pouvaient être des légumes ou des jouets – semblaient plus dénudés que ceux qui ne faisaient rien.

Le tremblement de terre n'avait pas provoqué de gros dégâts dans la cité – sans doute à cause de la construction particulière des maisons – mais il y avait partout des piles de gravats à déblayer, et des gens qui sortaient des parois mobiles à réparer. Un groupe d'homme travaillait dans une excavation dont, à l'évidence, le plafond s'était effondré.

Il y avait des enfants partout ; au-dessous de l'âge de la puberté, ils étaient nus, ne portant que chapeau et sandales, et paraissaient bronzés et en bonne santé. Les plus âgés travaillaient aux côtés des adultes à réparer les dégâts consécutifs au tremblement de terre. Les petits se consacraient à des jeux, qui, pour l'observateur non informé, ressemblaient à des rondes interminables. Pourtant, un groupe de fillettes, accroupies dans un bac à sable, jouaient avec des pierres plates, et quelques pré-ados sautaient à la corde.

Le jour s'avançait, et le soleil déclinant éclaira une longue maison blanche entourée d'arbustes ornementaux.

– Vous arrivez en un moment douloureux, Dame Savante, dit Miranda. Cette maison est la Résidence de la Grande Matriarche d'Isis, et aussi le Temple de la Déesse. C'est elle qui avait pris l'initiative de votre venue – ou plutôt de la Dame Savante di Velo ; mais à l'heure actuelle, notre bien-aimée Matriarche est dans le coma et mourante.

Cendri ne savait pas ce qu'il convenait de répondre, ni s'il valait mieux se taire. Selon l'attitude d'une société envers la mort, une telle situation pouvait appeler des condoléances – ou des félicitations.

– Je suis désolée d'arriver en un moment importun, répondit-elle prudemment.

– Je crains que vous n'en soyez la première importunée, Dame Savante, dit Miranda, tortillant le bout de sa longue tresse. Car si notre Mère et Prêtresse devait mourir sans avoir désigné sa remplaçante, il pourrait s'écouler beaucoup de temps avant que nous sachions qui héritera de sa charge, de son anneau et de sa robe. Toutes les activités seraient arrêtées jusqu'à ce que nous ayons consulté les Enquêteurs. Les vôtres, aussi, j'en ai peur, jusqu'à ce que nous ayons résolu les différends entre les deux Pro-Matriarches – ma mère Vaniya, et sa consœur Mahala. Ces différends sont nombreux, à ce que dit ma mère, et remontent à l'époque où, enfants, elles se chamaillaient dans leurs jeux sur notre planète-mère de Perséphone.

Cendri fut troublée de ces paroles. L'éthique des sociologues et des anthropologues leur interdisait de prendre parti entre des factions rivales sur quelque monde que ce fût. Etait-ce donc indiqué qu'elle soit logée chez l'une des deux postulantes ? Enfin, supposa-t-elle, tout avait été décidé bien avant son arrivée, ce que confirma Miranda.

– Personnellement, je ne sais rien de la politique ni de leurs nombreux différends et rivalités, dit-elle. Je suis la fille loyale de ma mère, quels que soient ses défauts et ses qualités aux yeux des autres. Et le dernier jour où la Grande Matriarche a parlé de façon cohérente, m'a dit ma mère, elle a confirmé que vous deviez loger dans notre maison, si proche des ruines de Nous-Fûmes-Guidées qu'on les voit du premier étage et qu'une courte promenade le long de la côte permet de s'y rendre. Il semblait à la Grande Matriarche que c'était l'endroit le plus propice à votre travail. Naturellement, la Pro-Matriarche Mahala était furieuse, en partie parce qu'elle hait ma mère, comme je vous l'ai dit, et en partie parce qu'elle était vexée de ne pas avoir été choisie pour vous recevoir. Mais il faut dire que, depuis qu'elle est sur Isis, la Pro-Matriarche Mahala a mis un point d'honneur à afficher son incrédulité concernant les Bâtisseurs...

– Vous croyez donc à leur existence ? dit Cendri.

– Oh oui, dit Mahala, et j'ai souvent communiqué avec eux. Mais Mahala est une de ces femmes qui ne croient en rien à moins que cela ne se conforme à certaines règles qu'elle a inventées. Alors, elle dit que nos contacts avec les Bâtisseurs ne sont que sottise et superstition. Elle n'a pas examiné les preuves, vous comprenez. A mon avis, elle est stupide.

Il fallut un moment à Cendri pour digérer l'incroyable déclaration. *Des communications ? Avec les Bâtisseurs ?* Stupéfaite du ton pratique de Miranda, elle dut se rappeler fermement que les Bâtisseurs – s'ils avaient seulement existé, ce dont doutaient la plupart des scientifiques réputés – avaient quitté leurs ruines deux millions d'années auparavant ! La déclaration de Miranda devait avoir une interprétation symbolique ou religieuse ! Et elle ne pouvait même pas s'en informer tant qu'elle ne savait pas avec précision quel poids avait la religion dans cette société !

Elle ressentit une intense frustration, mais remarqua d'un ton neutre :

– Cette proximité des ruines facilitera grandement notre travail, en effet. C'est très attentionné de la part de la Grande Matriarche.

– C'est une décision qui lui a demandé du courage, dit Miranda, mais maintenant, elle ne servira sans doute à rien... selon, bien entendu, celle qui sera nommé Grande Matriarche à sa place. Au stade où nous en sommes, sa mort pourrait anéantir toute son œuvre : elle croyait depuis longtemps que nous devrions avoir davantage de contacts avec l'Unité, mais elle a dû attendre bien des années avant que le moment soit mûr pour ce geste d'ouverture : l'invitation de la Dame Savante di Velo à explorer les ruines. Il y en a encore qui redoutent tous contacts avec les mondes dominés par les hommes. Elles pensent que cela ne pourrait que contaminer notre société...

Elle s'interrompit, tripotant nerveusement sa tresse.

– Je vous en prie, reprit-elle d'un ton anxieux, ma mère m'a dit de ne pas vous offenser, puisque vous venez d'un monde dominé par les hommes – et il y en a qui disent que vous n'aurez rien à nous apporter à part des tentations... Je ne m'exprime pas très bien, conclut-elle avec un sourire hésitant.

Toujours d'un ton neutre, car il fallait éviter à tout prix de contester publiquement le postulat sur lequel reposait leur société, Cendri répondit :

– Les mondes de l'Unité ne sont pas dominés par les mâles, Dame Miranda. Oh, voilà quelques siècles, sur des mondes tels que Pionnier et Apollon, il existait certaines... iniquités. Mais on peut dire que, sur la plupart des mondes de l'Unité, les hommes et les femmes sont égaux.

Miranda haussa les sourcils, l'air sceptique.

– Je ne suis pas assez bien informée pour vous répondre intelligemment, Dame Savante. Mais c'est contraire à tout ce que je sais.

– Et je ne pourrais jamais vous convaincre, dit Cendri en souriant. Le plus simple serait que votre monde envoie – elle hésita, formulant prudemment sa pensée – nous envoie quelques-unes de ses meilleures étudiantes, qui se rendraient compte par elles-mêmes qu'elles sont traitées en égales des hommes et uniquement acceptées sur la base de leurs talents individuels et de leurs aptitudes à l'étude.

Miranda éclata de rire.

– Le fait même que les hommes puissent étudier révèle à la fois préjugé et iniquité. C'est un fait biologique, prouvé depuis longtemps par des savantes impartiales, que le cerveau des hommes est en moyenne plus petit que celui des femmes, que les filles sont plus grandes et plus lourdes à la puberté, et naturellement, qu'*après* la puberté, les mâles sont tellement esclaves de leurs pulsions sexuelles qu'il est impossible de les éduquer. Bien sûr les *enfants* mâles peuvent être instruits, si l'on s'y prend bien. Mais c'est seulement dans des sociétés dominées par les mâles qu'on accepte la possibilité de véritable érudition chez des adultes mâles fonctionnels.

Cendri se rappela fermement qu'elle n'était pas là pour défendre l'Unité ou le monde d'Université.

– Je suis sûre qu'il en est ainsi selon votre expérience, Dame Miranda, mais je vous assure que nous avons de nombreux Savants sur Université.

Miranda hocha la tête, et, au bout d'un moment, Cendri se rendit compte que Miranda ménageait sa susceptibilité, qu'elle se taisait ainsi par politesse et diplomatie.

– On vous a appris à penser ainsi, Dame Savante, et vous n'avez jamais eu l'occasion, j'en suis sûre, de faire des recherches sans préjugés culturels.

Cendri eut envie de rire, car c'était exactement ce qu'elle aurait voulu dire à Miranda.

– Espérons donc que le jour viendra, Dame Miranda, où les érudites d'Isis pourront en juger par elles-mêmes.

Miranda lui rendit spontanément son sourire.

– Je souhaite que ce soit possible ! On en a parlé, vous savez, dans les conseils de la Grande Matriarche disant que nous devrions envoyer des étudiantes sur Université, faire davantage de commerce avec l'Unité, partager nos problèmes avec d'autres mondes ; nous avons besoin de connaissances supplémentaires sur la technologie des nappes phréatiques, la culture des terres arides et l'écologie pélagique. La Grande Matriarche croyait aussi que nous avions une responsabilité envers les femmes de l'Unité, que nous devrions leur montrer une société fonctionnelle saine, car tant qu'elles n'auront pas vu notre exemple, elles ne pourront pas le suivre. Mais ici, trop de femmes sont paranoïaques sur ce sujet ! Elles croient encore – ou, dans le cas de certaines politiciennes, feignent de croire – que l'Unité attend le moment propice pour nous re-coloniser, nous réimposer la domination des mâles, comme ils l'ont fait sur notre colonie de Labrys...

Elle fit une pause, et reprit en regardant Cendri :

– Vous connaissez l'histoire ?

– Je sais seulement que la colonie de Labrys a été détruite. D'après la version officielle, un gouvernement trop zélé a mal calculé la vitesse à laquelle leur Soleil se transformerait en Nova, et a évacué les femmes sur une planète à l'orbite instable. Il y a peu d'archives ; la plupart de celles qui subsistent parlent d'une colossale bévue bureaucratique, pour laquelle l'Unité a payé une lourde indemnité. Mais les indemnités ne remplacent pas les vies humaines, naturellement, et il n'est pas surprenant que certaines parlent d'un complot contre le Matriarcat.

– C'est effectivement ce qu'on dit, répondit gravement Miranda. Et il y en a qui m'accusent de traîtrise parce que j'ai dit que, personnellement, j'aimerais aller étudier sur Université...

– J'espère que vous le pourrez un jour, dit Cendri.

– J'aimerais voir d'autres mondes, dit Miranda avec entrain. Je n'ai pas peur des mondes dominés par les mâles. Je... de nouveau, elle éclata de rire, je défie tout mâle de jamais me dominer !

Elle avait une assurance inébranlable, et Cendri trouva cela incongru chez cette jeune femme jolie, délicate et enceinte. Si elle avait été sur son monde natal, elle lui aurait répondu : *Il y a beaucoup d'hommes qui voudraient s'y essayer, ma chère, et vous trouveriez peut-être cela agréable si vous acceptiez de jouer honnêtement le jeu ! En certains domaines, la domination masculine n'est pas si déplaisante !* Miranda était enceinte, elle devait bien l'avoir découvert ! Mais bien sûr, Cendri ne pouvait pas parler ainsi, alors elle se contenta de se féliciter que Miranda fût d'humeur bavarde – qu'elle supposait typique d'un monde de femmes – et l'encouragea à continuer.

– Vous-même aimeriez étudier sur Université. Croyez-vous que d'autres femmes soient intéressées ?

– J'en suis sûre, dit Miranda. Beaucoup de femmes de l'Université d'Ariane se sont portées volontaires pour assister la Dame Savante d'Unité dans ses travaux, si elle les accepte. Mais d'autres craignent que ces recherches soient sacrilèges, que votre travail nous prive de l'amour et de la protection des Bâtisseurs... dit Miranda, les yeux brillants.

– De... l'amour et de la protection des Bâtisseurs ? répéta Cendri, déglutissant avec effort, certaine qu'elle se méprenait sur le sens de ces paroles.

– Oh oui ! Vous les sentirez aussi, vous êtes une femme...

Cendri battit des paupières. Comment étudier impartialement les ruines des Bâtisseurs si elles étaient l'objet d'une vénération religieuse- vénération qui, à en juger sur l'expression de Miranda, frisait l'idolâtrie.

Franchement, elle se souciait fort peu que les ruines des Bâtisseurs soient jamais explorées ou non. C'était le domaine de Dal. Quant à elle, plus longtemps l'agonie de la Grande Matriarche retarderait l'exploration des ruines, plus elle aurait de temps pour étudier la fascinante et censément impénétrable société du Matriarcat.

Le véhicule s'arrêta devant une maison plus haute que celles de la ville.

– Voici la résidence de ma mère, la Pro-Matriarche Vaniya, dit Miranda. Bienvenue chez nous, Dame Savante. Il ne faut pas avoir peur, ajouta-t-elle avec sérieux. Bien qu'elle ait un étage, elle est construite si près de Nous-Fûmes-Guidées que le sol ne tremble jamais ici, et que vous serez autant en sécurité au premier que dans les bras de la Déesse.

Je me demande, pensa Cendri, *si c'est un phénomène sismique scientifiquement observé, ou un article de foi découlant de l'amour et de la protection supposés des hypothétiques « Bâtisseurs » ?* Impossible de poser la question, elle devait simplement en prendre le risque. Après tout, les tremblements de terre pouvaient survenir n'importe où sur pratiquement tous les mondes, et elle n'avait jamais eu peur de vivre en étage ; sur Université, son petit appartement était au dix-huitième dans un immense complexe résidentiel, et l'idée d'un tremblement de terre ne l'avait jamais effleurée. Elle assura Miranda avec sérieux qu'elle n'avait pas peur, et Miranda sourit.

– Et moi, je n'ai pas peur des dangers de l'Unité dont on nous menace, Dame Savante.

Cendri, qui se préparait à descendre du véhicule, s'immobilisa, la main sur la poignée de la portière.

– Les dangers de l'Unité ? dit-elle, stupéfaite. Puis-je vous demander ce qui vous paraît dangereux ?

– La guerre, dit Miranda, soudain très grave. C'est un fait historique, Dame Savante, que toute société gouvernée par les hommes a toujours été détruite de l'intérieur par des guerres, parce que telle est la nature compétitive et agressive de l'animal mâle. C'est cela qu'elles craignent, je crois.

– Mais notre société est florissante après plus de cinq cents ans de paix, dit Cendri. Dame Miranda, je ne comprends pas du tout votre logique.

Dame Miranda sembla troublée.

– Je ne comprends rien à la politique, je vous l'ai dit. Il faudra que vous en parliez à ma mère. Venez, dit-elle, se penchant sur Cendri pour ouvrir la portière. Permettez-moi de vous faire les honneurs de notre demeure, Dame Savante.

Les genoux ankylosés, Cendri descendit lentement de la voiture, observant Dal, tout aussi raide et courbatu, et qui fronçait les sourcils comme si le trajet avait été fort déplaisant dans le compartiment dont il sortait en même temps que les bagages.

J'ai beaucoup de choses à lui dire. Quand serons-nous enfin seuls ? Je n'ose pas lui parler en public ici ! Elle sourit à Dal, d'un air encourageant, mais il évita son regard et le cœur de Cendri se serra.

C'était le début de la mission la plus complexe et difficile qu'on lui eût jamais confiée ; son premier travail de professionnelle indépendante, et non plus d'étudiante. Et elle n'était même pas libre de se concentrer dessus, parce que toute son énergie émotionnelle se focalisait sur les sentiments de Dal ! C'était justifié, certes, et elle sympathisait totalement avec Dal, mais c'était néanmoins stressant.

Une courte volée de marches – les premières qu'elle voyait sur Isis, à part celles de la Résidence-Temple de la Grande Matriarche – menait à la porte d'entrée. La pièce dans laquelle Miranda les fit entrer était spacieuse, décorée de minces draperies, et séparées en compartiments par les parois mobiles. Le sol était couvert de nattes ou de tatamis. Des poupées, des jouets, et un petit soulier abandonné à l'entrée de la pièce attestaient la présence d'enfants qu'on semblait avoir évacués à la hâte. Cendri crut entendre des voix juvéniles protester de l'interruption de leurs jeux.

Oui, que représente à leurs yeux l'Ambassadrice d'un autre monde ? Une Savante de l'Unité et sa mission ne signifient rien pour eux. Quand verrai-je ces gens tels qu'ils sont réellement et non comme ils choisissent de se présenter à moi ? Aurai-je seulement l'occasion de les voir ainsi ? Un sociologue peut se fondre dans le décor pour observer. Mais je suis ici pour servir des objectifs politiques élaborés – objectifs de l'Unité, objectifs du Matriarcat – et l'étude des ruines n'est qu'un prétexte. Ce que je suis est la preuve vivante que l'Unité n'est pas une menace pour leur mode de vie. C'est ma vraie mission, bien que l'Unité ne me l'ait pas dit. Je me demande si Dal l'a deviné ?

Dame Miranda considérait avec consternation la pièce en désordre.

– Est-il vrai que sur le monde de la Dame Savante il y a des pièces réservées aux réunions politiques et aux cérémonies ?

Elle paraissait si bouleversée que Cendri réfléchit un instant pour formuler sa réponse, afin de calmer son inquiétude.

– Chaque monde a ses propres coutumes, Dame Miranda, dit-elle enfin, et il n'existe nulle part aucune autorité pour déclarer lesquelles sont les meilleures.

Elle eut l'impression d'être pédante – cette phrase était l'épigraphe d'un manuel élémentaire d'Anthropologie Comparée – mais elle fut heureuse de voir le visage de Miranda s'éclairer.

– Excusez-moi un instant, dit Miranda. Je vais voir si ma mère peut vous recevoir.

Elle sortit vivement, les laissant seuls. Cendri regarda Dal, mais il haussa les sourcils avec indifférence et ne dit rien. Au loin – toute intimité devait être difficile dans ces pièces ouvertes à tous

– elle entendit un conciliabule à voix basse, puis Miranda reparut.

– La Dame Savante voudra-t-elle excuser ma mère ? Le tremblement de terre a causé beaucoup de dégâts au village des pêcheuses et les Pro-Matriarches ont été appelées d'urgence pour évaluer les dommages et l'aide qu'on peut apporter à ces pauvres femmes. De nombreux bateaux ont été détruits dans le port. Elle me fait dire qu'elle sera de retour au coucher du soleil, sauf urgence qui pourrait la retarder, et qu'elle se fera alors un plaisir de dîner en votre compagnie. En attendant, puis-je montrer à la Dame Savante l'appartement qui lui a été préparé ? Et s'il m'est possible de servir autrement la Dame Savante, il suffira de m'en informer.

Cendri répondit poliment qu'elle était à l'entière disposition de la Pro-Matriarche. Elle était lasse de ces discours cérémonieux qui ne faisaient pas naturel sur les lèvres de Miranda. Elle ajouta qu'elle se reposerait volontiers après les fatigues du voyage.

– Si la Dame Savante veut bien me suivre...

L'appartement était en haut de deux volées de marches ceintes d'une solide rampe, dont l'une était fermée d'une petite barrière pour empêcher les petits enfants de tomber. Elle y vit les premiers murs intérieurs solides depuis son arrivée sur Isis / Cendrillon, bien qu'ils fussent en partie masqués par les parois-paravents qui semblaient être la décoration universelle sur ce monde. Murs et paravents étaient peints de motifs apparemment faits par des enfants, car, malgré sa fatigue, Cendri, en bonne anthropologue, continuait à observer. Les enfants semblaient partout, et non pas bannis dans une partie séparée de la maison ou de la communauté. Miranda ouvrit une porte dorée et dit :

– Cet appartement a été préparé pour la Dame Savante et... et son Compagnon.

Pour la première fois, elle regarda Dal, brièvement et timidement, et Cendri eut la curieuse impression qu'elle désirait se montrer courtoise envers lui, mais sans savoir comment.

Ces femmes n'ont-elles jamais vu un homme ? se demanda Cendri avec étonnement et quelque irritation. Elles se comportent comme si elles n'avaient jamais posé les yeux sur un mâle, et c'est absurde, car il y en a partout ! Qu'est-ce que ça veut dire ?

Enfin, je ne peux pas tout comprendre après une heure ou deux...

Les murs disparaissaient entièrement sous les doubles-rideaux. Miranda lui montra comment on pouvait les ouvrir.

– Pour protéger votre intimité, ou pour laisser entrer la lumière, dit-elle, ajustant l'un d'eux d'un geste machinal afin d'éclairer la pièce tout en évitant la réverbération.

Derrière un autre rideau, elle montra une porte.

– Voilà où vous pouvez vous rafraîchir si vous le désirez. La Dame Savante n'a pas d'objections à partager la salle de bains avec son Compagnon ? Sinon, je suis chargée de vous dire qu'il y a des installations réservées aux mâles au pied de l'escalier...

– Je n'ai pas d'objections, dit vivement Cendri.

Au centre de la pièce se dressait un lit, le plus haut et étroit qu'elle eût vu de sa vie, et elle se demanda comment elle pourrait y dormir sans tomber. Miranda lui montra des penderies pour les vêtements et des étagères pour les livres – montées sur des sortes de cardans, et pourvues de braquets mobiles pour les maintenir en place, précaution raisonnable sur un monde sujet à de fréquentes secousses sismiques –, un enclos revêtu de miroirs avec un siège généreusement matelassé, et, dans une encoignure, une alcôve capitonnée pourvue de coussins rebondis lui donnant l'apparence d'un grand lit douillet.

– Quand notre Mère m'a informée que la Dame

Savante viendrait avec un Compagnon, je lui ai choisi cette chambre, pourvue d'un Coin d'Amusement.

Subrepticement, elle lança un coup d'œil à Dal, et, comprenant soudain, faillit pouffer et rougir à la fois.

Cette séparation – le haut lit étroit d'une part, et le Coin d'Amusement sybaritique de l'autre – en dit plus sur la façon dont cette société considère le sexe qu'une longue série de films érotiques ou un cycle de conférences sur les coutumes sexuelles ! Dal aussi avait compris, sa bouche frémissant aux commissures, et Cendri craignit soudain qu'il n'éclate de rire en présence de Miranda.

– Vous êtes trop bonne, Dame Miranda, dit-elle précipitamment. Tout me semble plus que confortable.

L'assurant qu'on lui apporterait bientôt ses bagages, Miranda se retourna pour partir après quelques dernières formules de politesse cérémonieuses, ajoutant que si quoi que ce fût n'était pas du goût de la Dame Savante, il fallait l'en informer.

– Nous sommes satisfaits et honorés, dit Cendri.

Elle prenait un risque en incluant Dal dans le pronom, mais en leur donnant une chambre dotée d'un Coin d'Amusement, elles avaient au moins tacitement reconnu son existence !

– Nous ne vous demandons qu'une chose, ajouta-t-elle. Si nous faisons quoi que ce soit de contraire à vos coutumes, sachez que ce sera par ignorance et non dans l'intention de vous offenser.

C'était la première fois qu'elle avait l'occasion de placer le petit discours rituel prévu pour les contacts avec les sociétés étrangères, et, au cours des ans, elle en était venue à le considérer comme un cliché, si banal et stéréotypé qu'il en perdait toute signification ; mais elle s'étonna de voir qu'il provoquait le premier sourire vraiment spontané de Miranda.

– Vous êtes très bonne, Dame Savante. J'espère que vous serez heureuse parmi nous.

Après un bref regard embarrassé à Dal, elle ajouta en un murmure, comme faisant preuve d'une grande audace :

– Tous les deux.

Et elle se retira vivement en rougissant.

La porte refermée, Dal siffla entre ses dents.

– Qu'est-ce que tu penses de tout ça ? *Sharrioz !* Quelle planète ! Si elles veulent adhérer à l'Unité, il faudra qu'elles changent au trot !

Cendri eut envie de protester – rien ne permettait de penser qu'elles avaient envie de faire partie de l'Unité – mais elle se tut, réalisant que c'était une façon de se défouler, de dissiper la tension accumulée à se voir traité comme un moins que rien, comme un bagage, un homme-objet réservé à ses plaisirs ! *Pauvre Dal !* pensa-t-elle, désireuse de le dédommager de ces humiliations, mais ne sachant comment s'y prendre.

– Allons voir la salle de bains. Certaines études jugent d'une culture par la qualité de la plomberie, tu sais.

– Je sais, dit Dal, retrouvant sa bonne humeur. Rappelle-toi ce que je t'ai dit sur les ruines de Serpens Delta Quatre. On y a trouvé huit sortes différentes d'installations sanitaires, une pour chacune des classes de la société, et d'après les objets rituels découverts, des tabous très stricts interdisaient à une caste d'approcher des sanitaires d'une autre ! Autant explorer ceux-ci avant qu'ils ne deviennent des artefacts !

– Au fond, nous faisons le même travail, n'est-ce pas, Dal ? dit-elle exprimant une pensée qui lui était souvent venue à l'esprit. J'étudie les cultures vivantes, et toi, tu les étudies quand elles sont mortes, mais c'est finalement la même chose !

– Je suppose, dit Dal, gentiment mais sans enthousiasme. Pourtant, il est impossible de juger objectivement une société que les scientifiques observent forcément à travers leur propre subjectivité ou celle de la société en question. Aucune société ne peut être jugée si ce n'est dans une perspective historique.

Cendri, qui connaissait ce raisonnement sans y adhérer, laissa passer sans commentaire. Ensemble, ils allèrent explorer la luxueuse salle de bains mise à leur disposition par la Pro-Matriarche.

– Si une culture pouvait être jugée sur sa plomberie, celle-ci serait notée très haut, tu ne trouves pas ? dit-elle.

Les installations étaient incroyablement raffinées, avec non seulement des toilettes et une baignoire luxueuses, mais des douches de différentes hauteurs et des appareils dont l'usage n'était pas immédiatement apparent, dont une sorte de bassine entourée de poignées et pourvue d'un appuie-tête, et présentant uniquement un robinet d'eau tiède, qui devait être prévue pour baigner les nourrissons sans risquer de les faire tomber, de les geler ou de les brûler. Pour d'autres, elle ne put faire que des suppositions, les installations sanitaires ne pouvant être jugées qu'en observant leur utilisation.

Dal avait l'air dubitatif.

– Je n'en suis pas si sûr, dit-il. Les société qui accordent trop d'importance aux soins du corps sont généralement décadentes, historiquement parlant. Les sociétés viables et vigoureuses tendent à être spartiates. Mais cette importance donnée à l'hygiène est sans doute normale dans une société gouvernée par des femelles.

Cendri fronça les sourcils, pas sûre de comprendre.

– Toutes les sociétés tendent au confort physique tel qu'elles le définissent, non ?

– Tu sais bien que non, la taquina Dal. La recherche du luxe apparaît normalement quand une société a épuisé ses énergies primaires. Généralement, les femmes restent en dehors du courant majeur d'une culture, car tout le travail effectif est fait par les hommes, et c'est seulement quand les objectifs essentiels sont atteints que les hommes ont le loisir de dorloter les femmes en leur donnant ce qui n'est pas indispensable, comme le confort matériel. Historiquement, quand cela se produit, une culture a déjà commencé à mourir, puisque les hommes n'ont rien de mieux à faire qu'à réaliser des objectifs fixés par les femmes...

– Mais peut-être que les priorités sont différentes, dit Cendri avec hésitation, dans une culture où elles sont déterminées par les femmes...

– C'est exactement ce que je disais, dit Dal d'un ton patient. Une culture où les objectifs féminins auraient la préséance entrerait très rapidement en décadence. Cette société est très jeune, mais j'y relève déjà de nombreux indices de déclin : très bas niveau d'organisation, absence de hiérarchie structurée et de signes visibles de statut, insistance excessive sur le confort matériel, et attitude désinvolte à l'égard du temps. Par exemple, le fait que si on te fait attendre dans des conditions confortables tu ne protesteras pas contre la perte de ton temps précieux de spécialiste. Cela indique, bien sûr, un certain mépris pour les valeurs de l'Unité et pour le temps de l'Unité...

Ils furent interrompus par deux personnes qui apportaient les bagages, une femme et un homme. Quand ils se retirèrent, Cendri avait perdu tout intérêt pour la discussion – qu'elle connaissait par cœur d'après ses études des Institutions Culturelles – mais Dal ne parut pas s'en apercevoir.

– Il existe certaines priorités qui, dans une société aussi jeune que la leur, doivent passer avant des choses aussi inutiles que le confort matériel. D'abord, la conquête – et s'il n'y a pas d'ennemis à combattre, le terrain et le climat doivent être conquis et soumis. Puis viennent l'expansion, l'instauration d'une hiérarchie, et les directives permettant de structurer les objectifs sociaux. Une société donnant la priorité à des choses importantes uniquement pour les femmes n'atteindra jamais aucun de ces stades d'évolution sous une forme viable ou vigoureuse.

Il sourit et continua :

– Et ce genre de société ne dure jamais longtemps ; alors, étudie celle-ci tant que tu en as l'occasion, Cendri ; avec de telles priorités, il est peu vraisemblable qu'elle accomplisse quoi que ce soit qui ait une valeur ou une perspective historique.

Il ajouta d'un ton indulgent :

– Mais bien sûr, tu ne t'intéresses pas à la perspective historique, n'est-ce pas, Cendri ? En général, c'est le cas des femmes, et c'est excusable pour des raisons biologiques, car les femmes ont toujours tendance à vivre dans le présent, et à laisser la perspective historique aux hommes. Et les femmes ne semblent jamais considérer cela comme un défaut !

Cendri se demanda s'il mettait la Dame Savante di Velo, l'une des archéologues les plus célèbres de l'Unité, dans le même sac que ces femmes incapables de considérer quoi que ce soit selon une perspective historique, mais elle eut le bon sens de se taire.

– As-tu entendu ce que me disait Dame Miranda de la situation sur Isis ?

Comme elle le craignait, cela raviva sa rancœur.

– Comment voulais-tu que j'entende, cahoté avec les bagages près de la vieille peau qui conduisait ?

– Je suis sûre que tu as mieux vu la cité que moi, dit-elle, mais il n'en fut pas adouci.

– Je ne suis pas venu pour admirer le paysage ! grommela-t-il. Non, je n'ai pas entendu un mot.

– C'est bien ce que je pensais, sinon tu ne te plaindrais pas qu'elles nous aient fait attendre, dit-elle.

Elle lui résuma ce que Dame Miranda lui avait

dit de l'agonie de la Grande Matriarche, et de la possibilité que sa remplaçante ait une attitude totalement différente vis-à-vis de l'Unité.

Dal demanda sèchement, en fronçant les sourcils :

– Quelle est l'attitude de la Pro-Matriarche – celle-ci, chez qui nous logeons ? Quels sont ses sentiments à l'égard de l'Unité ?

– Je ne sais pas, Dal. Le moment m'a paru mal choisi pour le demander. D'après ce que m'a dit Dame Miranda – elle aimerait elle-même aller étudier sur Université – j'ai l'impression qu'elle n'a pas de préjugés irréductibles envers l'Unité, mais je n'ai aucune certitude.

– J'aurais cru que c'était la première chose que tu voudrais savoir, dit Dal, fronçant les sourcils. Les femmes ne savent-elles donc pas aller à l'essentiel ?

Piquée, elle répondit :

– Je ne sais pas ce que font les femmes, Dal ; je sais seulement que j'ai déterminé au mieux ce que je pouvais ou non demander ! Nous sommes dans une société étrangère et nous devons d'abord connaître leurs formes de politesse et de restrictions sociales J'ai fait ce que je pouvais.

– J'en suis sûr, marmonna Dal, trouvant à l'évidence que c'était insuffisant.

– Je ne sais pas quelles sont les attitudes politiques de Vaniya, dit-elle, cherchant à l'apaiser, mais elle a accepté de nous recevoir chez elle parce que les ruines des Bâtisseurs sont très proches. Dame Miranda m'a dit qu'on les apercevait du premier étage.

Elle s'approcha de la fenêtre et écarta le rideau. L'appartement dominait un jardin clos de haies gris verdâtre émaillées de fleurs. Plus loin se déroulait la côte, avec des plages de sable où clapotait le ressac, et un petit village de pêcheuses niché au bas d'une falaise, avec une sorte de phare ou de tour de guet qui semblait très ancienne et vétuste.

Plus loin sur la côte, elle vit des collines, et, sur la première, un groupe de formes verticales noires et plutôt carrées, plus hautes et plus régulières que les maisons d'Ariane, et, à cette distance, étranges dans leur géométrie invariante et leurs curieuses proportions. Elles ne ressemblaient à rien de ce que connaissait Cendri.

– Dal, dit-elle, viens voir. Est-ce que ce sont les ruines que la Dame Savante di Velo appelait les ruines des Bâtisseurs ?

Dal s'approcha, retenant les plis du rideau de sa main musclée. Il contempla les ruines en silence, serrant les mâchoires. Il dit enfin d'une voix étouffée :

– Ce sont... des ruines. Je ne peux pas en dire plus. Dame di Velo y voit les preuves dont elle a besoin pour convaincre la communauté scientifique que la Galaxie a été colonisée par ces gens. Ce ne serait pas... scientifique de hasarder une supposition. Mais oui, ce sont les ruines d'Isis – la raison de notre présence ici.

Brusquement, il laissa retomber le rideau et se détourna de la fenêtre. Il se dirigea d'un pas lourd vers le Coin d'Amusement, se cognant au passage dans un paravent qu'il redressa d'une main distraite. Avec des murs intérieurs solides et des rideaux, que faisaient là ces paravents qui avaient pour unique fonction de partager l'espace ? se demanda Cendri. Mais les femmes d'Isis se sentaient peut-être mal à l'aise dans une pièce sans paravents ? Elle avait conscience de se concentrer sur cette question idiote pour ne pas penser à la mauvaise humeur de Dal.

Le visage enfoui dans les coussins du Coin d'Amusement, il dit :

– Et dire que je ne peux pas sortir, que je ne peux même pas aller les regarder ! Tout dépendra de toi, Cendri, et ça ne t'intéresse même pas ! Je n'aurais jamais dû venir, je n'aurais jamais dû venir...

Elle avait envie de pleurer, de protester : *Mais si, ça m'intéresse, Dal.* Mais elle savait qu'il ne l'écouterait pas. Sans un mot, elle se détourna de lui, sachant qu'il ne lui pardonnerait jamais de l'avoir vu craquer ainsi. Son travail comptait plus pour lui que toute autre chose dans la vie. A côté de son désespoir, Cendri eut soudain l'impression que ses propres recherches étaient triviales, sans importance. Mais la seule chose qu'elle pouvait faire pour Dal, c'était de lui accorder un peu de solitude. En silence, elle alla à l'autre bout de l'appartement – se félicitant maintenant de la présence des paravents qui le divisaient en sections séparées – et se mit à défaire leurs bagages et ranger leurs affaires.

III

Des heures plus tard, quand la lumière extérieure commença à baisser, Cendri entendit en bas des bruits divers – pas, voix, mouvements précipités – et en déduisit que la Pro-Matriarche Vaniya était rentrée. Sachant qu'elle devrait bientôt descendre pour le dîner, elle prit un bain dans la luxueuse baignoire, se coiffa de façon recherchée, et revêtit une robe longue qu'elle mettait pour les dîners de gala sur Université. Plus tard, supposait-elle, elle apprendrait comment il fallait s'habiller ici en de telles circonstances. Mais, d'après ce qu'elle avait vu jusque-là, les petites différences de tenue ne donnaient pas grands renseignements sur le statut des personnes. Lissant de la main les plis de son élégant fourreau, elle s'en étonna. Il lui aurait semblé normal qu'une société structurée par des femmes donne beaucoup d'importance à la mode. N'était-ce pas l'une des préoccupations essentielles des femmes dans toutes les sociétés ?

Dal s'était ressaisi ; concentré et affairé, il rangeait leur collection de livres de références et s'assurait que leurs caméras et enregistreurs n'avaient pas souffert du voyage. Cendri hésitait à l'interrompre, mais elle dit enfin :

– Dal, est-ce que tu ne devrais pas te préparer ?

Il haussa les épaules.

– Qu'est-ce qui te fait croire qu'elles vont

m'inviter ? As-tu oublié que je ne suis qu'un chien ?

Elle ne pouvait guère lui reprocher cette remarque.

– Disons que j'ai comme un pressentiment, Dal. Après tout, elles se sont donné la peine de reconnaître ton existence en prévoyant – elle hésita, puis eut un éclat de rire forcé, mais il fallait absolument tourner la situation à la plaisanterie, sinon elle deviendrait insoutenable – un Coin d'Amusement.

Il rit aussi, comme elle l'avait espéré, et s'approcha pour l'embrasser dans le cou.

– C'est un peu plus sophistiqué qu'une niche, et si tu es sage, je te laisserai peut-être coucher à côté de moi.

Ses mains s'attardèrent sur Cendri, caressantes, et elle se détendit. Au moins, il ne la blâmait pas, *elle* !

– Je vais tâcher de leur faire réaliser que tu es un Savant de plein droit, Dal.

– Ne te fatigue, pas, dit-il, avec un sourire acide. Profite de la situation. Les femmes se plaignent toujours qu'on ne leur accorde pas assez de considération, qu'il y a moins de Dames Savantes que de Maîtres Savants – ce sera peut-être ta seule chance d'atteindre à l'éminence scientifique !

Cela la contraria un peu ; elle aurait été Dame à l'heure actuelle si elle n'avait pas pris un congé après son mariage ! Puis, elle pensa avec humilité : c'est bien ce qu'il veut dire ; un homme, un Savant sérieux n'aurait jamais fait ça. Les femmes ne sont pas aussi sérieuses que les hommes en ce qui concerne leurs études !

– Il faudra le leur prouver, Dal, tout simplement.

Il rit en lui ébouriffant les cheveux.

– Nous ne pouvons pas ébranler leur société sur ses bases, chérie. Crois-tu que j'accorde le poids d'un atome d'hydrogène à leur avis sur mes titres universitaires ?

C'était bon de le voir rire avec elle, comme autrefois. Et il avait raison. Il était non seulement impossible, mais inutile, de contester le postulat de base du Matriarcat. Mais elle supposa que toute jeune anthropologue aurait réagi comme elle dans une société totalement irrationnelle ! *Moi qui avais rêvé de leur montrer leur erreur, de les influencer à moi seule pour les rapprocher de l'Unité...* Elle se moqua d'elle-même, et se tourna pour que Dal puisse nouer les rubans de sa robe.

Elle se regarda dans la glace avec satisfaction. Aucune femme du Matriarcat ne pourrait lui reprocher de n'avoir pas tout fait pour honorer ses hôtes. Hôtesses, rectifia-t-elle. Dal, lui aussi, était resplendissant, avec les décorations d'Université le proclamant Savant et Maître, et les insignes de son monde natal de Pionnier ; il s'était habillé comme pour un banquet de Savants, et elle était fière de lui.

Dame Miranda vint les chercher, et, après s'être inclinée devant Cendri, elle se tourna vers Dal d'un mouvement hésitant.

– La Pro-Matriarche prie la Dame Savante et son Compagnon de dîner avec elle ce soir, et de vous dire que son Compagnon, Rhu, se fera un plaisir de tenir compagnie au Compagnon de la Dame Savante et de le divertir.

Dieu soit loué, pensa Cendri. *Quelqu'un a enfin daigné remarquer la présence de Dal, et les hommes peuvent manger avec les femmes !* Elle s'était demandé un moment si cette société avait remis à l'honneur divers tabous alimentaires : dans certaines ethnies, hommes et femmes ne mangeaient pas ensemble, généralement parce que les femmes étaient considérées comme impures ou indignes de se joindre aux mâles dominants. Elle avait craint que cette culture n'ait inversé tous les tabous culturels !

Dame Miranda avait défait sa tresse et ses longs cheveux flottaient dans son dos. Elle portait une longue robe bleu pâle et floue, dont la transparence soulignait sa grossesse. Le regard de Miranda s'attarda quelques minutes sur Dal, étudiant timidement ses décorations, et Cendri en fut contrariée. Les hommes restent-ils tellement à l'écart que j'aie à m'inquiéter des femmes qui admirent Dal ? Même enceinte, Miranda est assez jolie pour que je le surveille si elle se met en tête de vouloir sérieusement le séduire !

En bas, dans une immense salle, des femmes et des fillettes étaient assises sur des coussins devant de petites tables. Il y avait deux ou trois garçons impubères, mais, remarqua-t-elle au premier coup d'œil, aucun mâle adulte. Miranda les guida à travers les tables, toutes les têtes se tournant sur leur passage, jusqu'à l'autre bout, où une femme et un homme étaient assis dans une alcôve.

Cendri pensa d'abord : est-ce une société polygame ? Est-il le mari de toutes ces femmes et le père de tous ces enfants ? Mais elle écarta aussitôt cette idée – l'homme était très jeune, bien plus jeune que Dal lui-même. Mais ce fut la femme assise près de lui, et qui se leva pour les accueillir, qui retint son attention.

Vaniya, Pro-Matriarche d'Isis / Cendrillon, était une femme dans la force de l'âge, au visage un peu austère marqué de rides profondes. Elle avait une magnifique tête de lionne, encadrée d'un nuage de cheveux crépus couleur d'ambre. Grande et vigoureuse, elle avait le front haut, le nez long et busqué, des yeux bleus profondément enfoncés dans les orbites. Assez corpulente, elle était drapée dans ses soies violettes tombant en plis compliqués qui ne l'avantageaient pas ; mais elle était imposante. Elle joignit les mains à hauteur du visage, en le salut de l'Unité.

Elle avait une voix de soprano, néanmoins assez forte pour porter partout dans la salle, voix de chanteuse professionnelle ou de tribun.

– C'est un plaisir pour moi de recevoir la Dame

Savante Malocq d'Université. Au nom de notre Grande Matriarche Rezali, je vous souhaite la bienvenue, et en vous, à toutes les Savantes que vous représentez.

– C'est pour moi un honneur et un plaisir, Dame Vaniya, répondit Cendri, d'une voix qui paraissait enfantine après la voix vibrante de la Pro-Matriarche.

Le visage de la Pro-Matriarche, sévère jusque-là, se détendit en un sourire. Ce sourire accentua la dissymétrie de ses traits, mais lui donna l'air bienveillant.

– Et maintenant, je suis sûre que vous êtes fatiguée de toutes ces cérémonie, chère Dame Savante. Asseyez-vous près de moi, je vous prie, dit-elle, montrant un grand coussin bleu.

Cendri s'accroupit gauchement dessus. Il existait des sociétés avec chaises, et des sociétés sans chaises, et Cendri se félicita d'avoir des genoux jeunes et souples. Puis la Pro-Matriarche tourna son regard perçant sur Dal, qui fit le salut de l'Unité. Après un instant d'hésitation, la Pro-Matriarche lui rendit son salut, et Cendri respira.

– Puis-je connaître le nom de votre Compagnon, Dame Savante ?

– C'est le Maître Savant Dallard Malocq, dit Cendri d'une voix ferme.

Vaniya haussa ses sourcils broussailleux. Elle avait la peau basanée et burinée par l'âge.

– C'est bien long ! Vous n'avez pas un abrégé ?

Cendri rougit de contrariété.

– Dallard, ou Dal.

– Dal, répéta-t-elle, avec un sourire chaleureux. Rhu, tu tiendras compagnie à Dal pendant que je parlerai de choses sérieuses avec la Dame Savante, dit-elle se tournant vers le jeune homme assis près d'elle.

Des femmes circulaient dans la pièce, posant sur les tables des bols de fruits et des plats de substances indéfinissables avant d'aller prendre leur place. Il semblait ne pas y avoir de servantes, ou, s'il y en avait, elles s'asseyaient à table avec leurs maîtresses et ne se distinguaient d'elles en rien par le vêtement et les manières. Dame Miranda vint s'asseoir à côté de Cendri, et remplit son assiette lui disant avec courtoisie :

– Permettez-moi de vous servir, Dame Savante.

– J'espère que votre appartement vous semble confortable, chère Dame Savante.

– Très confortable, et même luxueux.

– C'est ce que j'espérais, dit Vaniya. C'est celui que j'habitais avec mon Compagnon quand j'étais plus jeune, mais ce luxe convient mieux à des jeunes femmes, et c'est pourquoi j'ai trouvé normal de l'allouer à l'invitée d'honneur du Matriarcat. Et à son Compagnon. Votre Compagnon est charmant et séduisant, ajouta-t-elle. Mais je m'étonne que vous n'ayez pas amené une assistante pour le travail que vous effectuerez parmi nous, Dame Savante.

Cendri, sentant sur elle le regard de Dal, répondit avec fermeté :

– Je croyais qu'il avait été clairement stipulé que mon Compagnon est... – elle hésita devant le mensonge – mon assistant, et que j'aurai constamment besoin de sa présence et de son aide dans les Ruines.

– Un homme pour assistant ? Comme c'est étonnant !

– Dal est un Savant de plein droit, dit Cendri.

– On comprend certainement, dit Vaniya avec un sourire incertain, qu'il y ait des Savants mâles sur Université, et c'est pourquoi nous avons spécifiquement demandé la Dame Savante di Velo. Mais il ne nous est pas venu à l'idée qu'une Savante prendrait un mâle pour l'assister dans des recherches sérieuses !

Maintenant, Cendri identifiait son expression : Vaniya était scandalisée.

– Ne trouvez-vous pas que cela – elle rougit –

que cela peut provoquer des distractions? demanda Vaniya

Atterrée, Cendri pensa : *Oh non, c'est ridicule!* Elle ne devait surtout pas rougir, ou elle avouait sa vulnérabilité devant ce tabou sexuel et culturel idiot ! Elle se mordit durement les lèvres, et la douleur dissipa la rougeur qui montait à ses joues

– Pas du tout, Dame Vaniya, dit-elle d'une voix égale. Nous savons séparer notre travail des plaisirs du – elle hésita, la langue d'Isis n'ayant pas de mot pour « mariage » – des plaisirs compagnonniques.

Miranda baissa les yeux; Vaniya se rembrunit légèrement, perplexe.

– Je ne suis pas d'esprit étroit, je l'espère; je ne suis pas de celles qui croient que l'étude rend un homme efféminé, et, sur certains sujets, je peux converser avec Rhu – elle arrêta sur lui un regard affectueux – presque aussi bien qu'avec une femme intelligente. Mais ce n'est pas ce que je voulais dire, pas tout à fait. Vous venez d'une société dominée par les hommes, Dame Savante – du moins où la plupart des titres universitaires sont réservés aux hommes. Il m'aurait donc paru normal que vous choisissiez une femme pour ce poste prestigieux d'assistante, plutôt qu'un homme qui pouvait acquérir des honneurs universitaires n'importe où. Il peut vous sembler impoli que je critique votre choix, et je comprends très bien qu'une jeune femme désire un Compagnon de même spécialité pour avoir le plaisir de sa compagnie lors de missions lointaines. Mais vous auriez pu amener une femme compétente comme assistante, ma chère; et nous aurions volontiers offert l'hospitalité à votre Compagnon, pour votre commodité et, termina-t-elle avec un sourire indulgent, les plaisirs de votre repos.

Miranda rougissait; tout bas, elle dit quelque chose à sa mère d'un air réprobateur. Cendri hésitait entre une demi-douzaine de réponses, réalisant

– souvenir cuisant – que la Dame Savante di Velo avait choisi un Savant pour assistant, et qu'à l'origine, elle-même pensait accompagner Dal dans cette même fonction que Vaniya assignait avec indulgence à son « Compagnon ». Mais toute réponse n'aurait satisfait que son désir égoïste de défendre ses propres coutumes contre celles de Vaniya – désir infâme chez une anthropologue !

– A l'intérieur de l'Unité, dit-elle finalement, les femmes et les hommes ne se font pas concurrence pour l'attribution des postes honorables. Nous nous efforçons de choisir la personne la plus qualifiée, mâle ou femelle, et il ne me viendrait pas plus à l'idée de choisir une femme pour assistante qu'un homme ne choisirait un assistant mâle, simplement à cause de son sexe.

– Pourtant, répondit pensivement Vaniya, il existe des différences biologiques avérées qui rendent les hommes impropres à certains travaux, et il me semble plus charitable de ne pas les forcer à se mesurer à des tâches pour lesquelles ils ne sont pas faits.

Regardant Rhu et Dal, elle ajouta :

– Ne prenez pas cela de façon personnelle, tous les deux, mais, Dame Savante, ne pensez-vous pas qu'un homme remplit moins bien sa fonction spécifique s'il lui est permis de trop développer son esprit ? Un homme au mieux de sa forme est un magnifique animal, et bien des femmes pensent que leur permettre de cultiver des talents féminins, tels que les arts et la musique, ne peut que les affaiblir ou les rendre impuissants. Bien sûr, il y a des exceptions, dit-elle, regardant Rhu avec adoration. Mais les hommes de l'Unité sont-ils toujours... toujours agréables pour les femmes ?

Cendri vit que Dal était près d'exploser ; Cendri le mit en garde du regard, et il se contenta de sourire.

– Dame Vaniya, dit-il, il y a cinq cents ans, sur mon monde natal de Pionnier, nos hommes partageaient au moins l'une de vos croyances, à savoir que l'étude, la musique et les arts rendaient les hommes faibles et efféminés. C'est seulement ces cent dernières années que les hommes de Pionnier ont été autorisés à faire des études approfondies, et mon propre grand-père n'avait que mépris pour l'idée qu'un homme puisse devenir un érudit, et pire encore, un artiste ou un musicien.

– Alors votre monde, Pionnier, garde certaines traces d'un gouvernement matriarcal ? s'enquit gravement Vaniya, et Cendri eut du mal à garder son sérieux.

Dal évita de la regarder, mais répondit d'une voix égale :

– Je ne suis pas assez Savant pour avoir découvert ces traces, Dame Vaniya.

Oh, va au diable, Dal ! pensa Cendri, étouffant à moitié pour ne pas rire. Personne ne pourra jamais être assez Savant pour découvrir des traces de gouvernement matriarcal sur Pionnier, parce qu'il n'y en a pas la moindre ! S'il a jamais existé une culture patriarcale, c'est bien celle-là ! Quelle malice de sa part ! Se moquer ainsi de la Pro-Matriarche !

Mais la réflexion calma son envie de rire. Il ne s'agissait pas ici d'inversion de cultures patriarcales ; il s'agissait d'une exagération de traits présents dans l'Unité, sur des mondes tels que Pionnier, qui étaient portés aux extrêmes ; si tous les talents intellectuels et artistiques étaient considérés comme efféminés, et les hommes cantonnés dans la guerre et l'agression, cela pouvait aussi faire pencher la balance de l'autre côté...

Une fois de plus, elle pensa avec colère à toutes les questions qu'elle ne pouvait pas poser. Ce séjour allait être vraiment frustrant ! Elle se força à se concentrer sur son assiette. Les mets étaient bons, quoique inconnus. De toute façon, Cendri avait été conditionnée à manger sans répugnance ni dégoût pratiquement n'importe quelle substance mangeable par des humains; les peuples avaient des goûts gastronomiques si différents que tout anthropologue devait être capable de partager n'importe quel repas avec un enthousiasme apparent, sinon réel. Elle remarqua que la plupart des plats étaient composés de céréales mélangées de légumes ou de fruits, et elle se demanda si la consommation de viande faisait l'objet d'un tabou.

– Dame Savante...

– Dame Vaniya?

– Pardonnez-moi, mais ces cérémonies me semblent peu naturelles, dit Vaniya. Notre société s'en dispense. Ma fille, poursuivit-elle avec un regard affectueux à Miranda, m'a convaincue que je devais m'y soumettre au début pour vous accueillir. Je comprends d'ailleurs que sur un monde tel qu'Université où bien des cultures se rencontrent et se mêlent, un vernis de civilités facilite les rapports sociaux. Mais j'espère qu'en plus d'activités intéressantes, vous trouverez ici des amies. Avez-vous un nom personnel, Dame Savante, et seriez-vous offensée que nous nous en servions et que nous tutoyions?

– Je m'appelle Cendri, dit-elle, et je n'ai aucune objection à ce qu'on m'appelle ainsi, dit-elle avec une ivresse qui n'avait rien à voir avec la question.

J'avais raison! Je sentais bien que toutes ces manières cérémonieuses s'accordaient mal avec ce que j'avais vu de cette société – comme les vêtements n'indiquant aucune distinction sociale, et le tracé de la ville fait au petit bonheur! Elle en fut tout excitée, comme la première fois où elle s'était servie de clichés de structuration intersociale appris dans un manuel, et qu'elle s'était rendu compte qu'il ne s'agissait pas de formules creuses, mais que ça marchait! Son travail lui en parut plus réel: son *vrai* travail – non l'étude des ruines mortes des Bâtisseurs.

– Cendri... le son est joli, dit Vaniya. Est-ce que ce nom a un sens dans ta langue?

– Il veut dire... étincelle, braise, éclair de flamme, dit Cendri, cherchant un équivalent dans la langue de Vaniya.

– Ce que tu es, je le vois, même à travers les manières cérémonieuses que l'Unité t'a imposées, dit la Pro-Matriarche, lui touchant légèrement la main. J'étais sûre que tu étais une femme comme nous, même si mes filles pensaient que, venant de l'Unité, tu serais, soit faible et soumise, dominée par les hommes, soit dure et agressive, corrompue par la nécessité de la compétition avec les hommes dans la vie quotidienne.

Cendri savait que Vaniya pensait lui faire un compliment, mais elle ne trouva pas cela très flatteur. Elle se sentait aussi dynamique qu'un homme et aussi qualifiée pour participer à la compétition. Mais elle accepta ces paroles dans l'esprit où elles étaient prononcées.

– Dame Vaniya est trop bonne.

– Mais si je t'appelle Cendri, tu devras m'appeler Vaniya, ou même Mère quand nous nous connaîtrons mieux, comme le font toutes les femmes de ma maison, même celles qui ne sont pas les filles de mes entrailles. Et me tutoyer comme je le fais.

C'était comme une perche tendue à Cendri, qui s'en saisit aussitôt.

– Toutes ces femmes ne sont donc pas tes filles, Vaniya ?

– Filles de ma maison et non de mes entrailles, répéta Vaniya, l'air enchantée de continuer sur ce thème. Tu connais Miranda, la plus jeune des filles de mon corps, qui porte mon héritière. J'ai trois autres filles de mon corps, l'une qui vit en ville avec ses enfants chez sa partenaire-de-vie, et une autre qui est sortie ce soir. Quant à celles-ci, ajouta-t-elle, montrant deux femmes assises avec eux à la table, c'est mon aînée, Lialla, et sa partenaire-de-vie.

Elles sourirent timidement à Cendri. Elles

étaient assises tout près l'une de l'autre, et, à tour de rôle, faisaient manger une toute petite fille à la cuillère. *Partenaires-de-vie.* Ainsi, les femmes vivent en couples, se dit Cendri. Mais alors d'où sortent tous ces enfants ? Insémination artificielle ? Où diable sont tous les hommes ?

Si les hommes sont strictement tenus à l'écart des femmes, ce n'est pas étonnant qu'on les considère comme des animaux dangereux... les conséquences de cette idée l'embarrassèrent et elle se concentra plutôt sur l'analyse des noms qu'on venait de lui citer. La plupart comportaient trois syllabes et étaient euphoniques, comme tous ceux qu'elle avait entendus jusque-là.

– J'ai aussi dans ma maison deux filles adoptives, leurs partenaires-de-vie et leurs enfants – Vaniya cita leurs noms à Cendri, mais elle commençait à perdre pied, trouvant difficile d'assimiler tant de noms et de rapports de parenté complexes –, plus mes sœurs adoptives, les filles adultes de la partenaire-de-vie de ma mère, et trois ou quatre parentes éloignées venues vivre avec nous pour que nous puissions travailler dans la maison et aux champs et visiter la mer ensemble. Le plus jeune de mes enfants mâles est parti habiter dans la maison des hommes voilà quinze levers du soleil, de sorte qu'aucun mâle ne vit plus sous ce toit à part mon cher Compagnon – de nouveau, elle adressa un regard adorateur à Rhu – et trois petits-fils âgés de moins d'une décennie. J'y ajouterai notre Enquêteur maison, Maret – elle montra une grosse personne aux cheveux filasse assise à une table voisine, et qui berçait un nourrisson sur son ample poitrine. Maret est une femme-par-courtoisie ; né Mar, c'est le fils aîné de ma sœur adoptive, mais voilà bien des années, nous lui avons accordé le privilège de porter des vêtements de femme...

Cendri se demanda comment elles faisaient la différence, vu que tous les vêtements semblaient unisexes, mais ces différences étaient peut-être trop subtiles pour qu'une étrangère les remarque.

– ... de célébrer les sacrifices au sanctuaire de la Déesse, de s'appeler Maret et de vivre en sœur parmi nous.

Regardant avec plus d'attention, Cendri s'aperçut que la grosse « femme » n'avait pas de poitrine, et que ses joues flasques, pourtant soigneusement rasées, s'ornaient d'une ombre de barbe. Un efféminé ? Ou un eunuque ? La transformation de mâle en femme-par-courtoisie était-elle chirurgicale ou simplement psychologique ? Et quelle fonction exerçait un Enquêteur maison ? Elle dissimula le dégoût qu'éveillait en elle cet obèse qui avait renoncé à son sexe pour vivre parmi les femmes. Apparemment, cette société récompensait les comportements féminins même chez les hommes ; elle aurait dû s'y attendre.

Qu'est-ce qui m'arrive ? Je suis anthropologue ; je ne suis pas censée porter des jugements. Ce doit être la fatigue. Elle se concentra sur Vaniya, qui disait :

– Mais assez parlé de moi et des miens. Tu apprendras en vivant parmi nous.

Cendri chercha un sujet neutre.

– Miranda m'a dit que votre Grande Matriarche est très malade. La coutume autorise-t-elle une étrangère à s'enquérir de sa santé ?

– Notre bien-aimée Mère et Prêtresse est tombée dans le coma, soupira Vaniya. Elle n'est ni vivante ni morte ; on ne sait pas si elle reprendra connaissance pour désigner qui, de moi ou de ma collègue Pro-Matriarche Mahala, assumera sa succession, son anneau et sa robe. C'est un état bien douloureux pour une femme qui a servi la Déesse pendant plus de quatre-vingts ans, pourtant, je ne peux me résigner à le regretter, Cendri, car il nous donne ce dont nous avons besoin : du temps.

– Je ne comprends pas...

– Les dernières paroles conscientes de notre Mère bien-aimée furent pour me prier de te souhaiter la bienvenue aux ruines de Nous-Fûmes-Guidées, et de te loger chez moi, dit Vaniya. Et même Mahala n'ose pas désobéir à ces ordres tant que respire notre Mère et Prêtresse. Mais quand elle aura rendu son dernier soupir, alors... alors nous ne savons pas à qui reviendront sa succession, son anneau et sa robe... Si c'est à Mahala, il vaut mieux ne pas penser à ses plans concernant Nous-Fûmes-Guidées !

Vaniya fronça les sourcils, puis, se forçant à sourire, elle dit :

– Tu dois te hâter d'explorer les ruines, ma chère Cendri, et vérifier qu'il s'agit bien des ruines des Bâtisseurs, ce que nous savons déjà, mais quand ce sera confirmé par une étude scientifique indépendante...

– La Pro-Matriarche Mahala est-elle opposée à l'étude des Ruines ? demanda Cendri, le plus courtoisement possible.

– Ne te mets pas en peine de notre politique, dit Vaniya, et, malgré son sourire et sa courtoisie, ses paroles étaient un avertissement, une sorte d'écriteau *Défense d'Entrer.*

– Tu comprends certainement, Vaniya, répondit Cendri, que cette exploration archéologique sera très longue et qu'il sera impossible de la terminer en quelques jours ni même en quelques mois !

Dal avait parlé de plusieurs années !

– Aucune science ne procède plus lentement que l'archéologie, reprit-elle. Des ruines abandonnées depuis des millions d'années ne peuvent pas être évaluées en un clin d'œil ! Et si votre Grande Matriarche peut mourir d'un moment à l'autre... jusqu'à quand peut-elle survivre ?

– Nos chirurgiennes ne veulent même pas hasarder une date, bien que Lohara pense qu'elle peut végéter une saison ou davantage ; et bien entendu, il est possible qu'elle reprenne conscience et me désigne pour lui succéder, auquel cas, dit-elle avec un sombre sourire, j'ai placé près d'elle quelqu'un de ma maison pour que Mahala ne puisse pas contester ce fait !

– Et Mahala a sans aucun doute fait la même chose et posté l'une de ses Enquêtrices à son chevet, dit Rhu.

– Sans aucune doute ! Sorcière sacrilège ! dit Vaniya, qui ajouta avec effort : Mais ne t'occupe pas de politique, Rhu, ce serait ennuyeux pour nos invités. Miranda, veux-tu chanter pour nous, mon enfant ?

Docilement, Miranda alla prendre un petit instrument à cordes dans une niche près de la fenêtre, se rassit, l'instrument sur les genoux, et se mit à chanter. Elle avait une voix pure, claire, travaillée mais pas d'assez grande qualité pour qu'elle se produise en concert. Elle chanta plusieurs morceaux, tous courts, funèbres, et écrits dans une gamme mineure étrangement mélancolique. Aux questions de Cendri, elle répondit d'une voix douce et hésitante que c'étaient des chansons de métiers – tisserandes, bergères, pêcheuses. Elle ajouta, à l'adresse de Vaniya :

– Demanderas-tu à Rhu de chanter pour nos invités ?

Rhu protesta à voix basse, mais Vaniya lui répondit avec entrain :

– Ne sois donc pas si timide !

– Je préférerais écouter Dame Miranda, dit-il, sans la regarder.

– Dans son état, Miranda ne doit pas se fatiguer.

– Mon *lyrik* est dans ma chambre...

– Prends le mien, dit timidement Miranda.

Du regard, Rhu quêta l'autorisation de Vaniya.

– Si je l'accorde à ma voix, dit-il en le prenant, Dame Miranda devra le réaccorder à la sienne... protesta-t-il faiblement.

– Peu importe, dit Miranda, sans le regarder. S'il te plaît, chante, Rhu.

– Comme le voudront Dame Miranda et nos hôtes honorés.

Avec une résignation courtoise, Rhu se mit à accorder l'instrument qu'il avait appelé *lyrik*, penchant la tête tout près des cordes. Cendri l'observait sous ses paupières mi-closes – soupçonnant que le regarder constituait au moins une erreur sociale, et peut-être davantage. Rhu, pensait-elle, devait avoir quatre ou cinq ans de moins qu'elle et Dal. Il était mince, avec des cheveux noirs artistement bouclés. Il portait une tunique de fibres bleu métallisé qui laissait nues ses épaules bronzées; une ceinture de plaques d'argent ceignait sa taille. Ses longues jambes étaient nues et ses pieds chaussés de sandales d'argent ornées de perles. Il avait une petite moustache, et une courte barbe bouclée encadrait son visage étroit et triste.

– Que dois-je chanter? demanda-t-il à Vaniya.

– Ce que tu veux, dit-elle avec indulgence. Une chanson de chasse. Elles plaisent toujours aux hommes.

Il hocha la tête et attaqua une longue ballade, qui, d'après ce qu'en comprit Cendri, célébrait le plaisir de chasser, de tuer, et de rapporter triomphalement la bête au logis. Le sujet n'intéressait pas Cendri, mais elle nota que, même si ces femmes vivaient dans des villes, une grande partie de leur vie était déterminée par les cycles agricoles annuels.

Malgré l'ennuyeuse énumération des plaisirs de la chasse, elle apprécia beaucoup la voix, un magnifique baryton, qui lui aurait valu la célébrité dans tous les mondes civilisés. La voix, chaude, pleine et vibrante, emplissait la salle sans effort, ou s'atténuait en murmure néanmoins audible de partout. Les femmes cessèrent de bavarder pour l'écouter, et quand un enfant se mit à babiller, sa mère le fit taire aussitôt.

Une voix pareille enterrée sur Isis!

A la fin de la ballade, elle complimenta Rhu, qui sourit de plaisir.

– La Dame Savante est trop bonne, mais elle

aurait dû m'entendre avant que ma voix ne mue ; dans mon enfance, j'avais une très jolie voix de soprano.

– Oui, Rhu a une technique splendide, dit Vaniya avec regret. Mais c'est un peu gâché sur une rude voix d'homme.

– Si vous vous fatiguez un jour de vivre sur ce monde, dit Dal, s'adressant directement au chanteur, une voix pareille ferait votre fortune n'importe où dans l'Unité, vous pouvez me croire.

Il rougit comme un petit garçon.

– L'hôte honoré est bon ; comment puis-je le remercier ?

– Chantez-nous autre chose.

Du regard, Rhu demanda la permission à Vaniya, puis, penchant la tête sur la harpe, il chanta à mi-voix :

Je ne suis qu'un homme
Je n'ai pas ma place au Paradis.
Deux fois j'ai goûté le bonheur
Et deux fois il me fut ravi ;
D'abord quand j'ai quitté le ventre de ma mère
Puis quand de sa maison je fus chassé.

La voix vibrante baissa d'un ton, funèbre, les mains plaquant des accords angoissés sur les cordes :

Quand j'en aurai fini avec la vie
La Déesse acceptera-t-elle
De me serrer tendrement sur son cœur ?

Cendri s'aperçut qu'elle avait les larmes aux yeux. Non seulement à cause de la beauté de la voix, mais à cause de la tristesse poignante du chant. Dal avait l'air bouleversé, lui aussi.

– Les chants des hommes sont si sentimentaux ! dit Vaniya d'un ton léger. Mais celui-là m'émeut toujours. Les hommes aiment s'apitoyer sur eux-mêmes, n'est-ce pas ?

Comme Rhu remettait le luth dans son étui et le rendait à Miranda, Vaniya remplit une coupe de vin et la lui porta aux lèvres.

– Tiens, mon cher. Rhu nous a donné tant de plaisir qu'il mérite bien une récompense.

Cendri fut soudain prise d'une révulsion insurmontable. Malgré la gentillesse de Vaniya, malgré l'atmosphère agréable, malgré l'excellence de la nourriture et de la boisson, elle eut du mal à dissimuler son dégoût. Elle connaissait cette réaction par ses manuels, conséquence du choc culturel. Elle supposa que c'était dû à la fatigue.

Vaniya lui lança un regard incisif.

– Tu es lasse, Cendri, je le vois. Ta journée a été longue et fatigante.

– Oui, reconnut Cendri.

– Alors, il faut aller te reposer...

– Avant de me retirer, permets-moi de te demander, Vaniya, si nous pourrons immédiatement commencer nos travaux dans les ruines... ?

– Hélas, dit Vaniya avec un soupir de regret, j'ai encore beaucoup à faire après les dégâts provoqués par le séisme, et je n'aurai sans doute pas le loisir de vous y amener avant plusieurs jours. Quand tu auras été correctement introduite dans... dans ce lieu qui est pour nous sacré, tu seras libre d'y travailler comme tu voudras.

Cendri, écoutant ces paroles avec attention, réalisa que, malgré sa courtoise sollicitude, la Pro-Matriarche venait de l'avertir de ne pas essayer d'aller seule aux ruines. *Pourquoi ?* Elle se dit que c'était assez naturel, les ruines que Vaniya appelait Nous-Fûmes-Guidées étant l'un de leurs lieux de culte les plus sacrés. Mais le raisonnement ne la convainquit pas tout à fait.

Peut-être n'est-ce pas la Pro-Matriarche Mahala qui est opposée à l'exploration des Ruines, mais Vaniya elle-même ! Voilà deux fois qu'elle esquive une réponse directe sur ce sujet !

Elle fit avec résignation la seule réponse possible, à savoir qu'elle attendrait un jour à la convenance de la Pro-Matriarche. Remontant dans leur appartement, elle anticipa sans enthousiasme les commentaires de Dal sur cette question et sur la société telle qu'ils l'avaient vue ce soir-là, mais Dal resta muet et pensif. Finalement, quand ils furent en sécurité dans leur chambre, il dit :

– As-tu déjà entendu une voix comme celle de Rhu ?

– Non ; pas depuis la tournée des musiciens d'Orphée sur Université. Ils avaient un baryton presque aussi bon.

– Et Vaniya qui le snobe et le traite comme un toutou ! Un talent pareil ! Ça me donnerait envie de le kidnapper et de l'introduire en contrebande sur Université ! Mais cela provoquerait sans doute un incident diplomatique. Il doit exister un châtiment pour celui qui aliène les sentiments d'un Compagnon de Pro-Matriarche ! Et à propos de Compagnon... dit-il, prenant Cendri par la taille. Si tu es bien sage, je te laisserai dormir avec moi dans le Coin d'Amusement !

Cendri éclata de rire et lui jeta les bras autour du cou.

– Ne sois pas arrogant avec moi, mon amour. Sur ce monde, je pourrais te mettre dehors le soir comme un chiot.

Mais elle se laissa porter dans l'alcôve capitonnée, beaucoup plus confortable que le haut lit étroit !

– On dirait que c'est ma seule fonction légitime sur ce monde, lui dit-il à l'oreille. Alors, autant en profiter !

Dal avait murmuré cela en plaisantant. Mais il y avait dans sa voix une nuance d'amertume qui apprit à Cendri que, pour lui, c'était loin d'être une plaisanterie.

Très tard dans la soirée, Cendri se leva et s'approcha de la fenêtre. Au loin, elle regarda les ruines que la Pro-Matriarche appelait Nous-Fûmes-Guidées. Dal dormait, assouvi et, espérait-elle, réconforté et apaisé. Comment faire pour qu'il ne devienne fou de frustration sur cette planète ? Alors qu'elle ferait son travail à lui, et qu'il devrait se faire passer pour son assistant, à elle... Elle avait été folle d'accepter cette tromperie !

Dal avait insisté, disant que c'était assez pour n'importe quel Savant que d'avoir le privilège de travailler sur les ruines des Bâtisseurs, et que c'était lui qui recueillerait tous les lauriers quand ils rentreraient sur Université. Pourtant, elle défaillait à l'idée de voir son orgueil blessé jour après jour, dans une société où il serait réduit au rang d'animal familier, comme Rhu, ce jeune homme livré aux plaisirs d'une vieille dame ! Elle s'étonnait de cette situation – Vaniya était de nombreuses fois grand-mère, et Rhu était assez jeune pour être son petit-fils !

Certes, cette situation n'était pas sans exister aussi dans l'Unité, où l'on voyait parfois de riches douairières s'enticher de jeunes gens talentueux. Mais en général, elles ménageaient davantage la dignité du jeune homme et elles en ressentaient quelque honte.

Elle dirigea son regard vers les basses collines se dressant derrière la ville, si bien éclairées par le clair de lune que toutes les formes se détachaient nettement sur le ciel. Au centre de Nous-Fûmes-Guidées, entouré par les ruines, et comme enchâssé – le mot lui vint involontairement à l'esprit – en elles, Cendri distingua un vieux modèle d'astronef.

Etait-ce celui dans lequel les femmes d'Isis étaient arrivées sur ce monde ?

A l'origine, se rappela Cendri, le Matriarcat avait été fondé quelques siècles plus tôt par un groupe d'historiennes, tenantes de la théorie insensée selon laquelle la souche humaine originelle provenait d'une culture matriarcale primitive, et que la décadence avait commencé quand l'adoration de la Déesse Mère, sorte de Terre-Mère planétaire, avait été abandonnée à la faveur de changements climatiques ayant convaincu cette société primitive que l'adoration des dieux du soleil et de la pluie, qui régulaient le climat, était plus importante que les cultes de la Déesse.

Ainsi, le Matriarcat est fondé sur le fanatisme religieux, et on ne pourra le comprendre qu'en comprenant ses commencements cultuels...

Le Matriarcat avait recruté des femmes sur toutes les planètes de l'Unité, et s'était installé sur une planète rebaptisée Perséphone. Pendant quelques générations, elles avaient continué à faire partie de l'Unité, et Cendri avait lu qu'elles avaient engagé des scientifiques dont elles avaient généreusement financé les recherches – Perséphone était une planète riche à l'époque – pour redécouvrir ce que le Matriarcat croyait – ou faisait profession de croire : l'humanité était femelle à l'origine, sans le chromosome Y de la masculinité.

Des recherches intéressantes avaient suivi, mais les femelles parthénogénétiques ainsi créées s'étaient révélées stériles après la deuxième génération, et le Matriarcat avait dû se résigner à conserver quelques mâles aux fins de reproduction.

C'est à peu près à cette époque qu'elles avaient fondé leur colonie de Labrys; après la bévue bureaucratique qui avait anéanti près de quatre-vingts pour cent de la population de Labrys, elles étaient devenues paranoïaques et s'étaient retirées de l'Unité – du moins selon leur version. L'autre version disait qu'elles avaient été exclues de l'Unité pour violation du Premier Principe, à savoir que tous les mondes adhérant à l'Unité devaient accorder l'égalité à tous leurs citoyens. Perséphone s'était prévalu de son droit à définir *qui* pouvait être citoyen. Après quoi, on n'avait pratiquement plus entendu parler d'elles. Les survivantes de Labrys, amères et aigries, avaient été rapatriées. Puis, une cinquantaine d'années plus tôt, Perséphone, ayant subi des changements climatiques, avait occupé, en conformité avec les lois de l'Unité concernant la colonisation, une planète pélagique inhabitée presque dépourvue de terres arables et connue sous le nom de Cendrillon. Comme elles n'étaient pas membres de l'Unité, elles avaient dû payer ce privilège un prix astronomique. Elles avaient promptement rebaptisé la planète Isis, et avaient coupé tous contacts.

Aux premiers stades des négociations sur les ruines, Cendri avait entendu Dame di Velo tempêter à ce sujet. A l'époque – Dame di Velo était encore jeune quand elles avaient colonisé Cendrillon – elle connaissait l'existence d'antiques ruines sur la planète et s'était convaincue que c'étaient des ruines des Bâtisseurs. Dame di Velo avait tenté de lever des fonds afin que Cendrillon fût colonisée par des archéologues et conservée comme source d'informations sur les hypothétiques Bâtisseurs. Mais Perséphone avait fait de la surenchère et remporté le prix.

– C'est une tragédie, avait dit Dame di Velo. La plus grande tragédie de ma vie professionnelle ! Qu'un monde qui aurait pu être une mine d'informations archéologiques soit vendu à une culture farfelue, où elles ne feront que filer, tisser et pêcher, en ignorant les plus célèbres artefacts de la Galaxie connue !

Mais les fondations scientifiques avaient traditionnellement du mal à trouver des fonds, et l'un des principes de base de l'Unité stipulait qu'on ne pouvait refuser les droits de colonisation de toute planète habitable. Le Matriarcat s'était donc installé sur Isis / Cendrillon et avait fermé ses portes à l'Unité. Elles vendaient, avait lu Cendri quelque part, de la nacre et des perles provenant de leurs océans, et aussi du magnésium, de l'arsenic, du sélénium et de l'or. Leurs bijoux étaient célèbres. Elles importaient du platine, du titane, et certains composés fluorés – Cendri ne savait pas au juste si c'était pour leurs industries du plastique, ou pour leurs dents – et quelques produits chimiques organiques. Mais jusqu'aux négociations qui s'étaient terminées par l'invitation de Dame di Velo, aucun citoyen de l'Unité n'avait posé le pied sur leur planète.

Cendri, qui commençait à être transie et engourdie près de la fenêtre, allait regagner le coin douillet où Dal dormait paisiblement, quand elle vit une lumière.

La nuit, la cité d'Ariane était plongée dans le noir. Cendri n'en était pas surprise. Ce qu'on appelait généralement la « vie nocturne » s'adressait surtout à des mâles solitaires des districts astroportuaires et consistait essentiellement à leur vendre des divertissements et du sexe. Elle se demanda distraitement ce que faisaient les mâles solitaires de ce monde pour se divertir. Elle avait l'impression que le mariage, tel qu'il existait sur son monde et celui de Dal, était inconnu ici. Cendri s'était habituée aux immenses différences existant dans les coutumes sexuelles d'un monde à l'autre. Sur Université par exemple, sa meilleure amie venait d'un monde où le mariage de groupe était la norme, et où la pire perversion consistait à faire l'amour en groupes inférieurs à quatre personnes. Et étant donné le nombre d'enfants qu'elle avait vus le soir dans la salle à manger, il devait bien exister des contacts sexuels quelconques !

Mais quoi qui se passât la nuit sur Isis, c'était en silence et dans le noir. Elle avait vu quelques lumières tamisées aux premiers étages des rares maisons bâties en hauteur, mais à part ça, tout était sombre. La longue file de points lumineux serpentant lentement dans la nuit attira donc son attention. Elle pensa d'abord à des veilleurs de nuit quelconques – des hommes ? – car pouvait-il exister une société, fût-elle matriarcale, sans crime ? Mais les lumières étaient trop nombreuses. Ouvrant un peu plus le rideau, elle se pencha par la fenêtre. C'était une sorte de retraite aux flambeaux, traversant lentement les jardins derrière la maison de la Pro-Matriarche et se dirigeant vers le rivage.

Eh bien, elle qui se demandait ce qu'on faisait la nuit à Ariane pour se divertir, elle avait une réponse, tout en ignorant ce que c'était. Pique-nique au clair de lune ? Ou plutôt des lunes, car il y en avait deux, magnifiques, dans le ciel. Bain de minuit ? Fête religieuse ? Elles allaient peut-être chasser, pêcher, nager, manger, copuler, ou cueillir des champignons, comme ceux qui, sur le monde natal de Cendri, ne poussaient que la nuit une saison par an. En tête de la procession elle distingua une haute et large silhouette, qui aurait pu être celle de la Pro-Matriarche elle-même.

Elle regarda les lumières serpenter le long du rivage, où se brisait doucement le ressac dans de petites efflorescences d'écume. Elles continuèrent à s'éloigner, comme de petites lucioles, dans la distance. Puis elles reparurent, minuscules points lumineux au centre même des ruines que Miranda appelait Nous-Fûmes-Guidées.

Là se trouvait l'astronef. Pensant à l'air extatique de Miranda quand elle parlait de contacts avec les Bâtisseurs, Cendri se demanda s'il s'agissait d'un culte qui s'était développé autour des ruines. Allaient-elles – Cendri se surprit à frissonner – apaiser les esprits des Bâtisseurs pour se faire pardonner leur invasion imminente par des gens d'outre-planète déterminés à découvrir leurs secrets ? Peut-être même pour apaiser leur courroux hypothétique. De nouveau, elle frissonna. Les religions basées sur le culte des ancêtres étaient notoirement sanguinaires ! Faisaient-elles des sacrifices dans les sanctuaires des Bâtisseurs ? Et *quels* sacrifices ? Cette culture lui paraissait pacifique et éclairée, avec une technologie adéquate, mais, par définition, les religions restaient toujours en dehors des structures rationnelles d'une société.

Elle chercha le clignotement des lumières. Elles s'étaient disposées en cercle, comme une guirlande lumineuse ornant les ruines et l'astronef, pensa Cendri, somnolente. Elle bâilla, lasse et transie – à l'évidence, la technologie d'Isis n'allait pas jusqu'au chauffage central, chose compréhensible étant donné le climat subtropical et la chaleur régnant pendant le jour ; mais les nuits semblaient plutôt froides. Elle pensa avec nostalgie à la chaleur des coussins, à la chaleur du corps de Dal qui, même dans le sommeil, était merveilleusement réconfortant et rassurant.

Pourtant, comme ensorcelée, elle continua à regarder les torches lointaines festonnant les ruines, semblables à celles de la Fête de l'Arbre Sacré sur Vhanni ou Rigel Quatre – et celle qui commençait à briller, comme un reflet des énormes lunes, en haut des ruines. Elle n'avait plus conscience du froid. Fascinée, elle fixait les lueurs chaudes et chaleureuses. Elle eut l'impression d'une voix qui emplissait son cœur d'amour et de confiance... son cœur s'envola vers la lumière, et, pendant un instant, elle redevint l'enfant qu'elle avait été et qui courait se réfugier dans le giron de sa nurse... un passage du chant de Rhu lui revint en mémoire : *Quand j'en aurai fini avec la vie / La Déesse acceptera-t-elle / De me serrer tendrement sur son cœur...*

Cendri sursauta et se secoua. Avait-elle dormi ? Les lunes s'étaient couchées, mais leur lumière persistait en lueur diffuse autour des ruines, la voix continuait à résonner en écho dans sa tête – avait-elle vraiment vu quelque chose ou avait-elle rêvé ? La raison lui disait : *Je rêvais*, mais, à cause de la voix chaleureuse, elle répugnait à n'y voir qu'un rêve. Pourtant, elle était assez bonne scientifique pour ne pas faire confiance à ses propres perceptions quand elles semblaient contraires à la raison.

– Dal, appela-t-elle doucement en se retournant.

Il se réveilla lentement, désorienté.

– Cendri ? Où es-tu ? dit-il, tâtant le lit près de lui.

Avait-elle dormi debout près de cette fenêtre ? Un rêve bizarre était-il une raison suffisante pour le réveiller ?

– Je suis là, devant la fenêtre, Dal, dit-elle doucement. Je voudrais te montrer quelque chose..

– *Sharrioz !* A cette heure ?

Il s'assit, tout ensommeillé, puis, tout nu, traversa la pièce pour la rejoindre.

– Qu'est-ce qu'il y a, ma chérie ?

– Dal... regarde... vers les ruines.

Clignant des yeux, il colla son visage à la vitre.

– Je vois des lumières... dans les ruines...

– Je les ai vues quitter la maison – il y a une éternité maintenant. Je n'ai aucune idée de l'heure qu'il était, mais les lunes étaient encore haut dans le ciel. Elles sont entrées dans les ruines...

– Eh bien, pourquoi pas ? l'interrompit-il. Vaniya a dit au dîner que c'était un lieu de culte. Peut-être qu'elles vont y faire des prières au clair de lune ou autre chose. C'est ton boulot d'étudier cette culture !

Elle dut se représenter que ce ton agressif n'était pas une insulte, qu'elle venait de le tirer du sommeil pour regarder quelque chose qu'elle n'était pas sûre elle-même d'avoir vu.

– Ce n'est pas tout, dit-elle. J'ai vu une grande lumière dans les ruines – près du sommet de cet édifice, celui dont le faîte est en forme de corne cassée, tu vois ?

La lumière persistait en une lueur diffuse, et sa vue réveilla en elle le souvenir de ce bref instant d'extase...

Mais maintenant elle n'était plus sûre de l'avoir vue. Elle l'avait imaginée, ou c'était une illusion, un reflet de la lune sur quelque surface brillante... Elle n'en parlerait pas à Dal, pas tant qu'il ne l'aurait pas vue par lui-même, et qu'il n'aurait pas ressenti la même chose qu'elle, qu'elle ressentait encore faiblement, et qui confirmerait ses propres perceptions.

– C'est une lumière... ou plutôt une lueur. Tu es sûre que ce n'était pas le clair de lunes, Cendri ? Ou une sorte de matériau luminescent – nous n'avons aucune idée des matériaux dont se servaient les Bâtisseurs.

Il s'interrompit, bâillant à se décrocher la mâchoire.

– Tu es sûre que tu n'as pas rêvé ?

Cendri réalisa qu'elle n'en était pas sûre. Un instant elle était pleine de cette lumière, de cette chaleur, d'une joie indéfinissable, d'un bonheur sans cause ; et l'instant suivant elle était transie et courbatue, et les lunes étaient couchées.

– J'ai *vu* une lueur, dit-elle l'air pitoyable.

– Je n'en doute pas, dit Dal, se remettant à bâiller. Peut-être que ce haut édifice reflète la lueur du soleil qui se lève sur l'océan, car l'aube doit être proche.

Avec une soudaine sollicitude, il tâta ses mains glacées, se baissa pour toucher ses pieds.

– Tu es gelée jusqu'aux os, ma chérie ! Tu as dormi, au moins, ou as-tu passé la nuit à regarder des processions et tout ça ? Laisse-moi te réchauffer.

Elle lui noua les bras autour du cou, et il la souleva dans ses bras et la transporta dans le coin capitonné, la couvrant soigneusement, la serrant contre lui pour lui transmettre sa chaleur. Blottie contre lui, elle insista.

– Dal, quand tu as regardé les lumières, tu as *éprouvé* quelque chose ?

Il faisait noir, mais elle sentit qu'il la regardait avec stupéfaction.

– Si j'ai senti quelque chose ? Cendri, tu dors à moitié, dit-il tendrement. Tu sais qu'il me tarde d'y aller ! A propos, merci d'avoir signalé à la vieille que je suis un Savant et que tu auras besoin de moi ; j'avais peur de ne pas être autorisé à y aller !

– Oh, Dal, pouvais-tu douter de moi ?

– Je n'étais pas sûr... je veux dire, tu es comme elles, tu es une femme, elles te respectent, je pensais que tu profiterais peut-être de l'occasion pour prouver de quoi tu es capable...

Est-ce qu'il n'a toujours pas confiance en moi ? se dit-elle, atterrée. Puis elle fut troublée par ses propres pensées. *Un homme a-t-il jamais confiance en une femme ? Complètement ? Est-ce pour cette raison que, sur certains mondes, les hommes s'efforcent tellement de dominer les femmes... pas par arrogance, mais par peur ?*

– Dal... je ne pourrais rien faire sans toi.

– Je n'étais pas sûr, dit-il, la serrant contre lui, non pour la réchauffer maintenant, mais pour se rassurer lui-même.

Cela ébranla les certitudes de Cendri. Elle avait toujours vu Dal si fort en face de sa faiblesse, si puissant alors qu'elle était sans force. Mais maintenant ?

– Cendri, crois-tu que je ne sais pas à quel point tu as regretté de ne pas devenir Dame Savante quand j'ai été fait Maître Savant ? Je n'aurais pas pu te blâmer... si tu avais profité de la situation... murmura-t-il, et elle le serra très fort, troublée, choquée au-delà de toute expression.

Commençait-elle à être corrompue par cette planète, où ces femmes lui donnaient l'illusion, l'hallucination de son propre pouvoir ? Brusquement, elle regretta d'être venue.

– Dal, serre-moi contre toi, dit-elle d'une voix suppliante. Serre-moi fort ! Ne me lâche pas ! J'ai peur ! Oh Dal, serre-moi très fort !

IV

Les fonctions de Vaniya continuèrent à l'accaparer, à l'exclusion de ses hôtes étrangers, pendant les dix jours suivants. Cendri n'en était pas fâchée ; elle en profitait pour étudier l'étrange société où on l'avait admise. Elle envisageait déjà avec fierté un rapport signé de son nom, une étude sur ces femmes qui vivaient essentiellement sans hommes, et qui lui vaudrait de ne plus usurper le titre de Dame Savante.

Elle prenait de nombreuses notes, qu'elle griffonnait dans la langue et l'écriture de son enfance, pour garder le secret sur ses travaux, car elle n'oubliait pas cette déclaration du Matriarcat – *nous n'accepterons pas d'être étudiées par des scientifiques comme si nous étions une de ces colonies d'insectes sous globes de verre que nous donnons pour jouets à nos filles.* Un enregistreur vocal pouvait être découvert et activé par hasard ; mais personne sur cette planète, pas même Dal, ne comprenait la langue et l'écriture de son monde natal.

Miranda continuait à se montrer amicale envers elle, et, en plusieurs occasions, lui proposa de se joindre aux activités des femmes de la maison, l'invitant à venir dans les salles de couture, les salles de tissage, les jardins et les pépinières. Pourtant, elle savait que l'essentiel de la vie du Matriarcat lui échappait. Elles ne vivaient pas totalement sans hommes – la société paraissant trop peu sophistiquée pour que l'insémination artificielle y soit largement acceptée. Elles devaient être nombreuses à avoir des rapports actifs avec les hommes, mais elle se demandait en quelles occasions, car on ne voyait jamais d'hommes dans la maison, sauf pour des travaux domestiques.

Pourtant, l'amitié croissante de Miranda l'encourageait à penser que, tôt ou tard, on l'autoriserait à pénétrer la société du Matriarcat plus en profondeur. Et Miranda avait une curiosité insatiable vis-à-vis de l'Unité – elle en était presque aussi curieuse que Cendri l'était du Matriarcat.

Un jour qu'elles étaient dans le jardin de la Résidence, au milieu des fleurs et des plantes ornementales des allées, Miranda lui demanda brusquement :

– Depuis combien de temps êtes-vous ensemble, toi et ton Compagnon ?

Cendri fit mentalement la conversion de l'année de l'Unité en celle du Matriarcat.

– A peu près un tiers de votre Longue année.

– Tu l'as pris comme Compagnon pour... pour la durée de ton séjour sur Isis ?

– Non, répondit Cendri en souriant. Nous avons l'intention de vivre ensemble aussi longtemps que nous le désirerons tous les deux. Il n'est pas courant qu'un mariage dure toute la vie – la langue d'Isis n'avait pas de mot pour mariage, et elle le remplaça donc par *partenariat* – mais ce n'est pas inconnu non plus, et actuellement, nous n'avons pas l'intention de nous séparer.

– Alors, ton Compagnon est également ton... ton partenaire-de-vie ? dit Miranda, étonnée. Comme cela me semblerait étrange – et à toutes les autres femmes également – d'avoir un mâle pour partenaire-de-vie ! Etrange et beaucoup trop – elle fit une pause pour chercher le mot juste, et dit finalement avec raideur, sans regarder Cendri – ... trop fatigant, épuisant même !

Cendri se demanda quelle idée elle se faisait des exigences sexuelles des hommes – et aussi des siennes propres. Elle savait que les besoins sexuels étaient avant tout psychologiques et largement conditionnés par la culture, mais croyait-elle vraiment que les hommes étaient sexuellement insatiables ? Elle se rappela que la pilote de la navette – ou était-ce Miranda elle-même, le jour de son arrivée ? – avait parlé de l'impossibilité d'instruire les hommes à cause de la violence de leurs pulsions sexuelles. Comment les femmes pouvaient-elles avoir une idée réaliste de ce qu'étaient les hommes alors qu'elles ne les connaissaient jamais intimement ?

– Je ne trouve pas, Miranda, dit-elle, quand même embarrassée.

– Mais ne te sens-tu pas seule sans autre femme dans la maison ? Ça me semble bizarre et antinaturel.

Cendri avait l'habitude de ce genre de remarque ; sur Université, le genre de mariage le plus commun était le mariage de groupe, et on lui demandait souvent si elle ne se sentait pas seule sans autre femme autour d'elle, et si ce n'était pas ennuyeux de ne vivre qu'avec un seul homme.

– J'ai beaucoup d'amies femmes, Miranda, dit-elle avec calme, mais notre vie, à Dal et à moi, est basée sur l'idée qu'un homme, une femme et leurs enfants forment la cellule de base de la société, que chacun est pour l'autre la personne la plus proche et intime, tous les autres étant en dehors de ce lien.

– Mais comment peux-tu être amie avec une femme si tu ne partages pas les choses importantes de la vie avec elle ? demanda Miranda. Une femme peut-elle vraiment être très proche d'une femme malgré cela ?

Cendri lui sourit. Elles avaient à peu près le même âge, et, selon les standards de sa planète, Miranda était très instruite ; pourtant, elle n'avait jamais quitté Isis, et cela seul la faisait paraître provinciale et immature aux yeux de Cendri.

– Sur Université, nous voyons beaucoup de modèles de vie différents, dit-elle. Selon le nôtre, pour une femme, un homme peut être un ami plus proche qu'une autre femme.

– Mais les femmes se ressemblent tant qu'elles se comprennent parfaitement, dit Miranda, avec une nuance de regret. Moi, je me sens bien esseulée – j'ai eu une partenaire quand j'étais encore à l'école, mais j'étais trop jeune pour choisir sagement, alors nous nous sommes querellées et séparées la dernière saison. Et je suis seule pour porter mon enfant. Ma mère et mes sœurs ont été très bonnes pour moi, mais ce n'est pas la même chose.

Elle hésita, sembla sur le point d'ajouter quelque chose, puis soupira et demanda simplement :

– Tu n'as donc pas d'enfants ?

Cendri répondit que non, qu'elle et Dal avaient décidé d'attendre qu'ils aient tous deux acquis les titres qu'ils voulaient et choisi le monde sur lequel ils désiraient vivre, ou de rester indéfiniment sur Université.

– Je trouverais étrange d'être obligée de consulter un homme quelconque pour une décision de ce genre, dit Miranda.

– Dal n'est pas pour moi un « homme quelconque », dit Cendri en riant, mais mon partenaire-de-vie, comme tu dirais, et je ne prendrais aucune décision sans le consulter, comme il n'en prendrait pas sans m'en référer. C'est mutuel, Miranda, quoi qu'on t'ait raconté sur ce que vous appelez les mondes des mâles. Je ne suis pas forcée de le consulter pour prendre une décision ; je le fais librement.

– Comme c'est étrange, dit Miranda. Chez nous, la plupart des femmes prennent une partenaire-de-vie à peu près à mon âge ; mais une femme peut partager ses décisions avec une autre femme, parce que nous sommes très semblables.

– Ta mère ne partage pas ses décisions avec son Compagnon ?

– Avec un Compagnon ? dit Miranda, haussant un sourcil incrédule. Non, bien sûr que non. Elle est en âge d'avoir un Compagnon, et en âge de prendre ses décisions toute seule. Aucune femme de mon âge n'entretient un mâle. Je suppose que tu es habituée à bien des choix et des genres de vie... termina-t-elle avec un rire nerveux.

Cendri acquiesça.

– Si tu étais sur Université, tu en verrais beaucoup également. Pourtant, je suppose que tu choisirais le modèle auquel tu es habituée et qui te donne des satisfactions émotionnelles depuis l'enfance. La plupart des gens conservent les modèles sexuels connus avant la puberté. Il est très rare d'en changer. Une femme de ma planète a participé à un mariage de groupe sur Université. Elle était mon amie, élevée comme moi dans l'idée du mariage un homme / une femme, mais elle a fait un mariage de groupe, où tous les autres participants avaient grandi dans l'idée que c'était la seule sorte de mariage durable et décente.

Elle se tut un moment, repensant à la brève tentative de Jerri pour franchir les frontières culturelles. Cela s'était terminé en désastre ; la plupart de ces tentatives finissaient par la folie ou le suicide.

– Au cours des premières décennies d'Université, reprit-elle au bout d'un moment, ces mariages interculturels étaient acclamés comme un grand pas en direction de la compréhension intersociale. Mais ils ont provoqué tant de tragédies qu'on pense maintenant, au contraire, que la loi devrait les interdire. Je suppose que la vérité – si elle existe – se trouve entre les deux.

Miranda acquiesça.

– Oui, pour moi, notre mode de vie me semble aussi naturel que si la nature l'avait écrit dans notre chair, nos entrailles, et nos cœurs ; et pourtant, je comprends que c'est parce que j'y ai été habituée depuis l'enfance. Mais pour quelqu'un d'une éducation différente, notre mode de vie peut paraître étrange et même dégoûtant. Est-ce qu'il te dégoûte, Cendri ?

– Je ne le connais pas assez bien pour savoir ce que j'en pense, dit Cendri, avec franchise.

En tout cas, elle avait été soumise à un long conditionnement, pendant sa formation d'anthropologue, qui l'avait libérée de la plupart de ces préjugés, mais elle ne pouvait pas le dire. Elle aurait voulu interroger Miranda sur certaines choses qui la laissaient perplexe, regrettant que ce ne soit pas possible sans lui faire soupçonner qu'elle n'était pas celle qu'elle prétendait être. Elle se posait des questions sur leurs rapports avec les hommes, se demandait si les « partenariats-de-vie » comportaient des rapports sexuels entre personnes de même sexe. Elle supposait que oui, les rapports homosexuels n'étant pas inconnus sur Université, mais elle ne savait pas comment formuler sa question sans risquer de violer un tabou insoupçonné.

Miranda s'accroupit près d'une plate-bande et cueillit une petite fleur bleue, qu'elle tourna et retourna dans sa main en disant :

– Il y a des moments où je... je me demande ce que ce serait que d'adopter l'un de ces autres modes de vie qui semblent si... si infamants à nos femmes. Tu m'as dit que ton Compagnon est aussi ton partenaire-de-vie. Mais tu viens de l'Unité, des mondes des mâles, alors, tu n'es pas sa propriété ? Es-tu liée à lui par un lien que tu ne peux pas trancher à volonté ?

– Pour mettre fin à notre partenariat, dit Cendri en souriant, je devrais simplement me présenter à l'Autorité Civile d'Université, et déclarer avec lui que nous souhaitons nous séparer. C'est tout. Si l'un de nous était d'accord pour la séparation et pas l'autre, ce serait un peu plus compliqué – et s'il y avait des enfants, nous devrions prendre des dispositions communes pour leur entretien et leur éducation. Mais un mariage ne peut pas persister si l'un ou l'autre ne le désire pas. Ce serait de l'esclavage.

– Et tu le laisserais partir comme ça s'il désirait te quitter?

– Quelle femme voudrait garder un homme qui ne veut plus vivre avec elle? rétorqua Cendri.

– Je trouverais bizarre de consulter les désirs d'un homme, surtout d'un Compagnon, dit Miranda, fronçant les sourcils. Je pensais que chez vous, c'était le contraire d'ici, qu'un homme était le propriétaire d'une femme et responsable de tout ce qu'elle faisait...

Cendri secoua la tête.

– Non, bien qu'il y ait eu des mondes où c'était vrai, comme Pionnier, voilà des générations. Et dans certaines cultures, un homme est obligé de pourvoir à l'entretien de tous les enfants qu'il a engendrés.

– C'est très étrange qu'un homme soit responsable d'un enfant, dit Miranda. Comment un homme peut-il savoir qu'il a engendré un enfant à moins d'enfermer la femme à clé?

De nouveau, elle sembla sur le point d'ajouter quelque chose, de nouveau elle hésita, et se tut. Cendri se demanda si le moment était venu pour elle de poser des questions sur leurs coutumes d'accouplement, mais Miranda reprit :

– Il semble tellement naturel que la femme, qui porte l'enfant, en assume la responsabilité. Pourtant, je vois bien que votre méthode peut avoir ses... ses attraits, dit-elle avec un sourire fugitif.

Cendri se demanda qui avait engendré l'enfant de Miranda, et si, pendant une minute, elle l'avait forcée à réfléchir au-delà de ses préjugés culturels.

– Mais si tu... avais un enfant, et que tu te sépares de ton partenaire-de-vie, comme moi, ne ferais-tu pas simplement ce que j'ai fait et ne retournerais-tu pas chez ta mère et tes sœurs pour qu'elles prennent soin de toi et du bébé ?

– C'est la dernière chose qui me viendrait à l'idée, dit Cendri en riant. Je ne sais même pas exactement où vit ma mère en ce moment ; elle ne pouvait pas attendre que je sois en âge de mener ma vie de Savante pour retourner à ses occupations. Je ne l'ai pas vue depuis mes dix-sept ans. Je suppose que nous nous reverrons un jour, en amies, mais nous avons chacune notre vie à vivre ; sur notre monde, nous ne reconnaissons pas les liens biologiques après que l'enfant est capable de subvenir à ses besoins.

– Je vous trouve froides comme les poissons, grimaça Miranda. Comment les femmes se distinguent-elles des animaux si ce n'est par l'entretien des enfants ?

Elle rit, et ajouta :

– Mais c'est bon d'entendre quelqu'un contester les idées que je trouve naturelles ! J'aime parler de ces questions avec toi, Cendri, mais je dois te prévenir de ne pas parler aussi librement aux autres femmes de la maison. La plupart seraient choquées de nos propos. Elles te trouveraient perverse de parler ainsi – et me trouveraient perverse également de t'écouter. N'en parle pas, veux-tu ?

Miranda sourit à sa nouvelle amie, puis prit une profonde inspiration.

– C'est bien ce que je pensais ; les épices pour le poisson sont en fleur, près du mur Sud. Viens, on va en cueillir et les apporter aux cuisinières. Il faut les ramasser quand leur parfum est à son maximum, et les sécher pour assaisonner le poisson la prochaine fois que nous irons visiter la mer.

Aidée de Cendri, elle fit un gros bouquet de fleurs rose grisâtre à l'odeur forte qu'elles apportèrent à la cuisine, où l'une des femmes fronça le nez d'un air dégoûté.

– Berk, Miranda, tu sens comme un plat de poisson, comme si tu venais de visiter la mer...

– Eh bien, c'est ce que j'ai fait, dit Miranda en riant. Il n'y a qu'à me regarder pour le savoir.

L'autre femme se retourna, scandalisée.

– Quelle façon de parler, Miranda ! Et devant notre hôte distinguée !

– C'est vous qui en avez parlé les premières, dit gaiement Miranda. Et si vous voulez des herbes pour assaisonner le poisson, nous devons avoir l'odeur de la mer. Et cette odeur me plaît, car elle me dit que le moment de visiter la mer est proche – qu'y a-t-il, Zamila ? Cette odeur te rend-elle l'attente trop pénible ?

Elle écrasa les fleurs entre ses mains, et, les arômes se répandant dans la cuisine, les femmes se mirent à pouffer nerveusement, pour une raison qui échappa à Cendri.

Et quand Cendri regagna son appartement, Dal aussi fronça le nez à cette odeur forte.

– Qu'est-ce que c'est que cette puanteur, Cendri ?

– Une herbe dont elles assaisonnent le poisson. J'ai aidé Miranda à en cueillir. Et je me demande si « visiter la mer » a quelque chose à voir avec leurs fêtes religieuses saisonnières. Je suppose que cette épice est très appréciée pour les repas.

– Je ne me rappelle pas en avoir mangé, dit Dal en reniflant. Et franchement, ça ne me manque pas. Tu ne trouves pas ça rasant de passer ton temps avec ces femmes, à cueillir des fleurs et autres fariboles ?

– Bien sûr que non, Dal, ça fait partie de mon travail. Et je commence à m'attacher à Miranda.

– Ne t'attache pas trop, dit Dal, maussade. Je n'ai guère confiance en ces femmes qui vivent sans hommes. Je trouve que ça n'est ni naturel ni sain, et je ne suis pas sûr que ça me plaise que ma femme passe tout son temps avec des femmes qui s'accouplent entre elles. Miranda ne t'a pas fait des avances, au moins ? Tu es sûre de pouvoir lui faire confiance ?

Cendri mit un moment à comprendre sa pensée.

– C'est tellement ridicule que je ne te ferai pas l'honneur d'une réponse, Dal.

Puis elle alla se laver les mains pour se débarrasser de l'odeur.

Miranda se sent seule, se dit-elle. Elle a fait un gros effort pour découvrir si j'avais des préjugés rigides contre leur mode de vie. Et ses sœurs ont toutes choisi des femmes comme partenaires-de-vie – oh, c'est ridicule ; Miranda sait bien que je ne suis pas ce genre de femme !

D'ailleurs, qu'est-ce qui me donne le droit d'être aussi condescendante vis-à-vis de ce qui est normal pour elles ? Si les hommes sont exclus de la société sauf pour la reproduction, et que les femmes passent tout leur temps ensemble, il est bien naturel qu'elles ressentent amour et affection les unes pour les autres. Comment aimer des hommes considérés comme des animaux dangereux et qu'il faut faire enregistrer comme des biens matériels ? Et naturellement, où il y a amour, il y a sans doute aussi rapports charnels. Ce n'est pas la première fois que tu vois des homosexuelles ! Ne sois donc pas aussi suffisante et condescendante, comme si tu avais le droit d'approuver ou de désapprouver ! C'est leur *société ! C'est normal que Dal les juge, mais il n'est pas anthropologue de formation... toi, tu n'as pas d'excuse !*

Elle plaignit quand même les femmes qui n'avaient pas le droit d'avoir un Compagnon avant d'atteindre l'âge de Vaniya, et qui étaient forcées de réserver leur amour, et même leur vie sexuelle, pour d'autres femmes. Non, pas forcées, c'était un choix... mais avaient-elle vraiment le choix, sans autre option dans leur société ?

Je suppose que mes propres préjugés culturels sont plus profonds que je ne le pensais...

Le soir, la Pro-Matriarche n'assista pas au dîner, mais, poussée par Dal, Cendri demanda à Miranda :

– Y a-t-il une possibilité que nous commencions bientôt nos recherches dans les ruines ?

– Je ne sais vraiment pas, Cendri, dit Miranda, évitant son regard. Il faut le demander à la Pro-Matriarche.

– Je sais que tu prends parfois les décisions à sa place, insista Cendri.

– Pas sur des questions de ce genre, dit Miranda. Seulement pour des problèmes domestiques. Je n'ai aucune autorité en ce domaine. Je sais ce que tu ressens, Cendri, mais il faut attendre la décision de la Pro-Matriarche.

Plus tard, quand ils se retrouvèrent seuls dans leur chambre, Dal fulmina :

– Jusqu'à quand vont-elles tergiverser ? Pourquoi t'es-tu encore laissé avoir ?

– Dal, j'ai été aussi loin que j'ai pu, et je sais que j'ai vraiment mis Miranda dans l'embarras.

– Peut-être que si tu l'avais suffisamment mise dans l'embarras elle commencerait à exiger une décision de Vaniya ! Cendri, si nous n'avons pas de réponse dans un jour ou deux, je crois que nous devrions aller trouver l'autre Pro-Matriarche – comment s'appelle-t-elle, déjà ? Mahala ? – pour voir si elle peut faire quelque chose. Peut-être que nous pouvons nous servir de leur rivalité pour faire bouger les choses !

– J'aimerais mieux l'éviter, Dal. Je ne voudrais pas nous aliéner Vaniya...

– Bon sang, Cendri, explosa Dal, toi, tu fais ce qui t'intéresse, tu études cette société...

– Baisse la voix, Dal, dit-elle sèchement. Si on t'entendait, ce serait la fin de notre mission ici !

Il baissa la voix et poursuivit en un murmure :

– Mais mon travail à moi, Cendri, le travail que nous sommes venus faire pour l'Unité ?

– Vaniya a été accaparée par les dégâts du tremblement de terre...

– Oh, je t'en prie ! Si les tremblements de terre sont si fréquents que ça, ce n'est sûrement pas la

Pro-Matriarche qui s'en occupe personnellement ! C'est un prétexte... pour nous retarder !

Il s'approcha de la fenêtre et, morose, regarda les lointaines ruines.

– As-tu déjà découvert pourquoi elles appellent ce site Nous-Fûmes-Guidées ?

– Je n'ai pas eu l'occasion de le demander, Dal.

– Pourquoi ? vociféra-t-il. Les ruines, c'est la raison de notre présence ici. De quoi parlez-vous, toi et Miranda ?

– De tout et de rien, soupira Cendri. En tout cas, de rien qui puisse t'intéresser, Dal.

C'était vrai, et elle lui en voulait. Tout ce qu'elle apprenait sur ce monde, toutes ses différences et ses étrangetés, ne signifiaient rien pour Dal. Cela, elle l'avait compris dès les premiers jours. Soudain, elle en éprouva un tel ressentiment qu'elle eut du mal à se retenir de lui jeter quelque chose à la tête. *Il trouve normal que je m'intéresse, et même que je me passionne pour ses maudites ruines, mais il n'accorde pas le moindre intérêt à mon travail !*

Dal se jeta dans l'alcôve capitonnée où ils dormaient.

– Tu ne viens pas te coucher ?

– Plus tard, Dal, dit-elle en lui tournant le dos. Il faut que je rédige mes notes. Qu'au moins l'un de nous deux fasse un travail effectif.

Il se leva, rageur.

– Ce n'est pas ma faute si nous n'avons pas commencé le travail que nous sommes venus faire !

– Je n'ai jamais dit ça, soupira-t-elle. Je suis désolée, Dal. Demain, je tâcherai de voir Vaniya et de lui faire comprendre que nous devons vraiment commencer notre exploration des ruines. Et si je ne la vois pas... il se peut que tu aies raison. Peut-être devrons-nous approcher l'autre Pro-Matriarche.

– Est-ce que la Grande Matriarche est toujours dans le coma, ni vivante ni morte ? demanda-t-il, un peu calmé.

Cendri hocha la tête.

– Et il nous faudra sans doute patienter jusqu'à ce qu'elle guérisse ou qu'elle meure. C'est sans doute ce qu'elles attendent.

– Et que se passera-t-il si le parti politique qui ne veut pas qu'on touche aux ruines arrive au pouvoir ? Nous devrions faire une tentative pour commencer nos travaux, afin que l'Unité sache au moins si ce sont des ruines authentiques des Bâtisseurs ou juste des vestiges d'une civilisation éteinte ordinaire...

– Je suis bien d'accord, dit-elle, écartant ses notes.

Elle ne pourrait jamais écrire tant que Dal serait de cette humeur. Il semblait n'y avoir qu'une façon d'apaiser son orgueil blessé. Elle s'efforça de faire la part des choses : c'était la seule fonction qu'il était censé remplir sur ce monde, alors il n'était pas étonnant qu'il cherche à faire impression de la seule façon possible, en imprimant sa marque sur le corps de Cendri, pour compenser toutes les humiliations qu'il subissait. Mais elle s'aperçut qu'elle lui en voulait, et endurait ses ardeurs sans désir.

Mais comment pourrait-il réagir autrement sur cette planète ? Etouffant loyalement son ressentiment, elle se laissa conduire à l'alcôve. Le *Coin d'Amusement*, pensa-t-elle avec ironie. D'amusement de qui ?

Des heures plus tard, un bruit de tonnerre la réveilla. Un instant après, elle entendit les paravents se renverser dans la chambre, les cris des enfants réveillés en sursaut, et elle pensa : *Un tremblement de terre ! De nouveau, si vite ?*

Assis à son côté, Dal prêtait l'oreille. Partout dans la maison, les paravents tombaient, la vaisselle cliquetait, les enfants criaient. On tapa à leur porte.

– Tu es en sécurité, Dame Savante, dit une voix. Le pire est presque passé, mais tu dois nous rejoindre dehors. Il vaut mieux rester à l'extérieur jusqu'à ce qu'on soit sûres qu'il n'y a pas de répliques.

Cendri enfila un vêtement au hasard et descendit vivement, avec Dal. Les petits pleuraient, les adolescents protestaient à voix ensommeillées. Une femme qu'elle ne connaissait que de vue lui saisit le bras et demanda :

– Ton Compagnon pourrait-il porter mon fils ? Il est trop lourd pour moi et trop endormi pour marcher.

Dal prit volontiers l'enfant dans ses bras, remarquant quand même à voix basse :

– Elle aurait pu me poser la question directement !

Ils sortirent sur la pelouse. C'était une ou deux heures avant l'aube ; il faisait froid, l'herbe était humide de rosée et l'odeur entêtante des herbes flottait dans l'air. Les femmes de la maison arrivaient peu à peu, échevelées et à demi vêtues. Vaniya, les cheveux hérissés sur la tête, mais aussi calme et sereine qu'à un banquet diplomatique, circulait de groupe en groupe, rassurant les femmes à voix basse. Rhu la suivait, ébouriffé et l'air endormi, pieds nus en longue tunique blanche. Vaniya s'approcha vivement, mais sans signe visible de précipitation, de Cendri comme Dal posait l'enfant près de sa mère.

– Tu n'es pas blessée, Cendri ? En fait, il n'y a aucun danger. Si près de Nous-Fûmes-Guidées, les secousses sont toujours très faibles.

Se tournant vers l'une des femmes, elle ajouta :

– Envoie un messager à la Maison des Hommes pour les rassurer et leur dire qu'il n'y a pas lieu de s'alarmer.

La femme s'éloigna à la hâte. Vaniya paraissait calme, mais Cendri sentait que quelque chose la troublait, car son regard passait de groupe en groupe, inquiet. La maison semblait vide ; plus aucune femme ni fillette ne descendait le perron.

– Je ne vois pas Miranda, dit Vaniya, anxieuse. Où est-elle ? Tu l'as vue, Rhu ? Cendri ?

Cendri chercha Miranda du regard, mais ne la vit pas.

– Où est Miranda ? demanda Vaniya à une femme debout près d'elle. Ta chambre est à côté de la sienne. Tu ne l'as pas vue sortir ?

– Non, Mère. Je croyais qu'elle était déjà descendue.

– Que la Déesse nous protège !

Vaniya, se retourna, les traits tirés d'angoisse, et s'élança vers le perron en criant :

– Miranda ! Miranda !

Rhu courut après elle, la rattrapa au pied des marches et dit d'une voix ferme :

– Laissez-moi faire ! Vous ne pouvez pas rentrer, il pourrait y avoir des répliques !

– Toi, Rhu ? Toi ? Non, tu ne serais pas en sécurité, dit-elle, surprise. C'est ma fille, elle porte mon héritière, c'est à moi d'aller la chercher...

Lialla, fille aînée de Vaniya, la retint par le bras.

– Non, Mère, tu ne peux pas risquer ta vie, on a besoin de toi ici, dit-elle d'un ton pressant. Je vais aller voir avec Zamila. Mais je crois que Miranda ne s'est pas réveillée, tout simplement. J'ai failli ne pas me réveiller moi-même ! Reste avec elle, dit-elle en se tournant vers Rhu. Empêche-la de nous suivre.

Vaniya demeura dehors, se tordant nerveusement les mains et ignorant Rhu qui s'efforçait, sans succès, de l'éloigner des marches et de la faire asseoir. Cendri s'approcha lentement, et la Pro-Matriarche lui dit d'un ton nerveux et saccadé :

– J'ai peur pour elle. Elle a peut-être été blessée par la chute d'un objet, elle a pu trébucher et tomber dans l'escalier, ou ressentir les premières douleurs de l'enfantement, j'aurais dû insister pour que quelqu'un dorme dans sa chambre...

– Elle a sans doute continué à dormir, dit Cendri, rassurante. Personnellement, je ne me serais pas réveillée si le paravent n'était pas tombé...

– Mais Miranda a le sommeil si léger! dit Vaniya avec agitation.

Puis, se tournant vers les groupes de femmes, elle ajouta :

– Il faut que j'aille voir si d'autres manquent à l'appel...

– Ça, je peux le faire pour vous, dit Rhu avec fermeté, s'éloignant en toute hâte.

Vaniya soupira et le suivit des yeux, s'appuyant lourdement sur la balustrade du perron.

– Je devrais y aller moi-même, mais Rhu est très capable et responsable...

Il revint peu après.

– Toutes les femmes de la maison sont ici, sauf Miranda, dit-il. Est-ce qu'on l'a retrouvée ?

La réponse de Vaniya fut couverte par de nouveaux cris; Cendri sentit la balustrade trembler et craquer sous sa main; la saisissant par-derrière, Dal l'aida à rester debout tandis que la rampe s'effondrait; Vaniya chancela et tomba. Derrière la porte, des femmes hurlaient.

– C'est Miranda... haleta Vaniya, se relevant avec effort et s'élançant sur le perron.

Mais Rhu la dépassa, poussant sur le battant. Bloqué, il résista, mais finit par céder et s'entrouvrit, pendant de travers sur ses gonds. Lialla et sa partenaire parurent dans l'ouverture, soutenant Miranda qui boitait. Trébuchant sur les marches, Vaniya poussa un cri consterné et serra sa fille dans ses bras en pleurant.

– N'aie pas peur, Mère, protesta Miranda. Je me suis tordu la cheville sur un paravent renversé, et je n'ai pas osé descendre l'escalier seule, de peur de tomber. Je ne suis pas blessée. J'ai un peu mal à la cheville, c'est tout...

Rhu ressortit à son tour de la maison.

– Les rampes sont cassées et renversées, mais il n'y a pas d'autres dégâts, dit-il. Comment... comment va Dame Miranda ?

– Bien, grâce à tes bras vigoureux, dit Miranda.

Nous ne pouvions pas ouvrir la porte qui était coincée, Mère, jusqu'à ce que Rhu ajoute ses forces aux nôtres...

– Louée soit la Déesse, soupira Vaniya, écartant un peu sa fille pour la regarder. Quand je ne t'ai pas vue sur la pelouse avec les femmes de la maison, j'ai cru mourir de peur ! L'enfant n'a pas souffert, Miranda ? Veux-tu que je fasse venir les sages-femmes pour nous assurer que le choc n'aura pas de conséquences ?

Miranda éclata de rire, les mains sur son ventre distendu et dit gaiement :

– Elle est saine et sauve et me fait savoir sans doute possible qu'elle n'aime pas les descentes d'escaliers précipitées. Je suis essoufflée, et j'aurai besoin d'un pansement pour ma cheville quand nous rentrerons dans la maison, mais je ne suis pas en travail, et n'y serai sans doute pas avant un autre changement de lune ! J'ai eu peur en constatant que la porte était coincée, et s'il y avait eu une réplique, le battant aurait pu nous tomber dessus. Mais tout est bien qui finit bien grâce à Rhu, termina-t-elle, le gratifiant d'un bref sourire.

Il rougit et répondit de son ton cérémonieux :

– C'est un plaisir de vous servir, Dame Miranda.

Sautillant sur un pied, Miranda s'approcha de Cendri.

– J'espère que tu n'as pas eu peur, et ton Compagnon non plus, dit-elle. Nous sommes en sécurité ici ; le sol tremble très peu si près de Nous-Fûmes-Guidées... ajouta-t-elle, montrant les ruines. Elles sont là depuis plus de siècles que nous n'en pouvons compter, mais nous pourrons un jour compter les siècles où elles nous ont prodigué leur amour et leur protection.

Cendri regarda les ruines et pensa : oui, c'est vrai. Pourquoi ne se sont-elles jamais écroulées ? Ces édifices ont-ils été construits de manière à résister aux tremblements de Terre ? Ou en un lieu à l'abri des secousses sismiques ? Cela semble peu probable, si près d'Ariane, qui a subi deux tremblements de terre en dix jours...

– Regardez, dit Lialla, le séisme a dû être violent. On voit la lumière des incendies à l'intérieur de la cité...

Rassurée sur le sort de Miranda, la Pro-Matriarche fut bientôt rappelée à ses devoirs.

– Va chercher ma voiture et mon chauffeur, dit-elle à Rhu. Est-ce que Maret a consulté les instruments pour savoir où se trouve l'épicentre ?

– Ici, Mère, dit l'énorme femme-par-courtoisie, s'avançant, une feuille dans sa main replète. Les instruments indiquent que le centre était tout proche, mais le séisme n'a pas été grave, bien que les dégâts soient sans doute plus grands dans la cité.

– Merci, chère enfant, dit Vaniya, tapotant les doigts boudinés. Ce doit donc être terminé, car un séisme de ce genre a rarement des répliques, et grâces soient rendues à la Déesse, il est survenu sur terre, et non dans la mer, de sorte que le raz de marée nous sera épargné sur la côte. Il faut quand même que j'aille en ville, voir si la Grande Matriarche n'a pas souffert et si les Mères de la cité ont des dégâts à déclarer. Et je dois aussi m'assurer que ma consœur Mahala est saine et sauve.

Elle ajouta, hésitante, regardant Miranda :

– Ça m'ennuie de te laisser alors que tu es blessée...

– Ne t'inquiète pas, Mère, dit Miranda en souriant. Ce n'est qu'une légère entorse et mes sœurs sont là pour m'assister. Si tu ne me crois pas, demande à Maret, elle te le confirmera.

Maret eut un sourire niais ; ses yeux bleus se révulsèrent, et son visage s'avachit vilainement. Au bout d'un moment, elle dit d'une voix lointaine :

– Miranda n'a rien et son enfant n'a pas souffert.

Cendri se demanda si Maret était voyante, prophétesse ou simplement charlatan. Dans certaines cultures, les chamans renonçaient à leur sexe... Elle ramassa la feuille que Maret avait lâchée quand ses yeux s'étaient révulsés. C'était un graphique banal émanant d'un antique sismographe. Etrange, ce mélange de science et de superstition, et que Maret fût à la fois chargée de l'appareillage scientifique et consultée comme devineresse !

Etourdiment, Miranda fit un pas, et se raccrocha à la personne la plus proche, qui se trouva être Dal. Elle retira vivement sa main, comme si elle s'était brûlée, et Cendri tendit la sienne pour la soutenir.

– Je ferais bien de ne pas marcher tant que mon pied n'est pas bandé, dit-elle, s'appuyant sur Cendri avec soulagement.

Rhu s'agenouilla devant elle, déchira une bande au bas de sa tunique et se mit à lui panser la cheville. Elle détourna pudiquement les yeux, et Vaniya fit aussitôt signe à une femme qui s'approcha vivement, repoussa brutalement Rhu, et termina le pansement. Miranda se leva, et, s'appuyant sur Cendri, testa sa cheville.

– C'est mieux, dit-elle. Merci, Haliya.

Elle n'accorda pas un regard à Rhu.

– Tu peux partir, Mère. Maintenant que ma cheville est bandée, je peux m'occuper de tout. Ta voiture t'attend et on a besoin de toi en ville.

A contrecœur, Vaniya serra une dernière fois les mains de Miranda dans les siennes et monta en voiture.

– Dois-je vous accompagner, Vaniya ? demanda Rhu.

– Non, mon cher. Que pourrais-tu faire ? Reste ici pour distraire le Compagnon de la Dame Savante et veiller à ce qu'il ne gêne personne, l'admonesta-t-elle avec bonté, puis elle referma la portière.

La voiture s'éloigna, et Rhu revint tristement vers eux, mais Miranda circulait déjà entre les groupes, les réconfortant de son mieux. Rhu s'approcha de Dal ; Cendri espéra que Dal n'allait pas le rembarrer ; car Dal admirait la voix de Rhu mais n'avait aucun respect pour le Compagnon, et, dans l'intimité, avait fait sur lui des remarques sarcastiques.

Cendri écouta Miranda donner ses instructions : s'il n'y avait pas de répliques, elles pourraient bientôt rentrer dans la maison et se remettre au lit, mais il ne fallait pas allumer de feux de cuisine avant d'êtres certaines que tout danger fût passé. Elle désigna des femmes pour servir un repas froid, et, quand le jour serait levé, pour repérer les dommages subis par les murs et les fondations de la Résidence. Tout en admirant son efficacité domestique, Cendri leva les yeux vers les ruines, sur la colline qui les dominait. L'aube pâlissait le ciel sur l'océan, colorant de rose le sommet des ruines, et Cendri se demanda combien de temps s'écoulerait encore avant qu'on leur permît d'y aller.

Vaniya pouvait leur imposer un nouveau délai, prétextant des activités consécutives à ce nouveau tremblement de terre. Mais que pouvait-elle y faire ? Il était déraisonnable de demander à la Pro-Matriarche de négliger une ville ayant souffert de deux séismes et de plusieurs incendies.

Non qu'elle se souciât de ces délais ; c'était une occasion inespérée d'étudier le Matriarcat, mais c'était dur pour Dal... Elle regarda son mari, qui écoutait Rhu d'un air patient. Naturellement, Rhu supposait que Dal était, comme lui, un Compagnon dont la fonction principale était de procurer plaisir et compagnie à une femme de prestige. *Il faudra que je me renseigne. Est-ce que seules les femmes de haute situation sociale sont autorisées à avoir un Compagnon ? Et que font les autres ?*

Dal eut le bon sens de ne pas rabrouer Rhu – car, toute insulte faite au Compagnon de Vaniya pouvait être une insulte à la Pro-Matriarche elle-même. Mais il tendait à l'éviter quand il pouvait le faire discrètement...

Miranda revint vers Cendri.

– Je crois que tout est terminé, dit-elle. La dernière réplique était si faible qu'elle n'aurait pas renversé un paravent. Mais il faut faire attention dans l'escalier, car les rampes sont cassées. Je crois que nous pouvons renvoyer tout le monde se coucher.

Elle regarda distraitement le graphique du sismographe que Cendri tenait toujours à la main.

– C'était un de ces tremblements de terre survenant sur la terre ferme ; nous pouvons en faire l'analyse et même les prédire dans une certaine mesure. Et beaucoup surviennent dans l'intérieur des terres, où aucune femme ne réside. Il n'y a pas grand danger, et il suffit de prévenir les mâles quand ils vont à la chasse. Ce sont les secousses sous-marines qui sont dangereuses, ajouta-t-elle, l'air troublé. Nous n'avons aucun moyen de les prédire et de nous prémunir contre les raz de marée qui dévastent nos côtes...

– Dans l'Unité, dit Cendri, nous avons des ordinateurs sophistiqués qui enregistrent le glissement des plaques tectoniques et les activités sismiques sous-marines, et qui peuvent prédire la force des tsunamis, des raz de marée, qui en résultent, de même que l'endroit où ils frapperont.

– Je m'en doutais, dit Miranda, hochant la tête. Même à l'époque où ma mère est arrivée ici de Perséphone, ces machines existaient. Mais seules les planètes les plus riches avaient les moyens de les payer, et, après le désastre de Labrys, nous n'avions plus les ressources nécessaires pour acheter ces appareils. Et toutes nos ressources n'y suffiront pas pendant encore au moins cent ans.

Elle considéra le graphique, l'air abattu.

– Les séismes terrestres causent peu de dégâts à cause de la façon dont sont conçus nos meubles et nos maisons, et parce que nous avons des lois très strictes concernant les feux. Mais tous les ans, surviennent des raz de marée qui détruisent des villages entiers, détruisent les bateaux, détruisent la récolte de perles... Je ne sais pas si Isis pourra tenir cent ans avant d'acquérir ces équipements ! Et si nous ne pouvons pas rester ici, ajouta-t-elle en soupirant, je ne sais pas où nous irons...

Se ressaisissant soudain, elle ramena son attention sur ses hôtes.

– Cendri, tu peux maintenant rentrer sans danger avec ton Compagnon. Dormez si vous le pouvez ; je vous enverrai votre petit déjeuner à l'heure que vous voudrez, et dans l'après-midi, des femmes viendront pour réparer ou enlever les paravents endommagés.

– Je suppose que la Pro-Matriarche sera absente toute la journée ? dit Cendri. Y a-t-il une possibilité que nous commencions bientôt notre étude des ruines ?

– Pas aujourd'hui, j'en ai peur. Même si les dégâts sont faibles dans la cité, elle devra aller en visite dans un village de la côte qui a failli être détruit par une secousse sismique peu avant votre arrivée. Il paraît que leurs bateaux et leurs filets sont déjà réparés, et qu'elles sont prêtes à commencer la récolte de perles annuelle. Comme la Grande Matriarche est malade et incapable d'assumer ses fonctions, ma mère devra s'y rendre pour bénir les bateaux et les plongeuses. Tu as déjà vu nos pêcheuses de perles ?

Cendri secoua la tête.

– Bien sûr, j'ai entendu parler des perles d'Isis ; on dit que ce sont les plus belles de la Galaxie.

– Elles sont la base de notre commerce, confirma Miranda. Certaines disent que leur exportation doit cesser, que les perles sont les larmes de la Déesse et qu'il est mal de les expédier hors-planète où Elle n'est pas révérée.

– Toute la Galaxie serait plus pauvre si elle était privée des perles d'Isis, dit Cendri.

– Isis serait plus pauvre aussi, dit Miranda avec franchise. Notre monde a besoin de beaucoup de choses que nous ne fabriquons pas. Nos perles sont notre plus grande richesse, et pratiquement notre seul espoir d'acquérir un jour les équipements dont je parlais, et qui nous permettront peut-être de prédire les tsunamis qui dévastent nos côtes et tuent tant de nos pêcheuses et plongeuses. Certaines prétendent que nous devons avoir confiance en la miséricorde de la Déesse, ou même en l'amour et la protection des Bâtisseurs, mais je n'ai pas autant de foi qu'elles, je le crains. Bon, en voilà assez, ajouta-t-elle, serrant brièvement Cendri dans ses bras. Retourne te coucher, mon amie. Et si tu n'es pas trop fatiguée dans l'après-midi, aimerais-tu venir avec moi assister à la bénédiction des plongeuses ?

– J'aimerais beaucoup en effet, dit Cendri. Je n'ai pas encore visité votre rivage.

Miranda battit des paupières avec un petit rire embarrassé, puis elle se ressaisit et dit :

– Eh bien, une visite aux pêcheuses de perles sera une expédition presque aussi agréable. Nous partirons à midi, à moins qu'il survienne un autre tremblement de terre, ce qui est peu probable. Appelle ton Compagnon, ajouta-t-elle, se tournant vers Rhu et Dal. Il ne sait peut-être pas qu'on peut rentrer dans la maison.

Cendri hésita – ne voulant pas appeler Dal péremptoirement, comme le faisait Vaniya avec Rhu, mais il devait être prévenu. Elle lui fit signe et lui annonça la nouvelle.

– Nous pouvons rentrer ? Tant mieux. C'est une heure indue pour se lever ! dit Dal, et, prenant Cendri par la taille, il commença à monter le perron.

Devant l'air stupéfait de Miranda, Cendri se dégagea, s'efforçant de rester insensible au regard irrité de Dal.

Au moment de franchir la porte dégondée, elle

jeta un bref coup d'œil en arrière. Il ne restait personne sur la pelouse, à part Rhu et Miranda, dont le visage éclairé par le soleil levant semblait transfiguré. Sans aucune trace de sa timidité habituelle, elle lui parlait d'un air absorbé. Au bout d'un moment, Rhu la prit par le bras et l'aida à monter le perron. Réalisant soudain qu'elle les dévisageait, Cendri se hâta de rentrer.

Elle se dit qu'elle imaginait des choses. Rhu était le Compagnon de Vaniya ; Miranda était la fille préférée de la Pro-Matriarche et la mère de sa future héritière. Rhu étant profondément dévoué à Vaniya, il était normal qu'il soit également tout dévoué à Miranda. Pourtant, quelque chose que Cendri appelait son instinct la poussa à se demander : *Rhu et Miranda ?*

Sottise ! se dit-elle. Elle n'en savait pas assez sur les rapports femme / homme pour sauter ainsi aux conclusions ! Elle suivit Dal dans l'escalier.

Dans leur chambre, Dal considéra avec consternation les livres et les enregistrements éparpillés par terre.

– J'aurais dû prendre plus au sérieux les braquets des étagères ! Mais je ne pensais jamais qu'on aurait un tremblement de terre si tôt après l'autre !

Dégoûté, il se mit en devoir d'évaluer les dégâts.

– Pendant que tu parlais à Vaniya ou à sa précieuse fille, dit Dal, je suppose que tu n'as pas pensé à demander si nous pourrions commencer l'étude des ruines dans un avenir pas trop éloigné ?

– Si, j'y ai pensé, protesta-t-elle, mais Miranda a dit que, cet après-midi, elle doit aller dans un village de la côte assister à la bénédiction des bateaux et des plongeuses...

– D'accord, d'accord ! dit Dal, écœuré. Tu t'es encore laissé avoir !

Cendri en resta sans voix.

– Qu'est-ce que tu voulais que je fasse ? dit-elle enfin. Que je hurle en tapant du pied ? Vaniya est prise par ses fonctions, je ne peux pas lui demander de les négliger, Dal. De toute façon, ce sera intéressant de voir les villages des pêcheuses de perles...

– Pour toi, peut-être, dit Dal, lèvres pincées. Moi, je ne m'intéresse pas aux coutumes locales.

Il se tourna pour redresser un paravent.

– Laisse ça, Dal. Miranda a dit qu'elle enverrait des femmes pour réparer les paravents et tous autres dégâts...

– Il faut bien que je fasse quelque chose, non ? dit-il avec rage. Toi, tu ne manques pas d'occupations. Et crois-tu que j'aie confiance en ces maudites bonnes femmes pour leur laisser manier nos livres et nos cassettes ?

Tournant le dos à Cendri, il se mit à ramasser ses documents éparpillés par terre. Cendri soupira sans répondre. Elle réalisa soudain qu'elle apprenait vraiment à tenir sa langue, ces derniers temps. Elle alla s'allonger, sans grand espoir de se rendormir, mais au bout d'un moment elle sombra dans une lourde somnolence.

Un coup léger frappé à la porte la réveilla. Elle regarda autour d'elle, mais Dal avait disparu dans l'autre pièce de l'appartement. Elle se leva et marcha lentement vers la porte, mais avant qu'elle y arrive, elle fut ouverte d'une violente poussée. Un homme se glissa vivement à l'intérieur et referma derrière lui.

Un homme ; le premier qu'elle voyait, à part Rhu, dans la Résidence de la Pro-Matriarche. Petit, voûté, et grisonnant, les yeux dilatés de peur, il dardait autour de lui des regards furtifs. Il avait été marqué au fer rouge, et la marque était comme une cicatrice enflammée sur son front ridé. Cendri s'était tellement habituée à ne voir que des femmes qu'elle eut peur tout d'abord. Il avait l'air tellement hagard ! Sur cette planète, les hommes étaient peut-être effectivement des animaux dangereux, les traits culturels ayant pris le dessus sur les caractères innés...

– Que veux-tu ? dit-elle sèchement, et, à la façon dont il tressaillit, elle réalisa qu'il avait beaucoup plus peur d'elle qu'elle de lui.

– Je dois voir... la personne des Mondes Extérieurs, murmura-t-il en tremblant... des mondes des mâles...

– C'est moi, dit Cendri, perplexe. Que me veux-tu ?

– Sauf votre respect, Dame Savante... il paraît... c'est une rumeur... qu'il y a ici un mâle des Mondes Extérieurs... si ce n'est pas interdit...

– Je crois que c'est à moi qu'il veut parler, Cendri, dit Dal, arrivant derrière elle.

Il l'écarta de la main, et l'homme eut l'air choqué de ce geste.

– Comment t'appelles-tu ?

– Bak, Savant respecté, murmura l'étranger un peu plus fort. Vraiment, tu oses parler, tu es de...

– Pas de temps à perdre avec ça, dit Dal, avec une tranquille assurance, qui, remarqua Cendri, contrastait violemment avec l'attitude terrifiée du visiteur. Je suis le Maître Savant Dallard Malocq. As-tu un signe pour moi ?

L'homme se ressaisit et fit le signe que Cendri avait remarqué à l'astroport : doigts joints touchant le pouce, puis s'écartant lentement.

– Nous ne sommes pas nés dans les chaînes, ajouta-t-il d'une voix tremblante.

– Et vous ne mourrez pas dans les chaînes, dit Dal. Je ne sais pas si c'est la réponse que tu attends, mais nous avons à parler. Cendri, laisse-nous.

Cendri s'écarta de la porte tandis que Dal faisait entrer l'homme.

– J'attendais quelqu'un, dit-il. Dis-moi... Enfer et damnation ! Qu'est-ce que c'est que ce vacarme ? Entre ici, vite !

Il le poussa dans la salle de bains tandis que des pas montaient l'escalier en courant. Puis la porte s'ouvrit d'une violente poussée, et trois gaillardes entrèrent.

– Qu'est-ce que... voulut protester Cendri.

– Pardonnez-nous, Dame Savante, dit l'une des femmes, mais nous avons des raisons de croire qu'un mâle fugitif s'est réfugié ici. Nous devons le chercher.

Cendri ouvrit la bouche pour protester, mais la femme traversa vivement la chambre, ouvrit la salle de bains et appela ses compagnes. Quelques instants plus tard, elles reparurent avec Bak qui se débattait entre elles.

– Tiens-toi tranquille, lui dit la chef, le secouant rudement par le bras. Cette fois, c'est la Maison de Punition qui t'attend, Bak, peut-être assortie d'une bonne flagellation ! Quand elles apprendront que tu t'es introduit chez la Dame Savante d'Université...

Dal s'avança et eut un geste menaçant.

– Lâchez-le ! C'est mon invité ; il est venu pour me parler. Bas les pattes, j'ai dit !

La femme lui donna un grand coup de matraque dans le ventre, sous les yeux horrifiés de Cendri. Il hurla et s'effondra par terre, plié en deux.

– Il faut dresser ton Compagnon, Dame Savante, ou nous serons forcées de l'assommer !

Elle décocha un bon coup de pied à Dal qui se tordait déjà de douleur, et secoua sauvagement le bras de Bak.

– Je ne comprends pas, dit Cendri, s'efforçant de garder son sang-froid. Cet homme n'a rien fait ; il a demandé à parler à... mon Compagnon. Je ne comprends pas pourquoi un de nos visiteurs est arrêté comme un voleur.

La chef des gardes releva la tête, l'air méprisant.

– Tu n'es pas ici dans un monde de mâles, Dame Savante ; ici, les hommes ne peuvent pas pénétrer impunément dans les maisons des femmes. Toi, dit-elle à Bak, dont toute résistance avait cessé, et qui tremblait entre ses tortionnaires, qui est ta propriétaire ?

Il garda un silence plein de défi.

– Parle donc ! cria la femme, le giflant à toute volée.

Il resta obstinément muet. Elle s'avança et le saisit au collet, l'obligeant à relever la tête. Elle étudia un instant la marque de son front, puis dit avec colère :

– La Pro-Matriarche Mahala ! Tu vois, Dame Savante, c'est un complot pour te discréditer ! Nous t'avons vue agir, et nous savons que tu n'as jamais invité ce misérable, dit-elle avec mépris. Mais beaucoup de femmes d'Ariane seraient capables de le croire ! Et alors, tu n'aurais plus aucune chance de faire tes recherches sans provoquer le scandale ! Emmenez-le, ordonna-t-elle. Nous le garderons jusqu'à ce que Mère Vaniya le traite comme il le mérite !

Cendri s'agenouilla près de Dal.

– Elles t'ont fait mal ? dit-elle d'une voix chavirée.

L'une des femmes s'esclaffa bruyamment ; sa supérieure se retourna avec un geste rageur.

– Silence ! ordonna-t-elle. La Dame Savante vient d'outre-planète et tu n'as pas à braire devant ce que tu ne comprends pas. Occupe-toi plutôt de ton prisonnier !

Elles sortirent avec Bak. Cendri tremblait de tous ses membres. Dal se releva en jurant et en se tenant le ventre.

– Je n'aurais jamais cru que j'aurais un jour envie de frapper une femme, mais, *Sharrioz*, j'aurais aimé lui faire avaler sa matraque !

– Dal, qu'est-ce que ça signifie ? Elles ont dit qu'il appartenait à la Pro-Matriarche Mahala. Que c'était un complot pour me discréditer...

– C'est idiot !

– Alors, qu'est-ce que c'était, Dal ? Sais-tu qui il était ? dit-elle, l'observant avec crainte. Tu sais que tu ne dois pas te mêler de leur politique...

Il fronça les sourcils.

– Ecoute, Cendri, c'est mon affaire ; ne t'occupe pas de ça. Je sais ce que je fais.

Il consulta sa montre et ajouta :

– Dame Miranda doit t'attendre. Va donc assister à la bénédiction des plongeuses ou d'autre chose, et ne t'inquiète pas pour moi. Je me débrouillais bien tout seul avant de te rencontrer, et je peux continuer

– Dal... dit-elle, hésitante, effrayée. Dal, ne va pas t'attirer des ennuis, le supplia-t-elle.

Mais il se contenta de répéter d'un ton suave :

– Dame Miranda doit t'attendre.

V

Le village des pêcheuses de perles était non loin sur la côte, presque au pied des ruines que Cendri contempla avec frustration. Jusqu'à quand Vaniya allait-elle faire de l'obstruction ? Si Dal pouvait commencer ses recherches, il ne serait pas tenté de s'engager dans des intrigues, dangereuses et sans aucun doute illégales, avec les hommes. Entre l'épouvante et la colère, elle pensa : *Cela pourrait nous faire chasser d'Isis. Université précise toujours que les scientifiques qui vont étudier une culture ne doivent pas se mêler de politique...*

– Regarde, nous sommes à l'heure, dit Miranda. Voilà ma mère, là-bas, près de la jetée...

Vaniya, très imposante en drapés violets et écarlates, était debout devant un groupe de femmes, toutes minces et nues, les cheveux noués sur la tête, un couteau formidable à la taille. Cendri n'entendit pas ce que disait la Pro-Matriarche, mais à mesure qu'elle passait devant les pêcheuses, celles-ci s'agenouillaient une par une devant elle, qui leur mettait les mains, d'abord sur la tête, puis sur leur couteau. Quand toutes furent à genoux, un chant funèbre s'éleva.

– Elles pleurent les femmes noyées au cours de la dernière saison, murmura Miranda. C'est un métier très dangereux ; dans ce seul village, quatre femmes ont trouvé la mort l'année dernière. Tu veux t'approcher ?

– Oui, je crois...

Lentement, elles avancèrent sur le rivage jonché d'algues et de bois flottés, de galets et de coquillages. Cendri regarda les frêles maisons, bâties juste au-dessus de la ligne des hautes eaux, les petites barques circulaires en bois et fibres.

– Elles sont toutes pêcheuses de perles dans ce village ? demanda-t-elle, observant les femmes et les enfants qui regardaient la cérémonie.

– Presque toutes. Elles sont plongeuses de mère en fille depuis des générations, et, dès l'enfance, on leur apprend à rester tous les jours un peu plus longtemps sous l'eau. Quand j'étais petite, j'avais une amie dans ce village ; nous allions à l'école ensemble. Je suis bonne nageuse, mais elle pouvait rester sous l'eau si longtemps que ça me donnait le vertige et me faisait mal aux oreilles quand je voulais l'imiter, dit Miranda. Une fois, j'ai failli me noyer parce que je n'ai pas pu remonter avant elle et que j'ai perdu connaissance. Si la matrone n'était pas venue me repêcher, je serais morte. Ce jour-là, j'ai appris que toutes les différences entre les femmes ne viennent pas de l'éducation et de l'entraînement, mais que certains dons sont innés, et que la compétition est inutile, que c'est un jeu juste bon pour les hommes... Regarde, ma mère est en train de bénir leurs couteaux. C'est pour que la Déesse éloigne d'elles les créatures de la mer, et qu'elles ne soient pas forcées de répandre le sang dans Son saint royaume...

– Votre Déesse est donc une Déesse de la mer ?

– C'est la Déesse de tout, la Mère du Monde, dit Miranda. Quand les Premières Mères vivaient sur Perséphone, elles l'adoraient sous ce nom. Ici, nous l'appelons Isis ; c'est l'esprit qui réside dans les rochers et la terre, dans l'air et dans les vents. Mais nous l'adorons surtout dans la mer, parce que c'est de la mer, nous disent nos scientifiques et nos sages, que vient toute vie sur tous les mondes.

Pas étonnant qu'elles aient rebaptisé la planète, se dit Cendri, réprimant à grand-peine un sourire. *Qui voudrait adorer une Déesse du nom de Cendrillon ?*

– Si le sang ne peut pas être répandu, la pêche est donc interdite ? dit Cendri.

– Oh non, dit Miranda. La Déesse nous envoie beaucoup d'aliments venant de la mer, et, ajouta-t-elle, passant de la foi religieuse à la sagesse pratique, nous n'avons pas assez de terres arables pour nous nourrir. Mais le sang n'est répandu qu'à toute extrémité. La plupart des poissons sont pêchés au filet, ce qui offense moins la Déesse, du moins c'est ce que croient beaucoup de femmes, qui refusent de manger du poisson pêché au harpon. Et quand nous visitons la mer et que les hommes sont autorisés à pêcher à la lance, beaucoup de femmes refusent de manger leurs prises à cause du sang répandu dans Ses eaux.

Posant les mains sur son ventre distendu, elle soupira :

– Cette saison, je ne visiterai pas la mer, car j'aurai un enfant au sein. Regarde, elles mettent les barques à l'eau. Les bancs d'huîtres sont au large, près de ces récifs. Allons sur la jetée d'où nous pourrons mieux les voir.

Elles montèrent l'escalier ensemble. Miranda, alourdie par sa grossesse, trébucha sur les dernières marches que les embruns et les algues rendaient glissantes, et Cendri la soutint par le bras.

– Pour quand attends-tu la naissance ? dit Cendri.

– Pour la prochaine Pleine Lune, c'est du moins ce que m'ont dit les Enquêtrices, dit Miranda. Je serai bien contente quand elle sera là. J'en ai assez de me traîner comme ça.

Cendri aurait bien voulu savoir qui était le père, mais n'était pas encore assez sûre d'elle pour le demander ; on ne parlait jamais des hommes, et il était facile d'oublier leur existence ! Elle remarqua pourtant que Miranda disait « elle » en parlant du bébé ; serait-elle déçue si c'était un mâle ? Enfin, elle aurait sans doute la réponse à ces questions après l'accouchement, et elle apprendrait peut-être même quelque chose des coutumes entourant la naissance.

– Regarde, les bateaux sont à l'eau, et elles chantent l'hymne final, dit Miranda. Quand tout sera fini, Mère et Rhu nous rejoindront. Pourquoi ton Compagnon n'est-il pas venu ?

– Le... le soleil lui donne mal à la tête, improvisa Cendri, gênée.

– Quand même, la plupart des hommes sont contents d'avoir l'occasion de venir sur le rivage, qui leur est interdit habituellement, dit Miranda, la main en visière sur les yeux pour regarder les barques ramer vers les récifs marquant les lits d'huîtres perlières. L'une de nos légendes prétend que les perles sont les larmes que la Déesse a versées en voyant ce que les hommes ont fait de ses mondes magnifiques. Ce n'est qu'un conte, je le sais, ajouta-t-elle, sur la défensive. J'ai appris à l'école que ce sont de petites créatures marines qui font les perles et leurs jolies coquilles de nacre. Mais c'est une belle histoire...

Elle sourit timidement à Cendri et tira de son corsage une chaînette, au bout de laquelle une grosse perle rose était enchâssée dans une petite cage en filigrane d'argent.

– C'est mon plus grand trésor...

– C'est magnifique, dit Cendri, qui n'avait jamais vu une perle aussi grosse et aussi belle.

– Cendri, est-il vrai que dans les mondes dominés par les mâles, les hommes donnent des perles et des bijoux aux femmes pour les remercier de leurs services sexuels ?

Surprise par la formulation de la question, Cendri répondit avec circonspection :

– Je ne peux pas dire que ce n'ait jamais été une pratique parmi les hommes. Mais la plupart du temps, quand ils offrent des perles ou des bijoux, c'est parce qu'ils aiment leur femme, qu'ils veulent la voir encore plus belle, et pour faire plaisir à celle qu'ils aiment.

Miranda serra tendrement la perle dans sa main.

– Je suis... je suis très contente que tu dises ça, dit-elle, en souriant, ses doigts s'attardant sur son trésor.

Cendri pensa : *Je me demande qui la lui a donnée ? Le père de son enfant, peut-être ?* De nouveau, elle éprouva un intense sentiment de frustration ; dans l'étude de toute société, un anthropologue devait d'abord s'informer des coutumes de l'accouplement, mais ici, les enfants semblaient naître par génération spontanée ! Et malgré l'attitude amicale de Miranda à son égard, Cendri ne se sentait pas assez sûre d'elle pour violer le tabou !

Vaniya, splendide dans ses drapés éclatants, s'avança lentement vers elles sur la jetée.

– Ainsi, ma fille t'a invitée à assister à nos rites. Que penses-tu de nos plongeuses ? dit-elle à Cendri.

– Elles sont très braves, dit Cendri en frissonnant.

– Elles sont nées pour ce travail et y sont entraînées dès l'enfance, dit Vaniya. Et elles en retirent des récompenses considérables. Dans notre société, aucune activité n'est plus hautement estimée que de descendre dans le sein d'Isis et d'en ramener Ses larmes qu'admirent toutes les femmes. Et jusqu'aux confins de la Galaxie, nos perles sont considérées comme les plus belles. En fait, elles sont si bien récompensées que nous avons du mal à les persuader de s'arrêter un an, de temps en temps, pour porter les filles qui continueront leurs activités ! Un jour, nos scientifiques trouveront peut-être le moyen d'éviter les naissances superflues de mâles dans des professions où l'hérédité est si importante. Nous pourrions créer des femelles parthénogénétiques pour cette occupation, bien sûr, et cela nous donnerait davantage de plongeuses à court terme, mais les filles seraient stériles, et bien des femmes trouvent ces conceptions contre nature. Par ailleurs, je comprends qu'aucune d'elles ne veuille s'arrêter un an de travailler, même si nous les payons bien pendant leur grossesse, pour s'apercevoir qu'elles n'ont pas engendré une fille, mais un mâle inutile. Certaines sont même allées jusqu'à tuer leurs enfants mâles. Je suis forcée de les juger et de les punir, mais c'est dur.

– Dans les mondes de l'Université, dit Miranda, on peut concevoir filles ou fils, au choix, n'est-ce pas ?

– Oui, certainement.

– Cela pourrait avoir une certaine utilité sociale, dit Vaniya. Etre encouragé chez les pêcheuses de perles, par exemple. Mais cela présenterait aussi des dangers – une femme quelconque se contenterait-elle d'accoucher d'un mâle si elle pouvait acquérir statut et reconnaissance avec une fille ? Et alors, que deviendrions-nous ? Tu n'es pas assez âgée pour t'en souvenir, Miranda, mais lors de la Grande Peste qui ne tuait que les hommes, beaucoup de femmes étaient hystériques à l'idée de vivre sans enfants. Heureusement, la Déesse s'est montrée miséricordieuse, et au cours des trois saisons suivantes, il est né trois fois plus de mâles que de femelles. Mais nous avons eu peur. Les hommes aussi ont leur place dans l'équilibre de la nature, et tu ne dois jamais l'oublier, Miranda.

– Oh, Mère, toi et nos aînées, vous craignez toujours que toute innovation soit une offense à la Déesse ! dit Miranda avec impatience. Si Elle ne voulait pas que les femmes se servent de leur intelligence, Elle nous aurait toutes créées stupides ! Si on te laissait faire, je crois que nous accoucherions toutes accroupies dans les roseaux, comme nos aïeules !

– Tu pourrais faire pire, dit Vaniya avec un sourire serein. Mais si j'étais aussi réactionnaire que tu le dis, je n'aurais pas fait venir Cendri ici. Et je sais que, dans l'Unité, les femmes peuvent concevoir à volonté un enfant mâle ou femelle. Mais je ne suis pas sûre que ce soit une bénédiction. C'est généralement une question de choix sur ton monde, Cendri ?

– Pas totalement, dit Cendri. Cela a été interdit sur certains mondes, et strictement réglementé sur d'autres, parce que le désir des hommes et des femmes d'avoir un enfant d'un sexe plutôt que d'un autre a en effet perturbé l'équilibre de la nature. Maintenant, cette méthode est rarement utilisée, et toujours par permission spéciale. Si une famille a déjà deux enfants du même sexe, par exemple, et en souhaite un troisième de l'autre. Mais sur certains mondes, on trouve normal qu'une femme ait une fille et un fils.

– Je suppose que c'est juste, dit Vaniya, bien que ça me semble trop régimenté. Naturellement, les hommes ont également leur utilité, ajouta-t-elle, avec un regard poli à Rhu, qui, comme d'habitude, rôdait non loin. Moi-même, je trouve autant de plaisir à la compagnie et à la conversation de Rhu qu'à celles d'une autre femme, mais il faut dire que Rhu est exceptionnel et que j'avance en âge et peux me permettre d'ignorer un peu les conventions.

– Avez-vous oublié, dit Rhu, de sa voix hésitante, que c'est Gar, de la maison de Gracila, qui a conçu la méthode pour traiter les effluents fluorés dans l'industrie du plastique, afin qu'ils ne polluent pas les eaux de la Déesse ?

– Je viens de dire qu'il y a des hommes extraordinaires, mon cher, dit-elle, lui tapotant la joue avec désinvolture. La Déesse savait ce qu'elle faisait quand Elle a créé l'humanité mâle et femelle.

Elle ramena son attention sur Miranda.

– Où as-tu trouvé cette perle magnifique, mon

enfant ? dit-elle, touchant la perle rose d'un doigt admiratif.

Miranda dilata les yeux, l'air innocent.

– Ce n'est pas toi qui me l'as donnée, Mère ?

– Tu sais très bien que non, mon enfant. C'est la première fois que je la vois.

– Alors, ce doit être un cadeau d'une de mes mères adoptives, dit-elle, remettant vivement le bijou dans son corsage. Mais j'ai oublié laquelle. Je la possède depuis longtemps. Perdrais-tu la mémoire, Mère ?

– Ne sois pas impudente, mon enfant, la reprit Vaniya, mais en souriant. Si c'était un don de la mer, tu aurais pu le dire, Miranda ; nous sommes toutes des adultes. Un homme, bien sûr, aurait ignoré sa valeur.

Se retournant pour partir, elle prit sa fille par le bras.

– Tiens-toi bien, les marches sont glissantes et je ne voudrais pas qu'il arrive un accident à ma petite-fille. Tu n'aurais pas dû monter ici, Miranda.

– Je voulais montrer les barques à Cendri...

– C'était gentil de ta part, mais quand même, prendre un tel risque... dit-elle, nerveuse.

– Puis-je offrir mon bras à la Dame Savante ? dit une voix douce près de Cendri. Le sol est vraiment très glissant. Il est bien naturel que la Pro-Matriarche offre son appui à celle qui porte son héritière, mais elle ne voudrait pas que son invitée fasse une chute, j'en suis certain.

Cendri prit son bras sans hésitation. D'après ce qu'elle avait vu de lui jusque-là, Rhu était la bienséance incarnée et il ne lui aurait jamais fait cette proposition si elle avait été contraire aux convenances.

– La vue de la mer est magnifique. Je suis reconnaissante à Miranda de m'avoir invitée à venir, même s'il était téméraire de sa part de se risquer sur cet escalier.

– Dame Miranda est toujours la bonté même, murmura Rhu en détournant les yeux.

Soudain, elle se rappela la scène du matin et le visage transfiguré de Miranda parlant avec Rhu. *Il l'aime,* pensa-t-elle. *Et pourtant, sur un monde où l'amour n'est pas considéré comme faisant partie des structures sociales, il doit être difficile d'aimer...*

Sur le monde de Cendri, comme sur bien des mondes de l'Unité, l'amour créait des liens sociaux utiles, une cohésion sociale basée sur le couple et l'éducation des enfants. Remplissant cette fonction, l'amour était admiré et respecté, et, sur de nombreuses planètes, indissolublement associé à la sexualité. Mais ici, où les liens sociaux et la sexualité semblaient dissociés, l'amour pouvait-il seulement exister ? Même dans l'Unité, certains pensaient que l'amour romantique était un mythe...

– La Dame Savante est bien silencieuse, hasarda Rhu. J'espérais que votre Compagnon viendrait avec vous ; j'ai des remords de ne pas avoir fait davantage pour le divertir. Je devrais peut-être organiser une chasse ou une expédition quelconque pour l'occuper...

Il s'interrompit, tournant la tête vers la mer. Puis, se penchant vers Vaniya, il lui toucha l'épaule et dit d'un ton pressant :

– La marée ! Regardez la marée !

– Qu'y a-t-il ? demanda Vaniya avec irritation, puis elle vit ce qu'il avait vu et s'écria : Que la Déesse nous protège !

La mer s'était retirée très loin – très, très loin, comme tombée dans une fosse sans fond par-delà l'horizon. Poissons et créatures marines, maintenant hors de l'eau, tressautaient, haletaient et mouraient sur le sable. Et, au pied des récifs découverts, Cendri vit les barques échouées des pêcheuses de perles, et les longues rangées d'huîtres perlières émergeant d'à peine un pouce d'eau.

Un instant sous le choc, Vaniya se ressaisit bien vite.

– Miranda, dit-elle, remonte la plage, va dans

Nous-Fûmes-Guidées s'il le faut, mais fais vite ! Emmène-la, immédiatement ! ajouta-t-elle à l'adresse de Rhu.

– Envoie ton Compagnon en lieu sûr s'il le faut, Mère, dit Miranda, quittant le bras de Vaniya, mais moi aussi j'ai une responsabilité envers ces femmes !

– Ta responsabilité est envers elle, Miranda, dit Vaniya, touchant son ventre distendu. Accompagne-les ! ordonna-t-elle à Cendri. Ici, le danger est immense ; ce n'est pas un endroit pour les hommes et les femmes enceintes ! Nous-Fûmes-Guidées est en hauteur, vous y serez en sécurité.

– Quel danger ? dit Cendri, sans comprendre. A marée basse ?

– Ce n'est pas la marée basse, dit Vaniya, haletante. La terre tremble au large, aspirant la mer, et bientôt un mur d'eau va déferler sur la côte ! Partez vite ! Regardez, dit-elle, tendant le bras vers les récifs, les pêcheuses ont compris, elles reviennent vers la plage ! Je dois rester au moins jusqu'à ce que je sois sûre qu'elles sont sauvées !

– Mère, ma place est près de toi, insista Miranda.

Soudain, Cendri comprit ce qui se passait. Elle l'avait lu quelque part – l'eau se retirant très loin, comme irrésistiblement aspirée, était le signe avant-coureur – et généralement le seul avertissement, car tout se passait en quelques minutes – du tsunami ou raz de marée redouté. Et elle comprit aussi les scrupules de Miranda : malgré sa force de caractère, Vaniya n'était plus jeune ! Elle sut aussitôt ce qu'elle avait à faire, et prenant le bras de Vaniya, elle dit d'un ton pressant :

– Va mettre ton enfant en sûreté, Miranda. Je reste avec ta mère et nous monterons quelque part avant que la vague ne déferle.

Miranda lui sourit avec reconnaissance, serra vivement ses mains dans les siennes et s'éloigna en hâte, s'appuyant sur Rhu qui, sur les galets glissants, la guidait vers le sentier montant à Nous-Fûmes-Guidées. Vaniya les suivit des yeux un instant, puis se tourna vers Cendri, acceptant sa présence sans réserve. Bien sûr, pensa Cendri, je suis jeune, valide, et sur ce monde, ma place est à l'endroit du danger. Bien qu'effrayée, elle était résolue à rester et à prouver qu'elle était digne d'être une femme dans cette culture.

– Qu'est-ce que je peux faire, Vaniya?

Vaniya lui montra une tour construite sur la falaise.

– Tes jambes sont plus jeunes et plus rapides que les miennes ; cours, et va voir pourquoi la gardienne n'a pas sonné l'alarme ! Puis reviens, et nous ferons monter toutes les femmes dans les ruines. Aucune vague n'est jamais allée jusqu'à Nous-Fûmes-Guidées.

Cendri partit en courant vers la tour, glissant sur les algues, les pierres coupantes lacérant ses minces semelles, et lui blessant les pieds, mais, trébuchant et boitillant, elle continua. Au pied de la tour, elle hésita ; en haut, la porte était ouverte. Y avait-il quelqu'un à l'intérieur ? Elle voyait la cloche, mais il n'y avait personne à côté.

– Je me demande ce qui est arrivé à la gardienne, dit une voix inquiète derrière elle.

Cendri se retourna et vit une jeune femme aux cheveux roux coupés courts, vêtue d'une sorte de pyjama noir.

– Si elle était vivante, elle aurait déjà sonné la cloche. Viens vite ! Si elle n'est pas en état de sonner, nous devons le faire à sa place !

Ensemble, elles s'élancèrent dans l'escalier en spirale. *Bien sûr, une tour de garde est la première chose à construire dans un village constamment menacé par les raz de marée... celle-ci doit être très ancienne...* la jeune rousse poussa la porte, et s'immobilisa, consternée.

– Regarde ! Ce doit être le séisme de ce matin. Personne n'a pensé à venir voir si elle n'avait rien...

La rousse tendit le bras, et la gorge de Cendri se serra. Une femme gisait par terre, au pied d'une étagère renversée ; une lourde poterie, à l'évidence tombée pendant le tremblement de terre, lui avait écrasé le crâne. Vieille et maigre, elle avait des cheveux grisonnants tout poisseux de sang, une pauvre robe ensanglantée, mais elle devait être morte sur le coup. La rousse s'agenouilla près d'elle, mais Cendri dit d'un ton pressant :

– Non, nous n'avons pas le temps ! On ne peut plus rien faire pour elle ! Où est la cloche ?

– Tu as raison, dit la rousse en se relevant, le visage cendreux. Mais c'est dur. Là... l'escalier...

Cendri posa le pied sur la première marche. L'escalier aussi avait souffert du séisme ; certaines marches étaient branlantes, d'autres manquaient, laissant des trous béants à leur place, mais, réfrénant l'envie de courir, elles montèrent prudemment, s'appuyant l'une sur l'autre pour garder leur équilibre dans cette bâtisse délabrée. Elles sortirent enfin à l'air libre sur la plate-forme de la cloche. Cendri saisit la corde et tira. Sa compagne, poussant un cri d'avertissement, la saisit par la taille pour la retenir, mais même ainsi le poids de la cloche faillit l'entraîner. Assourdies par les vibrations se répercutant en écho autour d'elles, elles recommencèrent, prenant le rythme, entendant les sons résonner tout le long de la côte, réveillant les mouettes qui criaillaient.

Au bout d'un moment, la rousse s'arrêta.

– Il faut partir maintenant, elles ont toutes entendu, dit-elle, pointant le doigt vers le village.

Etourdie, assourdie par la cloche, Cendri n'entendit pas, mais elle vit les femmes et les enfants se ruer hors des maisons. Atterrée, elle regarda les barques échouées, les pêcheuses qui, courant et trébuchant, tentaient désespérément de regagner le rivage.

– On ne peut rien faire pour les sauver ?

– Certaines arriveront peut-être jusqu'à la

plage, dit la rousse. Mais partons ! Vite ! La tour est haute, mais les fondations ont été endommagées par le tremblement de terre, et si la vague la frappe, elle l'entraînera ! Vite !

Cendri n'avait nul besoin d'encouragement. Elles dégringolèrent l'escalier, glissant sur les marches branlantes, et émergèrent dans la lumière avec reconnaissance. Femmes et enfants se hâtaient vers les hauteurs, vers les formes noires des ruines. Cendri courut vers Vaniya.

– Viens. Il ne faut pas rester là, Vaniya...

– Pourquoi Grania n'a-t-elle pas sonné la cloche ?

– Elle ne pouvait pas, dit la rousse. Sans t'offenser, Mère et Prêtresse, tu dois aussi te mettre en sûreté. Ta vie ne t'appartient pas, elle appartient au peuple ! Regarde, tout le village est monté en lieu sûr !

Vaniya se laissa entraîner, avec un dernier regard aux barques échouées.

– Elles venaient juste de réparer leurs bateaux et leurs filets, dit-elle avec tristesse. On aura faim au village cet hiver, et je crois que tout Isis souffrira si la récolte de perles est perdue.

Remuant les lèvres comme si elle priait, elle tourna la tête pour regarder les pêcheuses qui s'efforçaient de rejoindre le rivage, mais quand Cendri et la rousse l'exhortèrent à repartir, elle les suivit en chancelant.

C'est un choc trop violent pour une femme de son âge... pensa Cendri, qui pourtant, elle aussi, se sentait accablée d'horreur. Les pêcheuses de perles auraient-elles le temps de gagner une élévation de terrain avant que la vague ne déferle, balayant tout sur son passage ?

Le sentier montant aux ruines était raide, mais semblait très fréquenté. Cendri repensa à la procession qu'elle avait vue la première nuit, les torches serpentant sur la plage comme une guirlande de lumières ; elles avaient dû passer par là...

Elle prit conscience de ses pieds ensanglantés et douloureux, des pas chancelants de Vaniya qui s'appuyait de plus en plus lourdement sur elle. Pourtant à sa question inquiète, la Pro-Matriarche répondit simplement :

– Je vais très bien, je voudrais que tout le monde au village aille aussi bien que moi et soit capable comme moi de gagner les hauteurs...

– Attention aux pierres, le sentier est défoncé ici, dit la rousse, guidant les pas de Vaniya.

Puis, regardant Cendri, elle s'écria, comme la voyant pour la première fois :

– Mais c'est la Dame Savante de l'Unité ! Comment as-tu pu lui laisser risquer sa vie, Mère Vaniya ?

– Tout le monde était en danger, dit Vaniya, regardant Cendri avec reconnaissance. Et elle a confirmé ce que je pensais : les femmes d'Université sont aussi braves et aussi compétentes que nous ! ajouta-t-elle, serrant affectueusement le bras de Cendri. Ton courage a sauvé bien des vies aujourd'hui, mon enfant ! Mais tu as dit que Grania n'avait pas pu sonner la cloche, dit-elle, se tournant vers la rousse. Pourquoi, s'il te plaît ?

– Parce qu'elle était morte, dit la femme. Elle a été tuée par un pot qui lui est tombé sur la tête pendant le tremblement de terre de ce matin, et personne n'a eu l'idée d'aller voir si elle n'avait rien...

– C'est bien triste, soupira Vaniya. Nous allions à l'école ensemble quand nous étions petites. Mais nous n'avons pas le temps de la pleurer pour le moment.

Elle se retourna pour regarder les femmes et les enfants qui montaient le sentier, et s'écarta pour les laisser passer. Maintenant, elles voyaient au-dessous d'elles le mur d'eau haut de cent pieds, qui se ruait vers la terre à une vitesse terrifiante. Il s'abattit sur les récifs et les barques avec des craquements sinistres, fila vers le rivage, engloutit la tour, brisa les maisons comme des allumettes, dans des tourbillons d'écume où poutres et planches tournoyaient comme des fétus de paille dans un fracas de fin du monde. La tour sombra, comme si elle avait fondu dans la vague ; si Cendri y était restée, elle n'aurait pas survécu une minute dans les remous furieux. Le maelström écumant se rua à l'assaut du sentier, monta à mi-hauteur de la colline, puis commença à se retirer, lisse et inoffensif, et redescendit vers le rivage, ne laissant derrière lui que ruines et désolation. La côte était jonchée de bois et de madriers, mais il ne subsistait plus une maison, plus aucune trace de la tour et des barques, des jardins et de la jetée. La plage était couverte de détritus et d'écume, parmi lesquels les poissons mourants tressautaient sur le sable.

Vaniya enfouit son visage dans ses mains, mais après quelques instants, elle releva bravement la tête.

– C'est fini, dit-elle, et à la prochaine marée montante, nous pourrons peut-être récupérer quelques barques. Il faudra reconstruire le village en hauteur, avec une tour de guet plus solide. Nous avons vu les dommages subis par les bâtiments ; maintenant, allons voir si nous avons aussi perdu des vies humaines.

Elle monta vers un groupe de femmes et d'enfants, à l'écart duquel des hommes, serrés les uns contre les autres, attendaient.

– Où est la Mère du village ? demanda-t-elle.

– Ici, Vaniya, dit une femme trapue et grisonnante.

– Fais l'appel de tes plongeuses, dit Vaniya. La Déesse soit louée, ajouta-t-elle, voyant les femmes nues jusqu'à la ceinture, un grand couteau passé à la taille les identifiant comme pêcheuses de perles. Certaines d'entre vous ont survécu...

– On a vu l'eau se retirer, et on a d'abord pensé que la marée serait si basse qu'on pourrait récolter les perles sans plonger, dit l'une d'elle. Puis Narila a dit que ce n'était pas une marée basse normale, et elle a insisté pour qu'on descende des barques et qu'on coure vers la côte... Je n'avais pas envie d'abandonner mon bateau, ajouta-t-elle avec franchise ; il était tout neuf. Mais je suis partie avec mes sœurs, et à mi-chemin de la plage, on a entendu la cloche...

Vaniya circula de groupe et groupe, comptant les présentes et évaluant les pertes. Au bout d'un moment, elle revint lentement vers Cendri et réalisa alors avec horreur qu'elle avait les pieds en sang.

– Mais tu es blessée ! Et je ne m'en étais même pas aperçue ! Comment ai-je pu être si aveugle alors que tu t'es montrée si héroïque ?

– Ce n'est rien, dit Cendri, malgré les douleurs cuisantes de l'eau de mer sur ses blessures. Mes sandales étaient trop minces pour marcher sur les pierres coupantes, c'est tout.

La rousse qui l'avait aidée à sonner la cloche et à guider Vaniya sur la colline, ôta ses souliers en disant :

– Prends les miens, Dame Savante. Non, je t'assure que je peux m'en passer. Je suis d'un village comme celui-ci ; je suis habituée à marcher pieds nus et j'ai la plante des pieds bien cornée. Je ne mets des souliers que par vanité, quand je fais la classe !

Elle fit asseoir Cendri, lui ôta ses sandales qu'elle remplaça par ses propres chaussures. Après quelques protestations, Cendri accepta, et n'eut plus de scrupules quand elle vit la rousse marcher sur les pierres sans le moindre signe d'inconfort.

S'asseyant sur ses talons près de Cendri, elle lui dit :

– J'espérais te rencontrer, Dame Savante. Je fais partie des volontaires qui se sont proposées pour travailler avec toi dans les ruines. Mère Rezali avait fait demander, à l'Université d'Ariane, des étudiantes qui pourraient t'aider dans ton travail. Je m'appelle Laurina, et je suis professeur d'histoire. Mais il paraît que tu n'as pas encore commencé tes recherches.

Cendri battit des paupières, stupéfaite. Tout s'était passé si vite qu'elle n'avait même pas réalisé qu'elle était à l'entrée du site. Elle se retourna et leva la tête vers les ruines se dressant à quelques centaines de mètres, étranges, sombres, d'une antiquité immémoriale, perdues dans les abîmes du Temps... Son premier mouvement fut de protester avec véhémence : non, ce n'est pas moi qui devrais être là, c'est Dal... C'était tellement plus important pour lui...

Mais il était absent, et elle ne pouvait rien y faire.

– Je n'ai pas eu le loisir d'y amener notre hôte, dit Vaniya à Laurina, avec les tremblements de terre, et la Grande Matriarche qui est toujours au seuil de la mort. Et maintenant, avec tous ces malheureux sans abri...

Elle regarda les femmes et les enfants rassemblés autour d'elle, le groupe des hommes un peu à l'écart.

– Je le regrette... reprit-elle.

Cendri eut un accès de colère, bref mais violent. Nous avons traversé la moitié de la Galaxie pour étudier ces ruines, pensa-t-elle, et elle ne cesse d'ajourner nos travaux sous un prétexte ou un autre...

Un instant, elle eut l'impression d'entendre Dal : *un monde où les femmes fixent les priorités n'ira jamais très loin et n'accomplira jamais grand-chose...* puis elle eut honte. Ces ruines attendaient... attendaient depuis très longtemps. Au moins deux millions d'années si elles étaient vraiment les vestiges de l'ancienne race qui avait semé la vie dans toute la Galaxie ; mais même si ce n'étaient que les ruines de quelque ancienne civilisation établie autrefois sur Isis, elles avaient attendu patiemment pendant des siècles ou des millénaires, et elles pouvaient bien encore attendre que Vaniya ait relogé les plongeuses. Il y avait des priorités plus pressantes que la recherche scientifique, même si le visiteur d'Université refusait de les voir et de les comprendre !

– Bien sûr, tu dois t'occuper de ton peuple, Vaniya, dit-elle. Mais puisque nous sommes si près, est-ce que je peux aller les regarder un peu ?

A un cillement imperceptible, elle vit que Vaniya était mécontente. Mais elle n'avait aucune excuse pour refuser ; de plus, elle venait d'exprimer sa gratitude à Cendri.

– Bien sûr que oui. Mais ne t'éloigne pas de l'entrée jusqu'à ce qu'une femme qui connaît bien le site puisse te guider. Il va bientôt faire nuit et tu pourrais t'y perdre.

– Je vais l'accompagner, dit Laurina, et Vaniya approuva de la tête.

Puis une plongeuse l'appela, et, à regret, elle tourna le dos à Cendri et Laurina qui s'éloignaient.

– Viens, dit Laurina. J'y suis allée souvent, je sais comment y pénétrer ; il y a une porte dans la muraille...

Tandis qu'elles montaient vers l'entrée, Cendri se demanda une fois de plus si ces structures étaient stables. Ce n'étaient peut-être pas les ruines des légendaires Bâtisseurs mais elles étaient anciennes – si anciennes que l'œil à demi exercé de Cendri ne put déterminer leur ancienneté. Elle avait suivi un hypno-cours accéléré en archéologie et elle réalisa immédiatement qu'elles n'appartenaient à aucune civilisation ou culture connue. Ce n'étaient pas des vestiges des Empires Sarnien ou Pré-Voltien, comme la plupart des très antiques ruines des planètes isolées de ce secteur galactique.

Malgré leur antiquité, elle fut frappée de leur apparence. Elles ne semblaient pas avoir enduré des millénaires de séismes et d'activité volcanique sur une planète au sol instable. Elles n'avaient pas été recouvertes par la mer pendant d'innombrables générations, pour émerger ensuite, témoins de la présence ancienne d'un vie intelligente, comme les ruines de Windic ou d'Aldebaran Neuf. On aurait dit qu'elles avaient été abandonnées un siècle plus tôt. Bien sûr, les inévitables herbes folles poussaient entre les dalles, mais les édifices eux-mêmes – immenses structures noires vitrifiées, dressées très haut, inaltérées par les siècles – étaient lisses et magnifiques. Des ruines? pensa Cendri. Des *ruines*? Elles ressemblent beaucoup moins à des ruines que la Résidence de la Pro-Matriarche après le dernier tremblement de terre!

Comment ont-elles survécu tant de siècles?

Elle regarda autour d'elle, s'efforçant de noter mentalement tout ce qu'elle pouvait, car Dal voudrait savoir tous les détails – *ce n'était pas juste!*

– Tu es déjà venue ici, dit-elle à Laurina qui marchait près d'elle. Est-ce que c'est partout comme ici?

– Non. Il y a des structures plus petites derrière ces deux grandes tours. De l'autre côté de cette cour...

Elles la traversèrent lentement.

– Tu m'as parlé de volontaires qui pourraient m'assister? remarqua Cendri, se demandant pourquoi on ne lui en avait rien dit.

– Mais oui, dit Laurina. Nous étions sûres que la Dame Savante aurait besoin d'auxiliaires, même si tu avais amené quelque assistante qualifiée des mondes où les femmes – elle s'interrompit, hésitante, et reprit – des mondes où les hommes gouvernent.

– Dans nos mondes, dit Cendri en souriant, ce ne sont ni les hommes ni les femmes qui gouvernent, mais chacun fait le travail pour lequel il ou elle est le plus qualifié. Mon Compagnon est mon assistant, mais toute aide que pourront nous apporter les femmes de l'Université d'Ariane sera la bienvenue.

– Il paraît que dans l'Unité et sur Université, la

plupart des scientifiques sont des hommes, dit Laurina.

– C'est vrai qu'il y a plus d'hommes que de femmes, dit Cendri, se demandant si elle allait recommencer la même discussion qu'avec Miranda sur le manque de dispositions des mâles pour l'étude.

– Et tu es quand même devenue Dame Savante ? dit Laurina avec admiration. Dans un monde où les titres universitaires vont majoritairement aux hommes, tu as quand même su les conquérir !

– Oui, dit Cendri, avec quelque remords involontaire.

Après tout, elle serait Dame Savante à l'heure actuelle si elle ne s'était pas mise en congé après son mariage. Laurina la regarda avec une révérence admirative.

– C'est un exemple pour nous toutes, dit Laurina, car cela nous montre qu'il y a sans doute de l'espoir pour nous, même en dehors du Matriarcat, et que les craintes des Anciennes ne sont peut-être pas tout à fait justifiées. Car tu es une femme d'outre-planète, et pourtant, tu n'es pas l'esclave ou la propriété d'un homme, et tu as obtenu de hauts grades universitaires. Tu es un modèle pour toutes les étudiantes de l'Université d'Ariane, Dame Savante !

Aveuglée par sa vénération, elle trébucha sur une pierre et tomba. Cendri l'aida à se relever en riant.

– En fait, je suis très ordinaire et il y a des centaines de femmes comme moi sur Université, Laurina. Et appelle-moi Cendri, veux-tu ?

– Vraiment ? Tu permets ?

Elle semblait si impressionnée que Cendri se remit à rire pour la mettre à l'aise.

– Et l'aide des étudiantes me sera beaucoup plus précieuse que leur admiration, dit-elle. Mais elles réalisent, j'espère, que, sur un chantier archéologique, le travail n'est pas qu'inspiration et observation ! Elles ne doivent pas avoir peur des durs travaux manuels, car nous devrons creuser et fouiller à travers de nombreuses couches...

Elle s'interrompit, incertaine ; le site semblait si parfaitement préservé...

– Tu verras que nos étudiantes n'ont pas peur de se salir les mains pour la bonne cause, dit Laurina. C'est le sexe faible qui s'inquiète de ce qui convient à son orgueil ou à son image ! En fait, ajouta-t-elle, tout le monde s'est disputé l'honneur de travailler avec la Dame Savante...

– Cendri, rectifia-t-elle en souriant.

– Cendri... oh !

Laurina s'interrompit, médusée, et, au bout d'un moment, Cendri vit ce qui avait attiré son regard, avant même que Laurina ne s'exclame, scandalisée :

– Miranda !

Le premier choc passé, elle détourna les yeux, avec embarras. Dans une niche du mur, au coin de ce qui avait été une fontaine, bien que l'eau s'en soit tarie depuis des centaines de millénaires, Miranda et Rhu, assis l'un près de l'autre, se tenaient les mains et se regardaient, perdus dans une adoration mutuelle.

Même si Cendri avait été encline à considérer cette situation comme innocente – et elle n'avait aucune raison de la croire coupable – l'embarras de Laurina, le regard coupable de Rhu quand il détourna les yeux de Miranda lui auraient fait comprendre qu'il s'agissait d'une rencontre clandestine... et choquante. Miranda se leva, s'efforçant de garder son sang-froid. Cendri aurait voulu trouver quelque chose à dire pour dissiper les remords et la honte qu'elle voyait sur le visage de la jeune femme..

Je ne sais pas quels sont les tabous sexuels de cette société, mais, quels qu'ils soient, il est clair que Miranda les a violés !

– Je crois que la Pro-Matriarche t'attend, Rhu, dit Laurina avec calme.

Il leva les yeux, où brillait la première lueur de révolte que Cendri eût vue chez un homme depuis son arrivée, puis, après un regard furtif à Miranda, baissa la tête et s'éloigna.

– Laurina... commença Miranda.

– J'étais allé voir mon arrière-arrière-grand-mère au village, et j'ai fait la connaissance de Cendri quand nous sommes allées sonner l'alarme, dit Laurina avec sérénité.

– Tu connais donc Laurina ? dit Cendri.

– Oui, nous allions à l'école ensemble, dit Miranda.

Elle s'était ressaisie mais était toujours empourprée.

– J'étais hors d'haleine après être montée jusqu'aux ruines, et la vue de l'eau me donnait la nausée...

– Tu ne me dois aucune explication, Miranda, dit Laurina sans regarder son amie. C'est à ta mère de juger. Mais est-ce bien juste pour Rhu ? Oh, je reconnais qu'il est joli garçon, mais tu sais comme les hommes se laissent facilement tourner la tête par ce genre d'attentions ! Et tu sais qu'on le blâmera s'il t'arrive quelque chose !

Laurina s'éloigna, et Cendri ajouta :

– Vaniya doit s'inquiéter à ton sujet, Miranda. Tu devrais aller la rassurer.

– Oui, je suppose, dit Miranda, portant les mains à ses reins comme si elle souffrait, et traversant lentement la cour, soupirant et baissant la tête.

Au bout de quelques pas, elle la releva et regarda Cendri avec défi :

– Ce n'est pas ce que tu crois ! Rhu n'a jamais touché que le bout de mes doigts ! Et ce n'est pas par choix qu'il est devenu Compagnon...

– Miranda, dit doucement Cendri, je ne te juge pas.

– Mais Laurina est sûre que je nous ai déshonorées, moi et ma famille, et qu'elle est magnanime en ne révélant pas la faute que nous n'avons pas commise... balbutia Miranda. Je n'ai pas honte !

– Non. Pourquoi aurais-tu honte ? dit Cendri, marchant lentement près d'elle.

Le soleil était couché ; le crépuscule tombait sur les ruines, et soudain, elle frissonna de froid. Miranda trébucha dans la pénombre, et Cendri la soutint par la taille, prise d'un grand élan d'affection et de sympathie.

– Miranda, appuie-toi sur moi, dit-elle. Il ne faut pas que tu tombes.

Elle remarqua que Miranda avait refermé la main sur la perle rose qu'elle portait au cou.

– C'est donc un cadeau de Rhu ? dit-elle tout bas.

– Oui. Et il l'a obtenue honnêtement, ajouta-t-elle vivement. Elle lui a été donnée par l'Ancienne de la Guilde des Tisserandes, qui est très riche, en remerciement d'une chanson qu'il a composée pour ses filles – parce qu'il n'est pas seulement chanteur, il est aussi compositeur ! Et il me l'a donnée, ce n'était pas un cadeau de la mer, termina-t-elle, sur la défensive.

– Tu l'aimes, dit doucement Cendri.

– Oui, dit Miranda, hochant la tête.

Dans l'obscurité, Cendri ne vit pas son expression, mais elle sentit sa douleur dans sa voix.

– Je ne me comprends pas moi-même, dit Miranda. On dit que c'est le genre d'amour qu'on doit ressentir pour sa fille, sa sœur, sa mère. C'est pourquoi j'espérais que tu comprendrais. Tu as l'air de penser que ce n'est pas étrange d'aimer un homme...

– Non, Miranda, ça ne me paraît pas étrange.

Mais sur le monde de Miranda, l'amour romantique ne remplissait aucune des fonctions sociales associées à la famille et à l'éducation des enfants. Ici, les liens essentiels assurant la cohésion sociale étaient les liens familiaux entre femmes, et la sexualité n'y avait aucune part. Une femme qui se sentait irrésistiblement attirée, émotionnellement, sexuellement et personnellement, par un homme, devait se croire victime d'une étrange perversion, et incapable de comprendre ou même d'exprimer ses propres désirs et pulsions.

– Rhu est-il le père de ton enfant ? demanda-t-elle doucement.

Même dans l'obscurité, Cendri sentit que Miranda était choquée, horrifiée.

– Pour qui me prends-tu ? Quelle femme pourrait savoir une chose pareille ?

Pour le coup, ce fut Cendri qui ne sut plus quoi penser ni quoi dire.

– Viens, dit-elle, se tournant vers Miranda. Elles doivent s'inquiéter à ton sujet. Je vais t'aider à descendre ; les marches sont un peu irrégulières.

Miranda s'appuya sur elle avec confiance, et Cendri fut envahie d'une étrange émotion ; elle se sentait protectrice, tendre, et pour elle, c'était nouveau et troublant. Elle se demanda si c'était ce que ces femmes ressentaient les unes pour les autres. *Est-ce ce que je ressentirais pour une fille si j'en avais une ?* Répugnant à analyser cette émotion, elle se mit à penser à Dal. Comme il serait contrarié en apprenant qu'elle était entrée dans les ruines ! Il voudra tout savoir, et je n'aurai pas grand-chose à lui dire.

Mais soudain, elle ne se soucia plus de ce qu'il penserait. Les ruines pouvaient attendre. Elles attendaient, peut-être pas depuis deux millions d'années, mais depuis très, très longtemps ! Elles pouvaient attendre quelques jours de plus. Elle, Cendri, avait une occasion unique, qui ne se représenterait peut-être jamais plus pour une femme d'Université, et elle entendait en profiter au maximum !

Dal pouvait attendre. Mais il n'attendrait plus longtemps ; les circonstances avaient forcé la main à Vaniya, et maintenant elle n'avait plus de prétextes pour de nouveaux délais.

VI

Juste passé les murailles de la cité en ruine, où Vaniya avait rassemblé les pêcheuses de perles, elles avaient allumé des feux et des torches. Laurina se détacha du groupe et s'avança vers Cendri. Vaniya fit signe à Miranda de la rejoindre.

– Nous devons aller Les remercier du refuge qu'Ils nous ont donné contre la vague, dit Vaniya. Après, nous redescendrons – pour le moment, les sans-abri seront hébergées sur les terres de la Résidence. Mais d'abord, les actions de grâce. Cendri, poursuivit-elle, ses yeux brillant à la lumière des torches, tu es ici pour t'informer sur Eux, et tu as ta place parmi nous maintenant puisque tu as risqué ta vie pour notre peuple. Viens avec nous Leur parler, conclut-elle, prenant la main de Cendri dans la sienne.

Frissonnant d'excitation, Cendri réalisa qu'elle parlait des Bâtisseurs.

Croit-elle vraiment cela ? Que des gens morts depuis des millions d'années peuvent l'entendre ? Un instant la scientifique en Cendri n'eut que sarcasme pour Vaniya – Pro-Matriarche, administratrice compétente, femme politique – qui faisait preuve de tant de superstition ! Puis elle s'exhorta à la patience. La foi religieuse donnait vie et force émotionnelle à une culture donnée ; et Vaniya parlait peut-être symboliquement d'une forme d'observance sans composante superstitieuse ou irrationnelle... *sauf dans la mesure où toute pratique religieuse est irrationnelle,* se rappela-t-elle.

Elle se laissa mettre en tête de la procession – à la place d'honneur? – entre Vaniya et Miranda. Laurina marchait près d'elle. Rhu, réalisa-t-elle, s'était retiré dans l'ombre et marchait à l'écart des femmes, mais aussi des hommes du village des plongeuses, qui suivaient à distance, pieds nus, déguenillés et hirsutes.

Je plains Rhu. Il n'a pas de place parmi les femmes – mais encore moins dans la vie de ce qu'elles appellent la Maison des Hommes. Bien sûr, il possède ce qu'ils considèrent comme un privilège envié – il vit parmi les femmes. Mais ce privilège en fait un banni parmi ceux qui sinon seraient ses pairs. Peignez un singe en vert, et les autres le mettront en pièces.

A la lumière des torches, ils avancèrent jusqu'au centre des ruines, traversant la nuit pleine d'échos, suivant une allée qui paraissait étrangement lisse sous les pas. Il régnait un silence total; personne ne parlait, ni même ne chuchotait, et pour Cendri ce silence était étrangement plein. Elle s'exhorta à ne pas être superstitieuse, mais elle se surprit à penser qu'il était compréhensible qu'une émotion primitive ait peuplé toute la nature de fantômes. C'était comme si les antiques Bâtisseurs les observaient, comme si, au-delà de la lumière des torches, l'obscurité était peuplée des esprits de cet ancien peuple, comme si elles étaient entourées d'yeux invisibles qui surveillaient les femmes avançant à travers la cité qui avait été la leur.

Au centre des ruines s'ouvrait un espace découvert, assez vaste pour être un astroport. Et là, à la lueur tremblotante des torches, Cendri revit ce qu'elle avait vu au clair de lune de la fenêtre de la Résidence – la structure doucement luisante de l'antique astronef. Etait-ce vraiment le vaisseau qui avait amené ici les fondatrices de la colonie d'Isis ? Dans ce cas, pas étonnant qu'elles le révèrent. Le pilote de la navette l'avait dit ; elles avaient été *guidées* jusqu'ici... mais quelle folie avait poussé les voyageuses à poser leur astronef au centre même d'une cité en ruine ? Cendri ne savait presque rien de l'art du pilotage des vaisseaux, petits ou grands, mais elle savait que, sur un monde sans installations astroportuaires, il faut se poser sur la plus grande surface horizontale libre qu'on puisse trouver !

Elle sentit la main de Vaniya sur son coude, qui la guidait vers l'antique vaisseau. Des mains la forcèrent en douceur à s'agenouiller, mi-contrariée, mi-incrédule... *une anthropologue doit être capable de participer aux prières de ceux qu'elle étudie...*

Elle battit des paupières ; il lui semblait qu'une faible lueur commençait à luire et rayonner autour du vieux vaisseau. Phosphorescence naturelle, reflétée par la lune, se dit-elle avec fermeté.

Et la lueur s'accompagnait d'une chaleur, d'une luminosité, d'une tendresse diffuses. Un flot d'amour se déversa en elle, et elle y répondit par un amour égal. Une partie émerveillée de son esprit s'écria : « Qui es-tu ? », et elle reçut la réponse sous forme de lumière pulsante ; Je suis ; c'est assez. Aime-moi ; aime-moi comme je t'aime...

Il faisait froid. Les torches étaient presque éteintes, et Cendri revint à elle en frissonnant. Que s'était-il passé ? Elle s'éloignait lentement de la cité morte, marchant comme dans un rêve. Près d'elle marchait Miranda, le visage extasié dans le clair de lune. Laurina, elle aussi, rayonnait. Vaniya la regarda et sourit, avec tant de tendresse que la gorge de Cendri se serra ; elle avait envie de se jeter dans les bras de Vaniya en sanglotant : « Mère, Mère, je t'aime... »

Qu'est-ce que j'ai ? pensa Cendri, médusée. *Que nous est-il arrivé ? Quoi que ce soit en tout cas, c'est arrivé à toutes, et pas seulement à moi. Regarde-les !*

Une sorte d'expérience hypnotique ? Une hallucination collective ? A moins qu'il ne se soit rien passé du tout ? Seule et influençable, isolée de toutes ses sources de satisfaction émotionnelles normales, était-elle entrée dans une sorte de transe religieuse avec ces femmes ? Elle lutta fermement contre le désir de s'abandonner à ce flot d'amour hypnotique et joyeux.

Sottise, absurdité...

Elle se força à regarder autour d'elle, à évaluer rationnellement ce qui avait pu se passer. Bien sûr, ce devait être une illusion ; c'était sans doute cela que Miranda appelait l'amour et la protection des Bâtisseurs. Mais quoi qui se soit passé – si toutefois il s'était passé quelque chose – ce n'étaient certainement pas les esprits des Bâtisseurs, morts depuis deux ou trois millions d'années, qui, rassemblés dans un vieil astronef, déversaient des flots d'amour et d'émotion hypnotiques sur les femmes qui les visitaient !

La plupart avaient la même expression de ravissement extasié que Miranda et Vaniya – et Cendri pensa qu'il en était de même pour elle. La plupart des filles de plus de huit ou neuf ans en avaient une trace ; elles étaient à la fois endormies et joyeuses. Les enfants plus jeunes étaient nerveux et pleuraient, et leurs mères les portaient ou les conduisaient par la main. Les hommes...

Il n'était que trop évident que, quelle qu'ait été l'expérience, aucun des hommes ne l'avait partagée ; un ou deux d'entre eux semblaient impressionnés, mais la plupart, trébuchant dans le noir derrière les femmes, avaient l'air fatigué et de mauvaise humeur.

Cendri était presque trop épuisée pour réfléchir. Impossible d'évaluer maintenant cette expérience. Etait-ce pour cela que le Matriarcat considérait ce lieu comme un sanctuaire sacré ? Elle regretta de ne pas pouvoir en discuter à loisir avec Laurina, qui était une scientifique et une historienne, mais ce n'était ni le moment ni le lieu.

Maintenant que l'extase – ou l'illusion hypnotique – s'était un peu dissipée, elle réalisa que ses pieds, déchirés sur les pierres et encore blessés par les souliers trop grands de Laurina, lui faisaient très mal. Elle boitait douloureusement quand elles arrivèrent à la Résidence, et la lumière illuminant toutes les fenêtres lui fit mal aux yeux. Les servantes sortirent en masse avec des cris de joie, et la fille aînée de Vaniya, courant à leur rencontre, soupira de soulagement.

– Nous avons eu très peur, Mère... nous savions que tu étais au village des plongeuses, et après, quand nous avons vu les dégâts que la vague a laissés derrière elle, nous avons craint que tu n'aies été blessée ou noyée...

Vaniya était redevenue elle-même. Elle ordonna qu'on dresse des tentes pour les femmes sur les terrains de la Résidence, que les hommes du village soient hébergés à la Maison des Hommes, que les malades, les futures mères et les anciennes soient logées dans la Résidence même. Elle commanda qu'on serve à manger à tous, et, pendant l'attente, une femme qui avait pour tâche d'assister Miranda dans la gestion de la maison, s'approcha de Vaniya.

– Sans t'offenser, Mère, nous avons eu un problème ici, dit-elle. Un intrus, un mâle appartenant à la Pro-Matriarche Mahala, est clandestinement entré dans la maison, et il est parvenu jusqu'à l'appartement attribué à la Dame Savante d'Université et à son Compagnon.

Cendri battit des paupières, les derniers vestiges de son extase se dissipèrent. Il s'était passé tant de choses depuis le matin qu'elle avait oublié l'intrus marqué au fer rouge, l'homme qui était venu parler à Dal et lui avait donné le curieux signe de reconnaissance.

– J'aurais dû m'y attendre de la part de ma consœur, dit Vaniya, l'air mécontent. Je m'étonne seulement qu'elle ne l'ait pas fait plus tôt. Avez-vous questionné l'homme ?

– Non, nous avons préféré t'attendre, Mère.

Vaniya haussa les épaules, et, montrant les réfugiées assemblées sur la pelouse, elle dit :

– Comme tu vois, je vais être très occupée avec ces sans-abri. Mais je suppose que tu dois m'amener cet intrus.

La femme appela les trois gardes féroces qui avaient fait irruption chez Cendri et emmené Bak malgré les protestations de Dal ; mais elles revinrent peu après.

– Sans t'offenser, Mère. Il s'est évadé.

– Ah ! fit Vaniya, presque avec indifférence. Je suppose qu'il est retourné chez la sorcière qui nous l'a envoyé, mais il n'y aura jamais moyen de le prouver. Pourtant, comment a-t-il pu s'évader ? La cage a-t-elle été endommagée par le tremblement de terre ? Qui l'a attaché ?

– Moi, Mère, dit la chef des gardes. J'ai fermé les cadenas moi-même, et ils étaient tous en bon état. Des mains humaines l'ont sorti de sa cage, c'est certain. Le Compagnon de la Dame Savante s'est interposé quand nous l'avons emmené, ajouta-t-elle, foudroyant Cendri du regard. Je voudrais bien savoir où il était quand le prisonnier s'est enfui !

– Va chercher le Compagnon, dit Vaniya.

– Vaniya... commença Cendri.

– Chut, ma chère. Si ton Compagnon est innocent, il ne s'en trouvera pas plus mal. J'aurais pu soupçonner Rhu, mais il ne m'a pas quitté de la journée.

Elle soupira, dit à sa fille aînée de continuer à s'occuper de l'hébergement des réfugiés, et rentra dans la maison avec Cendri et Miranda.

Dal, convoqué devant Vaniya, nia fermement avoir été en contact avec le prisonnier.

– J'ai travaillé toute la journée dans l'appartement, dit-il. Et je n'ai vu personne depuis que les gardes ont emmené l'homme.

Et il répéta la même chose à toutes les questions de Vaniya.

– J'ai les moyens de le faire parler, dit une des gardes, agitant son fouet d'un air suggestif.

Vaniya fronça les sourcils.

– Je n'aime guère ces méthodes, mais je n'ai pas le choix. Pour la forme, et puisqu'il t'appartient légalement, dit-elle à Cendri, je suppose que tu n'as pas d'objection à ce qu'on l'interroge par la force ?

Atterrée, Cendri regarda le fouet barbelé.

– Mais si, j'ai une objection !

Une garde ricana. Il y eut quelques rires étouffés.

– Allons, dit Vaniya avec bonté, pas de sensiblerie ! C'est la seule façon de leur tirer la vérité. Je suis sûre que Mallida ne le frappera pas plus que nécessaire.

– Ce que tu ne réalises pas, dit sèchement Cendri, c'est que mon Compagnon n'est pas ma propriété, mais citoyen à part entière de l'Unité et Maître Savant d'Université. Sa parole vaut la mienne, et il est couvert par l'immunité diplomatique.

Vaniya la regarda, fronçant légèrement les sourcils. Au bout d'un moment, elle dit avec tristesse :

– J'espérais que tu étais maintenant suffisamment des nôtres, mon enfant, pour ne pas t'attacher à ces considérations techniques. Mais il est vrai que vous vivez selon des lois différentes. As-tu vraiment confiance en la parole de ton Compagnon ?

– Oui, dit Cendri, serrant les dents et avançant un menton agressif.

– Demande-lui devant nous s'il a aidé le prisonnier à s'évader.

Le cœur battant à grands coups – son sang devait être saturé d'adrénaline ! – elle demanda :

– As-tu participé de quelque façon que ce soit à la libération du prisonnier ?

– Non, dit-il, mais Cendri remarqua qu'il ne la regardait pas dans les yeux.

Mon Dieu, il ment ! pensa-t-elle. Cela la mettait dans une situation impossible. Si elle se portait garante de la parole de Dal et qu'il soit prouvé par la suite qu'il avait menti, elle détruisait la crédibilité des citoyens d'Université – sans compter qu'il devenait difficile d'accepter sa déclaration selon laquelle on pouvait se fier à la parole d'un homme ! Mais si elle déclarait que Dal mentait, quelle alternative y avait-il à un interrogatoire sous le fouet barbelé de la féroce Mallida ? Elle pensa rageusement : je me moque que ce qui est arrivé à ce pauvre diable, mais je ne veux pas qu'on fasse du mal à Dal !

– J'accepte la parole de mon Compagnon, dit-elle.

Mais nous en reparlerons plus tard tous les deux ! se promit-elle.

Vaniya haussa les épaules.

– Cela n'a guère d'importance, dit-elle, puisque le prisonnier n'a rien pu faire de ce qu'il était chargé d'accomplir. Lâche-le, Mallida.

Cendri s'aperçut que ses mains tremblaient quand Vaniya leur fit signe de venir près d'elle.

– Et maintenant, oublions ces tracasseries déplaisantes et allons dîner.

Le repas fut bon, comme d'habitude, mais Cendri ne put rien avaler.

– Je me sens coupable, dit Rhu de sa voix douce, parlant bas à Cendri. J'ai négligé mes devoirs d'hôte envers le Compagnon de la Dame Savante. Après tout, poursuivit-il, s'adressant à Dal, je suis ton seul égal et ami possible ici, puisque, comme moi, tu es exclu de la Maison des Hommes. J'aurais dû faire plus d'efforts pour te divertir, peut-être organiser une chasse...

– Ça ne fait rien ; je ne l'ai jamais souhaité, répondit gauchement Dal.

– Mais Vaniya m'a chargé de t'occuper, dit Rhu, car l'oisiveté engendre des problèmes chez les mâles... Je m'excuse des tracasseries que tu as pu avoir. Et maintenant que la Dame Savante est allée dans les ruines...

Dal sursauta, lui lança un regard incisif, et le cœur de Cendri se serra d'appréhension. Elle avait prévu d'en informer Dal, quand le moment serait propice. Elle savait qu'il serait consterné qu'elle ait visité les ruines sans l'envoyer chercher, mais elle espérait lui faire comprendre le caractère imprévu et accidentel de cette intrusion sur le site ! Maintenant, il avait le visage rigide de colère contenue ; elle en reconnut les signes, même s'il parvint à remarquer d'un ton calme :

– Je ne le savais pas ; Cendri n'a pas jugé bon de m'en informer.

– Oh, je suis désolé, dit Rhu d'un ton d'excuse. Je voulais dire : maintenant, je suppose que la Dame Savante aura besoin de tes services dans ses travaux, puisqu'il paraît que tu as étudié pour remplir la fonction d'assistant. Je t'envie, ajouta-t-il en soupirant. Et puisqu'il y aura des étudiantes de l'Université d'Ariane pour assister la Dame Savante, puis-je proposer mes services pour divertir son Compagnon ? J'aimerais vous accompagner...

Vaniya dit avec indulgence :

– La Dame Savante aura assez à faire pour surveiller son Compagnon, sans avoir encore à s'occuper de toi.

Un instant, Cendri crut que Dal allait exploser ; elle lui saisit le poignet sous la table, et le serra pour lui recommander le silence. Il se tut, et Vaniya reprit, s'adressant à Cendri :

– Puis-je donc céder au désir de mon cher Compagnon ? S'il promet de ne pas te déranger...

Cendri sentait l'hostilité de Dal, mais elle ne voulait pas contrarier Vaniya. Prise entre deux feux, elle hésita, puis dit enfin avec diplomatie :

– Rhu sera le bienvenu, naturellement.

– C'est bien ce que je pensais, dit Vaniya en souriant, puisque tu auras Laurina et les étudiantes pour t'aider dans le vrai travail.

Cendri savait que cette remarque empirait la situation, mais que pouvait-elle dire ? Elle savait aussi que cela lui causerait des problèmes avec Dal, qu'elle était épuisée, et qu'elle souffrait le martyre avec ses pieds blessés dans les souliers de Laurina. Elle aurait voulu se retirer et dormir, mais elle savait que Dal lui ferait une scène. Il avait tendance à la rendre responsable de toutes les frustrations de ces journées, où il devait se taire et feindre n'être qu'un accessoire frivole destiné aux loisirs de Cendri.

Et quand ils furent seuls, ce ne fut plus simplement une bouderie, ce fut une rage furieuse.

– Que le diable t'emporte, Cendri ! Je t'avais dit clairement que je ne voulais pas de Rhu, et maintenant, à notre première occasion d'aller dans les ruines, tu gâches tout en nous embarrassant de ce maudit petit parasite ! Vaniya va attendre de moi que je passe tout mon temps à l'occuper et à l'empêcher de gêner tes travaux, et je ne pourrai rien faire, bon sang !

– Dal, je suis désolée, dit-elle, conciliante, s'efforçant de l'apaiser. Mais tout ce que nous pourrons faire ici dépend de Vaniya et je ne pouvais pas lui refuser cette modeste courtoisie.

– Modeste courtoisie ! Ma première occasion de faire le travail pour lequel je suis venu...

– Dal, Vaniya a accepté de me croire quand j'ai dit que tu n'avais rien à voir avec l'évasion du prisonnier. L'immunité diplomatique n'empêche pas les soupçons sur ton rôle, tu le sais ! Elle aurait pu insister pour que tu sois interrogé par la force, et je n'aurais rien pu faire ! Je trouve que je lui devais bien quelque chose.

– L'immunité diplomatique peut...

Ici, un juron obscène de Pionnier. Elle lui saisit le bras, suppliante.

– Dal ! Dal, est-ce que tu as libéré cet homme ?

Il serra les dents.

– Il vaut mieux que tu puisses dire sincèrement que tu n'en sais rien, Cendri. Ne te mêle pas de ça.

– Oh, Dal, tu sais que tu ne dois pas te mêler de leur politique, dit-elle avec effroi, mais Dal se contenta de hausser les épaules.

– Je sais ce que je fais. Dans la confusion qui régnait cet après-midi, après l'annonce du raz de marée... bon, comme je te l'ai dit, moins tu en sauras, moins on pourra t'en reprocher.

Il se retourna pour aller se coucher, mais se figea, bouleversé à la vue de ses pieds ensanglantés.

– Cendri ! Que t'est-il arrivé, ma chérie ?

– Je me suis entaillé les pieds sur les rochers, dit-elle, et elle se mit à lui raconter l'épisode du tsunami.

Il écouta, serrant les dents quand elle en arriva à la tour branlante où elle était montée avec Laurina pour sonner l'alarme.

– *Sharrioz !* jura-t-il. J'étais devant la fenêtre, j'ai vu la vague déferler et emporter la tour ! Et tu étais dedans ?

Il la serra dans ses bras à lui faire mal.

– Cendri, Cendri ! Au diable un monde pareil où on expose des femmes à de tels dangers !

Elle se laissa aller contre lui, épuisée, les fatigues de la journée l'accablant tout d'un coup. C'était tentant de se laisser réconforter et cajoler, pour qu'il oublie ses humiliations dans la sollicitude qu'il lui prodiguait. Pourtant, alors même qu'elle se laissait guider jusqu'à la salle de bains, et tandis qu'il lui lavait et pansait les pieds, elle se révolta contre une attitude si tortueuse.

– Dal, ici on trouve normal que les femmes prennent des risques. Je ne voulais pas qu'elles me méprisent ou qu'elles prennent les femmes de l'Unité pour une espèce inférieure. Elles croient déjà que nous sommes la propriété des hommes et leurs esclaves !

Il la saisit par les épaules et la secoua.

– Qu'est-ce qui t'intéresse le plus, défendre la réputation de l'Unité et des Dames Savantes, ou exécuter le travail que nous sommes venus faire ici ? Cendri, quand j'ai vu cette vague déferler, sachant que tu étais là-bas avec Miranda – tu ne sauras jamais ce que j'ai ressenti ! Tu es ma femme ! Je ne peux pas te laisser risquer ta vie ainsi !

Soudain la colère l'embrasa.

– Dal, j'ai le droit de prendre mes propres risques ! C'est à moi d'en décider, non ? A moins que tu ne croies me posséder, comme elles semblent penser que les hommes possèdent les femmes dans l'Unité !

– J'ai quand même le droit de m'inquiéter, rétorqua-t-il. Tu aimerais mieux que ça me laisse indifférent ?

Elle soupira, intérieurement révoltée, mais répugnant à entretenir la dispute. Elle dit :

– Peu importe, mon amour ; je suis saine et sauve, et demain, nous irons dans les ruines. Tout est bien qui finit bien, car maintenant Vaniya ne peut plus nous retarder davantage, et tu pourras commencer tes travaux.

– Oui, je suppose, mais, objecta-t-il, revenant à ses premières doléances, tu as tout arrangé de telle sorte que je devrai perdre la moitié de mon temps avec Rhu...

– Dal, je pensais...

– Je sais ce que tu pensais, s'emporta-t-il. Tu pensais te débarrasser de moi, ne pas m'avoir tout le temps dans les pattes pour révéler ton absence de qualification pour ce travail, et pour pouvoir tout saboter sans m'avoir sur les talons pour te critiquer...

– Oh, Dal, non... protesta-t-elle en rougissant.

En fait, elle avait toujours craint qu'avoir à se tourner si souvent vers lui pour lui demander aide et conseil ne réduise à néant la crédibilité de la fiction qu'ils avaient si soigneusement concoctée. Que penseraient les femmes d'Isis si la Dame Savante d'Université devait continuellement consulter son prétendu assistant avant de prendre la plus simple décision ?

– Cette société te corrompt ! dit Dal d'un ton accusateur. Elles t'ont raconté tant d'idioties, sur l'indépendance et les capacités des femmes, que tu commences à croire que tu peux agir sans mon aide. Je devrais rester ici, et te laisser révéler ton imposture ! Es-tu tellement sûre de toi que tu croies pouvoir tout faire toute seule ?

– Dal, ce n'est pas juste, dit-elle, les larmes aux yeux.

– Juste ! Est-ce que tu es juste avec moi ? rugit-il, ses frustrations sortant tout à trac. Tu essaies de faire de moi un efféminé geignard comme Rhu, te suivant comme un toutou et ramassant les miettes que tu veux bien me jeter ! Je ne suis pas comme ça ; je suis un homme de Pionnier, tu es ma femme, et il va falloir que tu comprennes...

– Baisse la voix, Dal, supplia-t-elle, soudain mortellement effrayée.

Les cloisons intérieures étaient minces, et, même s'ils parlaient en leur propre langue, la langue des Savants d'Université, le ton de Dal parlait plus haut que ses paroles. Sur Isis, les hommes n'élevaient jamais la voix ainsi en s'adressant à des femmes !

– Et ne viens pas me dire de baisser la voix ! Tu crois pouvoir me donner des ordres, comme Vaniya fait avec Rhu ?

Cendri tendit les mains en un geste de conciliation, mais soudain, quelque chose craqua en elle. Elle était lasse de ces scènes nocturnes, où elle essayait de l'apaiser, et où elle devait ensuite accepter qu'il lui fasse l'amour avec rage, comme s'il voulait imprimer sur son corps l'empreinte de sa force, la laissant meurtrie, humiliée, sans aucun désir.

Elle releva la tête avec colère.

– Très bien Dal, va au diable ! Fais ce qui te

plaît. Elève la voix. Hurle. Rage. Tempête. Imite tes arrière-grands-pères de Pionnier qui battaient leurs femmes pour leur montrer que leur seule vraie place était dans leur lit ! Nous ne sommes pas sur Pionnier ! Nous ne sommes même pas sur Université ! Nous sommes dans le Matriarcat d'Isis. Réalises-tu que si, *moi*, j'élève la voix, je peux aller te faire coucher au chenil des mâles ? Si tu poses la main sur moi, Dal, j'appellerai au secours, et tu as eu aujourd'hui un avant-goût de la façon dont elles traitent un mâle qui se conduit mal. J'en ai assez, Dal ! Je fais de mon mieux pour tous les deux, et tous les soirs tu me fais une scène ! J'en ai assez, Dal, assez !

– Tu attendais l'occasion pour me dire ça, hein, Cendri ? dit-il, rabaissant les mains, pâle comme la mort.

– Non, dit-elle, secouant la tête. J'ai tout fait pour l'éviter, Dal. Mais je n'en peux plus, je suis à bout !

Elle se mordit les lèvres pour ne pas pleurer.

– Ce n'est pas de ma faute si les choses sont ainsi sur Isis ! Mais tu m'en rends responsable ! C'est toi qui as voulu que je vienne, tu m'as forcée à accepter cette situation impossible, et maintenant, tu me rends la vie infernale...

Sa voix se brisa en un sanglot.

Livide, Dal tendit la main vers elle ; elle eut un mouvement de recul et sa mâchoire s'affaissa de consternation.

– Tu as *vraiment* peur de moi, Cendri ? Qu'est-ce qui nous arrive, mon amour ?

Elle se blottit contre son épaule en pleurant.

– Tu m'as suppliée de venir, tu disais que peu importait à qui on attribuerait le crédit de nos recherches, tu disais que ce serait notre travail commun à tous les deux, et maintenant, tu me traites comme si j'étais ton ennemie...

Elle ne put continuer.

Il la serra doucement contre lui, tentant de la calmer.

– C'est cette maudite planète, dit-il. Tu commences à te comporter comme ces odieuses femmes. Je ne te comprends plus, Cendri ! M'aurais-tu vraiment livré à elles ?

Elle secoua la tête, les yeux brûlants de larmes. Mais quand il voulut la porter dans le coin capitonné, elle se remit à pleurer. Pas ça ; elle refusait les ébats amoureux pour soulager son orgueil blessé. Il tenta de l'apaiser, de la cajoler, mais elle continua à secouer la tête en pleurant et, enfin, il la lâcha avec colère, et, rageur, gagna seul le Coin d'Amusement.

– Alors maintenant, tu vas te servir du sexe pour dompter la bête sauvage ? lui lança-t-il avec rage.

Elle ne prit pas la peine de lui répondre, tout en sachant qu'il se trompait ; c'était plutôt lui qui s'était servi du sexe comme d'une arme pour lui imposer sa volonté, et maintenant qu'elle refusait de continuer à se laisser manipuler ainsi, il retournait l'accusation contre elle. En silence et solitaire, elle grimpa dans le haut lit, exactement aussi étroit, froid et inconfortable qu'il en avait l'air. Elle pensa avec nostalgie à la chaleur du corps de Dal, mais elle ne pouvait pas céder maintenant. Elle finit par s'endormir en pleurant.

VII

Il se réveilla encore maussade, et n'adressa pas la parole à Cendri pendant qu'il faisait sa toilette dans la luxueuse salle de bains. Mais quand elle en sortit à son tour après un long bain chaud, il contemplait par la fenêtre les ruines enveloppées de brouillard matinal, et ne put réprimer un sourire en se tournant vers elle.

– C'est aujourd'hui le grand jour, Cendri ! Je ne sais pas pourquoi, mais j'avais l'impression que nous n'y entrerions jamais. J'avais peur qu'elles continuent à ajourner indéfiniment...

– J'en suis heureuse, Dal.

Il la prit dans ses bras d'un air contrit.

– Je m'excuse de t'avoir tarabustée hier soir, ma chérie. Je ne le ferai plus. J'étais à bout, c'est tout.

– Je suis désolée aussi, dit-elle, s'abandonnant contre lui. J'ai craqué ; l'attente me rend nerveuse comme toi.

– Et après, quand tu as refusé de dormir avec moi – j'ai craqué aussi. Mais c'est fini. Tâchons de ne plus perdre les pédales comme ça, d'accord ?

– J'essaierai, je te le promets.

– Je crois toujours qu'on aurait pu se réconcilier hier soir si tu avais voulu...

Adoucie et réchauffée par son contact, Cendri retrouva quand même en elle un petit noyau de colère. Croyait-il vraiment que faire l'amour aurait tout arrangé alors qu'aucun élément du conflit n'avait été réglé ? Etait-ce une erreur masculine universelle ? Elle se dégagea doucement.

– Il ne faut pas nous mettre en retard, Dal. La journée sera longue. Tu as préparé tout le matériel d'enregistrement ?

Instantanément distrait par le souvenir de sa longue attente, il se mit en devoir de rassembler ses instruments, tandis que Cendri pensait, surprise et choquée de son stratagème : *Quelle manœuvre tortueuse ! C'est une réaction typiquement féminine que j'ai toujours méprisée !* Effectivement, elle avait toujours dédaigné ces comportements fuyants et manipulateurs ; pourtant, avec quelle facilité en avait-elle retrouvé la technique au moment opportun !

Elle savait depuis le début que cette planète abîmait Dal. Mal à l'aise, elle considéra la possibilité qu'elle eût aussi un effet sur elle – ou était-ce simplement qu'elle prenait maintenant conscience de ce qu'elle avait toujours fait inconsciemment ? Maudissant entre ses dents le Matriarcat et Dal, elle commença à rassembler le matériel dont ils auraient besoin.

Ils terminèrent avec un tas imposant d'appareils au milieu de la pièce, que Dal considéra en fronçant les sourcils.

– On n'arrivera jamais à trimbaler tout ça. Tu crois que Vaniya nous prêtera quelques porteurs ou servomécanismes si elles en ont ? J'aimerais mieux des servos ; ça me rebrousse le poil de faire porter mes affaires à d'autres. Si Rhu veut absolument venir, il acceptera peut-être de se charger de quelque chose !

– Ce pourrait être utile. De toute façon, des étudiantes de l'Université d'Ariane doivent venir nous aider.

– T'aider, tu veux dire, grommela-t-il, puis il se força à sourire. Au moins, ce seront des jeunes femmes venues pour t'admirer et partager ton prestige ! J'ai souvent pensé que si la Dame Savante di Velo avait eu un mari jaloux, elle n'aurait jamais pu faire la carrière qu'elle a faite. C'est drôle, dit-il pensivement. Elle n'est pas belle, elle paraît aussi vieille que les Ruines de Windic, et quant au sex-appeal, mon grand-père aurait pu la trouver séduisante, mais certainement pas les hommes plus jeunes ! Et pourtant, dès qu'elle commençait à parler, personne ne remarquait plus les jeunes, aussi belles qu'elles aient pu être. Je me suis souvent étonné que tu ne sois pas jalouse d'elle, Cendri.

– Je l'étais un peu, murmura-t-elle, glissant sa main sous son bras.

Elle pensa à part elle : Vaniya exerce le même genre de fascination, qui vient du pouvoir, de la personnalité, et n'a rien à voir avec la séduction personnelle.

– Pauvre femme, dit Dal. Je me demande comment elle va. Je n'oublie pas que c'est son malheur qui m'a valu ma chance !

– Elle voudrait que tu donnes ta pleine mesure et que tu fasses ton travail dans la joie, le consola-t-elle.

– Je sais, soupira-t-il.

Puis ils descendirent dans l'immense salle à manger déjà bondée d'enfants folâtres, de parentes et de parasites de Vaniya, s'efforçant de dire quelques mots à la Pro-Matriarche avant que les devoirs de sa charge ne l'éloignent pour la journée. Tandis qu'ils s'asseyaient aux places qui leur étaient maintenant réservées par la coutume, Dal murmura à Cendri :

– J'aimerais mieux manger rapidement dans notre chambre et partir sans tout ce tintouin, mais je suppose que Vaniya en serait mortellement offensée ?

– Oui, j'en ai peur.

– Elles devraient nous donner ce dont nous avons besoin, et après, nous laisser tranquilles.

Après tout, c'est elles qui nous ont demandé de venir !

– Dal, tu penses dans les termes de l'Unité et d'Université, dit-elle, s'efforçant de ne pas avoir l'air de lui faire la leçon. Cette idée que le temps est un ingrédient limité et que le perdre est moralement mal n'appartient qu'à de rares cultures de l'Unité.

– Ce sont celles qui progressent, argua-t-il. Ce sont elles qui ont demandé une spécialiste de l'Unité, alors, pourquoi ne te laissent-elles pas faire ton travail ?

Elle haussa les épaules. Impossible de convaincre Dal ; il était, dans son essence, le mâle de Pionnier qui mettait au-dessus de tout l'attention aux affaires, l'efficacité et une conception du temps disciplinée, et elle l'avait accepté depuis longtemps. Son monde natal à elle était orienté sur le temps – pas de façon aussi contraignante que celui de Dal – mais au moins, elle considérait cela comme une préférence, non comme un absolu moral !

Vaniya, à la table basse où elle était assise avec Miranda, Rhu, et quelques privilégiés de sa maison tels que les hôtes de l'Unité, écoutait les pétitions comme tous les matins au petit déjeuner. Cendri prêta l'oreille, en laissant Miranda remplir son assiette de petits coquillages frits croustillants. Pour le moment, le pétitionnaire était un homme en tunique courte, et Vaniya écoutait en fronçant les sourcils la demande d'autorisation d'organiser une chasse pour la Maison des Hommes – Cendri ne savait toujours pas si cela représentait une seule maison, un village, un district ou une ville entière.

– Vos rations sont-elles donc tellement insuffisantes ? demanda Vaniya. Il me déplaît de penser que vous puissiez souffrir de la faim. Mais en même temps, je répugne à vous accorder cette autorisation en ce moment. Nos sismographes annoncent des tremblements de terre continuels dans ce district, et il serait malavisé de vous exposer au danger avant que la situation ne redevienne normale. Pendant la dernière saison des séismes, près de cent hommes sont morts dans ce district intérieur, raison pour laquelle le projet a été annulé. Si nous ne permettons pas à nos sujets d'aller dans l'intérieur pour une tâche aussi vitale que le Défrichement des Terres – quoique j'aie demandé quelques volontaires femmes pour l'année prochaine - nous ne pouvons pas le permettre pour quelque chose d'aussi frivole qu'une chasse.

– Sans vous offenser, Mère, balbutia l'homme, notre chasse n'est pas... pas frivole. Le district intérieur ne produit rien et ne peut même pas être défriché. Les bêtes qui y vivent seront un supplément appréciable à nos réserves.

Vaniya fit la grimace.

– Usage des terres contraire à la logique économique, dit-elle. Et personnellement, je répugne à substituer des créatures massacrées aux récoltes que nous pourrions y faire si les terres étaient mises en culture. Même en comprenant le besoin de protéines supplémentaires dans le régime des mâles, cela me semble irrationnel. Ce n'est pas particulièrement raisonnable de rationaliser votre amour de la chasse par de tels arguments. Je suis désolée de vous refuser ce plaisir, mais je dois vous l'interdire pour le moment. J'ordonnerai qu'on augmente d'un cinquième votre ration de protéines, ce qui devrait suffire en cette saison, avec suppléments pour les athlètes, les travailleurs manuels, et les jeunes en pleine croissance. Tu es satisfait ?

– Sans vous offenser, Mère, j'ai ici une lettre de notre Surveillant disant que la récolte de cette année ne permettra pas une augmentation de la ration de protéines.

Il s'inclina et la lui tendit. Vaniya lut la lettre, fronçant les sourcils et laissant refroidir son déjeuner.

– Je suis désolée, dit-elle enfin. J'ai tellement l'habitude que les hommes rationalisent leur désir de chasse par des argument spécieux que je ne pensais pas à un besoin authentique.

Pour ce monde, songea Cendri, cela équivalait à des excuses.

– Eh bien, je suppose que vous devez organiser votre chasse. Mais consultez les Mères de la Cité avant de fixer votre itinéraire, en ayant soin d'éviter les zones sismiques.

L'homme s'inclina en disant :

– En remerciement, pouvons-nous prendre la liberté d'inviter le Compagnon de la Pro-Matriarche à être notre hôte respecté pendant cette chasse ?

Vaniya lança un coup d'œil à Rhu et répondit :

– Non, je ne crois pas ; il n'est pas assez vigoureux pour cette expédition. Il serait une charge pour vous. Tu n'avais pas vraiment envie d'y aller, n'est-ce pas, Rhu ?

Rhu baissa les yeux sur son assiette et murmura :

– Je suis à vos ordres, Vaniya.

– Alors, c'est non, dit Vaniya. Mais nous avons un hôte honoré de la Cité d'Ariane à notre table. Dame Savante, ton Compagnon apprécierait peut-être le divertissement d'une chasse après avoir été enfermé en ville depuis son arrivée ?

Le regard que lança Dal à Cendri était un ordre : *Tire-moi de ce mauvais pas ! Mon premier jour dans les ruines – et je devrais aller à la chasse pour satisfaire au protocole ?* Elle le lut sur son visage aussi nettement que si cela y avait été écrit.

Elle dit avec froideur, sans regarder l'homme :

– Je regrette d'avoir à refuser, mais je croyais avoir dit clairement que mon Compagnon est aussi mon assistant ; je ne peux donc pas me passer de lui au moment où je vais commencer mes travaux.

Dal avait l'air sinistre. C'était bien compréhensible, pensa Cendri, vu que tout le monde trouvait normal que Cendri décide à sa place. Elle tenta de saisir son regard pour lui adresser un sourire rassurant, mais il détourna obstinément les yeux.

Se méprenant – heureusement – sur son air renfrogné, Vaniya dit joyeusement à Cendri :

– Je déteste dire non aux hommes, pas toi ? Ils sont si boudeurs ! Une autre fois, peut-être pourra-t-on organiser une chasse spécialement pour ton Compagnon, quand le terrain sera plus sûr.

L'homme s'inclina et se retira. Cendri le vit faire subrepticement un geste, que Vaniya ne vit pas, car elle attaquait enfin son déjeuner avec appétit. Un instant plus tard, elle vit Rhu lui retourner le signe, sous le rebord de la table, en remuant les lèvres. Cendri n'entendit pas ce qu'il disait – en fait, pensa-t-elle, il avait sans doute articulé sans parler – mais elle fut sûre que c'était : « Nous ne sommes pas nés dans les chaînes. »

Le soleil montait à l'horizon et le jour croissait. Vaniya apposa encore son sceau sur un ou deux papiers qu'elle tendit à sa secrétaire particulière, une blonde femme-enfant à la grossesse très avancée.

– Nous n'avons pas de nouvelles des étudiantes de l'Université. À quelle heure devaient-elles venir, Calissa ?

– Laurina, qui y enseigne l'histoire, est déjà là, répondit Calissa. Je crois qu'elle apporte un message...

Laurina entra dans la salle à manger, coiffée d'un chapeau à large bord, et, constata Cendri avec satisfaction, chaussée de solides souliers. Elle s'inclina devant la Pro-Matriarche et dit :

– J'ai honte de mes collègues. Et j'ai honte de ta consœur, Vaniya.

– Qu'a donc encore fait Mahala, mon enfant ? dit Vaniya, comme se préparant à une mauvaise nouvelle.

Laurina se tortillait avec embarras. Sous ses courts cheveux roux et bouclés, elle avait la peau claire et parsemée de taches de rousseur.

– Comme tu le sais, Vaniya, Mahala est l'une des Administratrices de l'Université, et elle fait dire – elle baissa les yeux et se tordit les mains, mortellement embarrassée – qu'aucune étudiante ne travaillera avec la Dame Savante tant qu'elle n'aura pas eu l'occasion de lui parler et de s'assurer que... que... – sa voix s'étrangla et elle regarda Cendri d'un air suppliant, ajoutant : j'ai honte, Dame Savante !

Cendri était furieuse... pour Dal : ils avaient besoin d'aides dans les ruines. Et furieuse également à cause de l'insulte.

– La Pro-Matriarche Mahala craint-elle que je nuise à ses étudiantes ? demanda-t-elle.

– Ah, cette femme ! dit Vaniya d'un ton grinçant. Effrontée, insolente, discourtoise vis-à-vis de nos hôtes honorés ; et en plus, elle déshonore la volonté de la Grande Matriarche Quelle excuse donne-t-elle ? Quelle raison a-t-elle bien pu trouver ?

Laurina dit avec embarras :

– Tant qu'elle n'aura pas vu la Dame Savante et qu'elle ne lui aura pas parlé, elle considère qu'il serait dangereux d'exposer les étudiantes à une science mâle.

– Au nom de la Déesse, explosa Vaniya, comment la science pourrait-elle être mâle ou femelle ? Autant parler de la nature féminine de la table atomique des éléments, ou de la masculinité d'un volcan ! Laurina, ma consœur Pro-Matriarche est-elle devenue folle ?

– Je ne suis pas qualifiée pour en juger, Vaniya. Mais j'ai honte que mes étudiantes se cachent comme des coquillages à marée basse ! M'accepteras-tu pour leur indigne représentante ? dit-elle, regardant Cendri avec hésitation.

Cendri lui sourit, réalisant quel courage il lui avait fallu pour défier la Pro-Matriarche Mahala. Dans une société comme celle-là, où les lois semblaient réduites au minimum, et où tout se faisait par relations avec des supérieures, des mères et des parentes âgées, il devait sembler choquant que Laurina brave cette interdiction.

– J'espère que tu n'auras pas de problème en venant sans les autres, Laurina.

Laurina eut un sourire rayonnant et dit :

– Ça m'est égal.

Cendri soupira, bien que touchée par son geste. A l'évidence, la jeune femme souffrait d'une forte crise d'adoration de héros. Laurina avait à peu près son âge, et Cendri l'aurait jugée trop âgée pour une attitude aussi juvénile, mais peut-être que cette affection durait plus longtemps sur un monde où les supérieurs sociaux étaient tous des femmes.

Laurina ajouta avec sérieux :

– Ce n'était pas absolument défendu ; mais la Pro-Matriarche a parlé, et naturellement, tout le monde a craint de la contrarier, alors les professeurs ont suggéré qu'il serait plus sage et plus courtois de s'abstenir. Mais je ne suis pas une esclave, et je ne vois pas en quoi écouter la Dame Savante pourrait me nuire. Je suppose qu'elle ne va pas me forcer à adopter ses opinions, si je ne le peux pas en conscience !

Cendri eut d'abord envie de rire à ce défi juvénile, puis elle s'aperçut qu'elle était plutôt émue.

– Je suis ravie de ton aide, mon amie, et quand les étudiantes constateront que je ne t'ai abîmée en rien, peut-être décideront-elles que leur conscience et leur devoir leur permettent de venir travailler avec moi.

– Mais c'est une manœuvre purement politique ! fulmina Vaniya. Comment cette femme ose-t-elle mettre toute la cité en désaccord avec nous ? Elle espère sans doute que, si Rezali meurt sans nommer son héritière, la clameur publique la placera sur le siège de la Grande Matriarche ! Qu'espère-t-elle gagner par cette manigance ?

Cendri jugea prudent d'ignorer ces remarques.

Elle ne pouvait pas, en conscience, commenter la politique locale. Mais elle dit à Vaniya que, si les étudiantes promises ne venaient pas, ils auraient besoin d'aide pour transporter leur équipement. Emmenant Laurina dans leur appartement, elle la chargea des appareils d'enregistrement graphique. Ce n'était pas de gaieté de cœur qu'elle semblait ainsi encourager le béguin de Laurina pour elle, mais, en sa qualité de professeur, la jeune femme était plus qualifiée que les servantes et parentes pauvres que Vaniya avait désignées pour les accompagner.

Elle vit subrepticement que Laurina examinait les appareils, que Dal rangeait selon leur ordre d'utilisation. Quand tout fut prêt – même Rhu avait proposé son aide – ils partirent, traversant les jardins et se dirigeant vers le rivage et le sentier montant à Nous-Fûmes-Guidées. Vaniya les suivit des yeux. Cendri pensa qu'elle avait l'air contrarié, mais était-ce par les agissements de consœur Pro-Matriarche ou par autre chose, elle ne le savait pas.

Bien sûr, elle réprouve cette expédition. Nous-Fûmes-Guidées est un lieu sacré pour elle. Comment lui faire comprendre que nous n'allons pas le profaner? A moins que notre seule présence le désacralise?

Dal ne comprendrait jamais cela, elle le savait. Il était entraîné à toutes les méthodes traditionnelles de l'archéologie, mais il ne s'intéressait qu'aux choses mesurables : mesures micrométriques des crânes d'une tombe donnée, analyse informatique des outils pour déterminer la taille et la physiologie des mains, membres ou appendices qui les avaient maniés, tous jugements basés sur des standards arbitraires.

A partir de ces chiffres, pouvait-il comprendre la véritable essence du passé? L'analyse informatique d'un outil et de la main qui l'avait tenu pouvait-elle renseigner sur les raisons complexes pour lesquelles une société donnée avait assumé une certaine forme ? Elle avait applaudi plus fort que tous les étudiants de sa section quand un célèbre anthropologue, de retour d'une mission sur les coutumes des Delta Kamelins – curieuse tribu d'aborigènes humanoïdes du système d'Orion – avait déclaré qu'il ne s'intéressait pas à l'analyse statistique de la longueur comparée de leurs appendices sexuels, ni à la fréquence d'utilisation de leur appendice antérieur par rapport à leur appendice postérieur ; ce qui l'intéressait, c'étaient les facteurs sociaux et émotionnels qui leur avaient fait choisir un appendice plutôt qu'un autre, et ces facteurs n'étaient pas du domaine de l'analyse informatique.

Cendri était comme lui. Elle s'intéressait à la culture complexe et vivante du Matriarcat. Elle aurait pu s'intéresser tout autant à une culture ancienne comme celle des hypothétiques Bâtisseurs. Mais elle avait l'impression que Dal ne s'intéressait pas du tout à leur vie. Il se souciait peu de ce qu'ils avaient été, des motifs qui leur avaient fait construire leurs édifices, ou des rituels quotidiens qu'ils y avaient célébrés. Il voulait savoir *ce qu*'ils avaient fait, *quand*, et, dans une mesure limitée, *comment*. Mais le *pourquoi* lui échapperait toujours, et le plus triste, c'est que ça ne lui manquerait pas.

Et il était inutile d'en discuter avec Dal, elle le savait. Elle pouvait seulement – avec un peu de chance – suivre ses études et ses analyses des ruines, et tirer ses propres conclusions sur ce qu'*elle* désirait savoir des Bâtisseurs. Et même cela, pensa-t-elle, avec une amertume si profonde qu'elle n'en eut pas nettement conscience, n'était qu'un pauvre substitut à la perte du temps précieux et irrécupérable qu'elle passait sur Isis à faire le travail de Dal, au lieu de s'occuper de ses propres recherches sur la culture réelle et vivante du Matriarcat qui l'entourait. Comment Dal pouvait-il se contenter de perdre son temps avec des êtres morts depuis des années, des siècles, des millénaires ?

Attaquant la montée vers les ruines, elle se retourna pour regarder Dal. C'était son jour de gloire. Depuis leur arrivée, elle s'était consacrée à ses propres recherches, elle avait des notes précises et copieuses, et, même s'il existait encore d'énormes lacunes dans ses connaissances sur le Matriarcat – les coutumes régissant les accouplements, par exemple, lui étaient encore totalement inconnues –, elle avait plus que triplé les informations connues sur cette société. Jusqu'à ce matin même, Dal n'avait pas eu la moindre occasion de commencer son travail. Et même maintenant, il devait adopter une position subordonnée par rapport à elle.

Pendant le voyage, elle avait elle-même passé un temps considérable à écouter des cassettes et des hypno-manuels, et elle pensait pouvoir faire une imitation passable d'une archéologue professionnelle. Mais elle savait que ce ne serait rien de plus qu'une imitation.

Laurina marchait près d'elle, et Cendri se rendit compte qu'elle débordait de curiosité, réprimant poliment des milliers de questions en l'honneur – ou la crainte ? – de la Dame Savante de l'Unité. Si elle était vraiment une Dame Savante, pensa-t-elle, l'enseignement ferait partie de ses attributions à côté de ses recherches, et elle réalisa que cela aussi constituait une partie importante de sa mission sur Isis. C'est par son intermédiaire que le Matriarcat jugerait de la valeur de la science de l'Unité. Elle, Cendri Owain. La Dame Savante Cendri Malocq.

Encouragée par son sourire, Laurina dit timidement :

– Puis-je demander à la Dame Savante – à l'évidence, on l'avait bien chapitrée sur les formes de courtoisie en usage à Université – quels instruments elle transporte pour ses recherches ?

Cette politesse cérémonieuse aurait dû mettre Cendri à son aise, comme elle l'aurait été avec un assistant d'enseignement dans son département d'Université. Mais au contraire, pour une raison qui lui échappait, elle eut soudain une impression de solitude, d'exclusion de la camaraderie bon enfant des femmes d'Isis à laquelle elle avait été brièvement admise.

– Tu devais m'appeler Cendri, Laurina. Et bien sûr, tu peux me poser toutes les questions que tu voudras. Les instruments que je t'ai confiés, dit-elle, montrant la console d'enregistrements graphiques, servent à enregistrer tout ce que je verrai et entendrai aujourd'hui, de façon permanente ou temporaire, au choix. C'est comme un appareil photographique. En avez-vous sur Isis ?

– Oui, bien sûr. Nous en donnons comme jouets à nos filles, et nous nous en servons dans les crèches et les hôpitaux pour surveiller les nourrissons et les malades sans les déranger, dit Laurina. Mais où sont vos films...

– C'est en cela que nos appareils diffèrent ; aucune fourniture périssable ou matériel sensible n'est nécessaire pour stocker les données, dit Cendri. Une fois l'appareil mis en marche, il suffit d'activer une certaine séquence pour revoir, ou projeter sur n'importe quelle surface une vue holographique complète de ce que nous avons vu ou entendu. Nous pouvons même – pas ici, mais sur les mondes où l'appareillage adéquat est disponible – reproduire dans une certaine mesure et à échelle réduite des copies de certains artefacts, de sorte qu'il n'est pas nécessaire de priver un monde de ses trésors culturels pour que d'autres mondes puissent en profiter. Et si, dans cent ou mille ans d'ici, de nouvelles recherches, faites à des années-lumière d'Isis, apportent des connaissances supplémentaires à ce que nous trouverons, les scientifiques d'Université pourront, dans une certaine mesure, retrouver ce que nous aurons découvert, même si, d'ici là, ces ruines ont été anéanties par le temps, un raz de marée ou un séisme.

– C'est peu probable, dit Laurina. Nous savons qu'aucun tremblement de terre ne survient à l'intérieur de Nous-Fûmes-Guidées, et qu'aucun raz de marée ne monte jamais jusque-là.

Je voudrais pouvoir en être sûre, pensa Cendri. Mais elle savait déjà que c'était un article de foi parmi les femmes d'Isis, et en fait, les ruines n'auraient pas pu subsister si longtemps à moins d'être localisées en un point singulièrement à l'abri des secousses sismiques continuelles.

Maintenant, l'expédition approchait des ruines, et traversait l'aire précédant directement les immenses portes de verre noir. Elle attendit Dal et lui dit à voix basse, dans leur propre langue pour éviter d'être comprise :

– Tu devrais passer le premier si c'est possible, Dal. Je te dois bien ça.

– Ça n'a plus d'importance maintenant, dit-il en souriant. Mais avant d'entrer, je voudrais un enregistrement de l'extérieur. Regarde-moi ces portes !

– A mon avis, quoi qu'elles aient été, elles sont de dimensions supérieures à des artefacts humains, non ? dit-elle, regardant les immenses arches culminant très haut au-dessus de leurs têtes.

– On ne peut rien préjuger à partir de portes ou grilles d'apparat, dit-il avec un geste de dénégation. Pour le savoir, il faudrait trouver les portes par lesquelles ils passaient quotidiennement.

Mais ce n'était pas une rebuffade, simplement un commentaire impersonnel, et Cendri pensa, avec un soupir de soulagement, *il est redevenu lui-même. Voilà ce qu'il lui fallait.* A une époque, ils avaient ainsi partagé leurs études ; avant leur mariage, avant qu'elle ait – bien que temporairement – abandonné ses recherches.

Elle vit que Rhu, Laurina et les servantes de Vaniya, lourdement chargés de matériel, les regardaient, se demandant ce que les scientifiques d'Université allaient faire maintenant. Soudain, elle eut envie de se débarrasser d'eux tous, de se débarrasser du rôle qu'elle jouait, de ne plus être la Dame Savante d'Université et Dal son humble assistant, afin de pouvoir interagir librement avec lui selon leur habitude, sans feinte ni imposture. Mais quand elle en parla à Dal, presque avec convoitise, il secoua la tête.

– C'est hors de question. Ne nous laissons pas distraire par des problèmes accessoires, Cendri. Nous avons un travail à faire.

Il avait raison ; inutile de mettre en question les conditions leur permettant d'explorer librement les ruines d'Isis. Après tout, où qu'ils aient été, ils auraient toujours trouvé certaines conditions défavorables à leurs activités.

– Tu veux des relevés de l'extérieur. Dois-je enseigner à Laurina l'utilisation de l'enregistreur, afin de me libérer pour prendre des notes écrites ou orales ?

Il fronça les sourcils.

– C'est peut-être une bonne idée, dit-il, mais ça m'ennuie de le confier à un étranger, qui, en plus, est une femme !

– Dal, tous les assistants qualifiés que tu auras ici seront des femmes, lui rappela-t-elle.

– Tu as raison, gloussa-t-il. Et tu m'as dit qu'elle était professeur d'histoire à l'université ; elle doit donc être intelligente.

Il se retourna, regarda Laurina et lui fit signe d'approcher.

– Montre-lui à se servir de l'appareil, Cendri.

– Tu lui permets de te parler sur ce ton ? murmura Laurina, l'air choqué.

Cendri en fut désespérée ; les brefs instants de liberté détendue qu'elle venait de vivre avec Dal s'étaient évanouis, remplacés par l'imposture qu'était leur vie sur Isis. Elle dit, un peu plus sèchement qu'elle n'en avait l'intention :

– Mon assistant est un scientifique de plein droit

sur Université, Laurina, et, en tant que tel, il est pleinement qualifié. Nous ne faisons pas de distinctions de ce genre sur Université. Il y a un travail à faire, et nous n'avons pas de temps à perdre en respectant ces différences artificielles. L'important, c'est que nous sommes tous les deux qualifiés pour faire ces recherches, et quant à celui qui donne les ordres, nous n'y pensons pratiquement pas.

Elle se dit : Je vais peut-être finir par leur faire comprendre ce qu'est la recherche scientifique sur Université !

Laurina parut accablée.

– Je ne voulais pas offenser la Dame Sav... je veux dire, je ne voulais pas t'offenser, Cendri, murmura-t-elle. Pardonne-moi...

– Ça ne fait rien.

En un sens, Cendri savait qu'elle se servait de l'admiration que Laurina lui portait pour lui imposer un point de vue qui s'opposait à tous ses préjugés culturels et éthiques. Était-ce acceptable ? La fin pouvait-elle justifier les moyens ? Pour le moment elle n'avait pas le temps de s'attarder sur les questions morales et culturelles complexes que lui posait ce dilemme.

– Je suppose que tu aimerais savoir te servir de l'enregistreur graphique ? dit-elle en souriant.

– Oh oui, dit Laurina, impressionnée, si tu veux bien me le confier.

– Eh bien, allons-y.

Cendri lui fit une démonstration du maniement compliqué de l'appareil. Laurina apprenait vite, et c'est sans appréhension que Cendri la chargea des enregistrements.

– A partir de maintenant, tu photographieras tout ce que nous verrons, lui dit-elle. Pour commencer, prends les portes sous tous les angles...

Lentement, travaillant en équipe, elles photographièrent les portes géantes, puis, juste à l'intérieur de l'enceinte, les deux immenses tours de verre noir, et les cours qui les séparaient. Puis, lentement, elles commencèrent à explorer les rues – si on pouvait donner le nom de « rues » aux vastes espaces réguliers, mais curieusement ordonnés, séparant les édifices.

Après une brève exploration, Dal fit signe à Cendri. Elle le rejoignit, ignorant l'air choqué de Rhu.

– Je voudrais vérifier ma première impression, dit-il. Au premier abord, qu'est-ce qui te frappe dans ces ruines ?

Elle comprit immédiatement sa pensée.

– Leur fraîcheur, dit-elle. Elles ne semblent pas avoir plus de deux millénaires, maximum. Je dirais plutôt deux *siècles*, mais c'est impossible ; elles étaient déjà là quand Cendrillon fut découverte et cartographiée.

Il hocha la tête en se mordant les lèvres.

– C'est vrai, dit-il. Et sur une planète aussi sujette aux tremblements de terre, comment diable ont-elles fait pour échapper à la destruction ?

– Ce seraient des constructions capables de résister presque indéfiniment aux séismes ? hasarda-t-elle.

– Impossible, dit Dal. La technologie peut faire beaucoup de choses, mais elle est incapable de créer une résistance pareille. C'est comme le problème de la force irrésistible et de l'objet immuable – jusqu'à quel point ces ruines devraient-elles être immuables pour résister à un séisme de Force 9 ou 10 ? La définition même d'un tremblement de terre de cette magnitude est : destruction totale de toutes les structures faites par la main de l'homme, et destruction virtuelle de toutes les configurations géographiques. Il va falloir que je jette un coup d'œil sur les modèles sismiques – tu m'as dit qu'elles avaient des sismographes primitifs – mais, statistiquement parlant, une planète de ce type devrait avoir au moins un séisme de Force 9 tous les trois mille ans, et, pour ce secteur particulier, nous pourrions faire la prédiction statistiquement défendable que rien, et je dis bien rien, ne pourrait survivre d'une civilisation à une autre, donnant à chacune de ces civilisations la durée fixée par la Limite de Rakmall, qui est de douze mille ans.

– La Limite de Rakmall s'appliquerait-elle à une technologie non humaine, Dal ?

Il fronça les sourcils et hocha la tête, à l'évidence plongé dans une profonde réflexion.

– Pour une civilisation non humaine, peut-être que non. Mais je ne vois aucune technologie qui puisse survivre à la Limite de Rakmall. Il faudra que j'explore toutes ces structures – j'hésite maintenant à leur donner le nom d' « édifices ». Peut-être qu'elles nous donneront une idée de la technologie qui les a construites. Je crois que nous pouvons affirmer avec assurance qu'elles ne sont pas d'origine humaine ou même humanoïde. Regarde, ajouta-t-il, ouvrant les bras en un geste qui embrassait tout le paysage, la taille, la disposition des structures – elles ne s'intègrent dans aucune des cultures que je connais. Je peux affirmer une chose : elles ne sont issues d'aucune culture ou technologie connues.

Il poussa un profond soupir.

– *Sharrioz !* Comme je regrette de ne pas avoir avec moi une équipe complète ! Une expédition de, disons quatre-vingt-dix ou cent personnes, où toutes les spécialités seraient représentées...

Brusquement, il changea de sujet.

– Continuons, dit-il. Traversons le site, en faisant un enregistrement visuel de l'extérieur de toutes les structures, que nous pourrons ensuite coder à loisir.

Ils repartirent dans les ruines, avançant pas à pas. Le soleil atteignit son zénith, puis commença à décliner. Dal céda finalement quand Cendri demanda une pause pour se reposer et se restaurer, car Rhu, épuisé, suait à profusion dans la chaleur subtropicale, et même Laurina, malgré sa fascination pour ce qu'elle faisait et son désir de prouver ses capacités, semblait au bord de l'évanouissement.

Les servantes de Vaniya avaient apporté des mets savoureux et abondants, et Cendri aurait aimé s'asseoir avec Dal pour parler du travail de la matinée ; mais Rhu s'approcha, et elle se rappela à regret les interdits du Matriarcat. Elle et Dal pouvaient être dispensés de ces interdits pour la durée de leur travail. Dal était également son Compagnon, et il devait sans doute avoir le droit de partager ses repas, mais elle repensa à l'air scandalisé de Vaniya, demandant si elle ne trouverait pas la présence de Dal *distrayante.* Si elle recherchait la compagnie de Dal en dehors du travail, elle donnait du poids à cette idée. Elle se tourna donc vers Laurina et elles s'assirent ensemble sur des marches curieusement proportionnées (les habitants originels du lieu avaient-ils des jambes de quatorze pieds de long ou des ailes ?) et étalèrent leurs provisions, tandis que Dal, s'efforçant de dissimuler sa contrariété, se résignait à la compagnie de Rhu. Elle remarqua que les servantes de Vaniya se rapprochaient d'elles – quoique pas assez près pour entendre ce qu'elles disaient – tandis que les rares serviteurs restaient à l'écart.

Au bout d'un moment, Dal consulta sa montre et la hauteur du soleil.

– Si nous voulons terminer l'étude préliminaire aujourd'hui, nous n'avons plus de temps à perdre. Laurina, vous photographierez les marches sous tous les angles avant de partir.

– Comment oses-tu ? s'emporta Laurina. Je ne reçois pas d'ordres d'un mâle ! Nous ne sommes pas dans un monde d'hommes !

Choquée, atterrée – c'était ce qu'elle avait redouté le plus – Cendri bondit sur ses pieds, avec l'envie irrationnelle de se jeter entre eux – pour protéger Dal ? Laurina s'était levée et affrontait Dal avec colère.

– Laurina, commença sèchement Cendri, et soudain, elle sut ce qu'elle devait dire. Si tu désires travailler avec nous, tu dois accepter et respecter nos coutumes dans une certaine mesure ! Je t'ai expliqué qu'à Université, nous n'avons pas de ces distinctions. De plus, mon... mon assistant – elle faillit s'étrangler en prononçant le mot, mais cette petite concession était nécessaire – ne t'a pas donné un ordre, mais t'a poliment demandé, d'égal à égale, d'accomplir une certaine tâche. Si tu n'es pas prête à accorder la même courtoisie à mon assistant qu'à moi-même, nous pouvons nous dispenser de ton aide !

Laurina resta immobile un moment, foudroyant Dal d'un regard plein de défi et de colère, et Cendri, le cœur battant, retint son souffle. Les servantes de Vaniya semblaient prêtes à démembrer Dal, et Rhu était devenu aussi blanc que les dalles du sol, et se soutenait contre une colonne comme si son squelette et ses muscles n'avaient plus la force de le porter.

Puis Laurina baissa les yeux.

– Je suis désolée, Cendri, dit-elle d'une voix hésitante. J'ai oublié. Je... je n'ai pas l'habitude.

Un immense soulagement déferla dans le corps et l'esprit de Cendri comme une marée de printemps.

– Je sais, dit-elle avec douceur. Les habitudes d'une vie sont très difficiles à modifier. Dal aussi a fait preuve d'étourderie ; dans la situation actuelle, il aurait dû me demander de transmettre sa requête.

Elle regarda durement Dal ; savait-il seulement quelle crise il avait failli provoquer ? Mais ils avaient affirmé leur position... du moins l'espérait-elle. Pourtant, s'il fallait recommencer tous les jours, il vaudrait peut-être mieux se priver de l'assistance de Laurina – et même de l'assistance de toutes les natives d'Isis / Cendrillon !

Elle se félicita d'avoir laissé branché son enregistreur vocal, qui lui permettrait de présenter tout l'épisode à ses mentors d'Université. Elle se demanda quels enseignements ils en tireraient par l'analyse sémantique. Elle regarda, avec appréhension, Laurina s'approcher de Dal, ne sachant plus lequel elle avait envie de protéger, car Dal avait l'air furieux, mais elle dit, à la fois timide et cérémonieuse :

– Si l'assistant de la Dame Savante veut bien m'indiquer les angles sous lesquels les marches doivent être photographiées, j'essaierai de lui fournir les vues désirées.

Dal en fut un peu interloqué, mais accepta de rencontrer Laurina à mi-chemin, réalisant, constata Cendri, l'énorme effort qu'elle avait fait. Il répondit aussi cérémonieusement, avec une correction parfaite :

– Il nous faudrait un enregistrement de chaque direction, plus une vue faite du haut de chaque escalier, dans cet ordre. Si le respecté professeur veut bien éviter de diriger l'appareil directement sur le soleil, la qualité des vues en sera grandement améliorée.

Rhu, réalisa Cendri, regardait la scène avec un étonnement qui lui rappela... sur le moment, elle ne sut plus quoi. Puis elle se souvint. Le mâle, Bak, qui s'était introduit dans leur appartement, porteur d'un message pour Dal, et qui avait été fait prisonnier. Il avait regardé Dal exactement comme ça quand il avait écarté Cendri pour l'interroger.

Pauvre diable ! Peut-être que cet épisode lui apprendra quelque chose sur la vie à Université, à lui aussi !

Est-ce bien juste de lui donner ce genre d'espoir alors que son univers est si étroitement circonscrit ? Pour lui, tout au moins, la vie ne changera jamais !

Mais pour ce qui était du présent, les enregistrements se poursuivirent sans heurts, et ils traversèrent l'antique cité, cour après cour, espace découvert après espace découvert, avec Dal, elle le savait, qui enregistrait ses impressions sur un scribe vocal grâce à un micro de gorge lui permettant de prendre ses notes personnelles à voix basse, Cendri se chargeant des enregistrements à voix haute dans la langue d'Isis, à l'intention des étudiantes et assistantes qui pourraient les aider par la suite, tandis que Laurina manœuvrait la caméra qui fournirait le commentaire holographique de tout ce qu'ils avaient vu ce jour-là.

Le soleil commençait à décliner, altérant sérieusement la qualité de la lumière, quand ils arrivèrent à l'immense espace découvert au centre des ruines où reposait l'antique astronef. Cendri s'en approcha avec hésitation, ressentant involontairement quelque chose de la crainte et de l'émerveillement éprouvés la veille. Tout n'avait-il été qu'une illusion, une sorte d'hallucination collective ? Elle regarda le vaisseau, cherchant la lueur qu'elle avait vue dans les ruines, mais, malgré les ombres crépusculaires qui commençaient à envahir la cité, assombrissant les alentours de l'astronef, elle ne vit pas la moindre lumière.

Tout n'avait donc été qu'une illusion ? Elle tourna son regard vers Laurina, et, stupéfaite, vit sur son visage une faible trace de l'extase et de la crainte révérencielle du soir précédent.

– Je voudrais être sûre qu'Ils ne trouvent pas notre présence sacrilège, Cendri, murmura-t-elle.

Cendri avait envie de répondre avec ferveur : « Moi aussi. » Mais elle savait que c'était irrationnel. Elle regarda Dal – avait-il été touché par la grâce du site, lui aussi ?

A l'évidence, non ; il continuait à murmurer dans son enregistreur vocal, transcrivant ses remarques personnelles sur chaque détail du site. Il avait l'air heureux, et totalement concentré sur sa tâche ; mais il sourit à Cendri qui s'approchait.

– Cendri, est-ce bien ce que ça paraît être ? lui dit-il dans leur langue.

– Un astronef ? Oui, bien sûr.

– Il ne fait pas partie des ruines. Il n'a pas plus de trois cents ans et il est en plus mauvais état qu'elles !

Elle l'avait remarqué elle-même.

– En fait, il n'a que soixante-neuf ans, temps sidéral de l'Unité. C'est le vaisseau qui a amené ici la colonie d'Isis / Cendrillon.

– Bizarre endroit pour poser un astronef, commenta Dal, formulant la pensée que Cendri avait déjà eue. A ton avis, qu'est-ce qui leur a fait choisir un lieu pareil ?

Elle ne pouvait pas répondre sans faire état de la croyance de la Pro-Matriarche, selon laquelle elles avaient été guidées jusque-là, ce qui l'aurait inévitablement entraînée à parler de son expérience de la veille. Il l'aurait traitée d'extravagante, de superstitieuse... et elle ne voulait pas de ça pour le moment.

Et s'il *sent* quelque chose, comment pourra-t-il explorer les ruines ? se demanda-t-elle. Elle-même devait se forcer pour contraindre ses pieds récalcitrants à avancer sur... la pierre ? le ciment ?... qui entourait l'astronef.

– Quel nom donnent-elles à cet endroit ? demanda Dal.

– Nous-Fûmes-Guidées, dit Cendri.

– Extraordinaire, dit-il, haussant les sourcils. Je voudrais bien savoir ce qui les a fait penser à *Ça* ? Mais c'est ton domaine, la psychologie extraterrestre... Quel curieux endroit pour poser un astronef, poursuivit-il, s'approchant un peu plus du vaisseau. Je me demande pourquoi.

Laurina circulait autour d'eux, enregistrant lentement les ruines et le vaisseau sous tous leurs aspects. Cendri nota l'heure et les angles de prise de vue, mais elle avait l'esprit ailleurs. Obscurément, faiblement, comme un rêve à l'intérieur d'un rêve, elle se remémorait le soir précédent, quand un flot d'amour et de joie l'avait inondée...

– Je me demanda parfois, dit Laurina, s'Ils nous

en veulent de ne pas être venues habiter ici avec Eux après qu'Ils nous ont guidées jusqu'ici...

Cendri battit des paupières à cette remarque. Elle allait dire que c'était ridicule, puis elle réalisa que la réponse de Laurina à cette question lui en apprendrait autant sur la société d'Isis que Dal pourrait en apprendre sur les ruines.

– Alors, pourquoi ne l'avez-vous pas fait ? dit-elle avec circonspection. Je veux dire, pourquoi n'êtes-vous pas venues habiter dans les ruines ?

– Je ne sais pas, Cendri ; c'était avant ma naissance, dit Laurina. La Grande Matriarche pourrait peut-être te le dire, car c'est sa devancière, je crois, qui avait pris la décision. En tant qu'historienne, je peux seulement supposer que les édifices leur ont semblé impropres à l'habitation humaine. Ou peut-être qu'Ils ne voulaient pas être dérangés, sauf aux moments qu'Ils choisissaient et de la façon qui Leur convenait.

Cendri décida de ne pas s'attarder sur cette réponse pour le moment. Le temps viendrait où elle pourrait s'asseoir avec l'un de ses mentors d'Université, et la soumettre à une minutieuse analyse sémantique.

Mais elle pensa aussi : Vaniya devait être là lors de cette prise de décision. Elle sait peut-être...

Dal marcha vers elles comme elles circulaient sur l'aire entourant l'astronef, et il s'approcha des structures.

– Etes-vous entrées dans ces structures ? demanda-t-il, s'adressant directement à Laurina.

Elle secoua la tête et dit :

– Il paraît qu'on ne peut entrer dans aucune des structures de Nous-Fûmes-Guidées.

Dal réfléchit, fronçant les sourcils. Puis il se tourna résolument vers un édifice d'une hauteur vertigineuse, et se hissa laborieusement sur les hautes marches. Cendri se traîna derrière lui, et, quelques instants plus tard, Laurina, serrant la console de l'enregistreur sur son cœur, les suivit.

Ils se retrouvèrent sur une petite plate-forme en haut de l'escalier.

– Pas de porte, dit Dal, levant les yeux sur le vaste mur noir qui les dominait. Il faudrait pourtant que je sache ce qu'il y a à l'intérieur. Viens tâter ça, Cendri, ajouta-t-il, poussant contre la paroi.

Elle toucha le mur avec précaution.

– Qu'est-ce que c'est, Dal ? On dirait du verre, mais on ne voit rien à travers...

– Verre dépoli spécial, peut-être, dit-il, ou quelque matériau invisible qui dévie la lumière – ce n'est pas transparent...

Il colla son visage contre la barrière inflexible.

– On dirait qu'il n'y a rien derrière. Extraordinaire !

Cendri hocha la tête.

– Alors, qu'est-ce que ça peut bien être ? Un champ magnétique ?

– Comment veux-tu que je le sache ? Ça ne me dit rien de recourir au laser, mais tôt ou tard, d'une façon ou d'une autre, il faudra bien que j'entre...

– Nous avons plusieurs brouilleurs de champ magnétique dans notre matériel. Ils annulent presque toutes les stases, si c'est de cela qu'il s'agit...

Il hocha la tête, fit signe à un serviteur chargé d'appareils divers, et prit une petite série graduée de brouilleurs de champ. Il ordonna à Cendri et Laurina de quitter la plate-forme, puis dirigea un brouilleur sur la barrière. Il y eut une lumière aveuglante, un gémissement aigu insoutenable, mais rien de plus. Dal essaya successivement tous ses brouilleurs, sans plus de résultat.

– Pas de chance, dit-il. Ceux qui ont érigé ça ont travaillé pour la durée. Tout à l'heure, je choisirai une structure plus petite et tâcherai de la découper au laser.

– Mais s'Ils ne veulent pas de nous à l'intérieur ? dit Laurina d'une voix hésitante.

Dal se retourna vers elle, prêt à exploser, mais heureusement, il se rappela où ils étaient.

– S'Ils ne veulent pas de moi à l'intérieur, il faudra qu'Ils me le disent, dit-il d'un ton patient.

– Mais Ils ne parlent pas aux hommes, dit Laurina, l'air choqué.

– Alors, Ils devront le dire à Cendri, répondit Dal avec un grand sourire. Et elle me transmettra Leur parole – d'accord, Laurina ? En attendant, il va bientôt faire nuit. Je savais bien qu'il faudrait plus d'un jour uniquement pour les explorations préliminaires. Si nous retournions aux portes avant qu'il fasse noir ? Nous avons des torches dans le matériel, mais la journée a été longue, et il est inutile de nous épuiser.

Cependant, personne ne bougea et Cendri comprit qu'aucun des assistants n'était conditionné à voir un homme décider pour toute une expédition.

– Eh bien, partons, dit-elle. Laurina, tu connais le chemin, veux-tu nous guider ?

Et ils repartirent vers les portes.

Il y avait encore un peu de jour hors les murs, le soleil n'étant pas tout à fait couché. Plus bas, les pêcheuses du village anéanti marchaient le long du rivage, ramassant les vestiges de leurs maisons rapportés par la marée.

– Elles ont de la chance, dit Laurina. Beaucoup de bois a été rendu par la mer... regarde, elles hissent des poutres au-dessus de la ligne des hautes eaux, et moins d'hommes seront forcés de risquer leur vie pour aller couper des arbres dans l'intérieur. Nous avons déjà eu des raz de marée, mais jamais aussi forts que celui-là. En quelques jours, nous construirons des abris temporaires, et dès la prochaine saison, les maisons seront reconstruites et la vie du village reprendra. La Grande Matriarche ordonnera quand même, je suppose, de reconstruire plus haut la tour de guet, peut-être au niveau de Nous-Fûmes-Guidées.

– Tu veux dire qu'elles vont reconstruire le village au même endroit ? dit Cendri, atterrée.

– Oui, Cendri, elles n'ont pas le choix, dit gravement Laurina. Nous ne pouvons pas abandonner les bancs perliers que nous avons implantés là il y a maintenant une génération. Sans ses perles, Isis n'a rien. Un peu d'or tiré de l'eau de mer, un peu de magnésium, quelques produits biologiques – mais c'est des perles que nous dépendons ; ce village et d'autres semblables le long de la côte représentent notre oxygène vital.

Cette planète est impropre à la colonisation, pensa Cendri. La Dame Savante di Velo avait raison. Ce monde aurait dû être réservé à une fondation scientifique pour l'étude des ruines des Bâtisseurs – *si* c'étaient bien les ruines des Bâtisseurs – et non pas colonisé, car il ne serait jamais viable.

Elle doutait même qu'elles puissent tenir assez longtemps pour acheter les sismographes qui, pensait Miranda, changeraient tellement la vie de leur peuple.

A voix basse, elle fit part à Dal de ces idées.

– Si c'étaient vraiment les ruines des Bâtisseurs, oui, ça changerait peut-être quelque chose. Nous n'avons rien d'autre qui puisse être authentifié comme venant d'eux. Mais s'il s'agissait de ruines des Bâtisseurs, je suis sûr que l'Unité aurait proposé de déplacer la colonie d'Isis et de l'installer à ses frais sur une planète convenant mieux à l'agriculture et à leur mode de vie, en échange de la possibilité indéfinie d'étudier les artefacts des Bâtisseurs...

– Crois-tu qu'elles accepteraient une telle proposition après le désastre de Labrys ? Elles ont des raisons de se méfier de l'Unité...

Brusquement, quelque chose qu'il venait de dire la frappa, comme à retardement.

– Tu as dit : *s'il s'agissait de ruines des Bâtisseurs...* Dal, es-tu sûr que ce n'en sont pas ? Et dans ce cas, que sont-elles ? Le sais-tu ?

– Non, aux deux questions, dit Dal. Mais quoi qu'elles soient, Cendri, ne sois pas naïve ! Elles sont beaucoup trop récentes pour être l'œuvre des Bâtisseurs ! A moins que... il se mordit les lèvres, hésitant – j'ose à peine le penser, l'espérer...

– Quoi, Dal ?

– Une seule chose aurait pu les préserver dans cet état, dit-il. Et il ne s'agit que d'un concept théorique, qu'aucune civilisation n'a jamais été capable d'utiliser...

– Qu'est ce que c'est, Dal ? De quoi parles-tu ?

– De la stase temporelle.

– La sta... Oh, Dal, dit-elle avec reproche, je croyais qu'il avait été prouvé de façon concluante que la stase temporelle était impossible d'après les lois de la physique.

– Impossible d'après les lois *connues*, dit-il. Mais on disait la même chose des vitesses supérieures à celles de la lumière, de l'antigravité, et des trous noirs d'antimatière...

– Mon Dieu, n'est-ce pas suffisant de défier toutes les théories scientifiques acceptées sur les Bâtisseurs ? Tu en as vu le résultat sur Dame di Velo ! Si tu commences à parler de théories farfelues comme la stase temporelle...

– Non, non, non, l'interrompit-il, presque suppliant, et elle pensa : *Je n'avais jamais réalisé comme c'était important pour lui.* Tu ne vois donc pas ce que ça pourrait signifier, Cendri ? Ça voudrait dire que les Bâtisseurs ont laissé pour nous tous leurs dossiers et artefacts, en attendant que nous ayons atteint un niveau technologique nous permettant de les comprendre ! Inutile d'entrer par effraction ; ils nous ont laissé une clé, à nous de la trouver ! Toute la technologie des Bâtisseurs – tu te rends compte, Cendri ! Mais ça veut dire aussi que nos brouilleurs de champ et nos lasers ne serviront à rien – ce qu'il nous faut ici, ce sont des physiciens théoriques de premier ordre ; mais si nous parvenons à entrer, toute la culture des Bâtisseurs nous attend ! Tu te rends compte, Cendri ?

Il était pâle et luisant d'excitation.

Elle était presque furieuse. N'était-ce pas assez, se dit-elle, de tolérer son attachement à la théorie extravagante selon laquelle les Bâtisseurs hypothétiques avaient colonisé toute la Galaxie, fallait-il encore qu'elle en accepte *une autre* ? La stase temporelle, vraiment !

Quoique, à la réflexion, cela pût expliquer pourquoi les ruines étaient si bien conservées !

Mais il commençait à faire nuit, et tous les serviteurs de Vaniya attendaient en silence.

– Y a-t-il encore quelque chose à faire aujourd'hui, Dal ? dit-elle.

– Non, tu peux renvoyer les porteurs à la maison, dit-il. Mais nous avons besoin de Laurina pour organiser la journée de demain.

Cendri renvoya les gens de Vaniya. Rhu, bien qu'à regret, demanda à rentrer avec eux ; Vaniya pouvait requérir sa présence en rentrant de la ville. Dal, Cendri et Laurina s'assirent sur les marches de la cour aux fontaines taries où elle avait vu Rhu et Miranda – seulement la veille ?

– Nous avons à peine gratté la surface, dit Dal, bien que nous ayons des vues de tous les extérieurs, je crois. Demain, il nous faudra un plan et un horaire.

Il sortit de quoi écrire et un enregistreur de notes.

– Demain, je prendrai des échantillons de sol, et tâcherai d'accéder à un ordinateur pour les analyser. J'apporterai un laser pour voir si nous pouvons tailler une ouverture dans l'un des plus petits édifices. Il vaudra peut-être mieux apporter d'abord l'équipement radiologique, pour tâcher d'apercevoir ce qu'il y a à l'intérieur ; nous ne voulons pas risquer d'endommager le contenu d'aucun monument. J'essaierai aussi d'adapter les brouilleurs de champ à des fréquences peu connues ; nous n'avons testé que les plus communes aujourd'hui. Cela prendra deux jours. Pendant ce temps, nous demanderons à Université de nous envoyer tout ce qui est connu sur d'autres ruines soupçonnées de venir des Bâtisseurs, bien que j'aie déjà des copies des notes de Dame di Velo que je devrai revoir. A moins que je te confie ce travail, Cendri? Vous, Laurina, ajouta-t-il, vous êtes historienne?

– Oui... murmura-t-elle, choquée.

– Je voudrais que vous consacriez la journée de demain à consulter vos... comment conservez-vous vos informations – dans des bibliothèques, des terminals d'ordinateur ou quoi? Je voudrais savoir tout ce qui est arrivé sur ce site depuis que la colonie d'Isis y a atterri, et tout ce qu'on vous a dit sur ce qui s'y est passé *avant* votre venue. Comprenez-vous ce que je veux?

Elle acquiesça, et Dal poursuivit, établissant rapidement un emploi du temps pour l'étude des ruines, *avant* d'entrer dans aucune structure donnée. Cendri, sachant que la voix de Dal activait son propre enregistreur, écouta, admirant la clarté lumineuse avec laquelle, après un seul jour d'observation, il pouvait monter un plan d'attaque contre le secret des ruines de Nous-Fûmes-Guidées.

Il finit d'exposer son plan et s'étira en bâillant.

– Nous ferions bien de rentrer. Le dîner va nous sembler bon maintenant que nous avons enfin fait quelque chose! Prête, Cendri?

Elle hocha la tête et ils se levèrent. Mais dès qu'elle fut debout, Laurina chancela et dut s'appuyer sur Cendri pour ne pas tomber. Elle était livide, et ses taches de rousseur ressortaient violemment sur ses joues.

– Qu'est-ce qu'il y a, Laurina? Nous t'avons trop fatiguée pour le premier jour?

– Ce n'est pas ça, dit-elle d'une voix mourante, regardant Dal qui descendait la colline. Je... j'ai peur. Je n'aurais jamais cru qu'un mâle pouvait... pouvait faire un plan aussi clair et complet, plein de logique et de bon sens. Un mâle adulte et fonctionnel.

– Je te l'avais dit, soupira Cendri. Mon... mon Compagnon est un Maître Savant d'Université.

– Je comprenais théoriquement... que sur les mondes dominés par les mâles, leur science soit considérée comme la meilleure, c'était normal. Mais *Ça*, dit-elle, branlant du chef, c'est *réel*. Peut-être un peu trop linéaire, un peu trop cerveau gauche, mais il y a une véritable intelligence, une véritable érudition. Çam'effraie, Cendri, parce que je n'aurais pas pu faire aussi bien moi-même. Et si un mâle – un mâle adulte, soumis à toutes les pulsions sexuelles contraignantes qui les empêchent d'apprendre – peut faire aussi bien, alors quel avantage ou supériorité y a-t-il à être une femme ? J'ai peur, Cendri. Veux-tu vraiment anéantir toutes les scientifiques d'Isis en leur montrant qu'un homme peut si facilement égaler ou même surpasser leurs plus grands accomplissements ?

– Je ne vois aucune scientifique digne de ce nom qui puisse être anéantie parce qu'on dispute ses vues, dit-elle.

Mais elle comprenait Laurina. Tout son mode de vie se basait sur l'idée que les femmes étaient des êtres supérieurs, qu'aucun homme n'était capable de pensée rationnelle. Dal lui avait dit quelque chose de semblable au sujet de Pionnier. Quand les hommes y avaient appris qu'il y avait des femmes aussi fortes et capables que les hommes, certains avaient ressenti cela comme un défi à leur virilité. Laurina était-elle en train de subir le même choc culturel ?

Cendri voyait bien que l'assurance de Laurina, la conception qu'elle se faisait d'elle-même étaient ébranlées jusqu'en leurs fondations. Pourrait-elle survivre indemne ? La culture d'Isis pourrait-elle perdurer si les femmes apprenaient ce que Laurina venait d'apprendre ? Un mode de vie, bon et vivable en soi, devait-il être détruit juste pour affirmer un point de vue, qui était celui de l'Unité ?

Elle prit Laurina par les épaules et la sentit

s'abandonner. La serrant contre elle comme pour la protéger, elle se mit à descendre la colline, en disant :

– Laurina, ce n'est pas si grave...

Mais elle savait que Laurina n'était pas prête à entendre ce qu'elle pouvait dire, pas encore. L'adoration ouverte que Laurina lui portait imposait à Cendri des responsabilités. Pouvait-elle accepter de nuire ainsi à cette jeune femme ? Elle se demanda si Laurina viendrait travailler avec eux le lendemain – ou si elle, Cendri, ne devrait pas la congédier pour son propre bien ? Mais n'en serait-il pas de même avec toutes les assistantes d'Isis qu'on leur donnerait ? Tôt ou tard, elles devraient affronter la vérité.

Avaient-ils été envoyés ici par l'Unité pour détruire la culture d'Isis ?

Mais une culture qui vivait sur un mensonge méritait-elle d'être préservée ?

La première règle de tout anthropologue était : ne fais rien qui puisse nuire à la culture que tu étudies.

Mais si elles vivent selon des lois qui ne peuvent pas survivre quand elles sont affrontées à d'autres civilisations – alors ? L'histoire de l'humanité était pleine de cultures détruites, vandalisées par des contacts forcés avec des cultures inconciliables, et entachée de ces destructions. Désemparée au-delà de toute expression à l'idée du mal qu'elle avait pu faire sans le vouloir, elle dit seulement :

– Je crois que tu es épuisée, Laurina. Tout ira mieux demain, tu verras.

Elle n'était pas venue ici pour montrer ses erreurs au Matriarcat ! Elles avaient le droit d'avoir leurs propres vérités et leur propre culture ! Ce n'était pas à elle de les détruire ! Elle informerait Dal de ce qu'il avait fait sans penser à mal. En attendant... elle trébucha, et réalisa qu'elle était au bord de l'épuisement, elle aussi.

Impossible de porter aucun jugement rationnel sur les vérités et les éthiques comparées maintenant.

– Je suis fatiguée, pas toi, Laurina ? dit-elle. Je serai bien contente de prendre un bon bain, de me changer, et de savourer le bon dîner de Vaniya.

VIII

Pourtant, ils ne retournèrent pas dans les ruines de Nous-Fûmes-Guidées le lendemain.

En rentrant, Dal était de très bonne humeur. Il chantonnait en prenant sa douche et plaisanta Cendri sur son « admiratrice ». Pendant le dîner, il parla avec Rhu de bonne grâce – ce qui, pensa Cendri, devrait atténuer les frictions entre eux, car son Compagnon n'aimait pas celui de Vaniya. Et le soir, au coucher, il dit pensivement :

– Je crois que je vais enseigner à Rhu à se servir de nos appareils. Peut-être qu'il ne lui manque qu'un peu de confiance en soi. Il n'est pas bête, mais on lui a appris à ne jamais ouvrir la bouche, c'est tout.

Cendri en fut grandement soulagée.

Le lendemain matin, comme ils faisaient leurs préparatifs pour la journée, et que Vaniya recevait les pétitionnaires, un messager entra dans la salle ; à sa vue, Miranda parut troublée, et Vaniya fronça les sourcils mais conserva son calme habituel.

– Eh bien, Clarita, tu es la messagère de ma consœur Mahala. Que puis-je faire pour toi ?

– Sans t'offenser, Pro-Matriarche, mon message n'est pas pour toi mais pour la Dame Savante d'Université.

– La Dame Savante a commencé ses recherches

et n'est pas libre, dit Vaniya avec une contrariété visible.

– Est-ce donc la réponse que je dois rapporter à la Pro-Matriarche Mahala ? dit Clarita d'un ton doucereux. Que tu ne m'as pas permis de délivrer mon message à l'hôte respectée du Matriarcat ?

Vaniya se mordit les lèvres et dit de mauvaise grâce :

– Non, bien sûr que non. Cendri, ajouta-t-elle en se tournant vers elle, la Pro-Matriarche Mahala, ma consœur, t'envoie un message.

Clarita se tourna vers Cendri et fit le geste cérémonieux de salutation de l'Unité – mains jointes à hauteur du visage. Cendri s'était si bien habituée aux façons à la bonne franquette du Matriarcat et de la maison de Vaniya, qu'elle en fut stupéfaite et le trouva déplacé.

– L'honorable Pro-Matriarche Mahala regrette de ne pas avoir encore vu la Dame Savante d'Université, alors que sa consœur Vaniya a eu le privilège de lui offrir l'hospitalité de sa maison. C'est maintenant le plaisir et le privilège de la Pro-Matriarche Mahala d'inviter la Dame Savante et son Compagnon pour cet après-midi. Nous avons organisé une compétition sportive en son honneur, et son Compagnon est respectueusement invité à participer à toutes les épreuves convenant à son intérêt et à ses talents.

Cendri battit des paupières. Une – *une compétition sportive ?* Et Dal invité à y participer ? Elle regarda Vaniya, hésitante. Dal avait pris son air *tire-moi-de-là-en-vitesse,* et Cendri se sentit complètement désemparée. Elle dit tout bas à Miranda, assise près d'elle comme d'habitude, ce qui était un honneur :

– Maintenant que nous avons commencé nos recherches, ça m'ennuie de les interrompre déjà. Y a-t-il un moyen de refuser sans faire de scandale ?

– Non, j'en ai peur, dit Miranda, d'une voix troublée. Organiser un tel événement pour un individu particulier est le plus grand honneur qu'on puisse lui faire. En un sens, c'est une façon de reprocher à ma mère de ne pas l'avoir fait – comme si ma mère avait négligé d'honorer assez ses hôtes. Refuser signifierait que tu t'es totalement alliée avec la faction politique de ma mère. Je ne comprends rien à la politique, mais je sais que, venant de l'Unité, tu ne peux pas te le permettre.

Pour la seconde fois, Miranda se défendait de rien connaître à la politique, et pourtant, Cendri trouvait qu'elle en avait une très bonne compréhension. Elle aimait bien Vaniya ; la Pro-Matriarche lui avait témoigné une bonté et une amitié dépassant de loin la simple courtoisie due à une invitée. Miranda également. Et pourtant, la politique officielle de l'Unité interdisait absolument de s'aligner sur une faction quelconque. Elle leva les yeux sur la messagère de Mahala et dit avec résignation :

– Dis à la Pro-Matriarche Mahala que nous la remercions de cet honneur.

Dal avait l'air lugubre, mais il avait entendu la réponse de Miranda et était résigné à perdre la journée.

– Je transmettrai ton acceptation à Mère Mahala. Elle m'a aussi priée de te dire que tu es cordialement invitée à déjeuner en particulier avec elle avant les Jeux.

Catastrophe ! pensa Cendri. Elle savait que Dal comptait au moins sur la matinée pour mettre à jour les notes de la veille. Elle fut tentée de s'excuser, prétextant l'urgence de son travail, mais Clarita ajouta avec force :

– Ainsi, tu conféreras à la Pro-Matriarche Mahala un honneur que tu as déjà accordé à Mère Vaniya.

Et Cendri, résignée, dit que ce serait un plaisir.

– Ton Compagnon voudra-t-il participer à certaines épreuves ? Est-ce qu'il pratique la natation, la boxe, la lutte ou la course ? Le Conseil des Anciennes offre des prix considérables, et sa participation à certaines compétitions ou à toutes sera la bienvenue.

Perplexe, Cendri regarda Dal, qui fronçait les sourcils de stupéfaction. Elle s'efforça de faire une réponse suffisamment diplomatique.

– Mon Compagnon ne connaît pas assez les règles de la compétition sur Isis, et demande poliment à être excusé.

Clarita s'inclina et dit :

– La Pro-Matriarche vous attendra à midi, et vous serez ses hôtes dans la Loge Officielle.

Elle ajouta à l'adresse de Vaniya :

– La Pro-Matriarche Mahala t'invite aussi cordialement dans la Loge Officielle, avec ton Compagnon et celles de tes filles qui voudront assister au divertissement.

– Dis à ma consœur que je lui suis obligée et que je serai présente si mes fonctions me le permettent.

Clarita partie, Vaniya resta immobile et muette, laissant son déjeuner refroidir. Finalement, elle dit à Cendri :

– Je suppose que c'était inévitable. Ma consœur me jalouse depuis l'époque où nous allions à l'école ensemble sur notre planète-mère Perséphone. Quand elle a empêché les étudiantes de venir t'aider, Cendri, je pensais – en fait, j'espérais – qu'elle avait simplement décidé de se laver les mains de tout le projet, jouant toutes ses chances sur la possibilité que la Grande Matriarche reprenne conscience le temps de *la* désigner pour lui succéder.

Fronçant les sourcils, elle ajouta :

– Je dois aller immédiatement m'informer de la santé de notre Mère, voir si l'état de Rezali a changé. Cette nouvelle manœuvre de Mahala indique qu'elle n'est pas aussi sûre d'elle qu'elle le voudrait. Elle veut s'assurer d'être en relation avec la Dame Savante d'Université...

Cendri réalisa que Vaniya pensait tout haut. Avec effort, la vieille dame sourit à ses invités.

– De toute façon ma chère, vous vous amuserez bien aux Jeux, toi et ton Compagnon.

Elle s'excusa, et Cendri, résignée à perdre la journée, consulta Miranda sur la façon de s'habiller pour ce genre d'événements, et alla se préparer. A sa grande surprise, Dal était moins irrité qu'elle ne le craignait.

– Nous ne pouvons pas passer tout notre temps à travailler, dit-il. Et je sais que tu voulais t'informer sur les activités des hommes. De toute façon il nous faudra bien deux jours pour évaluer les données d'hier.

Cendri hocha la tête, bien décidée à prendre les choses du bon côté. En fait, cette rencontre permettrait peut-être de lever certains obstacles à leur travail, se dit-elle, repensant au message que leur avait transmis Laurina : *Tant qu'elle n'avait pas parlé avec la Dame Savante, Mahala répugnait à avoir confiance en la science d'un monde dominé par les hommes.* Cela montrerait peut-être à l'autre Pro-Matriarche que Cendri n'était pas une menace pour le Matriarcat. Tout en revêtant la robe fraîche et légère que Miranda lui avait conseillée pour l'occasion, elle ne put se défendre de quelque remords à l'égard de Vaniya.

Elle se tança vertement. Elle était anthropologue, scientifique d'Université. Elle n'était pas censée former quelque alliance que ce soit mettant son statut en danger. S'allier avec l'une ou l'autre faction aurait été immoral. Théoriquement, elle devait avoir la même considération pour Mahala l'inconnue que pour Vaniya ou Miranda.

Nerveuse, elle s'approcha de la fenêtre et contempla les ruines lointaines de Nous-Fûmes-Guidées, secrètes et mystérieuses sous le soleil.

C'est un lien entre nous. Nous avons été ensemble dans leur sanctuaire. Nous avons ressenti... ressenti quelque chose. C'était réel; ce n'était pas une illu-

sion... Et pourtant, je ne suis pas censée forger ce genre de liens...

– Une compétition sportive, dit Dal, approchant derrière elle. Pourquoi grands dieux ? C'est toi l'anthropologue, Cendri. Pourquoi leurs divertissements prennent-ils cette forme ?

– Je ne sais pas, Dal.

– Je comprendrais si c'étaient les femmes qui concouraient, pour montrer leur force et leur agressivité. Mais pourquoi font-elles concourir les hommes ?

Cendri ne put que hasarder une supposition.

– C'est peut-être la seule forme d'agression qu'elles permettent aux hommes dans leur société, un moyen socialement autorisé de se défouler ? Il faut d'abord que je voie, Dal, sinon, je ne peux faire que des hypothèses.

Comme aucune des voitures n'était assez grande pour contenir tout le groupe de Vaniya, cette dernière choisit de partir dans l'une avec Miranda, tandis que Cendri et Dal viendraient dans l'autre, avec Rhu comme escorte.

Ils n'étaient pas revenus dans la cité d'Ariane depuis leur premier jour sur Isis, qui était aussi celui du tremblement de terre. La plus grande partie des gravats avait été enlevée, mais le nombre des constructions en cours étonna Cendri qui demanda :

– Ce sont les suites du séisme de notre arrivée, ou du petit de l'autre jour, Rhu ?

– Oh non, nous en avons eu un très violent il y a une Longue Année. Si Vaniya n'avait pas été prévenue par les Enquêtrices et par Nous-Fûmes-Guidées, toute la cité aurait été détruite. Mais nous avons quand même eu beaucoup de morts. Maintenant, je vois qu'elles ont remis en route l'usine de recyclage pour extraire l'or et le magnésium de l'eau de mer en vue de l'exportation. Mais peu m'importe notre balance des paiements, ajouta-t-il avec un sourire cynique. Ce qui m'intéresse, c'est la reconstruction du Palais de la Musique. Vaniya m'a promis que, si je continuais à lui donner satisfaction – Cendri n'avait jamais entendu un ton plus amer que celui de Rhu – elle fera en sorte que mes deux premières symphonies soient jouées, et aussi la cantate que je suis en train d'écrire.

– Tu composes aussi, Rhu ? demanda Dal.

– Je me suis mis à la composition, soupira Rhu, quand j'ai perdu ma voix à la puberté. Je ne pouvais rien faire d'autre.

– Tu ne devrais pas dire que tu as perdu ta voix, dit impulsivement Dal. Elle a seulement mûri et elle est plus belle que jamais.

– C'est un avis d'homme, dit tristement Rhu, regardant par la vitre.

– Rhu, tu as la plus belle voix que j'aie jamais entendue, dit vivement Cendri. Sur n'importe quel monde de l'Unité, tu gagnerais une fortune. Et tu aurais des milliers d'admirateurs à tes pieds.

Rhu fit la grimace.

– Je ne peux pas croire qu'il existe un monde de l'Unité où la voix rude que j'ai maintenant soit préférée au ravissant soprano que j'avais autrefois.

– Je voudrais que tu puisses chanter à Université ; tu verrais alors que je dis vrai, dit Cendri, le cœur serré par la tristesse de ses paroles.

– La Dame Savante est trop bonne, dit-il, secouant douloureusement la tête. Mais il est trop tard pour moi ; même si je pouvais vivre cette expérience, je crois que je n'y croirais pas.

Dal lui posa la main sur l'épaule, et dit avec une chaleur qui étonna Cendri :

– Rhu, mon ami, regarde-moi.

Cendri ne vit pas ses mains, mais elle devina son geste en l'entendant murmurer :

– Tu n'es pas né dans les chaînes...

Rhu lança un coup d'œil à Cendri, terrorisé, et dit :

– Non, non, pas ici...

Dal se figea un instant, et dit enfin :

– Elle n'est pas – il soupira et reprit : Très bien. Alors, quand nous rentrerons à la Résidence, si tu veux.

Choquée et blessée par cette marque de méfiance, Cendri réalisa que Dal était chargé d'une mission n'ayant rien à voir avec les ruines. Je le savais, depuis le jour où le fugitif Bak a été arrêté...

C'est contraire aux lois de l'Unité, pensa-t-elle, puis elle se reprocha sa naïveté. Qui, si ce n'était l'Unité, aurait pu charger Dal d'une telle mission, en lui fournissant mot de passe et signe de reconnaissance ? Et voilà pour le code d'éthique d'Université, et sa profession de non-interférence dans les fondements d'une société, pensa-t-elle avec colère.

Vont-ils tenter d'influencer le Matriarcat, essayer de l'amener à leurs vues ? Elle se demanda comment Dal avait pu s'abaisser à se mêler de la politique de l'Unité. Dal était un scientifique ! L'éthique d'un Savant d'Université aurait certainement dû passer avant les intrigues politiques de l'Unité ! Les femmes d'Isis avaient le droit de structurer leur société comme elles l'entendaient ! Comment l'Unité osait-elle y envoyer des agents chargés de la détruire, de l'altérer arbitrairement pour la conformer à ses standards ?

Elle détourna la tête, craignant que Dal ne remarque sa colère, et soupira de soulagement quand, la voiture s'arrêtant, Rhu dit :

– Nous sommes arrivés à la Résidence de la Pro-Matriarche Mahala.

C'était, dans son style, une demeure aussi imposante que celle de Vaniya, mais plus longue et plus basse, tout étant construit de plain-pied. Il y avait de vastes pelouses, des plates-bandes de fleurs et de simples, et des aires de jeux où jouait un groupe d'enfants à demi nus. Les murs étaient décorés de fresques, mais d'une qualité tellement supérieure à toutes celles qu'elle avait vues que Cendri soupçonna – correctement, ainsi qu'elle le découvrit par la suite – que Mahala, contrairement à la coutume, avait fait décorer ses murs par un peintre professionnel et non par les membres de sa famille. Il n'y avait pas d'escalier et Cendri se rappela que les maisons d'Isis étaient sans étages à cause des séismes. Une jeune femme les accueillit dans le grand hall d'entrée et les introduisit en ces termes :

– Les hôtes honorés d'Université, Mère Mahala.

Elle ignora Rhu, comme s'il était l'un des enfants jouant sur la pelouse.

La Pro-Matriarche Mahala quitta le grand coussin où elle examinait des papiers et s'avança vers eux. Petite, mince et brune, elle portait un kilt court qui laissait nus ses seins desséchés. Mais, peut-être par égard pour les coutumes de l'Unité, elle avait jeté une écharpe sur ses épaules. Elle parla d'une voix claire, grave et rapide.

– C'est un plaisir de vous recevoir ; vous m'honorez, Dame Savante et Maître Savant d'Université.

Cendri battit des paupières, surprise ; depuis leur arrivée, c'était la première fois que la situation de Dal était spontanément reconnue.

Et pourtant, c'était cette femme qui avait interdit aux étudiantes d'Ariane de se compromettre avec une science de mâles ! Elle en resta interdite.

– J'avais espéré vous rencontrer plus tôt, dit Mahala. Je ne sais pas ce que ma consœur Vaniya – qui me déteste – vous a dit de la situation politique, mais je présume que c'est peu de chose.

– Elle nous a dit que votre Grande Matriarche est mourante et qu'elle n'a pas encore désigné l'une de vous deux pour lui succéder, dit Cendri.

– C'est vrai. Malheureusement, avant de sombrer dans le coma, Mère Rezali a insisté pour que vous soyez logés chez Vaniya, parce que sa Résidence est très proche des Ruines de Nous-Fûmes-Guidées. J'ai tenté de vous engager à me rendre visite, mais je suppose que mes messages ne vous sont pas parvenus. Finalement, j'ai été contrainte de prendre des mesures que même Vaniya ne pouvait pas ignorer. Je m'excuse de t'avoir placée dans cette position délicate, Dame Savante.

Elle sourit à Cendri, puis s'adressa à Dal avec un grand sourire :

– Et je suppose que je dois aussi m'excuser pour mon peuple de la situation dans laquelle tu te trouves depuis ton arrivée, Maître Savant, mais les coutumes du Matriarcat sont ce qu'elles sont, et je ne pouvais pas les abolir dans l'intérêt d'un hôte unique, quelle que soit sa valeur. J'espère que ça n'a pas été une trop grande incommodité.

– Pas plus grande que ce que tout Savant est prêt à accepter pour le privilège d'explorer les ruines de l'ancien peuple qui a construit ce site, Mère Mahala.

Cendri remarqua qu'il prononçait ce titre avec aisance, chose qu'il n'avait jamais pu faire avec Vaniya. Cendri, elle aussi, était sensible au charme de Mahala. Si Vaniya était, ainsi que Cendri le pensait souvent, une lionne magnifique, Mahala ressemblait à un petit chaton affectueux ; mais Cendri se conseilla mentalement de ne pas sous-estimer l'intelligence et la perspicacité de cette femme.

Mahala les fit asseoir près d'elle sur des coussins.

– Nous avons le temps de bavarder avant le spectacle, dit Mahala. Je suis désolée que tu aies choisi de ne pas concourir, Savant Malocq – ses yeux s'attardèrent un instant sur Dal d'un air connaisseur – car tu es assez beau pour être admiré dans l'arène. Mais je suppose que tu n'as pas voulu participer à des compétitions inconnues. Dommage. Tu nous donneras peut-être ce plaisir une autre fois.

Des femmes de la maison apportèrent le déjeuner.

– Je croyais que mon refus de vous accorder l'aide des étudiantes t'aurait immédiatement amenée chez moi, Dame Savante, dit Mahala en les servant elle-même.

– Je n'y ai pas pensé, avoua Cendri. Je ne suis pas très versée dans la politique. J'ai cru qu'il s'agissait d'une manifestation d'hostilité.

Mahala éclata de rire.

– J'ai donc été trop subtile. Je voulais créer une situation qui t'oblige à venir me voir – même dans la colère – afin de te parler loin de l'influence de Vaniya. Je sais qu'elle éprouve une crainte révérencielle et superstitieuse à l'égard des Ruines de Nous-Fûmes-Guidées, et je craignais qu'elle ne retarde indéfiniment leur exploration. Mangez pendant que nous bavardons car nous avons peu de temps, dit-elle, montrant leur assiette. Je suppose que vous ne savez pas pourquoi il me tarde qu'on explore les ruines ?

– Ce n'est sans doute pas par curiosité scientifique envers les Bâtisseurs, Mère Mahala ? dit Dal.

– C'est exact, avoua Mahala. Mais si ce sont effectivement les vestiges d'une race qui a peuplé toute la Galaxie, Isis deviendra un centre d'intérêt scientifique pour toute l'Unité. Notre planète est pauvre, Dame Savante...

Cendri remarqua que, malgré sa décision iconoclaste de traiter Dal en égal et ses efforts pour l'inclure dans la conversation, elle s'adressait toujours automatiquement à Cendri ; même pour une personne éclairée comme Mahala, ce n'était pas facile de parler directement à un homme.

– Nous sommes pauvres. Nous avons peu de produits propres à l'exportation. Et vous avez fait l'expérience de nos tremblements de terre, quoique nous sachions prendre des mesures préventives, et même les prédire dans une certaine mesure. Et nos raz de marée sont pires encore...

– Oui, j'ai vu un village entier balayé par le dernier, dit Cendri. C'était vraiment terrible !

– J’en ai entendu parler, dit Mahala. Vous savez donc que la récolte de perles de cette année sera réduite d’au moins un tiers, car les plongeuses doivent d’abord réparer leurs barques et leurs filets. Nous avons besoin des appareils sismiques de prévision de l’Unité, car nous sommes coincées entre les tremblements de terre et les raz de marée. Nous avons désespérément besoin de ce que l’Unité peut nous donner. Car nous ne pouvons pas acheter – vous vous en êtes rendu compte, je suppose !

Ce fut Dal qui répondit :

– Mère Mahala, l’Unité accorde des prêts aux planètes membres, pour leur permettre de reconstruire leurs mondes au besoin et élever le niveau de vie des colonies. Les appareils de prévision amélioreraient tellement votre agriculture et votre industrie, en vous libérant des destructions continuelles des séismes et des tsunamis, qu’ils seraient amortis en quelques-unes de vos Longues Années.

– C’est peut-être vrai, mais nous ne sommes pas membres de l’Unité, Maître Savant, et il est peu probable que nous le devenions, pour des raisons dont vous avez l’intelligence de comprendre qu’elles ne sont pas insultantes, j’en suis sûre. Nous sommes ce que nous sommes. Nous ne pouvons pas accepter les conditions auxquelles nous pourrions adhérer.

– Sans t’offenser, Pro-Matriarche, je ne comprends pas bien, dit doucement Cendri. Qu’est-ce que vous ne pouvez pas accepter dans les conditions de l’Unité ?

– On nous demanderait de restructurer notre société pour y admettre les mâles sur un pied de complète égalité. Nous n’acceptons pas que l’Unité décide qui doit être admis à la citoyenneté. Notre histoire nous apprend que toute société où les mâles sont les égaux des femmes tombe bientôt sous leur domination. Les mâles – de nouveau, je te prie de comprendre que je ne parle pas de toi personnellement, Maître Savant – ne se contentent pas de l'égalité ; ils ne supportent pas une société où ils ne dominent pas. Et toute société où ils dominent en vient bientôt à accepter les valeurs des mâles, à savoir l'agression, la compétition et la guerre. Cela a détruit toutes les cultures connues de la Galaxie les unes après les autres – tu es une scientifique, Dame Savante, la Limite de Rakmall t'est familière ?

La question était posée à Cendri, mais ce fut Dal qui répondit :

– Je sais ce qu'est la Limite de Rakmall ; c'est la limite temporelle extrême pendant laquelle une culture peut résister à l'entropie. Mais – sans vous offenser, Mère Mahala – je ne crois pas que cette limite soit influencée par la position des hommes dans une culture.

– Les recherches scientifiques conduites sur Perséphone sont arrivées à d'autres conclusions, dit Mahala. Une culture passe du stade animal au stade matriarcal. A mesure que le matriarcat dégénère, les hommes prennent peu à peu le pouvoir, et l'entropie commence, sous les noms de progrès et de technologie ; les entités se multiplient inutilement, les expériences sociales commencent, et, à partir de là, le processus historique, politique et évolutionnaire semble prédéterminé. C'est sur les résultats de ces recherches qu'a commencé l'expérience de Perséphone, tentative pour construire une culture qui résisterait à la dégénérescence, au progrès et à l'entropie, en reculant indéfiniment ou en éliminant le stade auquel les mâles ravissent le pouvoir au droit matriarcal primitif. Les sociétés patrilinéaires signalent toujours le commencement de l'entropie et de la décadence, et la mort d'une civilisation par l'agression et la guerre.

Cendri écoutait avec fascination. En quelques minutes, Mahala lui en avait plus dit sur les idées qui sous-tendaient la culture d'Isis qu'elle n'en avait appris de Vaniya et de ses propres observations depuis son arrivée. Mais elle ne pouvait pas acquiescer à l'analyse de Mahala.

Zut, je regrette de ne pas être ouvertement ici en qualité d'anthropologue, pensa-t-elle. *Je pourrais discuter avec Mahala, et elle comprendrait.* Avec un petit pincement de remords, comme si elle était déloyale envers Vaniya, elle dit avec hésitation :

– Je suis... je suis un peu historienne, Pro-Matriarche. Dans les cultures préspatiales primitives, les sociétés matriarcales aussi ont connu la dégénérescence, quand elles se sont mises à opprimer les hommes...

– Mais nous n'opprimons pas nos hommes, dit Mahala en souriant. Nos hommes sont complètement satisfaits et heureux, car ils savent qu'ils vivent dans une culture rationnelle qui ne se détruira jamais, et que nous sommes là pour les protéger de leurs plus bas instincts et les en libérer pour faire ce qu'ils font le mieux.

Elle fit signe à une servante et ajouta avec gentillesse :

– Permets-moi de te resservir un peu de ce délicieux melon, Dame Savante.

– Savez-vous, Mère Mahala, que l'Unité a joué un rôle capital dans la réforme des abus mêmes dont vous l'accusez ? dit Dal. Sur mon monde de Pionnier, qui a adhéré à l'Unité il y a environ quatre cents ans, l'Unité a exigé l'affranchissement des femmes comme condition d'adhésion, et les hommes de Pionnier ont accepté ; pas de gaieté de cœur, mais nous avons accepté. Et aujourd'hui, les femmes de Pionnier sont les égales des hommes. Voulez-vous dire que les coutumes culturelles sont tellement sacrées que Pionnier aurait dû refuser d'affranchir ses femmes, pour préserver ses traditions ancestrales ?

Mahala étrécit les yeux.

– Je sais peu de choses sur Pionnier, dit-elle. Toutefois, je ne parviens pas à croire que ce qu'a fait l'Unité ait changé grand-chose. On ne peut guère parler d'égalité pour les femmes, si elles sont simplement libres de vivre en égales des hommes dans une culture faite par des hommes pour des hommes ; une femme, pour être égale dans une telle civilisation, ne peut l'être qu'en faisant les mêmes choses que les hommes ; et l'égalité dans une société corrompue dominée par les mâles est sans doute sans intérêt. Les femmes ne peuvent s'épanouir que dans une culture conçue par des femmes ; et la différence, c'est que dans une telle société, les hommes et les femmes peuvent parvenir à leur plein épanouissement.

Elle poursuivit avec un sourire charmeur :

– Mais il est vain de parler politique maintenant. Je ne vous demande pas d'être d'accord avec moi, Maître Savant. Toutefois, Dame Savante, ajouta-t-elle en se tournant vers Cendri, je suis sûre que tu comprends mon raisonnement. Si les Ruines de Nous-Fûmes-Guidées ont un intérêt scientifique suffisant, l'Unité nous accordera peut-être des crédits, y compris pour les appareils de prévision dont nous avons besoin, en échange d'autorisations pour les recherches, sans nous demander de violer les principes fondamentaux de notre structure sociale.

– C'est très possible, dit Dal avec franchise, si l'on peut prouver qu'il s'agit bien des ruines des Bâtisseurs. Je...

Il s'interrompit, avec un regard entendu à Cendri, qui continua :

– Je ne peux pas encore donner de conclusions sur l'âge ou l'origine des Ruines de Nous-Fûmes-Guidées. D'après leur état de conservation, il semble probable qu'elles sont beaucoup plus récentes que les Bâtisseurs ; antiques, sans doute, et peut-être uniques dans tous les mondes connus de l'Unité, mais probablement pas assez anciennes pour être contemporaines des Bâtisseurs – si toutefois la culture des Bâtisseurs a jamais existé, ce qui est contesté et reste à prouver.

Elle était fière d'elle. Pour une fois, elle était parvenue à parler exactement comme une archéologue professionnelle. Elle saisit le regard de Dal; il souriait d'un air supérieur et condescendant, et elle en fut piquée. Que voulait-il qu'elle dise ?

– En tout cas, dit Mahala, j'espère qu'elles se révéleront d'un intérêt suffisant pour attirer ici la communauté scientifique et nous donner les équipements dont nous avons besoin sans avoir à faire les concessions qui anéantiraient notre culture et la condamneraient à suivre le reste de l'Unité dans la mort prévue par la Limite de Rakmall. Au moins, chère Dame Savante, tu étudies les ruines laissées par les Bâtisseurs – ou qui que ce soit qui les ait construites – et tu n'offres pas de l'encens et des fleurs à leur sanctuaire ! Mais je vois que mon honorée consœur vient d'arriver, alors, permets-moi de t'accompagner aux Jeux donnés en ton honneur. Puisses-tu passer un après-midi divertissant.

Cendri resta pensive pendant le trajet vers l'amphithéâtre désigné pour les Jeux. Le charme de Mahala l'avait impressionnée – et elle se le reprochait par égard pour Vaniya, pour qui elle en était venue à éprouver une affection sincère. Mais Dal, elle le savait, se trouvait dans une situation plus fâcheuse. Mahala, en un sens, lui avait proposé – sous couvert d'une offre à l'Unité – de réaliser son plus cher désir : la liberté, pour les scientifiques de l'Unité, de venir ici et d'étudier les Ruines des Bâtisseurs; d'amener une équipe complète avec tout son équipement et de les laisser faire des recherches systématiques pendant un certain nombre d'années. Pourtant, elle avait attaché à cette concession – que Vaniya n'aurait jamais faite – une condition que Dal ne pouvait pas accepter, étant donné la mission secrète dont, à l'évidence, il était chargé auprès des hommes d'Isis : la promesse, de la part des scientifiques de l'Unité, de ne pas s'ingérer dans les structures sociales d'Isis, et de ne pas se mêler de l'affranchissement de leurs hommes.

Dans la Loge Officielle d'où l'on avait une vue excellente sur l'immense arène ovale, Cendri et Dal furent assis aux places d'honneur. Vaniya était près de Cendri, avec Miranda à son côté. Les gradins étaient bondés de femmes de tous les âges, depuis les gamines jusqu'aux vieilles dames, qui acclamaient et applaudissaient avec enthousiasme d'innombrables athlètes – tous mâles, tous nus, à part les rubans multicolores ceignant leurs têtes – qui défilèrent dans le stade. Cendri en cligna les yeux d'étonnement. C'était bien la dernière forme de divertissement qu'elle s'attendait à voir ici. Mais, à la réflexion, c'était logique; autant que l'étalage sexuel de la beauté féminine dans certains lieux de plaisir des astroports. Avec, peut-être, moins de mauvais goût, puisque ces hommes se rassemblaient, du moins ostensiblement, pour des compétitions athlétiques, et que la nudité dans le sport avait été tour à tour à la mode ou démodée depuis l'époque préspatiale. Des fleuristes vendaient leurs bouquets dans tout le stade. Miranda en acheta un panier et l'offrit à Cendri, lui montrant comment s'en servir en lançant des fleurs à des spécimens particulièrement beaux qui défilaient dans l'arène et qui se préparaient aux premières compétitions, jolis adolescents qui s'échauffaient pour la course et affichaient leur agilité par des bonds et des sauts périlleux.

– Bon sang, ce que c'est embarrassant, murmura Dal à Cendri.

– Je ne vois pas en quoi c'est plus embarrassant pour toi que ce n'était censé l'être pour moi le jour où tu m'as emmenée dans un district chaud d'astroport voir un spectacle de filles nues, murmura-t-elle en retour.

Dal prit l'air maussade et répondit à voix basse :

– Je ne savais pas que ça t'avait gênée; tu ne m'en avais jamais rien dit.

Certaines femmes discutaient des subtilités des performances avec des connaissances techniques considérables – il s'agissait d'un jeu de raquettes, où il fallait se renvoyer la balle par-dessus un filet – et les prix, remis par Mahala en personne, allaient des guirlandes de fleurs ou de coquillages, aux insignes et médailles en argent ou plaqués or, en passant par de grandes boîtes de confiserie, des paniers de fruits, et des équipements sportifs. Les femmes criaient et acclamaient, jetaient des fleurs et des rubans et encourageaient leurs favoris à voix hautes. Les hommes se rengorgeaient et se pavanaient, exhibant leur anatomie et leurs prouesses sans modestie superflue. Cendri trouva cet exhibitionnisme embarrassant, et fut gênée par l'impudeur avec laquelle les femmes admiraient les hommes.

– Quel dommage que ton Compagnon ait choisi de ne pas concourir, ma chère, dit Vaniya à Cendri, lorgnant les concurrents d'un air que Cendri ne put que trouver lubrique, puis regardant Dal avec regret. Il est si beau ! Mon cher Rhu, hélas, n'a aucun don pour les sports. Mais, ajouta-t-elle en soupirant, on ne peut pas tout avoir.

Cendri regarda Rhu, qui baissait les yeux, et s'étonna du manque de tact de Vaniya. Et elle rencontra le regard de Miranda qui murmurait quelque chose au jeune homme. Se pouvait-il que Rhu, avec son intelligence, son talent musical, et aussi son physique, se sentît vraiment inférieur parce qu'il ne pouvait pas participer aux exhibitions qui se déroulaient dans l'arène ? pensa Cendri, troublée.

La boxe et la lutte devaient constituer le point culminant de l'après-midi, dont les autres compétitions ne constituaient que les préliminaires, et étaient dotées de prix de grande valeur. Pour le moment, il y avait une sorte d'entracte ; les femmes achetaient des sucreries et des glaces, commentaient avec enthousiasme les exploits de leurs favoris, jetaient des fleurs aux athlètes qui attendaient dans l'amphithéâtre, et admiraient des danses exécutées – supposa Cendri – par les différentes Maisons des Hommes de la ville. Dal se leva, et, murmurant des excuses, quitta discrètement la loge – Cendri supposa qu'il allait aux toilettes et se leva pour le suivre, après en avoir référé à Vaniya qui hocha la tête avec indulgence. Regardant Vaniya qui, penchée sur le garde-corps, admirait les athlètes sans vergogne, Cendri pensa qu'elle était vraiment bonne, malgré son manque de tact. Elle témoignait à Rhu d'une bonté indéfectible, et il ne lui serait sans doute jamais venu à l'idée qu'elle le traitait avec mépris. Vaniya était bonne envers toutes les personnes de sa maison, et elle était une dirigeante consciencieuse des femmes de la cité.

Fallait-il voir en elle, comme le pensait Mahala, une imbécile superstitieuse ? Elle ne parvenait pas à le croire.

Miranda remua avec gêne, et Cendri pensa qu'elle pouvait accoucher d'un instant à l'autre ; elle devait trouver le temps long sur ce banc de bois dur – car, même dans la Loge Officielle, où les bancs étaient capitonnés, ils n'étaient quand même pas particulièrement confortables pour une femme enceinte. Elle quitta discrètement la loge, et Cendri la suivit, curieuse de voir les coulisses.

Les toilettes étaient luxueuses, comme partout sur Isis, avec de grands miroirs devant lesquels les femmes paradaient et rectifiaient leur maquillage ; c'était, réalisa Cendri, l'un des rares événements pour lesquels les femmes se maquillaient, et les vêtements étaient plus élégants que d'habitude. Miranda cernait délicatement ses grands yeux bleus de pigments colorés, qui produisaient un effet bizarre mais joli. La parure féminine variait tant d'un monde à l'autre, qu'il était difficile de déterminer quelle valeur sociale ou sexuelle il fallait attacher à un ornement donné. Laurina, la jeune historienne de l'université, était présente également ; elle salua Cendri avec son mélange habituel d'admiration craintive et de familiarité exubérante, et Cendri fut contente de la revoir. Cendri se regarda dans la glace avec gêne ; sur son monde natal, on ne portait pas de cosmétiques, sauf pour dissimuler de petits défauts – taches de rousseur ou envies – trop insignifiants pour être enlevés chirurgicalement, ou pour uniformiser la couleur des cheveux. A la suggestion de Miranda, elle avait appliqué un peu de rose sur ses joues et des paillettes dorées sur ses paupières, mais même ces discrètes retouches lui semblaient outrées et déplacées. Pourtant, Laurina remarqua qu'elle était très jolie. Les femmes se bousculaient autour des miroirs, et Cendri réalisa, à partir des bavardages narcissiques et de l'attention inusitée apportée aux vêtements, que c'était un événement où les deux sexes paradaient l'un devant l'autre. Elle enregistra tout ce qu'elle voyait pour analyse ultérieure. Depuis son arrivée, c'était la première fois qu'elle voyait les hommes et les femmes exercer franchement leur séduction les uns sur les autres. Pourtant, elle vit aussi, et pas seulement dans l'intimité des toilettes, mais dans les couloirs et les escaliers en retournant à la loge avec Miranda, que, malgré leur excitation et même leur surexcitation à la vue des hommes, elles ne cherchaient pas à les attirer. Elle vit aussi, un peu à l'abri des regards dans des recoins, deux ou trois couples de femmes s'embrasser et se caresser passionnément. Embarrassée, Cendri détourna les yeux car elle n'avait jamais vu des femmes se conduire ainsi publiquement. Elle connaissait tant de modèles sexuels humains de tant de mondes que rien dans toute la gamme de ces comportements ne pouvait vraiment la surprendre, mais cela lui sembla plus étrange que tout ce qu'elle avait vu jusque-là. Elle aurait cru que la présence des hommes fixerait sur *eux*, sur les beaux mâles de l'arène, l'attention des femmes. Près d'elle, Miranda soupira :

– Je me sens très seule en des moments pareils ; je regrette même mon ancienne partenaire. Ou je regrette de ne pas pouvoir me conduire ainsi avec Rhu. Comment se fait-il, Cendri, que je sois si différente des femmes de mon peuple ? Je m'aperçois que je vous envie, toi et ton Compagnon, qui pouvez vivre ensemble !

Cendri se tut – qu'aurait-elle pu dire. Enfin, hésitante, elle risqua :

– Toute société a ses règles, Miranda, mais elles sont faites par les individus de cette société, et n'émanent pas d'une autorité divine ; et dans toutes les cultures que j'ai vues, il y a toujours des individus qui ont du mal à s'y conformer. Je ne sais pas ce que tu peux faire dans ce monde où tu vis, mais tu ne devrais pas avoir des remords parce que tu es différente.

Accrochée au bras de Cendri, Miranda fronçait farouchement les soucils.

– Je voudrais, dit-elle, je voudrais... je ne sais pas ce que je voudrais. Je voudrais peut-être que nous fassions partie de l'Unité pour que, Rhu et moi, nous puissions partir ensemble sur un autre monde et être tout le temps ensemble sans honte – et je me sens si déloyale envers ma mère en disant cela !

Debout entre Cendri et l'escalier, elle s'efforça de se ressaisir. Des femmes retournant à leur place contournèrent de biais Miranda – si grosse qu'il était difficile de la croiser dans l'étroit escalier – les regardant avec indulgence et leur adressant œillades et sourires. Cendri réalisa qu'on les prenait pour un couple, elle et Miranda. Mais elle n'avait pas le temps de penser à cela, bien que ce fût embarrassant ; elle s'inquiétait pour Miranda, qui pleurait silencieusement, le visage inondé de larmes. Désemparée, Cendri lui essuya le visage de son écharpe en disant :

– Allons, reviens à ta place, Miranda. Ne pleure pas comme ça ici...

Miranda déglutit avec effort et refoula ses larmes. S'accrochant au bras de Cendri, elle dit, reniflant et se forçant à sourire :

– Comment peux-tu savoir tant de choses sur les gens, Cendri ? Je croyais que tu ne connaissais que des civilisations mortes et des peuples disparus depuis des millions d'années...

Ces paroles firent à Cendri l'effet d'une douche glacée ; Miranda avait-elle deviné qu'elle se consacrait à l'étude des cultures vivantes et non des civilisations mortes ? Elle la pressa gentiment :

– Viens, Miranda, c'est parce que j'ai vécu sur Université, c'est tout, où beaucoup de peuples et de sociétés sont représentés.

Elle fit hâter Miranda dans les corridors et les escaliers qui se vidaient rapidement. A une intersection, elle s'arrêta et regarda dans le couloir de traverse qui, à l'évidence, conduisait au quartier des hommes, aux salles d'habillage – *ou, puisqu'ils concouraient nus, salles de déshabillage* – et elle vit Dal. Il était au centre d'un groupe d'hommes qui se pressaient autour de lui, et, un instant, elle eut peur. Rhu leur avait fait comprendre que, malgré son statut privilégié de Compagnon – ou peut-être à cause de lui – il n'était pas en odeur de sainteté ni même en sécurité parmi les résidents des Maisons des Hommes. Mais elle comprit immédiatement que Dal n'était pas en danger. Ils faisaient tous cercle autour de lui – les athlètes suants, nus ou drapés dans des serviettes et des capes, encore parés des rubans et des guirlandes de l'arène, et les hommes ordinaires vêtus des Maisons des Hommes. Mais tous se pressaient autour de lui avec révérence, les yeux dilatés d'admiration. Etait-ce une conférence, une conspiration ? Dal leur tenait-il des propos incendiaires ? Ou était-ce seulement une scène d'adoration du héros – voulaient-ils juste voir, toucher, écouter un homme des mondes où ils n'étaient pas la propriété des femmes ? Depuis qu'elle était sur Isis, elle n'avait jamais vu un tel rassemblement de mâles. Etait-ce seulement permis ? Dal risquait-il des ennuis ? Ou personne ne se souciait-il de ce que faisaient les hommes entre eux ?

Dal était-il pour eux un modèle... ?

Dal se retourna et avança lentement parmi eux ; ils tendaient les mains pour le toucher, répugnant à le laisser partir, mais s'écartant devant lui avec déférence. Cendri réalisa qu'elles devaient immédiatement regagner leurs places, la partie importante du spectacle étant sur le point de commencer. Et elle préférait que Dal ne sache pas qu'elle l'avait vu. Se hâtant avec Miranda dans les derniers couloirs, elle entra dans la Loge Officielle. Miranda resta un peu en arrière en murmurant :

– Je ne veux pas que ma mère voie que j'ai pleuré.

Et elle poussa Cendri sur le siège à côté de la Pro-Matriarche. Dal et Rhu se glissèrent dans la Loge et s'assirent dans le fond, et Cendri vit du coin de l'œil que Rhu choisissait la place à côté de Miranda.

Se penchant en arrière, elle chuchota à Dal :

– Où es-tu allé ? Je t'ai vu avec les hommes...

– Ne te mêle pas de ça, Cendri, répondit-il durement.

Les dernières épreuves commencèrent. De la Loge Officielle dominant tout le stade, Cendri voyait les femmes qui, penchées sur les garde-corps, fascinées et haletantes, dévoraient des yeux les corps à corps des lutteurs pantelants. Elle reconnut tous les signes de l'excitation sexuelle – visages congestionnés, lèvres humides, pupilles dilatées. Elle n'avait jamais vu des femmes réagir ainsi ; ce qui, dans son souvenir, en approchait le plus, c'était les exhibitions de femmes dans les secteurs chauds des astroports. Ici, les femmes applaudissaient, faisaient tout haut des commentaires flatteurs, sifflaient et glapissaient, jetaient des fleurs et des guirlandes à leurs champions. Cendri, comparant les réactions de ces femmes à celles des hommes des quartiers réservés de l'Unité, pensa qu'elles étaient virtuellement identiques. Elle avait toujours cru – naïvement, réalisait-elle maintenant – que les femmes étaient indifférentes aux stimulation visuelles de ce genre.

A quoi s'était-elle donc attendue ? C'était le premier contact entre les hommes et les femmes qu'elle voyait depuis son arrivée. Elles n'avaient pas de fréquentations normales avec les hommes. D'une façon ou d'une autre, elles devaient avoir des rapports sexuels avec eux – car Miranda ne lui avait pas caché qu'elle désapprouvait les conceptions artificielles pratiquées dans l'Unité – mais elle ne savait toujours pas en quelles circonstances ils avaient lieu. A en juger sur ce spectacle, les tabous étaient forts et absolus ! Elle comprit soudain qu'elle réagissait comme l'anthropologue qu'elle était, mais à un niveau plus profond, il y avait quelque chose de plus personnel.

Pauvres femmes, elles n'ont aucune idée de ce que sont les hommes en tant qu'individus...

Pour le moment, on couvrait de guirlandes le vainqueur de la dernière lutte, immense gaillard musclé aux biceps et pectoraux saillants et aux abondantes boucles blondes, à l'évidence décolorées, tandis que les hommes de la cité chantaient un hymne à sa louange. Il embrassait les gradins du regard, bombant le torse avec force œillades et sourires lubriques, comportement qu'elle n'avait vu à aucun homme d'Isis, savourant les glapissements admiratifs des femmes. Il vint se placer juste sous la Loge Officielle, et Mahala se leva, lui adressa quelques paroles élogieuses, et lui remit son prix – une tenue de chasse complète et relativement coûteuse, avec vêtements chauds, bottes, arc et flèches, sac de couchage, tente, et divers articles dont Cendri ignorait l'usage. Vaniya lui expliqua à voix basse que tous les vêtements avaient été faits en double aux mesures des principaux athlètes, afin que chaque vainqueur puisse emporter son prix immédiatement. Les prix non distribués furent tirés au sort. Dans l'arène, les hommes plaisantaient, se pavanaient et chahutaient, mais les femmes, sitôt les épreuves terminées, se pressèrent vers les sorties.

– Attendons quelques minutes, dit Vaniya. Ce n'est pas le moment de te faire bousculer dans la foule, Miranda.

– Quand attends-tu ton bébé ? demanda Mahala, lui prenant les mains en un geste chaleureux.

– Bientôt, répondit Miranda. Elle devrait être née maintenant, mais les enfants viennent quand ils veulent.

Elle avait séché ses larmes et elle avait l'air calme, bien qu'un peu lasse.

– Ainsi, tu auras enfin une héritière, si c'est une fille, dit Mahala, se tournant vers Vaniya. Tu dois être fière !

– Je le suis en effet, cousine.

Cendri savait que, dans la langue d'Isis, ce mot n'indiquait pas un rapport de parenté, mais était un terme de courtoisie entre égales.

– Et Maret, notre Enquêtrice, nous dit que c'est une fille, de sorte que c'est bien mon héritière qui va naître.

Debout près du garde-corps de la loge, elle regardait les beaux athlètes nus qui se bousculaient en riant pour recevoir les derniers prix qu'on distribuait, chaque concurrent recevant en plus des boîtes de confiserie, des rubans et des guirlandes. Tout le monde se bousculant vers la sortie, Cendri fut repoussée contre les autres femmes. Elle sentit un corps collé contre le sien, et reconnut les formes généreuses de Vaniya ; la Pro-Matriarche la prit par la taille, et Cendri s'abandonna contre elle. Vaniya pressa sa joue contre la sienne, et, réagissant à ce qui lui semblait être un geste d'affection spontanée, Cendri posa un instant la tête sur son épaule. Puis elle réalisa, stupéfaite et plus qu'un peu choquée, que Vaniya se plaquait contre elle de façon très suggestive, et que ses mains s'étaient discrètement déplacées et lui caressaient les seins, avec douceur, mais insistance. Elle se raidit d'embarras, son premier mouvement étant de s'écarter avec consternation et colère. Mais elle resta immobile, réfléchissant plus vite qu'elle n'avait jamais fait de sa vie.

En un sens, c'était un compliment, une marque d'acceptation totale de la part de Vaniya. Un tel spectacle semblait être l'occasion légitime pour les femmes d'Isis de manifester plus ou moins publiquement leur excitation sexuelle ; et Vaniya, oubliant son origine étrangère, la traitait comme une des siennes.

Mais, pensa-t-elle avec regret, les manuels d'anthropologie ne donnaient aucun conseil sur la façon de réagir en pareil cas. Elle savait qu'elle aurait dû ressentir révulsion, rage et dégoût ; mais elle ne ressentait qu'une sorte de tendresse désarmée. Elle demeura parfaitement immobile dans les bras de Vaniya, sans répondre à la caresse ni la rejeter, et au bout d'un moment, Vaniya, consciente de sa réaction – ou de son absence de réaction – retira ses mains et lui sourit d'un air d'excuse. Elle dit doucement, glissant sa main sous le bras de Cendri :

– Pardonne-moi, mon enfant ; pendant un instant, j'avais oublié que tu n'étais pas des nôtres.

Cendri répondit d'une brève pression sur le bras dodu, et, une fois dans l'escalier, Vaniya reprit :

– Je suis une vieille imbécile. Es-tu très en colère contre moi, petite Cendri ?

– En colère ? Non, Vaniya, dit doucement Cendri.

Et Vaniya, lui serrant le bras une dernière fois, s'éloigna et rejoignit Miranda.

– Cousine, dit Mahala, tu attends une héritière depuis longtemps, et avec les devoirs de ta charge plus tes invités de l'Unité, tu n'auras pas le temps de profiter de cet heureux événement. Si tu veux, je logerai avec plaisir nos hôtes d'Université, afin que tu puisses te consacrer entièrement à Miranda et au bébé, et à la préparation de la fête de la naissance. Qu'en penses-tu, cousine ? Je te déchargerai volontiers de ce devoir.

– Je n'en doute pas, dit Vaniya avec un sourire suave. Mais notre Mère voulait qu'ils logent là où ce serait le plus commode pour leur travail, et mes commodités personnelles passent après mon devoir envers notre Grande Matriarche. Et je suis sûre que tu as déjà assez de devoirs et de responsabilités pour t'occuper, cousine.

Elles se haïssent vraiment, pensa Cendri, regardant les deux rivales descendre l'escalier. De nouveau, l'image de la grande lionne fauve lui vint à l'esprit en observant Vaniya. Mais Mahala, qu'elle avait comparée à un chaton affectueux quand elle l'avait vue en particulier, lui rappelait maintenant une souple panthère noire en maraude !

Dans l'escalier, Dal vint se placer à son côté, le visage sombre et orageux.

– J'ai vu la vieille te peloter, murmura-t-il avec colère, et tu l'as laissée faire ; tu souriais même, comme si ça te plaisait... Je savais que les femmes étaient obscènes et perverses ici, mais bon sang, quand tu fais comme elles...

– Ça suffit, Dal, dit-elle sèchement. Pour elles, c'est normal. De la part de Vaniya, ce n'était pas de la perversité, mais plutôt un compliment. Si ça ne m'a pas offensée, comment oses-tu en faire une histoire ?

– Un compliment ! dit Dal avec indignation. C'est leur monde, elles peuvent y faire ce qui leur plaît, mais quand tu te laisses tripoter en souriant, de l'air d'aimer ça – et que tu dis en plus que ça ne t'a pas contrariée...

– Baisse la voix, ordonna-t-elle d'un ton tranchant. As-tu oublié où nous sommes ?

– Comment veux-tu que j'oublie, sapristi ?

Mais il baissa la voix et poursuivit en un murmure :

– Corrompue et perverse... et tu es ma femme ! Comment as-tu pu...

– Dal, pour l'amour du ciel, que voulais-tu que je fasse ? D'après toi, j'aurais dû hurler, la gifler, faire une scène, provoquer un incident diplomatique ? Quand elle a vu que je ne réagissais pas, elle m'a lâchée et s'est excusée d'avoir oublié que je n'étais pas des leurs. Ne vois-tu donc pas que c'était un compliment, Dal ?

– Tu parles d'un compliment ! grommela-t-il, toujours furieux, la retenant pour mettre quelque distance entre eux et les deux Pro-Matriarches qui avaient atteint le bas de l'escalier et – à voir leur air – échangeaient les politesses rituelles avant de monter dans les voitures officielles.

– Ecoute, Cendri, dit Dal, nous devrions penser sérieusement à quitter la maison de Vaniya – je serai drôlement content de m'en aller – pour aller loger chez l'autre, Mahala. C'est une femme raisonnable malgré sa peur de l'Unité. Nous pourrons avoir avec elle des rapports que nous n'aurons jamais avec Vaniya et ses sottises superstitieuses sur les Bâtisseurs et leur site sacré !

– Dal, je ne trouve vraiment pas...

– Après tout, ce serait une façon de montrer que nous ne sommes pas alliés avec la faction politique de Vaniya. Et aujourd'hui, il s'est passé quelque chose qui m'a fait réaliser...

Cendri ne sut jamais ce qui s'était passé ni ce qu'il avait réalisé. A ce moment, des cris et des lamentations s'élevèrent et se répandirent dans la foule. Elle entendit Vaniya pousser une douloureuse exclamation, et son cœur se serra – qu'était-il arrivé ? Miranda avait-elle eu un accident ? Mais non, Miranda était debout près de sa mère, et ajoutait sa voix au cœur des lamentations. Elle descendit vivement les rejoindre.

Mahala leva les yeux vers Cendri et dit à voix basse :

– Catastrophe, chère Dame Savante. Notre Mère et Prêtresse, notre révérée et bien-aimée Grande Matriarche Rezali nous a quittées et est montée au ciel rejoindre la Déesse. Nous venons de l'apprendre ; elle est morte il y a quelques instants, sans avoir repris connaissance.

– Et ainsi, dit Vaniya, livide, nous sommes sans Grande Matriarche. Et nous ne savons pas, cousine, qui héritera de son anneau et de sa robe.

Cendri, en état de choc, regarda les deux rivales. Elle n'avait pas connu la morte, feu Mère Rezali n'était rien pour elle. Mais quelle influence cet événement aurait-il sur leurs travaux ? Qu'est-ce que cela signifiait pour Vaniya ?

Mahala dit d'un ton affable :

– Je dois rentrer immédiatement. Je suis certaine que Mère Rezali tentera de communiquer avec moi depuis la grande barrière, et je dois être prête à recevoir sa parole.

Elle se tourna vers Cendri et s'inclina.

– Pardonne-moi, Dame Savante, de te quitter sans cérémonie. Vaniya, je te confie, comme c'était la volonté de Mère Rezali, la charge de nos hôtes honorés, car je suis sûre que tu n'auras rien d'autre à faire pour le moment.

Le large visage de Vaniya s'empourpra de colère, mais elle se contenta de s'incliner sans répondre devant sa rivale. Quand Mahala se fut éloignée dans son véhicule officiel, Vaniya serra très fort le bras de Cendri, tandis que Miranda, rouge d'indignation, s'approchait de sa mère.

– Oh, cette femme ! Comment ose-t-elle ? Il faut rentrer immédiatement à la maison, Mère ; je suis sûre que Mère Rezali voudra communiquer avec toi – Maret doit être informée d'attendre sa parole...

Elle fit vivement approcher la voiture, fit signe à Dal et Cendri d'y monter, y poussa sa mère. Rhu prit place le dernier, à côté de Vaniya, et lui dit d'un ton apaisant :

– Ne vous énervez pas, Vaniya ; il faut rester calme pour attendre la parole.

– Oui, oui, dit-elle distraitement. Je ne parviens pas à croire que Rezali puisse désigner *cette* femme pour lui succéder, mais la possibilité existe...

Devant l'air perplexe de Cendri, elle ajouta :

– Pardonne-moi, ma chère, mais je crains que tu ne sois obligée d'interrompre tes travaux jusqu'à ce que Mère Rezali ait fait connaître sa volonté.

– Fait connaître sa volonté ? dit Cendri. Je croyais... la nouvelle qu'on t'a communiquée... je croyais que la Grande Matriarche était morte !

– Eh bien, oui, dit Vaniya. Mais quand une femme de notre peuple est nommée au poste de Grande Matriarche, elle cache en un lieu connu d'elle seule des copies de ses insignes de pouvoir, à savoir son anneau et sa robe, afin que, si la mort devait la prendre avant qu'elle ait désigné sa remplaçante, son esprit apparaisse à celle qu'elle aurait choisie et lui dise, ou dise à l'Enquêtrice de sa maison, où se trouvent son anneau et sa robe. Et ainsi, la première qui découvrira la cachette où se trouvent ces insignes de pouvoir deviendra Grande Matriarche à sa place. C'est pourquoi je dois rentrer et attendre la communication qui parviendra de l'autre côté de la grande barrière, et m'annonçant que Mère Rezali souhaite me voir continuer son œuvre, et me révéler où je pourrai trouver l'anneau et la robe pour les montrer aux Mères de la Cité.

Elle se tut, le regard vague, profondément plongée dans ses pensées et Cendri se dit : quelle histoire ! Maintenant, nos recherches dépendent d'une sorte de chasse au trésor médiumnique !

– Quelle folie de choisir un gouvernement de cette façon ! lui murmura Dal à l'oreille.

Et pour une fois, elle n'eut pas la moindre envie de le contredire.

IX

Cendri et Dal passèrent les quelques jours suivants dans les ruines, à prendre des échantillons de sol, et à faire des analyses informatiques des édifices et des structures. Dal recourut de nouveau à un brouilleur de champ, essayant toutes les fréquences l'une après l'autre pour tenter d'entrer dans un bâtiment. Sans succès, mais il décida de différer toute tentative de trancher les murs au laser tant qu'il n'avait pas des radiographies de l'intérieur. Trouver un moyen de pénétrer le champ magnétique inconnu, dit-il, serait une tâche de longue haleine, exigeant des conférences à distance avec ses conseillers de l'Unité.

– Nous pourrions faire plus de dégâts que nous ne le pensons en tentant d'entrer de force, lui dit-il. Si nous pouvions annuler le champ, tout irait bien. Mais si ces ruines sont en stase temporelle, il sera impossible d'en forcer l'entrée parce que, tout simplement, elles ne sont pas dans cette dimension.

Cela parut absurde à Cendri, et elle le lui dit.

– Si ces ruines ne sont pas là, comment pouvons-nous les toucher, nous appuyer sur elles...

– Cendri, je n'ai pas le temps de te faire un cours complet de mécanique temporelle. Crois-moi sur parole, à moins que la vie sur Isis ne t'inspire de la méfiance pour les scientifiques mâles !

Il dit cela en riant, et Cendri comprit que c'était redevenu une plaisanterie entre eux et elle en fut profondément soulagée.

– Je voudrais trouver un bon spécialiste de la mécanique temporelle, poursuivit Dal. L'embêtant, c'est que tous ceux que je connais à Université sont des hommes, et je suppose que ça ne leur plairait pas trop de porter un collier d'identité au nom de leur maîtresse ! Pourtant, je connais des mathématiciens qui feraient beaucoup plus pour avoir l'occasion de voir un site qui est peut-être en stase temporelle. Je ne connais aucun mécanicien temporel qui soit femme... dit-il, sortant du site tard dans l'après-midi. Y a-t-il sur ce monde des mathématiciennes spécialistes de la mécanique temporelle ? demanda-t-il à Laurina.

Elle parut désorientée. Maintenant, elle parvenait à parler à Dal sans trop d'embarras, mais comme toujours quand elle était troublée, c'est vers Cendri qu'elle se tourna pour répondre :

– Franchement, je ne sais pas. Je connais si peu les mathématiques. Ma spécialité, c'est l'histoire. Mais je peux demander à l'université, si tu veux.

– Oui, bonne idée, répondit Dal. Quelqu'un ayant des notions de mathématiques temporelles nous aiderait à déterminer si ce site est en stase.

– Ce n'est pas possible, argua Laurina, sinon, comment ses habitants communiqueraient-ils avec nous ?

Dal fit la grimace mais ne répondit pas. Il ne discutait pas les croyances de Laurina, mais il ne voulait pas leur donner du crédit en les commentant.

– Je considérerai comme une grande faveur que vous me – nous- mettiez en rapport avec la plus grande mathématicienne de l'université. Il, je veux dire, elle aura certainement essayé d'étudier les mathématiques des états et des stress temporels ; il paraît que c'est la partie des maths la plus excitante depuis deux ou trois siècles.

Laurina répondit avec le curieux formalisme dont elle continuait à user parfois avec Dal :

– Je suis certaine que toute scientifique considérera comme un honneur de travailler avec la Dame Savante d'Université et son Compagnon.

Comme le grand soleil pâle d'Isis descendait vers l'horizon, ils sortirent du site et virent une longue procession passer sur la route côtière en direction d'Ariane. Une fois un peu plus près, Cendri vit qu'il n'y avait presque que des hommes à pied, quoiqu'il y eût aussi quelques voitures et véhicules de surface du genre utilisé sur Isis. La plupart étaient jeunes et portaient le kilt court des travailleurs manuels des deux sexes. Les rares serviteurs de Vaniya descendirent leur parler, et, au bout d'un moment, Dal les rejoignit. A la grande surprise de Cendri, les hommes crièrent des salutations aux femmes, et les servantes de Vaniya répondirent ; peu après, timidement, Laurina les imita. Le visage de Cendri devait manifester sa curiosité, car Laurina lui expliqua sans qu'elle ait rien demandé :

– Ce sont les hommes du chantier de la grande digue, à une centaine de kilomètres au sud d'Ariane, qui viennent en ville pour la fête. Ils camperont le long du rivage ; c'est le seul jour de l'année où ils sont autorisés à pêcher à la lance dans les eaux côtières. Et dans quatre jours maintenant – personne ne te l'a dit ? – aura lieu notre plus grande fête religieuse, où nous visiterons la mer et invoquerons la Déesse en sa qualité de dispensatrice de la vie. Mais certainement...

Elle s'interrompit, hésitante.

– Tu es l'amie de Dame Miranda ; elle t'a sans doute invitée à venir avec nous à la fête ?

Miranda en avait parlé en passant, une ou deux fois, de telle façon que Cendri savait maintenant que cette fête avait un rapport quelconque avec les coutumes d'accouplement inconnues du Matriarcat. Cendri ressentit un picotement d'excitation. Etait-elle donc suffisamment acceptée pour qu'on lui permette d'assister à ce rite ?

– Mais non ; Dame Miranda est si près d'accoucher qu'elle ne viendra pas visiter la mer cette année. Je pensais que son enfant serait né bien avant. C'est notre Jour le Plus Long, et cette année, il coïncide avec la double Pleine Lune, où nos deux satellites nous souriront ensemble, ce qui n'arrive que tous les neuf ou onze ans alternativement. C'est pourquoi la fête est particulièrement sacrée cette année. J'espère que, d'ici là, nous aurons une nouvelle Grande Matriarche pour célébrer les rites. Nous visitons la mer trois fois par an, mais la fête la plus sacrée a lieu en ce Jour le Plus Long. Cendri – elle hésita, puis poursuivit en souriant – tu es seule ici, sans sœurs ni parentes, et c'est à nous de te proposer hospitalité et compagnie. Puisque Miranda n'a pas pensé à le faire, permets-moi de t'inviter à te joindre à nous pour notre plus grande célébration religieuse.

Nouveau picotement d'excitation. Elle était invitée à participer à leur plus grande fête ! Néanmoins, elle se sentit obligée de demander :

– Est-ce permis à une étrangère, Laurina ?

– Je pense que la Déesse ne sourirait pas à une femme qui refuserait de se joindre à nous pour l'adorer en ce jour, dit Laurina avec sérieux. Toutes les femmes sont du même sang, et puisque tu te trouves sur ce monde qu'elle a béni de sa présence, il me semble impensable que tu refuses de te joindre à nous.

Ainsi, non seulement elle était invitée à se joindre à elles, mais un refus serait considéré comme un affront à la Déesse ! Elle pensa : si j'étais venue ouvertement en qualité d'anthropologue, elles auraient tout fait pour me cacher certains de leurs rites ! Peut-être est-il préférable qu'elles me croient archéologue...

Elle réfléchit à cette question en retournant chez Vaniya. A l'évidence, les coutumes sexuelles d'Isis consistaient en des sortes de mariages par visitation, précédés et formalisés par le rite qu'elles appelaient « visiter la mer ».

– Comme ces hommes sont nombreux, dit-elle à Laurina. Je ne savais pas qu'il y en avait tant ! Est-ce qu'ils vivent en dehors de la ville ? Est-ce que ce sont des colons qui habitent dans des villages séparés ?

– Des hommes pour coloniser des terres ? dit Laurina, partagée entre l'amusement et l'incrédulité. Non, mais certains mâles des Maisons des Hommes travaillent au chantier sous la direction de leurs surveillantes, ou sont prêtés par leurs propriétaires. Ils construisent la digue, et quand elle sera terminée, elle permettra de contrôler les inondations tout le long du grand fleuve que nous nommons Anahit, et fournira en plus de l'électricité. Certaines de nos meilleures spécialistes en ingénierie y travaillent, mais naturellement, elles ont besoin d'immenses équipes de travailleurs mâles. Les hommes sont assez bons pour le travail manuel, pourvu qu'ils soient étroitement supervisés par des femmes compétentes. Bien sûr, ils ne savent pas concentrer leur attention très longtemps, et il ne faut pas lésiner sur les distractions et les récompenses, mais ça leur donne l'occasion de se servir de leurs muscles, et c'est ce qu'ils font le mieux ; ils ont un instinct naturel pour le travail manuel, comme l'attestent leurs dons pour les sports. Ils ne sont pas aussi gracieux que les femmes, mais ils compensent ce défaut par la force. Et ils adorent les suppléments de confiserie, et les nombreuses occasions qu'ils ont de chasser quand ils sont en dehors de la ville. Comme ça, tout le monde est content : les hommes parce qu'ils construisent la digue, et les femmes parce que ça leur donnera du courant et le contrôle des inondations.

Cendri se demanda comment les hommes auraient réagi à cette analyse, mais ils étaient arrivés à la maison de Vaniya. Pourtant, avant qu'elle ait fini de se débarrasser de la terre et de la poussière accumulées après un jour de travail dans les ruines, Miranda frappa à leur porte et entra.

Elle semblait troublée et désemparée.

– Cendri, veux-tu venir ; ma mère est très affligée et désire toutes les femmes de sa maison autour d'elle...

– Que s'est-il passé, Miranda ?

– Mahala nous a fait savoir qu'elle a trouvé l'anneau et la robe de la Grande Matriarche. Nous devons aller en ville immédiatement pour les authentifier... et je ne peux pas me déplacer en ce moment.

En effet, Miranda, alourdie par son accouchement imminent, se traînait avec peine.

– Lialla et sa partenaire l'accompagneront, mais quand même... elle t'aime beaucoup, Cendri ; veux-tu me remplacer ? Et cela pourrait t'intéresser d'assister à l'investiture d'une Grande Matriarche...

– J'irai, promit Cendri, et Miranda se retira.

– Bon sang, Cendri, dit Dal en fronçant les sourcils, tu veux vraiment te compromettre avec la faction de la perdante ?

– Miranda l'a dit : elle m'aime beaucoup, répondit doucement Cendri. Et as-tu oublié pourquoi je suis là ? Si j'ai l'occasion d'observer le fonctionnement de cette société, je dois le faire.

– Oui, je suppose. Mais ça m'inquiète. Si tu te fais une ennemie de Mahala...

– Je n'ai pas l'intention de me faire une ennemie de Mahala, Dal. J'accompagne Vaniya en remplacement de sa fille, dit Cendri d'un ton patient, mais Dal continua à froncer les sourcils avec colère.

– Ça ne me plaît pas, bon sang ! Elle commence à t'aimer un peu trop pour mon goût ! Je n'ai pas oublié son comportement avec toi au stade... je suppose qu'il fallait s'attendre à ce que des femmes qui vivent ainsi séparées des hommes développent des tendances homosexuelles morbides, mais tu es ma femme, et tu ne peux pas me demander de t'approuver de fréquenter une femme pareille !

– Dal, pour l'amour du ciel, que veux-tu dire par « une femme pareille » ? Crois-tu vraiment que la Pro-Matriarche d'Isis se livre à des manœuvres de séduction ?

– Bon, je suppose que non, mais... j'ai vu comment elle s'est comportée l'autre jour.

Cendri soupira, sachant qu'elle ne parviendrait pas à lui faire saisir la situation. Elle comprenait l'impulsion et l'excitation affectives qui avaient poussé Vaniya à l'étreindre, chose parfaitement normale dans son monde. Ce n'était pas un assaut, mais une avance, et quand Cendri n'y avait pas réagi, Vaniya s'était comportée de façon exceptionnelle !

– Je ne vais pas me disputer avec toi à ce sujet, Dal ; c'est une attitude courante dans leur monde, et tu n'as pas le droit de faire des remarques désobligeantes. Puisque la compagnie des hommes n'est pas jugée désirable, elles recherchent naturellement des liens affectifs parmi les femmes. Je pourrais te citer une demi-douzaine de parallèles chez les hommes, si je voulais – la caste guerrière de Kahornia, par exemple, où les hommes ne peuvent approcher les femmes qu'une saison sur quatre...

– Je sais, grimaça Dal. Et je ne les approuve pas non plus ; je n'ai pas cultivé le détachement scientifique à ce point, et j'espère bien ne jamais le faire, si cela implique la tolérance de ce genre de chose !

Puis il haussa les épaules en riant.

– D'accord, mon amour, inutile de nous disputer, dit-il en l'enlaçant avant de l'embrasser. Je ne m'inquiète pas ; je te connais trop bien pour ça. Mais ne va pas développer un détachement scientifique trop grand, ma chérie.

Cendri fut soulagée, en sachant parfaitement que Dal ne comprenait pas. Après tout, il n'était pas entraîné aux comparaisons interculturelles. Elle se dit qu'elle ne pouvait pas lui demander plus que cette tolérance récalcitrante, et elle fut contente qu'il n'en fasse pas une histoire. Elle revêtit sa robe la plus élégante, digne de l'investiture d'une Dame Savante à Université, et elle descendit.

Vaniya avait l'air à la fois solennel et absent, mais elle tendit les mains à Cendri avec un sourire chaleureux.

– C'est gentil de venir à la place de ma fille, mon enfant, dit-elle. C'est Rhu qui a suggéré que cette cérémonie pourrait t'intéresser, et il s'est proposé pour divertir ton Compagnon en ton absence.

Rejoignant les autres filles de Vaniya dans la voiture, Cendri se demanda si Rhu avait l'intention de passer son temps avec Dal pour s'informer sur la situation des hommes dans l'Unité – ou s'il voulait profiter de l'occasion pour rester avec Miranda.

Sur le chemin de la ville, ils dépassèrent d'autres groupes d'hommes venant de tout le continent, et Vaniya, les saluant gracieusement de la main tandis qu'ils s'inclinaient au passage de sa voiture, remarqua distraitement :

– Ce sera un scandale si nous n'avons pas une Grande Matriarche pour les cérémonies de cette année !

– Ce n'est donc pas certain ? dit Cendri d'un ton hésitant. Miranda m'a dit que... que la Pro-Matriarche Mahala a trouvé l'anneau et la robe de sa devancière...

– C'est ce que prétend mon estimée consœur, dit Vaniya, retroussant les lèvres en un rictus. Pourtant, ce ne serait pas la première fois qu'une Pro-Matriarche présenterait des faux. Certaines femmes sont capables de tout. Quant à moi, poursuivit-elle, le visage sévère, je n'ai pas entendu la parole de notre Mère et Prêtresse, bien que je l'aie attendue solennellement dans le jeûne et la prière.

Effectivement, elle semblait épuisée par le manque de nourriture et de sommeil.

– Mais je renoncerais immédiatement à ma

charge plutôt que de l'acquérir indignement, ou sans la parole de ma devancière. Si Mahala a vraiment l'anneau et la robe de Rezali, je serai la première à lui rendre hommage et à lui jurer allégeance.

Cendri n'avait vu la Résidence de la Grande Matriarche que de l'extérieur ; elle n'y était jamais entrée. Elle monta avec Vaniya le long escalier de marbre encadré de colonnes, notant que, comme d'autres structures imposantes d'Isis, elles étaient montées sur des sortes de cardans. Elle reconnut que c'était logique sur une planète aux tremblements de terre si fréquents, mais cela enlevait quelque chose à l'élégante solennité de l'édifice, du moins à ses yeux. C'est peut-être pour cela, se dit-elle, qu'une grande partie de leur société et de leurs réalisations me semblent mal conçues et faites au petit bonheur. Sur une telle planète, rien n'est permanent. Sauf, peut-être, les Ruines de Nous-Fûmes-Guidées. Pas étonnant que ce lieu soit sacré pour elles.

Une petite foule d'enfants – non pas nus en chapeaux de soleil et sandales, mais vêtus de leurs plus beaux habits, et l'air vaguement gauches comme tous les enfants endimanchés – s'était rassemblée devant la demeure, observant tout avec solennité. Beaucoup d'entre eux étaient entrés dans le grand hall de la Résidence, et le fait que personne n'ait pensé à les faire sortir était tout à fait typique d'Isis. Au milieu du hall se dressait une rangée de statues dans des boîtes en verre. Des statues ? Non, c'étaient des effigies de cire, en longues robes très recherchées, chaque statue dans sa boîte étant dressée dans une fosse de sable pour qu'elle survive sans dommages en cas de chute. Elles étaient entourées des paravents habituels, dont chacun était décoré par une école différente – maintenant, Cendri lisait assez bien leur écriture pour s'en rendre compte.

– Certaines de ces effigies viennent de nos planètes-mères de Perséphone et Labrys, dit Vaniya à voix basse. Voici notre première Matriarche, notre bien-aimée Alicia.

Elle lui montrait une femme aux cheveux d'argent arrangés en une coiffure triangulaire très compliquée, et vêtue d'une robe archaïque.

– Elle était née sur le monde de Pionnier, je crois, à la plus mauvaise époque.

Elles passèrent lentement devant toutes les effigies, et Vaniya lui nomma, une par une, toutes les Grandes Matriarches d'Isis, immortalisées telles que les avaient vues leurs filles. Chacune portait une longue robe somptueusement brodée, de la même coupe archaïque qu'Alicia, bien que les broderies de chacune fussent uniques, expliqua Vaniya, et choisies par chaque Grande Matriarche pour être sa marque distinctive. Après la mort d'une Grande Matriarche, les copies de son anneau et de sa robe étaient détruites, et la nouvelle en faisait confectionner d'autres à son usage personnel, avec ses décors particuliers.

– Et voici notre mère Rezali, telle qu'elle était dans la vie, dit Vaniya, s'arrêtant et s'inclinant devant la dernière.

Cendri vit une petite vieille ratatinée, à la peau brune et ridée et aux rares cheveux tout blancs.

– Elle a porté son anneau pendant quatre-vingts ans ; depuis notre départ de Perséphone, elle a été notre unique Mère et Prêtresse, dans le plus long règne de l'histoire du Matriarcat.

Passant devant la statue – coutume macabre, pensa Cendri – elles se trouvèrent nez à nez avec Mahala et son entourage. Cendri vit au premier coup d'œil que, contrairement à Vaniya, l'autre Pro-Matriarche n'avait pas attendu la parole dans la prière et le jeûne. Elle avait l'air calme et reposé. Elle embrassa Vaniya de la même façon cérémonieuse qu'auparavant.

– Tu sembles épuisée, ma sœur, dit-elle d'un ton doucereux. Mais tout sera bientôt terminé, et, déchargée de tous les devoirs que tu as dû assumer depuis que notre bien-aimée Mère Rezali s'est trouvée trop mal pour faire connaître sa volonté, tu auras tout le temps de te reposer.

Comme elle hait Vaniya, pensa Cendri. Elle vient de lui faire comprendre que, dès qu'elle sera confirmée Grande Matriarche, Vaniya sera déchargée de toute fonction officielle. La politique est bien la même partout !

– J'espère, dit Vaniya, bourrue, que tu n'as pas encore imposé à ta maison de préparer ton départ, ma sœur. Tu devras déménager, c'est certain, mais il existe encore des doutes sur la destination.

Elle avait le visage austère et fermé, et Mahala fronça les sourcils. Sans répondre, elle tourna les talons et précéda les arrivantes dans une salle intérieure où des femmes d'un certain âge étaient assises en rond sur des coussins. Vaniya, se tournant vers Cendri, Lialla et sa partenaire, leur fit signe de s'asseoir en dehors du cercle, tandis qu'elle prenait place avec Mahala sur les deux coussins vacants diamétralement opposés. L'une des femmes dit solennellement :

– La Pro-Matriarche Mahala prétend que feu notre Mère Rezali, bénie soit sa mémoire, a communiqué avec elle d'au-delà de la grande barrière de la mort, et l'a désignée pour son héritière en lui révélant l'endroit où étaient cachés son anneau et sa robe. Montre-les-nous, Mère.

Mahala fit signe à un membre de son entourage, et Cendri vit avec stupéfaction que c'était un individu obèse et asexué, ni mâle ni femelle... une Enquêtrice ? Un mâle castré ?

– Mon Enquêtrice les présente à votre examen.

Une par une, les femmes examinèrent les objets : un lourd anneau gravé, et une robe de tissu raide surchargée de motifs brodés avec des fils métalliques.

Vaniya les examina la dernière. Elle se pencha sur eux avec solennité et les inspecta avec attention. Puis elle releva la tête, les yeux flamboyant d'une sourde colère.

– Ce sont des contrefaçons, dit-elle, et maladroites, en plus ! L'anneau est un faux assez bien imité, mais néanmoins un faux. L'anneau de notre révérée Matriarche, tel que vous le voyez dans le hall, est décoré d'un serpent à trois yeux ; celui-ci n'en a que deux. Les broderies sont faites avec des fils couleur cuivre ; la robe de notre Matriarche, et je m'en réfère de nouveau à la robe que vous pouvez voir dans le hall, est brodée d'un fil à deux brins, l'un de cuivre, l'autre couleur orange brûlée. Je ne parle même pas des motifs dont un enfant verrait qu'il s'agit de maladroites imitations, sans aucun doute confectionnées par les couturières de Mahala, ou, si elle n'a pas assez confiance en elles, par ses filles et filles adoptives. Conseillères d'Ariane, je vous demande de reconnaître ces mauvaises imitations pour ce qu'elles sont et de les rejeter ! Mahala, termina-t-elle, tournant les yeux sur sa rivale, comment oses-tu commettre cette stupide imposture ?

– J'attends le jugement du conseil, ma sœur et rivale, dit tranquillement Mahala.

– A l'évidence, ce sont des faux ! dit une femme. C'est une insulte à notre intelligence, Mahala !

– Allons donc, l'interrompit une autre, n'est-il pas possible que Mère Rezali ait fait ces mauvaises imitations à cause de sa vue et de sa mémoire défaillantes ? Je propose que nous acceptions la parole de Mahala et que nous l'acclamions comme notre nouvelle Grande Matriarche !

Cela dépendra-t-il uniquement de la volonté du Conseil ou des faits objectifs ? se demanda Cendri. Vaniya est une vraie croyante ; elle a jeûné et prié en attendant la parole. Mahala est-elle plus réaliste, ou juste plus cynique ?

– La volonté du Conseil ne change rien, dit Vaniya avec calme, au prix d'un effort terrible pour maîtriser sa colère. La loi stipule clairement que chaque Conseillère doit être convaincue que la candidate présente l'anneau et la robe authentiques de la précédente Grande Matriarche.

– Alors, dit Mahala, s'adressant à l'ensemble du Conseil, je vous supplie de vous déclarer convaincues, Mères. La grande fête va commencer. Les hommes sont déjà arrivés dans la cité pour visiter la mer ; s'il n'y a pas de gouvernement, pas de Grande Matriarche, et que l'anarchie règne dans la ville, nous pourrions nous retrouver avec une révolte à mâter.

– Tu blasphèmes, Mahala, dit une Conseillère.

– Je blasphème ? Sottise ! dit Mahala avec dédain. Nous nous conduisons comme des imbéciles devant la Dame Savante des mondes civilisés. Y a-t-il vraiment une femme ici pour croire que l'esprit des morts va parler à une Enquêtrice ou à n'importe qui d'autre ? En un âge où les astronefs vont et viennent entre les Galaxies, se trouvera-t-il une femme pour se lever et affirmer qu'elle croit en ces superstitions stupides ? C'est au Conseil de m'accepter ou de me rejeter, et je vous supplie de ne pas insister davantage sur ces histoires de fantômes !

Vaniya se leva, foudroyant Mahala du regard.

– Je n'en écouterai pas plus, dit-elle. Vous, le Conseil des Anciennes d'Ariane, vous venez d'être insultées deux fois par cette femme, une première fois par son imposture, une seconde par ses blasphèmes ! Je vous demande solennellement, mes sœurs, de me nommer Grande Matriarche, pour la raison qu'en présentant des contrefaçons de l'anneau et de la robe, Mahala a prouvé qu'elle sait que Mère Rezali ne parlera pas à son esprit !

– Je remarque, dit Mahala avec calme, que même toi, Vaniya, tu n'as pas eu l'impudence de prétendre qu'elle a parlé au tien. Tu n'es pas folle non plus – quoique si tu t'obstines à attendre qu'une voix fantomatique te nomme Grande Matriarche, tu pourrais le devenir bientôt.

– Taisez-vous toutes les deux, dit une Conseillère d'un ton sévère. La Grande Matriarche a été choisie ainsi depuis la fondation du Matriarcat !

– Je vous rappelle, dit Mahala, son ton doucereux devenu un peu acide, que le règne de Rezali a été très long et qu'aucune femme ici présente n'avait atteint la puberté quand elle fut choisie pour régner sur nous. A l'époque, nous étions encore sur Perséphone. Nous savons seulement que c'est la façon dont le Conseil *disait* que la Grande Matriarche était choisie. Il est possible que cette cérémonie ait toujours été ce que j'affirme qu'elle est maintenant : une pieuse supercherie pour impressionner le peuple !

– C'est une hérésie, dit une Conseillère, tandis qu'une autre, trop choquée pour parler, la fixait, bouche bée.

– Il y a peut-être du vrai dans ce que dit Mahala, dit lentement une autre. De mémoire de femme, aucune Grande Matriarche n'a été choisie par cette méthode...

Le débat tourna bientôt à la cacophonie générale. Finalement, Vaniya éleva la voix pour se faire entendre.

– J'ai été convoquée ici sous un prétexte fallacieux, dit-elle, et mes devoirs me réclament ailleurs. Je me tiens à votre disposition pour une réunion légitime, mais en attendant, je vous souhaite le bonsoir.

Elle fit signe aux femmes de sa suite ; Cendri se leva et sortit avec elles de la Salle du Conseil. Les enfants, rassemblés en petits groupes dans le Hall des Matriarches, les regardèrent avec des yeux ronds. Montant dans leur voiture, elles virent Mahala et son escorte sortir par une autre porte, et Vaniya poussa un bruyant soupir.

– Elle a pris un risque calculé, dit-elle à Cendri. Elle est persuasive, et elle aurait pu convaincre le Conseil de voir les choses de son point de vue. Mais dans ce cas, je n'aurais rien gagné à rester. Je dois réfléchir à ce que je vais faire maintenant, conclut-elle en soupirant.

Se renversant sur les coussins, elle ferma les yeux, et personne ne dit plus rien jusqu'à la Résidence. En descendant de la voiture, Lialla prit sa mère par la taille.

– Vaniya, chère Mère, implora-t-elle, tu ne veux pas manger quelque chose et prendre un peu de repos ? Nous sommes toutes entre tes mains maintenant ; tu dois conserver tes forces pour les jours difficiles qui t'attendent.

Vaniya caressa la joue de sa fille avec indulgence, mais elle secoua la tête.

– Non, ma chérie, j'ai en tête des choses plus importantes que la nourriture et le sommeil. Je dois consulter de plus sages que moi. Allez vous coucher, je vous en prie.

Mais elle tendit la main à Cendri en ajoutant :

– Reste avec moi un moment, Dame Savante.

Vaniya lui donnait rarement son titre ; qu'elle le lui donnât maintenant indiqua à Cendri – et aussi, pensa-t-elle, aux autres femmes – qu'elle ne rejetait pas ses filles en faveur d'une étrangère, mais qu'en la personne de Cendri elle désirait parler à une représentante de l'Unité. Cendri la suivit dans la grande salle à manger déserte. Vaniya s'assit sur un coussin et appuya sa tête sur un autre.

– Crois-moi, Cendri, je ne suis pas ambitieuse, dit-elle au bout d'un moment. Ma sœur et rivale est une bonne administratrice, et une femme honnête et compétente ; et je le dis malgré sa tentative maladroite de supercherie. Elle croit sincèrement – et je trouve que c'est tragique, car cela révèle la pauvreté de son esprit et de son cœur – que rien n'existe au-delà de ce qu'elle peut voir et toucher. Je lui abandonnerais volontiers l'administration du gouvernement. Elle est plus jeune et plus forte que moi, et mieux faite pour remplir les devoirs séculiers d'une Grande Matriarche. Si ce n'était que cela, je m'effacerais dès aujourd'hui et consacrerais mes dernières années à mes petits-enfants. Mais je ne peux pas rester muette quand elle dépouille de tout sens notre vie spirituelle. Elle est peut-être faite pour être Grande Matriarche, mais elle s'est révélée indigne d'être Grande Prêtresse, non seulement par son attitude d'aujourd'hui, mais par tout ce qu'elle a fait au cours des ans. Elle semble ignorer que sans la vision et la conscience de tout ce qui dépasse le bien-être matériel, l'esprit et l'âme de l'humanité meurent.

Un long silence suivit, et Cendri crut qu'elle s'était endormie. Puis elle reprit :

– C'est cela, je crois, qui a rendu tant de mondes gouvernés par les hommes intolérables pour notre société, à savoir qu'ils se soucient uniquement du bien-être matériel sans accorder une pensée à l'esprit et à l'âme de leurs peuples. La Déesse m'est témoin que je veille au bien-être matériel de mes sœurs. Je sais qu'il existe des religions où un prétendu souci de richesse spirituelle a été le prétexte à l'exploitation de l'humanité – et je dis « humanité » sciemment, car aucune femme ne permettra jamais cette mort spirituelle – pour priver les peuples de tout confort matériel et laisser les richesses tomber aux mains des puissants. C'est pourquoi l'un des principaux préceptes du Matriarcat est que le matériel et le spirituel vont toujours main dans la main, et c'est aussi pourquoi la Grande Matriarche est aussi la Grande Prêtresse : pour rappeler à la femme titulaire de ce double office que le confort matériel sans la richesse spirituelle n'est qu'illusion, et que la richesse spirituelle dans le mépris des corps est une imposture. Je crains que Mahala ne veuille séparer ces deux fonctions, pour détruire tout le fondement éthique du Matriarcat, et cela me fait peur. Mais je m'y opposerai tant que je serai vivante, Cendri.

– Et tu ne peux pas présenter l'anneau et la robe authentiques ? demanda Cendri.

Cette fois, le soupir de Vaniya sembla arraché aux profondeurs de son être.

– Je ne peux pas. Même Maret garde le silence sur ce point. Que la Déesse me pardonne, j'ai aussi nourri des doutes semblables à ceux de Mahala. Maintenant que Rezali a abandonné son corps de douleur, peut-être ne s'intéresse-t-elle plus aux filles qu'elle laisse orphelines en ce monde – ou, ajouta-t-elle avec une ombre de son sourire habituel, c'est une superstition stupide de croire que les mortes s'inquiètent du destin des vivantes. Peut-être que nos plus anciennes devancières pensaient, dans leur grande sagesse, que la femme pouvant engager les meilleures clairvoyantes était la plus digne de gouverner.

Cendri n'avait jamais cru en une vie après la mort, mais elle avait souvent vu des preuves de la réalité de la clairvoyance et des perceptions extrasensorielles. Elle n'en doutait pas, de sorte que la supposition de Vaniya lui parut vraisemblable.

Vaniya se leva brusquement et lui dit :

– Viendras-tu avec moi, Cendri, consulter ceux qui sont plus sages que moi ?

– Moi, Vaniya ? dit-elle, stupéfaite.

– Mahala m'a accusée d'ignorance et de superstition ; elle dit que je ridiculise notre monde aux yeux des scientifiques d'Université. Toi qui en fais partie, je veux que tu voies par toi-même que ce n'est pas la superstition qui me fait rechercher l'aide de ceux qui résident à Nous-Fûmes-Guidées. M'accompagneras-tu, ma fille d'un autre monde ?

Elle tendit les mains à Cendri, qui, étonnée mais touchée de cette demande, les prit dans les siennes.

– Bien sûr, Vaniya.

En silence, Vaniya prit une cape chaude pour se protéger de l'humidité de la nuit, en donna une à Cendri, puis, une torche à la main, elle sortit avec la jeune femme dans la fraîcheur nocturne.

Un épais brouillard s'était levé sur la mer, et le jardin était enseveli sous une brume blanche. Cendri voyait à peine à quelques pas devant elle, mais Vaniya marchait sans hésiter sur le sentier connu descendant vers la mer. Abordant le Chemin devenu familier qui montait vers les ruines, Cendri se rappela sa première nuit chez Vaniya, où elle avait vu la procession montant lentement vers le site.

Vaniya semblait connaître toutes les pierres du chemin. Elles arrivèrent bientôt au-dessus de la nappe de brume qui, au-dessous d'elles, ensevelissait le rivage sous son linceul blanc, dérivant et tournoyant lentement au clair de lune. Au-dessus d'elles, se détachant sur le ciel à la clarté des deux lunes, se dressaient les ruines, sombres, massives, étranges, et, avançant lentement dans les sombres cañons de la cité morte, Cendri frissonna.

Vaniya regarda les deux croissants des lunes flottant au-dessus des sombres tours des édifices d'une antiquité immémoriale, et dit à voix basse :

– Notre plus grande fête religieuse arrive, et je m'effraie à la pensée qu'il n'y aura peut-être pas de Grande Prêtresse pour bénir nos rites.

Se tournant vers Cendri dans le noir, elle prit la main de la jeune femme entre ses doigts glacés :

– Je ne suis pas une ignorante, Cendri. Mon esprit sait aussi bien que le tien que les rites sont sacrés uniquement parce que l'esprit de nos hommes et de nos femmes les considère comme tels, et ce n'est pas la parole de Mahala ou la mienne qui les sacralise. Les enfants seraient conçus, les récoltes pousseraient, tout continuerait à fonctionner quel que soit celui qui célèbre les rites, ou même s'ils n'étaient pas célébrés du tout. Je ne suis pas la sotte superstitieuse que croit Mahala – Cendri, mon enfant, c'est moi qui pilotais l'astronef qui nous a amenées de Perséphone sur Isis ! J'étais jeune à l'époque, Je ne pensais pas alors occuper jamais un poste quelconque, et encore moins le plus haut. C'est Mahala qui a toujours recherché le pouvoir et j'étais contente de le lui laisser, pourvu qu'elle n'oublie pas les besoins de notre peuple. Mais bien que notre monde puisse subsister sans la célébration des rites, notre peuple en a besoin. Il faut que tout soit fait décemment et avec ordre, et les gens réagissent selon ce qu'on leur a enseigné. Tous les ans depuis que nous sommes arrivées de Perséphone, nos vies ont été structurées selon le monde que nous avons trouvé. De même que sur notre planète-mère notre vie était structurée par la succession des saisons, les labours, les semences, les récoltes, de même ici, notre vie est structurée par le rythme des marées, le flux et le reflux de la mer. Les prêtresses n'inventent pas cela. Même quand les masses étaient ignorantes, je ne pense pas qu'elles croyaient que la parole des prêtresses provoquait ces choses, mais c'est leur parole qui autorise ou interdit. Je sais ce qui arrive à un peuple dont les membres pensent n'être responsables devant personne qu'eux-mêmes, leurs volontés et leurs caprices. Oui, nous pourrions faire une société fondée non pas sur la volonté de la Déesse, mais sur notre volonté, appuyée sur des lois faites par les femmes elles-mêmes. De telles lois engendrent toujours la tyrannie; nous vivons mieux sous la douce main de la nature, sous la loi de la Déesse, que sous des lois que nous aurions inventées nous-mêmes et qu'il faudrait faire respecter par la peur, la menace et les châtiments. Mahala croit que cela suffirait, mais j'ai vu comment les lois faites par les hommes en arrivent au point où le crime n'est plus considéré en soi mais selon le châtiment imposé.

Cendri hocha lentement la tête. Un gouvernement fondé sur la coutume et la tradition, sans crime et sans révolte, et sans besoin de lois et de police. Elle ne savait pas si un tel monde lui plairait, mais le crime et son châtiment posaient d'énormes problèmes à toutes les planètes de l'Unité. Les femmes du Matriarcat les avaient résolus à leur façon, dans l'ensemble avec succès. Elles avaient, au moins, le droit de terminer leur expérience sans interférence de l'Unité.

Vaniya étendit sa cape en haut de l'escalier débouchant sur la cour au centre de laquelle était posé l'astronef. Elle s'assit, invitant Cendri à prendre place près d'elle.

– J'ai piloté le vaisseau qui nous a amenées sur Isis, Cendri. J'étais jeune alors, et je n'avais pas d'enfants. Mère Rezali m'avait choisie pour faire des études, et j'avais appris beaucoup de choses sur le fonctionnement de l'Univers. Et c'est pourquoi on nous avait confié le pilotage de l'astronef, à moi et à une demi-douzaine de sœurs, tandis que toutes les autres recevaient des somnifères. Tu es trop jeune pour t'en souvenir, mais à l'époque les voyages étaient moins supportables en état de veille, et tout le monde recevait des sédatifs à part le personnel indispensable au fonctionnement du vaisseau.

Le langage technique semblait étrange dans la bouche de Vaniya. Elle poursuivit, d'une voix calme et pensive dans la clarté lunaire, où son visage n'était plus qu'une tache blanche semblable aux lunes dans le ciel.

– J'ai passé seule la plus grande partie de ce long voyage, et j'ai eu tout le temps de réfléchir au monde que nous quittions et à celui qui nous attendait. Et enfin, notre vaisseau – celui-là même qui est devant nous – s'est mis en orbite autour de cette étrange planète qui flottait au-dessous de moi, enveloppée de ses nuages, avec ses océans agités de tempêtes inconnues, ses tremblements de terre et ses raz de marée, et j'ai eu peur. J'ai eu peur, Cendri, malgré tout ce que je savais de la mécanique de l'Univers, malgré l'instruction que j'avais reçue, et malgré la confiance que j'avais en la société que nous avions bâtie sur Perséphone, à contre courant de l'Unité. J'étais remplie de terreur et de doute. Ne valait-il pas mieux pour nous retourner dans le sein de l'Unité et nous soumettre aux lois que ses peuples avaient faites pour l'humanité ? J'en vins même à douter du Matriarcat. Les hommes et les femmes étaient-ils donc si différents que les lois faites pour les hommes ne puissent pas s'appliquer aussi aux femmes et leur donner assez de liberté pour faire ce qu'elles voudraient? Ne valait-il pas mieux retourner dans l'Unité et travailler à y faire une place aux femmes, plutôt que de nous en retrancher complètement? Je réfléchissais ainsi, tout en regardant notre nouvelle planète au-dessous de moi, et je priais, même si je n'étais pas pieuse à l'époque. Je savais que nous aurions besoin de toute l'aide que nous pourrions trouver, qu'elle vînt de nous ou de quelque force supérieure. Et c'est alors, Cendri, que j'ai reçu la réponse.

– La réponse, Vaniya?

– La réponse, mon enfant. De ceux qui résident ici et que tu appelles les Bâtisseurs. Ils m'ont parlé, comme ils parlent encore à toute femme qui vient s'agenouiller devant eux et leur demander conseil. Ils m'ont rassurée, ils ont calmé mes doutes. Ils ont guidé l'astronef jusque-là, et ils m'ont prouvé, dit-elle d'une voix vibrante d'intensité, que notre mode de vie, que le Matriarcat, était ce que nous croyions, tel qu'il avait été de tous temps avant que les hommes ne ravissent le pouvoir aux femmes.

Cendri sentit un frisson lui parcourir l'échine.

– Ils te l'ont prouvé, Vaniya? dit-elle. Comment?

– Ils m'ont parlé comme je sais qu'ils t'ont parlé, murmura Vaniya. Je l'ai vu sur ton visage, quand nous sommes venues dans les ruines, le jour du raz de marée, le jour de la destruction du village où tu as prouvé que tu étais des nôtres en risquant ta vie pour sonner l'alarme. Mais depuis toutes les années que nous vivons sur Isis, Cendri, depuis toutes les années que nous venons leur rendre hommage ici, ils n'ont jamais parlé à aucun mâle. Aucun mâle n'a jamais entendu leur voix. Et ainsi nous savons, Cendri, sans l'ombre d'un doute, que les Bâtisseurs de notre race avaient prévu que les femmes gouverneraient, et que l'Unité se trompe sur toute la ligne ! Dis-moi, poursuivit-elle, tournant vers Cendri, son visage livide dans le clair de lune, pendant le temps que vous avez passé dans les ruines, ton Compagnon a-t-il entendu leur voix ?

– Non, jamais, dit Cendri, frissonnante.

– Et toi, tu l'as entendue ; je le sais, mon enfant, je l'ai vu sur ton visage...

– Oui, je l'ai entendue, murmura Cendri à regret, l'échine parcourue d'un frisson

Vaniya hocha lentement la tête, aida Cendri à se lever et la prit par la taille, l'abritant sous sa cape. Ainsi enlacées, s'appuyant l'une sur l'autre pour ne pas tomber dans le noir, elles descendirent les marches menant à l'aire où attendait l'astronef.

– Viens, mon enfant, viens. Je sais maintenant qu'ils m'aideront ; eux, qui savent tout, m'aideront sûrement à trouver les insignes de pouvoir de la Mère, pour que je continue à guider mes filles. Ils confirmeront ma charge, et me laisseront demeurer Mère de mon peuple. Viens, Cendri, et tu verras.

X

Des nuages voilèrent la face de la lune la plus proche, la plus lointaine continuant à briller, quoique d'un éclat atténué, éclairant les deux femmes qui, blotties l'une contre l'autre, avançaient vers l'antique astronef. Cendri se demandait pourquoi – et comment – le vaisseau était devenu le point focal de la présence, quelle qu'elle fût. A moins que les mystérieux Bâtisseurs n'aient attiré le vaisseau jusqu'à eux ? Les Matriarches appelaient les ruines Nous-Fûmes-Guidées, commémorant ainsi le contact avec les présences étrangères.

Les Bâtisseurs. Dal avait donc raison, et ce site avait été occupé par ceux qui avaient colonisé toute la Galaxie. Elle frissonna, de froid et d'excitation. Cette race étrangère avait-elle marqué le Matriarcat du sceau du peuple élu ?

Dans la main de Vaniya, la flamme de la torche vacilla et s'éteignit, Vaniya continua à avancer dans le noir d'un pas résolu. De nouveau, Cendri ressentit une impression de chaleur accueillante et irrésistible, qui l'entourait, envahissait tout son corps, de sorte qu'elle ne sentait plus le froid et l'humidité du vent matinal soufflant de la mer. Elle n'avait plus besoin de voir ; ses pieds allaient de l'avant comme de leur propre volonté. Elle y résista un moment, se cramponnant à son identité, à ses propres perceptions, et rejetant cette présence étrangère qui semblait sur le point de l'accabler, d'étouffer sa propre personnalité.

Je ne crois pas en les Dieux... les religions sont un moyen de contrôle social – même Vaniya, qui est leur prêtresse, l'a dit ce soir... Et pourtant, quelque chose l'attirait de l'avant, quelque chose d'extérieur à elle-même, une lueur, une chaleur intérieures, la sensation d'être tendrement enlacée par des bras aimants. Vaniya était tombée à genoux ; Cendri l'imita sans en avoir conscience, dans l'extase de la présence chaleureuse.

Je t'aime... tu es aimée... tu m'appartiens, tu es mienne... Cendri s'efforça de conserver une bribe de conscience dans l'intensité de cette expérience, de cette sensation d'être absorbée dans cet amour... en vain. Elle entra en transe. Elle ne sut jamais combien de temps elle était restée à genoux, pénétrée, vaincue par la présence qui balaya son jugement critique et son incrédulité... Comment ne pas croire ? C'était là, c'était réel, c'était... transcendant...

Le soleil levant lui brouilla la vue et elle sentit ses yeux s'emplir de larmes. La présence s'était retirée ; elle était seule, à genoux près de Vaniya sur les dalles froides des ruines, et la masse qui la dominait n'était qu'un antique astronef, inutile depuis très longtemps. Elle était seule et transie, les dernières traces de la chaleur et de la présence se retirant peu à peu de son esprit et de son corps.

Près d'elle, Vaniya soupira et se redressa péniblement, ses articulations engourdies lui arrachant un léger gémissement. Cendri se retourna vivement et l'aida à se relever.

Vaniya lui pressa affectueusement la main, et murmura, le visage encore extasié :

– Comme c'est étrange... et comme c'est rationnel. Mère Rezali m'a confirmée dans ma charge, sachant à quel point Mahala déteste les serpents du rivage.

Elle battit des paupières, fixa son regard sur Cendri.

– Dans les grottes marines, m'ont-Ils dit, je trouverai l'anneau et la robe. Les authentiques, pas les contrefaçons.

– Alors, allons-nous les chercher ?

Vaniya secoua la tête.

– J'enverrai Maret, et mes filles en qui j'ai confiance. Tu en as assez fait, petite Cendri.

La main sur l'épaule de Cendri qui soutenait ses pas chancelants, elles sortirent lentement des ruines dans le brouillard rougeâtre de l'aube. Le soleil se levait ; l'air était humide et le clapotis de la mer mouillait leurs souliers et l'ourlet de leur longue cape. Dans le jardin, toutes les feuilles, tous les brins d'herbe grise étaient trempés, et les fleurs des herbes aromatiques emplissaient l'air d'odeurs pénétrantes. Vaniya les huma et se mit à rire.

– Je reconnais toutes les saisons aux parfums du jardin... te joindras-tu à nous pour la fête, petite fille ? Tu es véritablement des nôtres maintenant, puisque les Anciens t'ont parlé.

Elle serra affectueusement Cendri contre elle, et la jeune femme lui sourit en disant :

– Laurina m'a déjà invitée...

Regardant Vaniya, elle songea soudain qu'elle devait être assez âgée. Elle était encore forte et vigoureuse, mais le jeûne et les nuits sans sommeil avaient marqué le visage de la Pro-Matriarche.

– Mère, dit Cendri, lui donnant son titre pour la première fois, va te reposer et manger je t'en supplie ! Tu es si fatiguée !

Vaniya soupira et répondit :

– Dès que j'aurai envoyé les femmes de ma maison chercher l'anneau et la robe de Rezali... mes filles auront besoin de ma force dans les jours qui viennent.

Et, avec un léger frisson, Cendri réalisa que Vaniya ne parlait pas de Miranda, de Lialla et de ses petits-enfants, mais de toutes les femmes d'Isis, qui, si elle était confirmée Grande Matriarche, seraient toutes ses filles.

... et moi aussi, je suis sa fille... pensa Cendri, les nerfs tendus à se rompre. Elles entrèrent dans la maison, et toutes les femmes accoururent dans le hall, mais à la vue de Vaniya, elles reculèrent, et Cendri sut qu'elles avaient vu sur son visage et dans ses yeux l'extase du contact, de la Présence qui perdurait en elle.

C'est la seule véritable expérience religieuse, la seule chose qui distingue une religion d'une simple imposture... ce contact effectif avec quelque chose qui dépasse le monde que nous connaissons... et c'est réel, réel...

Vaniya dit avec entrain :

– Appelez Maret immédiatement ; allez avec elle aux grottes marines du rivage, à dix kilomètres au-delà du village des plongeuses. Dans la troisième grotte vers le sud, à vingt mètres de l'entrée, le serpent à trois yeux est peint sur la paroi. Creusez jusqu'à deux mètres, et vous trouverez un coffre qui contient l'anneau et la robe de Rezali.

– Mère Rezali t'a donc parlé, Mère ? murmura Lialla.

– Non, dit Vaniya, secouant la tête. Mais Celle qui est plus sage que Mère Rezali dans la mort comme dans la vie m'a envoyé une vision alors que, agenouillée, je demandais à Nous-Fûmes-Guidées qu'on m'éclaire. Partez immédiatement, mes enfants. Lialla, Zamila, apportez-moi à manger ; j'ai besoin de reconstituer mes forces.

Elle chancela et ses filles la soutinrent.

– Faites venir Miranda tout de suite, ajouta-t-elle. Elle doit être informée de la nouvelle... Cendri, mon enfant, va te reposer.

Cendri la laissa aux soins de ses filles, petits-enfants et femmes de la maison, et monta lentement l'escalier. Elle était épuisée et transie, absolument incapable d'analyser son expérience. Mais elle était totalement libérée de ses doutes. Elle savait que les femmes de Vaniya trouveraient l'anneau et la robe, comme elle l'avait dit, dans un coffre enfoui à deux mètres sous un serpent à trois yeux dans la troisième grotte située à dix kilomètres du village des plongeuses.

La clairvoyance, oui. J'ai toujours été prête à y croire. Mais ça... cette présence...

Dal quitta lentement le coin capitonné où il dormait, le visage orageux.

– Cendri, où étais-tu ? J'étais très inquiet, et quand je t'ai vue traverser le jardin avec Vaniya...

Elle secoua la tête.

– Dal, Vaniya a trouvé l'anneau et la robe de la Grande Matriarche. Elle m'a emmenée dans les ruines pour consulter la... la présence qui y réside...

Il secoua la tête, en pleine confusion.

– Cendri, qu'y a-t-il entre toi et cette femme ?

Si la situation n'avait pas été aussi grave, elle aurait éclaté de rire.

– Dal, crois-tu vraiment que nous vivons une liaison torride, Vaniya et moi ? Réalises-tu qu'elle est assez vieille pour être notre grand-mère ?

– Ça ne l'a pas empêchée de prendre Rhu comme amant, non ?

– Rhu est son Compagnon. Je ne sais rien de leur vie sexuelle, et, franchement, je m'en moque. Mais là n'est pas la question. Dal, c'est l'un ou l'autre : si elle garde Rhu comme amant, cela me met hors de cause, non ?

– En tout cas, tu la défends de toutes tes forces !

– C'est vrai, dit Cendri avec sérieux. Je l'aime, mais pas comme tu le penses, ce qui est trop ridicule pour seulement en parler !

De nouveau, elle eut envie de rire, mais elle sentit sa jalousie et ses doutes. Elle lui jeta les bras autour du cou.

– Dal chéri, ce n'est pas ça l'important pour le moment ! Vaniya a trouvé l'anneau et la robe de Rezali !

– Justement, dit Dal, morose. J'espérais que ce serait l'autre ! Nous aurions peut-être pu mettre quelque chose sur pied avec elle.

– Je n'en suis pas si sûre, dit lentement Cendri.

– Une société qui choisit ses dirigeants sur la foi d'une voyante est totalement débile, si tu veux mon avis.

– Ce n'est pas à toi d'en juger, dit sèchement Cendri.

– Non, malheureusement, dit Dal avec colère. Mais Mahala est une femme raisonnable...

Traduction : Mahala reconnaît la situation élevée de Dal; elle en tient compte et cela le flatte, pensa Cendri mais elle garda sa réflexion pour elle.

– Dal, j'étais dans les ruines avec Vaniya, et les Bâtisseurs lui ont parlé ! Ils lui ont dit où trouver l'anneau et la robe...

Devant son air de plus en plus sceptique, elle soupira et se tut. Il fronça les sourcils.

– Les Bâtisseurs lui ont parlé ? Allons donc, Cendri !

– C'est vrai ! s'obstina-t-elle, têtue. J'y étais...

– Et qu'est-ce qu'ils t'ont dit, à toi ? demanda-t-il.

Elle eut un soupir découragé et renonça à le convaincre. Comment exprimer en paroles une expérience qui les dépassait tellement, une sensation, une émotion...

– Ecoute, Cendri, dit-il d'un ton raisonnable, ta copine Vaniya est une bonimenteuse de première. Elle essayait de t'impressionner. Elle est peut-être un peu voyante – comme beaucoup de gens. Mais je suis allé dans ces ruines, et jamais rien ni personne ne m'a jamais parlé.

Elle allait lui dire que les Bâtisseurs ne parlaient pas aux hommes, mais elle se ravisa. Dal ne la croirait jamais. Il branla du chef, à la fois dédaigneux et amusé.

– Viens donc te coucher, Cendri. Tu dors debout... après avoir erré dans les ruines toute la nuit avec Vaniya ! Si elle a trouvé l'anneau et la robe, elle a gagné, je suppose. Je ne te cache pas que je le regrette. J'aurais pu m'entendre avec

Mahala, et si elle était devenue Grande Matriarche, j'aurais pu négocier la venue d'une expédition scientifique parfaitement équipée pour l'étude des ruines. Elles sont plus anciennes que toutes les civilisations que j'ai vues ou connues par mes lectures. Il est même possible que ce soient les ruines des Bâtisseurs, si elles sont en stase temporelle, ou autre chose du même genre. Une civilisation vieille de deux millions d'années, Cendri ! Et tu voudrais que je renonce à leur étude parce que ces idiotes en ont fait un sanctuaire de leur stupide religion !

Il branla du chef, incrédule.

– Mais Vaniya est une Vraie Croyante et j'abhorre l'idée d'avoir à travailler avec elle !

Il interrompit brusquement son discours véhément.

– Tu dors debout, ma chérie, dit-il avec douceur. Viens te coucher. On en reparlera plus tard, si tu veux.

Au milieu de la journée, Cendri, qui avait dormi jusqu'à midi, vit les filles et les servantes de Vaniya revenir avec un grand coffre, qui semblait effectivement avoir été longtemps enterré dans une grotte ou un lieu humide, car il était couvert de terre et ses ferrures étaient rouillées. Mais Miranda lui dit, triomphante, qu'il contenait bien l'anneau et la robe de Rezali, et que Vaniya avait déjà demandé une réunion du Conseil.

– J'espère que tout sera réglé avant la fête, dit-elle.

Elles étaient sur le perron, et sur la route passant devant la Résidence, Cendri vit une procession ininterrompue d'hommes affluer vers la cité, et fut prise d'appréhension.

A l'évidence, Dal travaillait pour l'Unité et fomentait une rébellion parmi les mâles. S'il les encourageait à se révolter au moment de la fête, quand tous ceux du delta et du chantier de la digue seraient en ville, il aurait une armée à sa disposition !

Son inquiétude s'accrut quand, au dîner, elle vit Dal et Rhu discuter à voix basse, à l'écart des femmes. Rhu avait des liens avec le mouvement clandestin, qu'elle reconnaissait uniquement par le mot de passe entendu une ou deux fois : « Nous ne sommes pas nés dans les chaînes. »

Mais Rhu ? Le doux Compagnon, le musicien dépourvu de toute violence ? Il ne participait pas aux compétitions sportives ; il semblait ne pas posséder la force qui était l'attribut masculin le plus prisé sur ce monde ; pouvait-il vraiment travailler pour un mouvement qui, pour réussir, s'il réussissait, devait recourir à la violence et à un coup d'Etat sanglant ? Et Dal – Maître Savant d'Université, lié par le principe d'autodétermination pour tous les mondes – Dal se prêterait-il à ces manœuvres ?

Sur ce monde, Dal est ma propriété légale. Je suis contrainte d'obéir aux lois locales. Et je serai responsable de tout ce qu'il fera. N'est-ce pas mon devoir de découvrir ce qu'il projette ? Pourtant, elle recula devant la scène que lui ferait Dal si elle le questionnait. *Quelle sottise d'avoir peur de Dal et d'être aussi soumise. J'ai toujours pensé que j'étais l'égale de n'importe quel homme. Pourquoi ne pas agir en conséquence ? Pourquoi la seule idée de sa colère m'effraie-t-elle ainsi ?*

Vers le soir arriva un messager du Conseil des Anciennes, annonçant qu'elles recevraient le lendemain Vaniya et sa suite, pour déterminer si c'étaient bien l'anneau et la robe authentiques qui avaient été retrouvés. L'air préoccupé, Vaniya ordonna aux plus vigoureuses de ses femmes de monter la garde autour du coffre.

– Je ne serais pas surprise si Mahala tentait de le faire voler, dit-elle, les dents serrées. Je regrette que tu n'aies pas encore accouché, ajouta-t-elle en regardant Miranda. Tant que tu es dans cet état, tu es vulnérable...

Les grands yeux bleus de Miranda se dilatèrent d'étonnement.

– Tu ne crois quand même pas que Mahala aurait recours à la violence ?

– Je ne crois pas qu'elle en soit incapable, répondit Vaniya, troublée.

Mais la nuit s'écoula sans incident, et, au matin, Vaniya et ses femmes se mirent en route – une fois de plus, Miranda ne voulut pas quitter la maison, pensant la naissance imminente. Cendri fut invitée à les accompagner.

Quand elles entrèrent dans le Hall des Matriarches pour présenter l'anneau et la robe, elle eut une curieuse impression de répétition, comme si elle repassait une bande vidéo déjà visionnée. Cendri regarda Mahala déplier la robe sur ses genoux. Elle avait déjà remarqué que la plus jeune Pro-Matriarche avait quelque chose de félin, et, la voyant examiner les broderies, le visage crispé, elle lui rappela cette fois une chatte toutes griffes dehors et le poil hérissé.

Finalement, les yeux étrécis dans son visage triangulaire, elle dit :

– Il semble bien que ce soient des copies authentiques de l'anneau et de la robe ; mais naturellement, tu as très bien pu les faire reproduire après les avoir vus hier sur l'effigie de feu notre Grande Matriarche.

Vaniya répondit avec ironie :

– Si, après les avoir vus moins de cinq minutes dans le cercueil de verre, j'étais capable, en rentrant chez moi, de les reproduire en moins d'une journée, je serais suffisamment surhumaine pour faire une meilleure Grande Matriarche que toute autre candidate ! Mais je ne prétends pas à des pouvoirs plus qu'humains. Comme vous pouvez le voir, ce coffre est resté enterré très longtemps, et ce sont bien l'anneau et la robe authentiques. J'en appelle à toutes les femmes ici présentes pour me reconnaître comme dûment investie par feu notre Mère Rezali et seule Grande Matriarche de la cité d'Ariane et du gouvernement d'Isis.

Mahala se leva d'un bond, ses yeux lançant des éclairs.

– Sottises superstitieuses ! s'écria-t-elle. Je proteste ! J'exige que cette question soit réglée par le Conseil, qui doit au moins reconnaître que je ne suis pas une folle ! Et si Vaniya croit que le fantôme d'une morte lui a fait des confidences à l'oreille, la trouvez-vous capable de gouverner Isis avec l'autorité d'une Grande Matriarche ?

– Si tu veux bien m'écouter, ma sœur, dit Vaniya avec calme, tu verras que je n'ai rien prétendu de tel. Je ne sais pas si l'esprit de Mère Rezali survit dans ce monde ou dans un autre. Je dis seulement que je tiens l'anneau et la robe de Mère Rezali, et que, selon la coutume et la tradition du Matriarcat que nous sommes ici pour maintenir, le pouvoir de Grande Matriarche m'appartient. Cela devrait clore le débat.

– Comment Vaniya est-elle entrée en possession de ces objets ? dit Mahala, rouge de colère.

– La tradition n'exige pas que je le révèle, dit Vaniya, mais exige seulement que les objets soient authentiques.

– Non, dit Mahala avec fureur. Je conteste toute cette procédure. En quoi la possession de l'anneau et de la robe de la Grande Matriarche prouve-t-elle que Vaniya sera meilleure Grande Matriarche que moi ? Je soumets ce problème au Conseil.

Furieuse, elle jeta l'anneau à travers la salle et essaya d'en faire autant avec la robe, mais elle se déplia, et tomba lourdement au milieu de la pièce.

– Nous choisissons ainsi notre Grande Matriarche depuis nos origines, Mahala, dit doucement Vaniya, et je ne propose pas de changer de méthode. Si tu avais trouvé les objets, je me serais effacée sans protester.

– C'est parce que tu es une idiote superstitieuse, dit durement Mahala. Pourquoi crois-tu que j'aie tenté de contrefaire ces insignes ridicules ? Pour éviter des problèmes, et vous permettre, poursuivit-elle, embrassant le cercle du regard, de m'accepter parce que vous me croyez supérieure à ma rivale. J'exige maintenant que le Conseil choisisse laquelle de nous est la plus compétente pour gouverner Isis, et qu'on ne me rebatte plus les oreilles avec des histoires d'esprits, de voyantes et de fantômes !

Vaniya eut un sourire légèrement dédaigneux.

– Mais qui a donné au seul Conseil le droit de décider ne cette matière qui, si elle doit être réglée ainsi, exige l'assentiment de toutes les femmes d'Isis ? Et d'ailleurs, pourquoi seulement les femmes ? Les hommes sont aussi nos fils, et nous sommes responsables de leur bien-être matériel et moral, sans parler de leur santé spirituelle. Si toutes les femmes et tous les hommes d'Isis choisissaient Mahala par acclamations, je n'aurais sans doute pas d'objection, quoique je ne sois pas sûre que les villageoises connaissent assez les problèmes qui se posent pour savoir laquelle de nous est la plus compétente pour les résoudre...

– Le Conseil doit décider, s'obstina Mahala. Elles représentent les femmes de leurs villages...

– Vraiment ? La charte du Conseil ne stipule nulle part que les femmes des villages aient chargé les Conseillères de choisir la Grande Matriarche ; et c'est fort heureux.

Elle parcourut du regard le cercle du Conseil et reprit :

– Je ne suis ni inflexible ni affamée de pouvoir, quoique je ne puisse pas en dire autant de ma sœur et rivale. Mais si toutes les Conseillères ici présentes me déclarent incompétente et choisissent Mahala, je me retirerai.

– Non, dit une Conseillère.

– J'exige un choix à la majorité, s'entêta Mahala.

Vaniya branla du chef en soupirant.

– C'est une tyrannie inventée par les mondes des hommes, Mahala, selon laquelle une majorité impose sa volonté à une minorité plus faible par définition. Si tu peux persuader la majorité d'accepter ton point de vue, cela signifie-t-il que ce point de vue est le bon, ou simplement que tu es plus persuasive ? Désires-tu miner les fondements éthiques du Matriarcat, ma sœur ?

Mahala répondit, inflexible :

– Je ne trouve pas bon que notre Grande Matriarche continue à être choisie selon un rituel superstitieux auquel aucune femme sensée d'Isis ne croit plus.

– Je crois être une femme sensée, dit Vaniya en souriant. Viendras-tu à Nous-Fûmes-Guidées avec moi pour constater ce que te disent tes sens ?

– En ce domaine, je ne fais pas confiance à mes sens.

– Alors, en quoi as-tu confiance ? demanda Vaniya.

La question n'était pas agressive, mais elle mit Mahala sur la défensive.

– J'ai confiance en la volonté des femmes d'Isis, dit-elle avec colère.

– Même de celles qui n'ont pas été entraînées à réfléchir à ces problèmes, parce qu'on leur a enseigné que nous voulons bien nous charger de cette responsabilité ? Si elles avaient été formées dès l'enfance à assumer une part de ce fardeau, peut-être... mais ce n'est pas le cas. Et je ne le déposerai pas tant que je ne serai pas assurée qu'elles peuvent et veulent l'assumer.

Une Conseillère dit avec calme :

– Nous pourrions continuer à discuter de la question pour le reste de la saison sans rien faire d'autre. Comment résoudre ce problème ? Nous avons toujours pris nos décisions conformément à la coutume et à la tradition ; selon cette méthode, nous n'avons d'autre choix que de nommer Vaniya Grande Matriarche.

Elle leva la main pour imposer le silence à Mahala qui ouvrait la bouche pour protester.

– Non, attends. Mahala aussi a la justice de son côté. Si une grande partie des femmes instruites n'a plus confiance en nos traditions, elles ne sont plus un guide sûr pour notre jugement. Une coutume n'en est plus une quand seul le petit nombre l'accepte. Pourtant, la fête va commencer ; la cité est pleine d'hommes et de femmes qui s'apprêtent à visiter la mer ; et pendant que nous débattons du choix d'une mère pour nos femmes et aussi pour nos hommes, notre peuple reste orphelin. Nous ne pouvons pas accepter le gouvernement de Vaniya si Mahala refuse de lui jurer fidélité, même si ces objets ne servent plus de base à notre choix, dit-elle, les ramassant avec révérence pour les remettre pieusement dans le coffre. Et nous ne pouvons pas accepter le gouvernement de Mahala à moins que Vaniya ne renonce à ses droits et ne lui jure fidélité.

Vaniya secoua lentement la tête.

– Je ne peux pas accepter une décision qui viole ma conscience et les fondements éthiques du Matriarcat. Je ne peux pas être d'accord tant que nous n'aurons pas pris une décision qui satisfasse la conscience de toutes les femmes ici présentes, dit-elle, les regardant l'une après l'autre, et qui ne viole pas la conscience de toutes les absentes.

Mahala eut un sourire félin.

– Et pendant que nous attendrons l'issue de cent mille débats de conscience, nous commencerons la fête sans mère, et toutes les affaires courantes de la cité et de la planète devront attendre la décision de ces centaines de milliers de consciences individuelles ?

C'était le vieux débat entre la règle de la majorité, la tyrannie et l'anarchie, pensa Cendri, la lutte éternelle entre l'efficacité et la liberté personnelle. La plupart des sociétés sacrifiaient un peu de l'une et de l'autre et choisissaient une forme ou une autre de démocratie participative. Les tyrans sacrifiaient la liberté individuelle, les anarchistes sacrifiaient l'efficacité. Chaque forme de gouvernement avait son prix.

Mais les gouvernements changent, et celui-là, après une longue période d'immobilisme, semblait sur la voie du changement, en vue de plus d'efficacité – ou étaient-ce seulement Mahala et un petit groupe de ses amies qui changeaient ?

– Je ne crois pas que les problèmes de notre commerce et de notre industrie aient besoin d'être réglés du jour au lendemain, dit Vaniya avec calme. L'Unité existe depuis des siècles, et elle sera encore là la saison prochaine et la prochaine Longue Année. Inutile de prendre une décision hâtive qu'il faudra modifier quand l'émoi sera retombé. Pour le moment, je propose que ma sœur et moi continuions à assumer nos charges de Pro-Matriarches, comme nous l'avons fait depuis la maladie de Rezali.

– Mais la fête ! Les hommes resteront-ils sans mère à notre plus grande fête religieuse ? dit une Conseillère.

– Puisque Mahala pense que notre foi n'est qu'une superstition, dit Vaniya, elle n'aura peut-être pas d'objection à ce que j'officie cette année à la fête ?

Mahala haussa les épaules et dit :

– En fait, c'est la partie des devoirs de Grande Matriarche que je serais prête à céder à une femme qui y croirait. Si l'on me choisit pour Grande Matriarche, mon premier acte sera de désigner une Grande Prêtresse pour s'occuper de ces questions, afin que je puisse consacrer mon temps aux affaires de l'Etat. Je délègue volontiers cette charge à ma consœur pour le moment.

Vaniya répondit, tout aussi calme :

– Ce désir de séparer ces deux fonctions est la principale raison pour laquelle je ne peux pas t'accepter comme Grande Matriarche, ma sœur. Mais puisque je suis convaincue que les femmes d'Isis finiront par reconnaître mes droits, je considère de mon devoir d'assumer cette partie de la fonction pour la fête. Etes-vous toutes d'accord ?

L'une après l'autre, les Conseillères acquiescèrent jusqu'à la dernière qui dit :

– Il doit être parfaitement clair que la succession n'est pas réglée ! Le fait que Vaniya officie à la fête portera sans doute préjudice aux droits de Mahala à la succession.

Vaniya fronça les sourcils et répondit :

– Eh bien, j'officierai en qualité de Pro-Matriarche, et non de Grande Matriarche. Cela te convient-il ?

Mahala éclata de rire et dit :

– Crois-tu vraiment que les femmes et la cité, et les hommes qui arrivent par centaines pour visiter la mer, crois-tu vraiment qu'ils se soucient des cérémonies du Temple ? Tu sais aussi bien que moi ce qui les intéresse, Vaniya, et j'espère voir le jour où la fête sera dépouillée de toutes ces momeries, et réduite à son rôle social essentiel.

– Comme dans les mondes des hommes, Mahala ? demanda Vaniya, suave.

Mahala eut un rire cassant comme le verre.

– Je ne crois pas, dit-elle, comme tu le penses apparemment, Vaniya, que les mondes des hommes de l'Unité aient le monopole du bon sens, ou que les femmes d'Isis ne puissent pas avoir autant d'esprit pratique qu'eux.

Vaniya se leva pour partir. Elle s'approcha de Mahala, lui posa les mains sur les épaules et dit avec douceur :

– Et quand nous en serons là, Mahala, quand nous aurons dépouillé notre société de tout ce qui ne contribue pas à notre bien-être matériel et social, quand nous aurons mis au pinacle le bon sens et la vie pratique, alors, ma chère sœur et consœur, qu'est-ce qui nous différenciera des mondes où gouvernent les hommes ?

Mahala battit des paupières sans répondre. Vaniya baissa les bras et sortit, sous le regard fixe de l'autre Pro-Matriarche.

XI

Les cérémonies s'étaient déroulées pendant tout le long jour d'Isis. Cendri y avait assisté dans le grand hall de la Résidence de la Grande Matriarche, où les femmes décoraient de fleurs les effigies des anciennes Matriarches. Puis elle s'était promenée dans les rues d'Ariane où, pour la première fois depuis son arrivée, les hommes se mêlaient aux femmes dans la foule de plus en plus excitée à mesure que la journée s'avançait.

Audacieuse, elle avait suspendu à son cou son enregistreur vocal, regrettant de ne pas faire de vidéos des cérémonies, afin de les visionner et analyser plus tard à loisir. Elle vit très souvent les hommes échanger le signe de reconnaissance « Nous ne sommes pas nés dans les chaînes », mais elle fut sans doute la seule femme à le remarquer. Sur Isis, les hommes avaient si peu d'importance que les femmes ne voyaient pas ce qu'ils faisaient sauf s'ils s'adressaient directement à elles. Elles revinrent à la Résidence tard dans l'après-midi, et Miranda prit quelques minutes pour parler avec Cendri.

– Tu vas te joindre à nous pour la fête ? C'est bien ce que je pensais. Quand les hommes pêcheront à la lance, aie une petite pensée pour moi... J'ai des remords de garder la sage-femme à la maison. Elle dit que je peux accoucher ce soir, mais voilà une lune qu'elle me répète tous les jours la même chose, et je continue à me traîner comme une âme en peine. Il me tarde que ce soit fini, soupira-t-elle. J'étais sûre que j'aurais ma fille dans les bras pour la fête.

– Tu seras donc seule avec la sage-femme, Miranda ? Je resterai pour te tenir compagnie, si tu veux...

– Non, non, mon amie, dit Miranda en riant. Il y aura ici un grand dîner pour les enfants trop jeunes pour visiter la mer, pour les femmes-par-courtoisie comme Maret, pour les Compagnons... et pour les femmes enceintes comme moi, trop avancées dans leur grossesse pour passer la nuit sur le rivage. Nous partagerons la fête des enfants et passerons une joyeuse soirée en l'absence des autres femmes.

Elle sourit, hésita, puis ajouta :

– Rhu m'a promis de rester près de moi pour que je ne me sente pas seule – Cendri, il n'y a qu'à toi que je peux dire ça sans être prise pour une folle...

Cendri lui pressa la main sans répondre. La situation de son amie lui paraissait parfaitement normale ; mais dans la société de Miranda, le fait qu'elle puisse préférer la compagnie d'un homme à celle d'une femme était considéré comme une sorte de folie. Ce soir, Cendri saurait enfin ce qu'étaient ici des rapports normaux entre les sexes, et qui commençaient par le curieux rituel qu'elles appelaient « visiter la mer ». Le matin, elle avait entendu une sorte de sermon, rappelant aux femmes rassemblées sur la place devant la Résidence que la vie vient de la mer et qu'elles devaient y retourner pour lui rendre hommage.

Pour la fête, toutes les femmes de la maison s'étaient parées de longues robes brodées de poissons et de fleurs. Miranda avait prêté à Cendri l'une des siennes, et, en la revêtant, elle se demanda ce qu'elle allait voir. Est-ce que les hommes raccompagnaient les femmes chez elles à l'aube, ce qui aurait expliqué pourquoi les compagnons ne visitaient pas la mer comme les autres hommes. Si elles pratiquaient une sorte de mariage par visitation – qui existait dans un certain nombre de sociétés – il aurait semblé plus rationnel que tous les hommes participent à cette bénédiction de leurs rituels d'accouplement – mais la société d'Isis n'était pas rationnelle.

– Je n'ose pas emporter un enregistreur visuel, dit-elle à Dal. Si Laurina ne savait pas ce que c'est, j'aurais pris le risque ; mais Laurina en a déjà vu.

Dal la prit dans ses bras en disant :

– Je sais que c'est très important pour toi, Cendri, d'être invitée à leur plus grande fête. Je ne sais pas grand-chose en anthropologie, et ça ne me manque pas, mais j'espère que tu découvriras tout ce que tu veux savoir.

Elle le serra dans ses bras. Ça devenait si rare qu'ils communiquent ainsi, sans se chamailler et se quereller. Cette planète a une mauvaise influence sur nous, pensa-t-elle. Etait-ce simplement le choc culturel, ou le stress de vivre dans un monde où il était la propriété de sa femme ?

– Je suis désolée que la fête interrompe ton travail, Dal, dit-elle.

Il sourit en lui tapotant la joue.

– Oh, ne t'inquiète pas ; j'ai des jours et des jours de travail rien que pour mettre de l'ordre dans ce que nous avons fait. Les choses se calmeront après la fête et nous reprendrons nos travaux. Tu as remarqué comme les hommes me dévisageaient aujourd'hui ? Certains du même air que Laurina te regarde : l'adoration du héros ! Je suppose que je suis pour eux un être de légende : un mâle libre ! J'ai beaucoup bavardé avec Rhu. Il se sent inférieur, le pauvre gosse, juste parce qu'il n'est pas du genre athlétique. Bon sang, avec son talent musical, il se sent coupable parce qu'il n'a pas pu participer aux épreuves sportives et gagner un prix pour Vaniya !

– Il m'a pourtant l'air assez vigoureux, remarqua Cendri. A l'évidence, il ne pourrait pas être boxeur ou lutteur, mais je crois qu'il ferait un assez bon coureur.

Dal secoua la tête.

– Il dit qu'il a été malade quand il était petit et qu'il ne s'en est jamais vraiment remis. C'est pour ça qu'on lui a permis de cultiver ses dons musicaux. J'ai l'impression que c'est une faiblesse cardiaque, ou un rhumatisme articulaire. C'est choquant de ne pas opérer dans un cas pareil, mais je suppose que ça ne fait pas partie de leur éthique sociale. Autrefois c'était comme ça sur Pionnier, avec beaucoup d'insistance sur la survie du plus apte. Mon propre grand-père n'a jamais pu digérer le fait que je veuille être archéologue. Et le choc l'aurait tué si j'avais voulu être peintre ou musicien ! Dans notre famille, tous les hommes étaient ingénieurs spatiaux ; c'était leur idée d'un travail d'homme. Je comprends ça sur Pionnier, mais c'est bizarre de retrouver la même chose ici.

– La première Grande Matriarche était une femme de Pionnier, il y a plusieurs siècles, dit Cendri.

– Vraiment ? dit-il, haussant les sourcils en souriant. J'ai pas mal lu sur la situation des femmes de Pionnier à l'époque et ça ne m'étonne pas que la révolte des femmes ait commencé là-bas, ni que leur société soit persuadée que, dès que les hommes dominent, les femmes son opprimées. Mais elles ne réalisent pas que les sociétés d'hommes ont changé aussi.

Il regarda par la fenêtre et ajouta :

– Chérie, il y a des tas de femmes rassemblées sur la pelouse. Tu ferais bien de descendre.

Elle hésita une minute, blottie dans ses bras, répugnant à interrompre ce moment de compréhension et d'affection.

– Ça ne te fait vraiment rien de rester seul ?

– Pas quand tu es dans un groupe de femmes

comme celles-là ! dit-il en riant. Laurina te regarde comme une héroïne, mais tu l'impressionnes trop pour qu'elle te fasse des... des avances. Et je doute que tu sois tentée par des petites filles dans son genre ! Descends vite et amuse-toi bien, ma chérie. J'ai cru comprendre que les enfants auront leur propre fête, et peut-être que Rhu chantera pour nous, ou Miranda. A moins qu'ils ne célèbrent leur fête ensemble quelque part ! ajouta-t-il avec un grand sourire.

Ce n'était pas à elle de trahir le secret de Miranda.

– Peut-être, dit-elle, montant sur la pointe des pieds pour l'embrasser. Bonne nuit. Je rentrerai sans doute tard.

Les femmes s'assemblaient sur les pelouses devant la Résidence, vêtues de robes brodées de fleurs, de poissons et de créatures marines. Laurina se précipita vers elle et la prit par la main.

– Ta robe est ravissante... oh, elle est à Miranda ? Viens, le soleil décline ; nous devons arriver avant le lever de la lune car je veux assister à la pêche à la lance.

Le soleil toucha l'horizon. Descendant vers le rivage, elles virent de grands feux allumés tout le long de la plage, et des silhouettes sombres groupées au bord de la mer, dont la marée montait vers la ligne des hautes eaux. De plus près, elle vit que c'étaient des hommes, dont les jambes et les bras trempés luisaient au clair de lune. Quelques-uns portaient des pagnes, mais la plupart étaient complètement nus, à part les sandales en plastique qui protégeaient leurs pieds des roches coupantes. Comme elle les observait, l'un d'eux – elle était presque sûre de l'avoir vu quelques jours plus tôt dans l'arène, se rengorgeant et se pavanant après un match de lutte – prit une longue lance. La lueur des feux se refléta sur la longue pointe barbelée. Il abaissa un masque sur son visage, entra dans les vagues en courant, et, quand il eut de l'eau jusqu'à la poitrine, il plongea. D'autres le poursuivirent, et l'eau fut bientôt pleine de corps tressautants. Laurina conduisit Cendri à un feu où des femmes, assises en silence, observaient les hommes. Cendri se rappela ce que Miranda lui avait dit de la pêche à la lance au village des pêcheuses de perles – *le sang ne doit pas être répandu dans Ses eaux sacrées...* mais, à l'évidence, les tabous pouvaient être violés le jour de la fête. Devaient être violés.

Pendant longtemps, les formes sombres plongèrent, pataugèrent, barbotèrent, sortant de l'eau pour jeter sur la plage les poissons aux écailles scintillantes bleu argenté, dont l'éclat se ternissait lentement. Les femmes vidaient et écaillaient les poissons, puis elles les enveloppaient dans des feuilles parfumées et les enfouissaient sous les braises des feux mourants. Au bout d'un moment, l'odeur des poissons se mêla à celles de la fumée et des herbes aromatiqucs. La grande lune flottait, énorme et dorée, au-dessus des vagues, traçant sur l'eau une large allée de lumière. La mer reflua, découvrant le sable humide et luisant; la petite lune flottait au zénith, sa face argentée doucement ombrée.

Les femmes regardèrent les hommes sortir de l'eau, leurs pointes de lances étincelant au clair de lune. Elles se mirent à chanter; cela ressemblait à un hymne, se dit Cendri, mais plein de mots archaïques en un dialecte qu'elle comprenait imparfaitement de sorte qu'elle ne put traduire que le refrain :

« Torturante est la nature de l'amour... »

Quelqu'un lui mit dans les mains une assiettée de poisson, qu'elle mangea, comme les autres, avec ses doigts. Les hommes ne les rejoignirent pas près du feu. Pique-nique au clair de lune... étrange pour un rituel d'accouplement ou de fertilité... mais peut-être pas si étrange après tout, avec les feux, le ressac, et les visages solennels des hommes luisant au clair de lune. Les flammes s'éteignirent, et les femmes resserrèrent leur cercle autour des braises. Cendri somnolait, mais sentait autour d'elle le silence d'une attente impatiente. Et maintenant ? Les lunes, haut dans le ciel, se rapprochaient de plus en plus.

Puis elle les vit approcher, en une longue file solennelle montant du rivage. Cendri entendit une femme – très jeune à en juger par le son – pouffer nerveusement, et une autre la réprimander à voix basse. Puis Laurina lui saisit le bras, d'une main crispée. Et soudain, Cendri comprit.

C'est donc ainsi que les femmes et les hommes s'unissent. Solennellement, au clair de lune, rituellement, ils « visitent la mer ». Elle aurait dû s'en douter. Les plaisanteries de Miranda sur les repas de poisson. Et maintenant elle était là, participant à la cérémonie. Quelque chose en elle s'affola, la poussant à partir ; elle ne pouvait pas prendre part à cela, elle ne pouvait pas... et pourtant, une autre partie d'elle-même était excitée et exaltée, voulait rester jusqu'à la fin, sachant qu'elle ne pouvait plus quitter les femmes d'Isis, rassemblées pour leur rituel saisonnier d'accouplement. Une pensée vagabonde effleura son esprit, *je suis anthropologue, je voulais étudier leurs coutumes*, puis, avec une hilarité secrète *c'est ce qu'on appelle l'observation participative.*

Soudain, les formes mâles se dressèrent au-dessus d'elles. Cendri se raidit, s'exhortant à ne pas paniquer, à supporter l'expérience avec calme ; les anthropologues étudiant des cultures planétaires affrontaient souvent des situations plus étranges ; son propre Mentor, quand il étudiait les Koridorni, s'était retrouvé en train de participer à leur cannibalisme rituel...

Un homme était agenouillé devant elle, le visage indistinct dans la pénombre. Il parla d'une voix rauque et hésitante, et Cendri en conclut qu'il devait être très jeune.

– Au nom de la Déesse qui nous a priés de visiter la mer...

Cendri se dit qu'il y avait sans doute une réponse rituelle, mais elle ne la connaissait pas. Cela semblait sans importance. Il la prit dans ses bras et l'allongea doucement sur le sable frais.

Elle avait attendu et craint quelque chose de froid et impersonnel, d'une brutalité rituelle comme le viol, et elle s'y était préparée. Ses préjugés s'évanouirent devant la douceur de l'homme dont elle ne vit jamais le visage. Ses mains étaient maladroites, mais tendres ; son corps contre le sien était tiède et attrayant. Ses craintes disparurent. Elle l'accueillit en elle et se donna à la nuit et à ses sons mélodieux. Laurina était près d'elle à la toucher, et elle entendait les bruits et sentait les mouvements de ses ébats amoureux, mais cela paraissait sans importance.

Une petite part d'elle-même était stupéfaite et honteuse. Avant Dal, elle avait eu un ou deux amants, venant tous deux de sociétés monogames, mais depuis son mariage elle était restée fidèle, sans désirer ni remarquer sérieusement aucun autre homme. Elle pensa à Dal, presque avec regret, mais, à un niveau plus profond, elle désirait cette expérience et l'acceptait.

Enfin, il se retira, mais continua à la tenir au creux de son bras, lui caressant doucement les cheveux et les seins.

– Je m'appelle Yan, murmura-t-il. Puis-je connaître votre nom pour le garder dans ma mémoire comme un trésor quand je serai rentré à la Maison des Hommes ?

Cendri allait lui dire son nom, puis se rappelant que tous les noms féminins avaient ici trois syllabes, rectifia :

– Cendriya.

Il le répéta en un souffle.

– C'est ravissant et étrange. J'en chérirai le souvenir.

Il lui mit quelque chose dans la main ; c'était une chaîne de cuir repoussé. Ceinture ? Serre-tête ?

– Mon cadeau pour vous, murmura-t-il, et il disparut.

Un *don de la mer*. C'est pour un tel don que Miranda avait fait passer la magnifique perle de Rhu. Puis elle vit devant elle une autre forme agenouillée qui murmura :

– Au nom de la Déesse qui nous a priés de visiter la mer...

Au cours de cette longue nuit, après le quatrième, elle cessa de compter les hommes qui sortaient silencieusement de l'ombre en murmurant la salutation rituelle. Après l'amour, il y avait toujours le solennel échange des noms, et l'offrande d'un cadeau : un collier de coquillages, un petit bijou – elle ne vit pas ce que c'était dans le noir – attaché à une fine chaîne, une petite sculpture en nacre polie ; un autre, à peine sorti de l'enfance, lui donna une guirlande de rubans, gagnée dans l'arène, lui dit-il, lors de la course des adolescents. Certains la quittèrent rapidement après l'échange des noms, d'autres s'attardèrent un moment, la serrant tendrement dans leurs bras ; un ou deux bavardèrent un peu. Un homme lui dit qu'il travaillait à la digue du delta, et qu'il était le chef d'un groupe de douze. Troublé et angoissé, il lui parla d'un camarade qui avait eu le pied écrasé dans un glissement de terrain et n'avait pas pu venir à la fête.

– Nous nous étions promis de venir ensemble, dit-il, au bord des larmes.

Et Cendri ne sut quoi dire pour le consoler. Troublée, elle se demanda si les hommes avaient des partenaires-de – vie, comme les femmes, et elle conclut que non ; la construction du nid était un instinct de femmes. Mais ils forgeaient sans doute entre eux des liens étroits et durables.

Un autre, le jeune garçon qui lui donna son prix du stade, pleura un moment sur son sein, disant qu'elle lui rappelait sa mère, et qu'il n'était à la Maison des Hommes que depuis quelques mois.

Cendri trouva que c'était un compliment bizarre, jusqu'au moment où elle se rappela la chanson de Rhu :

Je n'ai pas ma place au Paradis.
Deux fois j'ai goûté le bonheur
Et deux fois il me fut ravi ;
D'abord quand j'ai quitté le ventre de ma Mère
Puis quand de sa maison je fus chassé...

Ici, peut-être l'image de la mère était-elle profondément enracinée et même indéracinable ; tout contact avec une femme rappelait le souvenir du paradis perdu, et tout contact avec une femmes devenait une recherche de la mère. Et effectivement, dans une société où il était impossible de savoir quel homme avait engendré un enfant – elle comprenait maintenant que sa question ait désorienté Miranda – il n'existait pas de liens familiaux, sauf avec la Mère. Et rien n'empêchait un fils adulte de s'unir à elle en cette fête rituelle... l'inceste n'était pas l'objet d'un tabou. Elle berça dans ses bras le garçon sanglotant, et, étrangement, pensa qu'elle aimerait quelque jour avoir un enfant à bercer... il se calma enfin, et se mit à lui baiser les seins d'une façon qui n'avait rien de filial.

Enfin, les premières lueurs de l'aube pâlirent le ciel ; Cendri vit clairement le visage du dernier homme qui vint à elle ; ce fut le seul qui ne s'attarda pas pour lui demander son nom ; il lui mit simplement un magnifique coquillage dans la main, lui donna un long et tendre baiser, et disparut vivement. Les hommes se regroupèrent silencieusement sur le rivage, reprirent leurs masques et leurs lances, et se fondirent dans le soleil levant.

Cendri resta allongée sur le sable, écoutant la marée qui montait. Les femmes se rassemblèrent autour des foyers éteints. Cendri sentit les bras de Laurina se refermer autour d'elle, son visage tout près du sien, et, pour quelque étrange raison, elle eut envie de pleurer. Autour d'elle, les femmes s'enlaçaient, s'étreignaient, se blottissaient les unes contre les autres, et Cendri comprit que cela faisait aussi partie du rituel, réaffirmant qu'après la nécessité de l'accouplement, les liens les plus vrais et les plus profonds des femmes d'Isis étaient ceux qu'elles entretenaint les unes envers les autres.

Laurina, le visage collé contre le sien, murmura :

– J'espère avoir un bébé cette fois... je suis rentrée vide la dernière fois, ça m'a brisé le cœur... ma fille a déjà dix ans et j'ai tellement envie d'un petit...

Cendri la serra contre elle en murmurant :

– J'espère que tu en auras un, si tel est ton désir.

Curieusement, elle se surprit à désirer brièvement d'être enceinte. C'était impossible, naturellement. Quand elle et Dal avaient décidé de ne pas avoir d'enfants tout de suite, ils avaient suivi un traitement pour abolir leur fertilité pendant un certain temps. Comme ils étaient monogames, Dal avait offert de se faire stériliser temporairement pour lui épargner les effets secondaires du traitement, mais elle avait choisi de le partager avec lui. Dal en avait été assez mécontent, car, sur Pionnier, les hommes trouvaient normal d'être les gardiens de la fertilité de leur femme, mais il avait accepté, sachant que ce n'était pas la coutume sur le monde de Cendri.

Et s'il ne lui avait pas reconnu ce droit d'être responsable de sa propre fertilité, elle aurait été maintenant vulnérable à une grossesse. Ainsi, en lui laissant le choix de sa décision, Dal s'était épargné une humiliation possible ; en se mariant, ils étaient convenus qu'elle ne porterait aucun enfant qu'il n'ait pas engendré. Pourrait-elle jamais raconter à Dal ce qui s'était passé cette nuit-là ?

Elle ne protesta pas quand Laurina l'enlaça étroitement et lui donna un baiser d'amante. Elle avait été trop surprise et secouée par l'étrangeté de ces ébats sur le sable pour y prendre le plaisir qu'elle trouvait généralement à faire l'amour. Étonnée et un peu honteuse, elle découvrit que les caresses de Laurina la détendaient après l'appréhension et la tension de la nuit. En un élan de tendresse, elle se surprit à les rendre, prenant un curieux plaisir à sentir Laurina gémir et trembler sous ses mains.

Dal, pensa-t-elle avec remords, trouverait cela pire que d'avoir fait l'amour avec douze ou treize hommes pendant la nuit. Mais elle ne s'en souciait plus. Sa dernière pensée consciente fut : *Pourquoi me soucier de ce que pense un homme ?* tout en s'étonnant vaguement de le penser. Puis elle s'endormit dans les bras de Laurina.

XII

Le soleil était haut dans le ciel quand elle s'éveilla. Autour d'elle, les femmes se réveillaient lentement, rassemblaient leurs cadeaux qu'elles cachaient dans les plis de leurs robes, et repartaient chez elles. Cendri, assise dans le sable, les observa un moment, branlant du chef d'étonnement, réalisant à peine qu'elle avait participé au rituel. Près d'elle, Laurina dit doucement :

– Je dois retourner dans la cité m'occuper de ma fille ; elle est encore un ou deux ans trop jeune pour la fête. Auras-tu besoin de moi aujourd'hui à Nous-Fûmes-Guidées, Dame Savante ?

Sachant pourquoi Laurina avait parlé cérémonieusement, Cendri sourit et lui tapota la main, rassurante.

– Pas aujourd'hui, dit-elle. J'ai besoin de dormir. A demain, Laurina.

Autour d'elle, les femmes de la maison de Vaniya remontaient la plage. Cendri se joignit à elles, s'apercevant que sa robe était sale, fripée et couverte de sable. Elle avait envie de prendre un bain et de dormir toute la journée. Il était encore très tôt ; il n'y avait personne dans le grand hall, à part quelques petits enfants, et Miranda qui, assise par terre en tailleur, peignait sans entrain des fleurs et des poissons sur un paravent.

– J'espérais que ton enfant naîtrait la nuit dernière, Miranda, dit Cendri.

– Je l'ai cru un moment aussi, soupira Miranda, mais c'était encore une fausse alerte. C'était la même chose avec mon premier enfant : une fausse alerte par jour pendant vingt ou trente jours.

Cendri ne savait même pas que Miranda avait un autre enfant, tant on parlait de cette fillette à naître qui devait être l'héritière de Vaniya. Cendri lui en fit la remarque.

– Ce n'était qu'un mâle ; Lialla s'en occupe la plupart du temps, car elle semble être stérile, et Zamila n'a pas de filles non plus. Mais Maret a prédit que ce serait une fille cette fois-ci. La sage-femme est furieuse d'avoir manqué la fête pour rien, soupira-t-elle une fois de plus. Et elle n'a même pas bu beaucoup pendant la soirée pensant qu'elle aurait à travailler plus tard. Rhu boude – nous avons un proverbe qui dit « Grincheux comme un Compagnon un lendemain de fête ». Va te coucher, Cendri, je ne suis pas de bonne compagnie ce matin !

Elle rit, comme se moquant d'elle-même, mais elle avait les traits tirés et semblait épuisée.

– Il est joli le paravent que tu peins, dit Cendri.

Miranda fronça les sourcils, presque avec colère.

– Ces travaux d'enfants ne sont bons qu'à passer le temps, mais je ne suis pas autorisée à faire quelque chose de plus pénible !

Un petit enfant courut à elle, entortillé dans une couche trempée, et Miranda le prit dans ses bras, se releva, d'assez mauvaise humeur, et l'emmena pour le changer.

Cendri monta dans sa chambre, exténuée, toute l'excitation de la nuit retombée. Dal dormait dans le coin capitonné ; Cendri rangea sa petite pile de cadeaux dans un bagage personnel, sans les regarder. Un jour, elle le savait, elle les ressortirait pour les examiner, les étudier scientifiquement, déterminer la signification psychologique qu'ils avaient pour les hommes qui les donnaient et les femmes qui les recevaient, mais pour le moment elle était encore trop émue pour prendre du recul, et elle savait qu'elle ne les regarderait pas pendant très, très longtemps.

Elle fut tentée de se jeter près de Dal et de se rendormir immédiatement, mais sa robe était si sale qu'elle voulut d'abord l'ôter, et après elle eut envie de se laver pour se débarrasser du sable et des algues. Elle était toujours sous la douche quand Dal entra dans la salle de bains.

– Comment était-elle, cette fête ? Intéressante ?

Elle feignit de ne pas l'entendre sous le jet, et continua à se savonner soigneusement les cheveux, se délectant du luxe de l'installation. Quand elle sortit de la cabine et passa une robe de chambre, il répéta sa question, et elle s'aperçut qu'elle répugnait à en parler. Elle se contenta de hausser les épaules.

– Assez remarquable. Mais je sais que tu ne t'intéresses pas à l'anthropologie, alors je ne t'ennuierai pas à te la raconter. Il y a eu une pêche à la lance, uniquement autorisée les jours de fête, puis on a fait cuire le poisson et on l'a mangé au clair de lune.

Il fronça les sourcils.

– Rhu a fait allusion en passant à une sorte de rituel de fertilité. Tu n'y as pas participé, au moins ?

Elle repensa au proverbe cité par Miranda : « Grincheux comme un Compagnon un lendemain de fête. » Elle eut soudain envie de tout dire à Dal, de partager son expérience ; mais c'était un homme de Pionnier ; il ne comprendrait jamais ce qu'elle avait ressenti, il verrait seulement qu'elle lui avait été infidèle. Elle savait qu'il aurait pu tolérer une liaison profondément émotionnelle, comme il lui aurait demandé de tolérer de sa part une authentique histoire d'amour, mais qu'il n'aurait jamais compris cette sexualité simple et anonyme.

Il remarqua qu'elle n'avait pas répondu et il se rembrunit encore.

– Raconte-moi, Cendri ! Les rituels de fertilité des planètes arriérées sont toujours indécents ! Si tu n'en as pas honte, pourquoi n'en parles-tu pas ?

Elle fut prise d'une colère soudaine.

– Parce que je sais parfaitement que tu ne comprendrais pas ! explosa-t-elle. Tu ne m'as pas caché que tu considères ces cérémonies comme des coutumes naïves, absurdes et superstitieuses ! Je ne vais pas te les détailler pour que tu les ridiculises !

– Cendri, nous nous sommes promis de partager tous nos travaux...

– Partager, mon œil ! dit-elle, vraiment furieuse maintenant. Ce que tu appelles partager, c'est me dire ce que je dois faire et nous le faisons ensemble ! Enfin, si tu en as envie ! Tu ne veux pas me dire un mot de ce que tu fais avec les hommes, et chaque fois que je te le demande, tu me dis que ça ne me regarde pas, que je ne dois pas m'en mêler. Tu refuses de me parler de ce que vous faites. Comment oses-tu questionner mon travail parmi les femmes ?

– Cendri, dit-il avec calme, si je ne te dis rien de mon travail parmi les hommes, c'est pour te protéger. Tu devines sans doute que ce pourrait être dangereux.

– Et voilà pour le partage ! lança-t-elle, étonnée de ce qui remontait des profondeurs. Si tu me considérais vraiment comme ton égale, Dal, et pas simplement comme un... un pion, un prête-nom, tu serais prêt à partager avec moi les risques aussi bien que les triomphes ! La vraie raison pour laquelle tu ne m'en parles pas, c'est que tu sais que c'est illégal ! Essaies-tu de provoquer une guerre civile sur ce monde ?

– Cela montre seulement que tu ne comprendrais pas.

– Où est ton intégrité de scientifique d'Université ? L'une des raisons pour lesquelles les Savants d'Université sont si considérés, c'est parce qu'ils se tiennent au-dessus des mesquines querelles politiques à l'intérieur de l'Unité...

– Nous sommes en dehors de l'Unité, Cendri. Comment peux-tu, toi spécialement, réprouver mon action politique alors que tu t'es alliée ouvertement avec Vaniya et son parti ? Si les Ruines de Nous-Fûmes-Guidées sont véritablement des ruines des Bâtisseurs... je crois que tu ne comprends même pas ce que ça signifie ! Réalises-tu que ce sont les artefacts les plus importants jamais découverts dans l'univers connu ? Il faut faire adhérer Isis à l'Unité par tous les moyens ! C'est la découverte scientifique de l'éon, tu ne le comprends donc pas ? Qu'est-ce que la politique du Matriarcat en regard de *ça* !

– Et tu détruirais toute la culture d'Isis pour tes maudites ruines, s'écria-t-elle, bouleversée. Rien que pour être l'homme qui les a ouvertes à l'Unité, rien que pour ton ambition personnelle !

– Et tu oses te croire une scientifique ! dit-il avec mépris. Je crois que tu ne t'intéresses même pas aux ruines.

Elle ne savait pas ce qu'elle allait dire avant de s'entendre déclarer :

– Pas de la même façon que toi, non, je m'en moque ! Tu n'en sais pas la moitié autant que moi sur les Ruines de Nous-Fûmes-Guidées, parce tu ne crois jamais en rien que tu ne puisses pas peser et mesurer ! Tu les considères comme une culture morte, tu laisserais tous les Savants, scientifiques et touristes idiots de l'Unité les envahir et les ravager juste par ambition personnelle. Je me moque des ruines, Dal, je m'intéresse à quelque chose de beaucoup plus important ! Et je ne suis pas d'accord avec une stupide idée d'homme sur ce qu'on devrait en faire ! Et maintenant, laisse-moi ! Je veux dormir !

– Cendri... supplia-t-il, troublé.

– Non, bon sang ! Sors de là, Dal, et laisse-moi seule.

Resserrant sa robe de chambre autour d'elle, elle se jeta sur les coussins et ferma les yeux. Dal s'agenouilla près d'elle en prononçant son nom, mais elle ne releva pas la tête et n'ouvrit pas les paupières. Ça lui avait semblé bon de lui dire ce qu'elle avait sur le cœur, pour une fois, de donner libre cours à l'hostilité qu'elle réprimait depuis leur arrivée, parce qu'il n'avait que mépris pour son travail et qu'il lui faisait payer toutes les petites humiliations que lui faisait subir la société d'Isis. Elle se sentait honnête et purifiée. Elle eut un instant de remords – n'avait-elle pas été trop dure avec lui ? Non, il avait bien mérité tout ce qu'elle lui avait dit, et elle n'allait pas tout gâcher en capitulant une fois de plus. *Grincheux comme un Compagnon un lendemain de fête.* C'était juste son orgueil masculin offensé. Il s'en remettrait, et de son côté, elle parlerait avec plus de modération. L'ignorant résolument, elle s'endormit.

Elle dormit pendant des heures et fut réveillée en sursaut par un paravent qui tomba près de son lit. Encore un séisme ? Entendant les enfants pleurer, elle enfila un peignoir à la hâte et descendit en courant. Mais il n'y avait aucun dégât à part les paravents renversés, alors elle remonta s'habiller. Le soir approchait. Dal n'était pas dans l'appartement. Eprouvant quelque remords au souvenir de ses dures paroles, elle résolut de le chercher, de lui dire tout ce qu'il voulait savoir sur la fête, et de régler leur différend à l'amiable. Mais il n'était nulle part dans la maison.

De toute façon, il était trop tard pour aller dans les ruines ce jour-là ; chez Vaniya, toutes les femmes s'affairaient à ranger la maison après la fête. Elle avait été stupide de ne pas tout partager avec lui. C'était un scientifique, pas un homme de Pionnier d'il y avait cinq générations ! Il aurait été contrarié qu'elle se soit mise dans cette situation sans savoir ce qui l'attendait, mais il aurait compris qu'elle ne pouvait pas se retirer, une fois engagée.

S'il était furieux, il était furieux ; ce qui était fait, était fait, et elle n'avait pas à craindre sa colère. Puis elle commença à s'inquiéter. Juste avant qu'elle le réduise au silence et le chasse dans la colère, il avait essayé de communiquer avec elle, de lui dire quelque chose. Ses remords, ou les questions qu'il posait sur la fête, l'avaient empêchée de remarquer qu'il avait abandonné ce sujet et avait tenté de lui dire autre chose. Mais quoi ? Commençait-elle vraiment à réagir comme les femmes d'Isis, et à penser que ce que disait un homme n'avait pas d'importance pour elle ? En tout cas, colère ou pas, malentendu ou pas, ils devaient parler sérieusement de ce qu'il faisait avec les hommes d'Isis. Ce pouvait être dangereux sur le plan personnel, et elle avait le devoir de partager les risques qu'il prenait.

Si elle l'avait écouté, encouragé à lui en dire plus dès le début... Son inquiétude s'accrut à mesure que se prolongeait l'absence de Dal. Il n'était nulle part dans la maison, il n'était pas sur la plage avec les serviteurs qui enlevaient les cendres des feux, et il n'était pas dans les ruines, car une servante de Vaniya lui dit que personne n'était entré à Nous-Fûmes-Guidées ce jour-là. Il n'assista pas non plus au dîner, et Vaniya sourit quand Cendri demanda si quelqu'un l'avait vu.

– Il se cache pour bouder, ma chérie, c'est certain. Mais tu ne l'as pas autorisé à quitter la propriété ? Notre Maison de Châtiment est à ta disposition si tu désires le discipliner, remarqua Vaniya.

Mais là où Vaniya ne voyait qu'une question de discipline, Cendri était profondément inquiète pour la sécurité de Dal. Son complot était-il découvert ? Etait-il quelque part en train d'encourager la révolte des hommes, et qu'est-ce qu'elles lui feraient quand il serait découvert ?

Ou – pis encore – s'était-il enfui pour conférer avec Mahala et adhérer à son parti ? Elle et Dal allaient-ils se retrouver dans des camps politiques opposés ? Cette idée la fit frissonner d'horreur. En leur qualité de scientifiques d'Université, elle et Dal étaient censés se tenir à l'écart de la politique locale. Dal avait déjà violé cette règle. Allait-elle la violer aussi ? Ou – Cendri avait été entraînée à une stricte honnêteté intellectuelle – l'avait-elle déjà violée, ou paru le faire, à cause de sa profonde affection pour Vaniya et Miranda ? Dal avait-il pris cela pour une sorte d'engagement politique ? Elle devait lui faire comprendre qu'il s'agissait de sentiments personnels...

Miranda n'assista pas au dîner non plus ; Lialla dit à Cendri qu'elle s'était couchée, veillée par la sage-femme...

– Mais je crois que c'est encore une fausse alerte, dit Lialla, résignée. Son premier enfant est né avec des jours et des jours de retard ; presque toutes celles qui sont tombées enceintes après la fête de l'hiver ont accouché, mais Miranda est toujours lente. Certaines femmes sont comme ça.

Le repas fut silencieux et même lugubre, toutes les femmes étant fatiguées par le manque de sommeil. Vaniya, irritée de ce silence, demanda à Rhu de chanter et il dit d'un ton morose qu'il avait mal à la gorge et que son *lyrik* était désaccordé.

– Toutefois, dit-il, voulant être agréable, je composerai un chant pour la naissance du bébé de Dame Miranda, puisqu'elle prend plaisir à mes humbles productions.

Il *l'aime* vraiment, pensa Cendri en le regardant, il s'inquiète pour elle, presque comme s'il était le père de l'enfant. Ou est-ce plutôt que *tout* ce qui concerne Miranda le touche et qu'il sait devoir le cacher ? Si, sur ce monde, l'amour romantique est une perversion pour les femmes, qu'est-ce que ce doit être pour les hommes ! Et s'apitoyant sur Rhu, elle savait qu'elle s'apitoyait aussi sur elle-même.

Dal ne rentra pas de la nuit. Cendri dormit mal, se réveillant souvent en croyant entendre son pas dans l'appartement, le moindre bruit dans la maison – un enfant qui pleurait, quelqu'un marchant au rez-de-chaussée – troublant son sommeil. Où était Dal ? Qu'était-il devenu ? Etait-il quelque part dans une Maison de Châtiment, ayant involontairement violé l'une des nombreuses règles imposées aux hommes sur ce monde ?

Bien avant l'aube, le sommeil la déserta définitivement. Elle s'assit près de la fenêtre, contemplant les ruines de Nous-Fûmes-Guidées, profondément troublée. Son insensibilité croissante aux besoins de Dal l'avait éloigné d'elle, et maintenant, où était-il ?

La société d'Isis l'avait-elle vraiment corrompue, comme Dal l'en accusait ? Non, pensa-t-elle ; pas vraiment. Le Matriarcat n'avait fait que donner forme et expression à une hostilité qui avait commencé bien avant son arrivée ici, elle le savait maintenant. Au ressentiment né de l'abandon de son ambition de devenir Dame Savante, par crainte de la jalousie de Dal, et du fait qu'elle s'était mise en congé après son mariage. Mais Dal ne lui avait rien demandé. C'est elle qui avait eu cette idée. Si Dal avait voulu une femme soumise, toutes les femmes de Pionnier entraînées à la soumission pendant des siècles et ne profitant pas encore complètement de leur liberté étaient à sa disposition. Mais c'était Cendri qu'il avait choisie.

Et quand il s'oublie, quand il retombe dans ses vieilles habitudes de Pionnier, c'est à moi de protester, au lieu de me soumettre, étouffant ma rancœur jusqu'à l'explosion inévitable. Je n'ai pas été honnête avec lui. Sommes-nous à jamais perdus l'un pour l'autre ? Quand le soleil se leva, rouge et noyé dans le brouillard, perçant les nuages comme un œil larmoyant, Cendri était épuisée et effrayée. Laurina arriva de bonne heure pour l'accompagner dans les ruines, mais à ce moment-là, Cendri avait compris ce qu'elle devait faire.

Elle parla à Laurina de la disparition de Dal.

– J'ai peur qu'ignorant les lois d'Isis, il ne se soit

mis en mauvaise posture et qu'il soit retenu dans une Maison de Châtiment. Tu fréquentes la faction de Mahala... elle a des rapports avec ton université, non ?

Laurina acquiesça, et Cendri reprit :

– Peux-tu découvrir ce qui lui est arrivé ?

– Je ferais bien davantage pour toi, Cendri, mais pourquoi est-ce si important ? dit Laurina, qui semblait un peu jalouse. Je suis là pour t'aider.

Pendant un moment, Cendri eut désespérément envie de dire la vérité. Elle était lasse de cette imposture, fatiguée de poser à la Dame Savante archéologue qui savait tout, tandis que Dal n'était que son humble assistant – mais la prudence l'emporta. Les paroles, une fois prononcées, ne peuvent pas être reprises. Et ces femmes d'Isis la mépriseraient-elles de n'être que l'assistante d'un homme ?

– L'aide de Dal m'est indispensable, dit-elle lentement. L'enseignement spécial qu'il a suivi à Université fait qu'il m'est impossible de travailler sans lui.

Laurina grimaça légèrement et répondit :

– Ce doit être dur pour les femmes d'Université, mais après tout, c'est un monde d'hommes. Très bien, Cendri, je vais me renseigner auprès de la faction de Mahala. Qu'est-ce qui te faire croire qu'il a pu les rejoindre ?

– L'un des hommes de Mahala, en tout cas, il portait sa marque tatouée sur le front, est venu parler à Dal en secret, confessa Cendri. Je l'ai mis en garde contre une conspiration avec les hommes, mais il n'a peut-être pas compris à quel point c'était sérieux.

C'étaient des demi-vérités ; Laurina ne comprenait pas ce qui se passait, mais elle partit quand même pour la cité.

Cendri était trop désemparée pour travailler. Le soir, elle se fit même excuser au dîner, sous prétexte qu'elle était souffrante. Elle passa la soirée à revoir ses notes sur les ruines, et à écrire, dans la langue indéchiffrable de son monde natal, tout ce dont elle se rappelait concernant la « visite de la mer », avant que le souvenir disparaisse de sa mémoire. Elle s'aperçut que cela lui permettait de contrôler et discipliner son esprit, mais elle ne s'épargna pas pour autant, notant même qu'elle avait sexuellement réagi aux caresses de Laurina après la cérémonie, et se forçant à mentionner qu'elle en avait honte. Et l'idée que la moralité sexuelle était une empreinte purement sociale ne la diminuait en rien, réalisa-t-elle. Après quoi, elle remarqua, avec une ironie amusée, que sa tentative de détachement clinique face à cette réaction lui avait donné une sérieuse migraine, et, pour la première fois depuis son arrivée sur Isis, elle prit un somnifère, préférant courir le risque de dormir pendant un tremblement de terre ou d'être difficile à réveiller au cas où l'on aurait des nouvelles de Dal, plutôt que de rester éveillée pendant des heures, à ruminer ses craintes et ses remords d'une part, et ses tentatives de distanciation scientifique de l'autre.

Le lendemain matin, Cendri resta couchée, et Laurina vint lui annoncer que, dans la mesure où elle avait pu enquêter, personne n'avait vu Dal chez Mahala.

– Il n'est pas dans leur Maison de Châtiment, ni caché dans leur Maison des Hommes, dit-elle. Une de mes anciennes camarades d'école en est la directrice, et je lui ai demandé d'organiser une fouille sous prétexte de rechercher des objets de contrebande interdits aux mâles. Il est donc certain qu'il ne s'y trouve pas.

Mais alors, où *était* Dal ? Maintenant, elle commençait à avoir vraiment peur. Tard dans la matinée, sachant qu'elle violait l'étiquette du Matriarcat, mais trop inquiète pour s'en soucier encore, elle alla chez Rhu. Pieds nus, en kilt dépenaillé et, pour une fois, sans maquillage, il cherchait des accord sur son *lyrik*. Travaillait-il à la chanson promise à Miranda ? Il avait l'air maussade, mais il s'inclina devant elle avec respect.

– En quoi puis-je servir la Dame Savante ?

– Mon Compagnon a disparu, dit-elle sans détours. Je ne crois pas qu'il soit parti volontairement. Il a peut-être violé une loi quelconque sans le vouloir et se trouve emprisonné quelque part. Peux-tu m'aider ?

Le visage de Rhu demeura fermé et indéchiffrable.

– Je peux vous dire une chose : il est parti volontairement. Pour le reste, vous ne pouvez pas me demander de trahir un frère mâle. Je sais que nos coutumes vous paraissent étranges, mais je ne peux pas vous en dire plus.

Elle le regarda, atterrée. Connaissant son secret et celui de Miranda, elle ne s'attendait pas à ce qu'il élève entre eux cette barrière. Désemparée, elle lui dit :

– Rhu, est-ce que je peux te parler simplement comme à un autre être humain, en égale ? Tu dois bien comprendre mon inquiétude pour Dal, qui est ton ami !

Rhu pinça les lèvres, amer.

– Aucune maîtresse ne peut parler en égale à un esclave. Je sais que vous voulez le protéger, mais c'est dans votre intérêt, vous voulez le retrouver pour qu'il devienne le même genre d'homme que moi. S'il s'est échappé pour trouver la liberté, bien que je ne puisse pas en faire autant, je m'en réjouis pour lui et je ne le trahirai jamais.

– Il était libre à Université, dit Cendri, choquée. Il est libre ici ; il sera de nouveau libre...

Rhu fit la grimace.

– L'auriez-vous ramené là-bas, Dame Savante, maintenant que vous avez goûté au plaisir de l'avoir comme objet, comme jouet pour vous divertir ? D'abord, j'ai cru que vos rapports étaient différents des nôtres. Maintenant – il haussa ses étroites épaules et poursuivit : je ne suis qu'un homme ; je ne peux pas vous en dire plus. Me ferez-vous torturer pour me faire avouer le peu que je sais ? Ce serait inutile. Il vous a peut-être dit que j'ai le cœur faible. Je pourrais mourir sous le fouet. Est-ce cela que vous voulez, Dame Savante ?

Traumatisée, Cendri tendit la main en un geste d'apaisement, et Rhu eut un mouvement de recul, qui la choqua plus que tout ce qu'il avait dit. *Exactement comme s'il craignait que je le frappe...*

– Non, Rhu, dit-elle, déglutissant avec effort. Pardonne-moi. J'ai peur de ce qui a pu lui arriver... si tu décides que je peux lui épargner le pire, je t'en supplie, préviens-moi...

Mais il avait le visage fermé, et elle le quitta, refoulant les larmes qui lui montaient aux yeux et l'étouffaient.

Que pouvait-elle faire ?

Plus tard dans la matinée, Lialla, la fille aînée de Vaniya, vint la trouver.

– Dame Savante, dit-elle, n'étant jamais parvenue à parler familièrement avec l'étrangère, ma sœur doit garder la chambre et demande à te voir.

Cendri était si préoccupée par l'absence prolongée de Dal qu'elle ne pensait pas être une compagnie distrayante pour une malade ; mais aux yeux de Lialla, son inquiétude pour un simple mâle ne serait pas une raison suffisante pour interférer avec ses devoirs d'amitié envers une femme, alors elle dissimula sa contrariété – *de toute façon, ça ne lui sert à rien que je rumine toute seule dans mon coin* – et elle se rendit à la chambre de Miranda.

– Vaniya exige que la sage-femme couche dans ma chambre, et je n'ai donc même plus d'intimité la nuit. Tu me manques, Cendri, mais je suis trop lourde pour me lever. On n'arrête pas de me dire que je devrais faire de l'exercice pour obliger ma paresseuse fille à sortir de son nid douillet, mais rien que l'idée me fait frissonner. Nous sommes seules, j'ai envoyé la sage-femme me chercher une boisson chaude... a-t-on retrouvé ton Compagnon ?

– Non, dit Cendri, se demandant si Rhu lui avait fait part de son refus de la renseigner.

– Tu sais que je ne dîne pas à la table familiale depuis des jours. Je prends mes repas ici, dans mon lit. Et hier soir, Lialla est venue me tenir compagnie et manger avec moi, pour m'ôter mes scrupules, a-t-elle dit, mais en fait, de crainte que je n'entre en travail si on me laissait seule quelques minutes. Quand Zamila est venue la rejoindre après le dîner, elles se sont mises à bavarder, et – tu n'assistais pas non plus au repas, Cendri ?

– Non, j'avais mal à la tête...

– J'espère que tu vas mieux, dit Miranda, avec son amicale sollicitude. Elles semblaient penser que les événements te concernaient d'une façon ou d'une autre. Un messager est venu demander Vaniya ; elle a voulu le renvoyer, disant que ce n'était pas l'heure des pétitions, mais il a insisté presque grossièrement, et ensuite, il a parlé longtemps avec elle, demandant qu'elle éloigne toutes les femmes de la maison. Ma mère a même renvoyé Rhu – mais quand l'homme eut fini de parler, elle a appelé ses gardes avec colère et l'a fait enfermer dans la Maison de Châtiment. Et après, elle a demandé à Lialla de ne pas en parler à la Dame Savante, pour ne pas l'inquiéter par des vétilles. Cendri, j'ai eu l'étrange impression que cet incident avait quelque chose à voir avec la disparition de Dal. Ma mère ne sait pas que ton Compagnon est aussi ton partenaire-de-vie, dit-elle, posant la main sur celle de Cendri. Une telle idée ne lui viendrait jamais à l'esprit. Mais je crois me douter de ce que ton Compagnon représente pour toi, et je trouve que tu as le droit de savoir si cet homme a apporté un message te concernant.

Cela semblait confirmer les pires craintes de Cendri.

– Il faut que je voie cet homme, dit-elle d'une voix tremblante. Où est-il ?

– A la Maison de Châtiment, et je crois qu'il a

été fouetté. Non, ajouta-t-elle vivement, tu ne peux pas y aller seule. Aucune femme ne peut y entrer, sauf les gardes de Vaniya, et on ne te laissera pas voir le prisonnier si tu y vas sans moi. Je vais t'accompagner.

Cendri lui en fut reconnaissante, tout en ressentant quelques scrupules.

– Mais Miranda, suppose que tu entres en travail...

– Rien ne me ferait plus plaisir, crois-moi ! dit Miranda du fond du cœur. Si cette courte marche avait ce résultat, je la bénirais !

La sage-femme revint avec la boisson de Miranda, mais elle la refusa du geste.

– Je vais me promener un peu avec mon amie, la Dame Savante d'Université...

Elle fit taire les protestations de la sage-femme en ajoutant gaiement :

– Tu me dis depuis trois jours que je devrais me remuer et prendre de l'exercice, et maintenant que je t'écoute, tu veux m'en empêcher ! Cendri m'aidera à descendre l'escalier, n'est-ce pas, mon amie ?

Intensément protectrice, Cendri soutint Miranda dans la longue volée de marches. *Voilà un domaine où Isis m'a changée ; mes rapports avec les femmes ne seront plus jamais les mêmes*, réalisa-t-elle. Savoir qu'elle pouvait faire l'amour avec une femme devait modifier de façon permanente l'image qu'elle avait d'elle-même, mais elle n'était pas encore sûre de la forme que cela prendrait. En ce moment, Miranda lui parut aussi proche qu'une sœur.

Elle eut l'impression que Miranda lisait dans ses pensées quand elle dit :

– Maintenant que tu as visité la mer avec nous, dis-moi ce que tu penses de notre fête, Cendri !

– Je ne sais pas encore ce que j'en pense, dit-elle honnêtement. J'ai été surprise – et un peu confuse. Et je suppose qu'il y aura énormément de naissances dans deux cent quatre-vingts jours à peu près ?

Miranda secoua la tête.

– Non, pas vraiment. Le plein été n'est pas une saison agréable pour une grossesse. La plupart des femmes qui veulent un enfant essaient, comme moi, de tomber enceintes à la fête de l'hiver, afin d'accoucher en *cette* saison de la Longue Année. Et d'autres, surtout les cultivatrices, essaient de concevoir au moment de la moisson, pour que leurs bébés naissent avant les semailles. Bien sûr, il y a toujours des femmes si impatientes d'avoir un bébé qu'elles se moquent de la saison de la conception – ma sœur Lialla, par exemple, qui semble stérile, bien qu'elle visite la mer sans protection depuis des années. Cendri ! s'écria-t-elle, en la regardant, atterrée. Dans les mondes d'hommes, les femmes n'ont aucun moyen d'éviter la conception, sinon en se tenant à l'écart des hommes, non ? L'une de nous aurait dû te prévenir... t'es-tu exposée sans protection à visiter la mer? On peut encore y remédier, mais le processus est... déplaisant.

Elle paraissait si sincère dans son inquiétude et sa contrition que Cendri l'embrassa pour la rassurer.

– Non, non, nous avons nos méthodes, et je ne suis pas en danger d'être enceinte, quoi que je fasse, mais je ne savais pas s'il en était de même pour vous...

– N'aie pas peur, dit Miranda en riant. C'est un domaine où le Matriarcat a donné priorité à la recherche ! Peu de femmes désirent plus de deux ou trois enfants, et encore, et certaines n'en veulent pas du tout, quoique ça me semble bizarre, je l'avoue, si je ne pouvais pas procréer, j'aimerais autant être née homme ! Mais certaines femmes désirent si ardemment des bébés qu'à peine l'un est-il sevré qu'elles en veulent un autre à la mamelle, et bien sûr, nous leur sommes toutes reconnaissantes. Mais t'a-t-il semblé que notre fête n'avait pour but que la reproduction ? dit-elle avec angoisse.

– Je ne suis pas parmi vous depuis assez longtemps pour savoir quelle autre signification lui donner, dit Cendri.

– Une prêtresse pourrait te l'expliquer mieux que moi, dit lentement Miranda. Ces fêtes, qui ont lieu trois fois chaque Longue Année, sont notre façon de nous rappeler que les hommes et les femmes sont tous des enfants de la Déesse, que nous nommions autrefois Perséphone et qu'ici nous nommons Isis ; que toute vie, y compris la nôtre, vient de la mer ; que les hommes aussi ont leurs besoins et leurs désirs et que nous devons nous unir à eux pour les satisfaire et qu'ils vivent heureux et contents.

Et maintenant, les idées de Cendri étaient plus confuses que jamais, mais Miranda s'en tint là de ses explications.

– Voilà la Maison de Châtiment. En ma qualité d'héritière de Vaniya, j'ai le droit de t'y faire entrer.

Elle dit quelques mots à la gaillarde bronzée qui gardait la porte, et qui les laissa passer.

Au cours de ses études, Cendri avait visité bien des lieux de détention sur bien des mondes. La Maison de Châtiment de la Résidence de la Pro-Matriarche contenait quatre petites cellules identiques fermées par des barreaux et d'une propreté immaculée. Les détenus – il y en avait deux pour le moment – semblaient propres, bien nourris, bien vêtus et pourvus de couvertures pour les protéger du froid nocturne ; pourtant, Cendri eut un mouvement de recul en voyant, exposés sur les murs en pleine vue des prisonniers, tout un attirail d'instruments de torture, dont une grande variété de longs fouets. Elle repensa à ce qu'on lui avait dit à son atterrissage, à savoir que tout homme attaquant une citoyenne était immédiatement puni de mort, ce qui signifiait qu'un mâle méritant un châtiment ne pouvait même pas y résister sous peine de destruction immédiate, comme un animal sauvage ou dangereux. Elle frissonna d'horreur en pensant que Dal pouvait se trouver en un endroit pareil.

Miranda lui pressa la main en murmurant :

– Je sais, ça me fait le même effet à moi aussi. C'est horrible. Et pourtant, la plupart des mâles ne peuvent pas être contrôlés autrement. Tu ne peux pas les juger d'après les mâles que nous connaissons ; ils sont exceptionnels.

Cendri repensa à l'adolescent qui avait pleuré dans ses bras sur la plage, à la douceur de tous les hommes qui s'étaient unis à elle, en une communion authentique qui ne concernait pas que le sexe, mais qui exprimait le besoin d'être ensemble, de réunir les deux moitiés séparées de la société – et elle eut envie de pleurer, car même Miranda ne comprenait pas.

– Voilà le messager, dit Miranda, le montrant de la main. Il a été interrogé sous le fouet ; mais Lialla m'a dit qu'il n'avait rien révélé, et qu'à la fin elles ont été convaincues qu'il ne savait rien, à part ce que contenait son message. Mais tu devrais lui demander de te le communiquer, puisque ce message – celui que Vaniya ne lui a pas laissé énoncer – t'était destiné. Yal, poursuivit-elle, s'adressant à l'homme recroquevillé par terre sous une couverture, je t'ai amené la Dame Savante d'Université. Si ton message la concerne, tu es maintenant libre de le lui transmettre.

Yal se redressa lentement. Cendri vit avec horreur que le dos de sa grossière chemise était trempé de sang, et que le moindre mouvement lui infligeait des douleurs terribles.

– Vous êtes vraiment la Dame Savante d'Université ? dit-il. Mère Vaniya a dit que mon message n'avait aucun intérêt pour vous. Qu'est-ce qu'un mâle pour la Dame Savante ? a-t-elle dit.

– Vaniya s'est trompée, dit doucement Cendri.

Yal, si tu as un message de mon Compagnon bien-aimé, énonce-le-moi.

– Sans vous offenser, Dame Savante, le message n'est pas de votre Compagnon mais le concerne. Je devais annoncer que le Maître Savant Dallard Malocq est prisonnier des travailleurs du chantier de la digue, et qu'il le restera jusqu'à ce que l'Unité envoie ici des inspecteurs, pour qu'ils constatent dans quelles conditions vivent et souffrent les hommes d'Isis, privés de liberté. Nous demandons que l'Unité exige des femmes d'Isis qu'elles nous accordent les droits de citoyens libres, et nous retiendrons le Maître Savant jusqu'à ce que l'Unité nous réponde.

La mâchoire de Cendri s'affaissa. Ainsi, c'était le couronnement de l'œuvre de Dal parmi les hommes – être fait prisonnier pour forcer Vaniya à l'action !

Cela aurait peut-être réussi avec Mahala – elle désirait qu'Isis fasse partie de l'Unité, quoique à ses propres conditions. Mais Vaniya ! Le sang de Cendri se glaça. Malgré sa profonde affection pour elle, elle savait que la Pro-Matriarche n'accepterait jamais aucun compromis avec les hommes.

– Ce n'est pas ainsi que nous faisons les choses sur Isis, Yal, dit sèchement Miranda. Je peux t'assurer, en ma qualité de fille de la Pro-Matriarche, que si vous libérez le Compagnon de la Dame Savante et que vous reprenez votre travail, ma mère Vaniya acceptera d'écouter toute requête raisonnable.

– Nous en avons fini avec les requêtes raisonnables, Dame Miranda, dit Yal. Tout ce que la raison a fait pour les mâles d'Isis, c'est de les maintenir dans les chaînes.

– Où est retenu mon... le Maître Savant de l'Unité ? supplia-t-elle.

Le visage tuméfié, Yal entrouvrit en un pauvre sourire ses lèvres enflées et encroûtées de sang coagulé.

– Ah, Honorable Dame, ce serait une trahison, non ? Mais vous voyez qu'elles me l'ont déjà demandé, et qu'elles avaient les moyens de me faire parler ; si j'avais su quelque chose, dit-il, haussant les épaules, je l'aurais sûrement dit. Mais quand ils m'ont envoyé ici, je leur ai demandé de ne rien me dire. Ce que je ne savais pas, elles ne pouvaient pas me le faire avouer, même en me tuant.

Cendri frissonna en l'entendant parler si calmement de torture et de mort. Dal subirait-il le même sort que leur messager ? Ce brave et stupide volontaire était prêt à mourir pour sa cause ; mais à quoi cela lui servirait-il ?

– A quoi cela t'avance-t-il de te laisser battre et torturer pour cette folie, Yal ? dit sèchement Miranda.

Il sourit de nouveau, d'un sourire que son visage torturé rendait terrible.

– Il n'y a pas assez de femmes sur Isis pour nous battre tous à mort, les uns après les autres, femme, dit-il, sans utiliser le terme de respect habituel. Je suis venu sachant que je serais interrogé sous le fouet, comme le sont tous les hommes, puis enchaîné, comme le sont tous les hommes d'Isis par la volonté des femmes. Mais – il leva la main droite et fit le signe de reconnaissance que Cendri avait vu plusieurs fois – nous ne sommes pas nés dans les chaînes, et nous ne mourrons pas dans les chaînes !

Il leur tourna le dos, s'enveloppa dans sa couverture, se rallongea sur le sol nu de sa cellule et ne dit plus un mot. Quand Cendri eut ramené Miranda dans sa chambre et l'eut confiée aux soins de la sage-femme, elle retourna dans son appartement, pensant avec épouvante au sort que les hommes pouvaient faire subir à Dal.

S'ils avaient demandé à Vaniya quelque autre concession, ils auraient peut-être obtenu gain de cause. Vaniya était une femme raisonnable, comme elle l'avait prouvé à la requête du messager précédent, en l'autorisant à organiser une chasse parce qu'ils avaient faim. Mais ils demandaient maintenant la seule chose que Vaniya, sûre du bien-fondé de sa position et soutenue par la volonté des Bâtisseurs – ou de qui que ce fût qui lui avait parlé à Nous-Fûmes-Guidées –, ne leur accorderait jamais.

Depuis que nous sommes arrivées sur Isis, les Bâtisseurs n'ont jamais parlé à un mâle...

Cela signifiait-il que la société d'Isis était une société juste, élue, telle qu'elles auraient toutes dû être ?

Cendri frissonna ; puis, se rappelant l'attitude de Yal dans sa cellule, elle se força à rester calme. Non ; si elle acceptait la parole de... de ce qui avait parlé à Nous-Fûmes-Guidées, c'était reconnaître que cette entité était un Dieu, un Etre Suprême. Et cela, elle ne pouvait pas l'accepter, malgré la révérence qu'elle avait éprouvée quand elle s'était mise à genoux. Vaniya croyait entendre la voix d'un Dieu – ou plus probablement, étant donné ce qu'elle était, d'une Déesse. Mais Cendri, élevée dans l'agnosticisme de l'Unité, ne croyait pas en des Dieux – ou des Déesses – sauf en tant que forces psychologiques dans l'esprit de ceux qui les adoraient. Et elle croyait encore moins que ces Etres Suprêmes, s'ils existaient – ce qu'elle ne croyait pas, même après la séduisante expérience vécue à Nous-Fûmes-Guidées –, s'abaisseraient à interférer dans les institutions politiques de l'humanité, ou à élever les femmes au-dessus des hommes – ni d'ailleurs les hommes au-dessus des femmes. Si Cendri croyait en un Dieu, c'était sous forme de force d'une justice parfaite, qui inspirait mais ne guidait pas ses adorateurs et les laissait organiser leurs sociétés à leur guise.

Quelque Chose lui avait parlé dans les ruines. *Cela,* elle en était certaine, comme elle était certaine de s'appeler Cendri Owain. Mais elle ne connaissait pas la nature de ce Quelque Chose et ne pouvait même pas émettre une hypothèse.

L'important toutefois, c'est que Vaniya croyait, et que c'était elle qui déciderait de l'action finale. Et Cendri ne doutait pas qu'elle agisse. De sorte que Dal pouvait rester au pouvoir des hommes d'Isis jusqu'à sa mort, ou jusqu'à ce que l'Unité demande ce qu'était devenu le Maître Savant envoyé pour étudier les Ruines d'Isis.

Et *Ça*, c'est ce que voulaient les hommes. Que l'Unité envoie des enquêteurs, qui verraient leurs conditions de vie dans le Matriarcat, et interdiraient tout commerce avec lui. Que la libération des hommes soit imposée, non comme conditions d'adhésion à l'Unité, mais comme simple préalable aux échanges commerciaux. Cendri frissonna. L'Unité pouvait le faire, et le ferait, au nom de l'Humanité. L'Unité abhorrait l'esclavage, et, dans les dures lois du Matriarcat, où tout homme était la propriété légale d'une femme, elle ne verrait qu'esclavage, et rien de plus.

Isis était un monde pauvre. Mahala l'avait dit, et Miranda aussi. Elles avaient besoin, *désespérément* besoin, de commercer avec l'Unité, unique marché pour leurs perles et autres exportations, et qui pouvait leur accorder les crédits nécessaires à l'achat des sismographes perfectionnés qui les libéreraient des tremblements de terre et des raz de marée ; de plus, elles avaient besoin de machines pour défricher l'intérieur, et de formation scientifique pour leurs élites. Si l'Unité leur imposait les mêmes sanctions qu'à tous les mondes ayant conservé l'esclavage, Isis ne pourrait pas survivre, et leur expérience mourrait avec elles.

Ainsi, les hommes qui avaient enlevé Dal détenaient une arme capable d'anéantir le Matriarcat. Vaniya pouvait bien compter sur l'amour et la protection des Bâtisseurs, ils ne pourraient pas les sauver maintenant, ni elle ni Isis.

Quand arriva le moment du dîner, Cendri était

épuisée par ses efforts pour sortir de ce dilemme. Vaniya comprenait-elle seulement dans quels mauvais draps elle se trouverait si l'Unité envoyait des agents enquêter sur la disparition de Dal ? Si elle ne l'avait pas compris, Cendri devait l'éclairer, et elle recula devant cette idée. Vaniya ne lui avait même pas parlé du messager, ni de ses exigences ; elle avait laissé Cendri souffrir en pleine incertitude. Revigorée par la colère que cette pensée provoqua en elle, elle descendit pour dîner.

Pourtant, la profonde affection qu'elle portait à Vaniya la poussa à lui donner l'occasion de dire la vérité. Après tout, se dit-elle, elle n'était pas venue à table la veille. Vaniya avait peut-être hésité à empirer sa prétendue maladie par cette mauvaise nouvelle.

Mais le repas ne différa en rien de tous les autres. Vaniya accueillit Cendri avec la même tendresse, s'enquit de sa santé, et ne dit pas un mot de Dal. Et la colère de Cendri s'accrut pendant tout le repas, jusqu'au moment où, quand on eut desservi, elle ne put plus la contenir.

– Vaniya, je voudrais te parler en particulier, si c'est possible dit-elle.

Elle attendit que Vaniya ait renvoyé tout le monde, et même alors, devant les traits tirés par l'inquiétude et la fatigue de la Pro-Matriarche, elle faillit renoncer.

– Vaniya, dit-elle doucement, il paraît que tu as reçu des nouvelles de Dal et que tu ne m'en as pas parlé. Je croyais que tu me considérais comme une invitée et une amie. Mais sur ma planète, ce comportement ne serait pas considéré comme amical.

– Comme une amie ? Plus que ça, mon enfant, dit Vaniya, lui prenant gentiment la main.

Cendri la lui retira, les yeux flamboyants.

– Miranda, peut-être, est mon amie, Vaniya, mais pas toi ; sinon, pourquoi ne m'as-tu pas dit qu'un messager était venu annoncer que Dal était prisonnier des rebelles ?

– Oh, je ne voulais pas t'inquiéter par ces vétilles, mon enfant ! dit Vaniya, l'air troublé. Si ces idiots pensent qu'ils vont nous imposer ainsi leur volonté, cela n'a rien à voir avec toi. Je suis sûre que tu t'inquiètes pour ton Compagnon, mais après tout, ce n'est qu'un mâle, et tu peux facilement en trouver un autre. Tu peux en choisir un dans ma Maison des Hommes. Et je ne ferai même pas exception pour Rhu, puisque tu l'estimes tant.

Cendri écouta ces paroles, stupéfaite et consternée. N'avait-elle donc rien compris à Vaniya et à son monde ? Non, car elle savait maintenant qu'elle aurait dû s'attendre à cette réaction. Cendri avait commis la faute d'accepter les conditions posées par les femmes d'Isis. C'était la faute de Dal également ; il était un Maître Savant, et cette imposture n'était pas intellectuellement honnête. Ils auraient dû exiger – Université aurait dû exiger – que le Maître Savant pose ses propres conditions et qu'il soit protégé par l'immunité diplomatique si nécessaire. Mais leur imposture avait été une grave erreur, elle le savait maintenant, Dal aussi, et ils devaient la payer. Mais elle ne pouvait pas continuer à mentir.

– Vaniya, il n'en est pas question, et tu le sais, dit-elle doucement. Malgré tout ce que nous avons dit et fait pour ne pas choquer vos coutumes, Dal n'est pas mon Compagnon au sens où on l'entend sur Isis. Il est également mon partenaire-de-vie, citoyen de l'Unité, et Maître Savant d'Université, et l'Unité ne permettra pas qu'on lui manque d'égards et qu'on le laisse emprisonner. Tu sais, je crois, ce que peut faire l'Unité si elle décide d'appliquer des sanctions à Isis ; cela s'est déjà fait.

Vaniya était livide.

– Je n'arrive pas à croire que l'Unité en viendrait jusque-là, même pour le précieux assistant d'une Dame Savante.

Cendri sentit tout son sang se retirer de son visage, mais maintenant, elle ne pouvait plus reculer ; elle devait dire la vérité.

– Dal n'est pas mon assistant, Vaniya. C'est lui qui est, et a toujours été, le Maître Savant Malocq. C'est lui, non pas moi, qui a reçu l'enseignement de la Dame Savante di Velo.

Vaniya serra les poings. Elle grinça des dents, les yeux flamboyants de colère ; elle ressemblait plus que jamais à une grande lionne fauve, mais maintenant la lionne était déchaînée et arpentait la pièce avec fureur. Elle pivota brusquement vers Cendri et lui demanda :

– Et toi, qui es-tu donc alors ? Tu n'es pas la Dame Savante Malocq ?

– Je suis une Savante, dit Cendri. Je suis la partenaire-de-vie du Maître Savant Malocq, et comme c'est la coutume sur son monde natal de Pionnier, j'ai adopté son nom. Et c'est pourquoi il a été possible...

Sa voix mourut.

– Alors, pourquoi es-tu venue ? demanda Vaniya avec fureur. Seulement pour être... un objet sexuel ? Un Compagnon femelle pour ton Maître Savant ?

Cendri grimaça sous le mépris cinglant de Vaniya, mais elle se ressaisit et dit d'un ton ferme :

– Non, Vaniya, je suis venue pour mes propres travaux. Moi aussi, je suis une Savante ; j'aurai bientôt droit au titre de Dame Savante et je serai l'égale de Dal !

Vaniya la regardait, comme frappée par la foudre.

– Que j'aie vécu jusque-là pour entendre une femme dire qu'elle sera bientôt l'égale d'un homme ! Tu n'as donc pas appris la fierté parmi nous, Cendri ?

Cendri serra les dents pour ne pas pleurer.

– Nous sommes déjà égaux en tout, sauf en titres universitaires, et je les obtiendrai bientôt.

– Les titres... dit Vaniya. Entendons-nous bien. Tu es une assistante archéologue, et ton... ton compagnon est l'archéologue diplômé ?

Cendri regrettait de tout son cœur de ne pas pouvoir en rester là. Dans son esprit résonnèrent les paroles d'une ancienne Grande Matriarche d'Isis – parmi les effigies du Hall des Matriarches, elle ne savait pas laquelle les avait prononcées... *nous n'accepterons pas d'être étudiées par des scientifiques comme si nous étions une de ces colonies d'insectes sous globe de verre que nous donnons pour jouets à nos filles.* Et pourtant, elle s'était juré de dire toute la vérité à Vaniya.

Debout devant la Pro-Matriarche, la regardant dans les yeux comme une étudiante de première année devant son Mentor, elle dit d'une voix égale :

– Non, Vaniya ; je suis sociologue et anthropologue interculturelle. Je suis venue parce qu'on sait très peu de choses sur le Matriarcat dans l'Unité, et que je voulais connaître la vérité, pas de pieux mensonges. Maintenant, je pourrai apprendre aux mondes de l'Unité ce que vous êtes réellement, dit-elle avec espoir, mais le visage de Vaniya s'était pétrifié.

– Une anthropologue. Pour nous étudier, dit-elle lentement, retroussant les lèvres comme si les mots lui souillaient la bouche.

Elle s'écarta de Cendri.

– Mais nous t'aimions, reprit-elle avec accablement. Nous avions confiance en toi. Nous t'aimions, et tu nous as trahies !

XIII

Le silence s'éternisa. Cendri sentit les larmes lui monter aux yeux et inonder son visage, mais elle ne dit rien. Il y avait tant de choses qu'elle avait envie de crier.

Et je vous aimais moi aussi, Vaniya. J'avais confiance en vous, assez pour risquer la vie de Dal.

Tu m'as demandé si je n'avais pas appris la honte parmi vous. J'ai appris à avoir honte des femmes qui abusent de leur pouvoir. La tyrannie est la tyrannie, qu'elle soit exercée par des hommes sur des femmes ou par des femmes sur des hommes.

Mais elle n'exprima pas ces pensées, ni les autres qui surgirent dans son esprit. Elle resta tête haute devant Vaniya – elle n'avait rien fait de mal, elle était une Savante d'Université, pas une enfant qu'on fesse – mais elle ne pouvait retenir les larmes qui lui brûlaient les joues.

Je n'ai pas menti. Je n'ai pas trahi. Je vous aimais toutes, j'ai vécu avec vous, j'ai visité la mer avec vous...

Elle ouvrait enfin la bouche pour parler quand il y eut des cris dans le hall. Vaniya l'écarta sans ménagements et dit avec irritation :

– Qu'est-ce que ce tintamarre dans ma maison ?

Des femmes criaient de surprise et de consternation ; la porte s'ouvrit d'une poussée, et la Pro-

Matriarche Mahala, accompagnée des femmes de sa maison, fit irruption dans la pièce.

Vaniya se ressaisit vivement et dit :

– Comment se fait-il que tu honores ma maison, ma sœur ? Est-ce une visite officielle d'une Pro-Matriarche à une autre, ou une visite amicale ?

– C'est une visite officielle, dit Mahala d'une voix dure. Je viens te demander, ma sœur et consœur, de remettre entre mes mains toute l'autorité séculière dont j'ai besoin pour mâter la rébellion. Mais, perdue comme tu l'es dans tes observances religieuses, tu ne sais peut-être pas que les hommes se sont révoltés ?

Cendri, oubliée dans son coin, regardait avec consternation. Rassemblant toute sa dignité, Vaniya dit :

– J'ai été occupée par les suites de la fête, Mahala, et j'attends la naissance de la fille de ma fille. Depuis la maladie de notre défunte Mère Rezali, c'est à toi qu'il incombe de faire régner l'ordre dans la cité d'Ariane. As-tu été incapable de le maintenir, ma sœur ?

– Ce n'est pas le moment de s'amuser et de fêter les naissances, dit Mahala. Sais-tu que les hommes ont refusé de retourner au delta et à la digue, refusé de retourner au Projet de Défrichement de l'Intérieur, refusé de reprendre leurs postes dans les fermes et les usines, et même refusé de rentrer dans les Maisons des Hommes quand nous leur avons offert un jour de congé pour se remettre des fatigues de la fête ?

– Non, dit Vaniya, battant des paupières, on ne m'en a rien dit. Mais alors, où sont donc les hommes d'Isis ?

Mahala eut un geste vague, et, malgré sa colère et son dynamisme, elle parut soudain impuissante et désemparée.

– Ils se promènent dans Ariane, sans rien faire. Ils se tiennent au milieu des rues, empêchant les voitures de passer, ils s'assoient sur les trottoirs, empêchant les femmes d'y marcher ; sans rien faire. *Sans rien faire,* répéta-t-elle.

– Quand ils auront faim, ils reprendront le travail, dit Vaniya, haussant les épaules.

– Je le pensais aussi au début, dit Mahala, mais ils sont là depuis une nuit et un jour, et une autre nuit commence et ils n'ont pas bougé. Certains pêchent à la lance sur le rivage ; quand j'ai envoyé des officières pour leur ordonner de s'en aller, l'un de leurs chefs a répondu que la Déesse avait fait les poissons pour les affamés et a refusé d'arrêter.

– Fais battre quelques-uns des meneurs, dit Vaniya, et ils se disperseront.

– C'est ce que j'ai fait, dit Mahala, presque en un murmure. Mais nous n'avons pas assez de femmes à Ariane pour les battre tous et les Maisons de Châtiment sont déjà bondées !

Cendri déglutit avec effort, repensant aux paroles de défi de Yal : *Il n'y a pas assez de femmes sur Isis pour nous battre tous à mort, les uns après les autres.*

– Finalement, dit Mahala, une délégation est venue me trouver. Ils ont dit que, puisque tu n'avais pas écouté leur messager, mais que tu l'avais fait battre et torturer sans avoir même la courtoisie de leur répondre, ils te forceraient à les écouter. Ils disent que tu te moques du sort du Compagnon de la Dame Savante d'Unité ; alors ils envoient celui-ci te porter un message, dit-elle en montrant la porte. Un message que tu ne pourras pas ignorer.

Dal entra, encadré par les deux gardes les plus vigoureuses de Mahala.

Il semblait avoir besoin de repos et de sommeil, mais était par ailleurs indemne. Cendri courut à lui ; il lui effleura brièvement les mains, avec un sourire rassurant, puis il l'écarta doucement.

– J'apporte à Vaniya une lettre du chef de l'Union des Hommes d'Isis.

– Je ne reconnais pas cette association, dit

Vaniya, fronçant les sourcils. Les hommes ne sont pas autorisés à se regrouper en sociétés, à part les corporations professionnelles et les sociétés secrètes religieuses des Maisons des Hommes.

– Ils le savent, Pro-Matriarche, dit Dal. Néanmoins, ils m'envoient avec un message.

– Et tu oses me l'apporter ? Quelle impudence ! dit Vaniya avec dédain.

– Je suis ici en tant que représentant de l'Unité, Vaniya, dit Dal avec calme, et j'ai toutes les accréditations diplomatiques. Peut-être ne les respectez-vous pas, mais dans ce cas, l'Unité infligera des sanctions à Isis. Puis-je présenter le message que m'ont confié les hommes d'Isis ?

– Donne-moi le message, dit sombrement Vaniya.

– Voilà le résultat de ton libéralisme, dit Mahala avec mépris. Autoriser des hommes à savoir lire et écrire !

Vaniya l'ignora et ouvrit la lettre, qu'elle lut lentement tout haut.

– « Avec le respect, digne Pro-Matriarche Vaniya, des hommes de... »

Elle fronça les sourcils.

– Quelle orthographe déplorable ! Suit la liste d'une demi-douzaine de guildes athlétiques et d'autant de Maisons des Hommes... « Puisque vous avez jugé bon d'ignorer notre messager Yal et de ne même pas transmettre son message à sa destinataire, nous avons pris un otage que vous ne pourrez pas ignorer. Aucun mal ne sera fait au Maître Savant de l'Unité qui devra transmettre nos doléances aux mondes où les hommes sont libres. Vous reconnaîtrez notre otage à cet objet qui lui appartient. »

Vaniya déchira fébrilement un minuscule paquet inclus dans la lettre, et une grosse perle rose munie de sa chaîne apparut. Elle devint livide.

– Miranda ! dit-elle en un souffle. Mais... elle était dans sa chambre avec une sage-femme...

Lialla, Zamila, Maret, cria-t-elle, allez vite voir s'il ne lui est rien arrivé...

Les femmes sortirent en courant, et Cendri entendit leurs pieds marteler les marches. Mahala montra Cendri et dit avec colère :

– Ce fut un jour maudit que celui où tu es arrivée sur Isis, Dame Savante !

– Non, dit Vaniya, regardant Cendri avec tristesse. Ce fut un jour maudit où *celui-là* arriva sur Isis, rectifia-t-elle en montrant Dal.

Se penchant vers Cendri, il murmura :

– Comme nous sommes arrivés le même jour, elles ont raison toutes les deux. Comme d'habitude. C'est bien là le hic : elles ont raison toutes les deux !

Cendri eut du mal à réprimer un fou rire montant des profondeurs de son être. Mais Dal avait raison. C'était la véritable tragédie d'Isis, que ces deux femmes, enfermées dans leur mortelle rivalité, voulaient quand même la même chose : le bien d'Isis, tel que chacune le concevait.

Soudain, ils entendirent des cris et des lamentations à l'étage, et un bruit de course dans l'escalier. Les femmes surgirent dans la pièce, serrées les unes contre les autres comme des oiseaux frileux.

– Miranda ! gémit Zamila. Elle a disparu ! Miranda n'est nulle part dans la maison !

– La sage-femme gît dans l'escalier, sans connaissance ; elle a été assommée et nous ne parvenons pas à la ranimer !

Vaniya les regarda, pâle comme la mort, la bouche tremblante. Puis elle se tourna lentement vers Dal et Cendri, levant la perle au bout de sa chaîne.

– S'il arrive malheur à Miranda, vous en paierez le prix, quelles que soient les sanctions de l'Unité.

Cendri se mit à pleurer sans bruit. Miranda, sa première amie sur Isis, qu'elle aimait comme une sœur – qu'allait-elle devenir, malade et enceinte, livrée aux hommes qui avaient le souvenir de générations d'abus, de tortures et d'esclavage? Allaient-ils la maltraiter, pour se venger de Vaniya ou pour venger leur messager?

Puis – et un instant ce souvenir lui parut incongru – elle repensa au soir de la fête, où l'adolescent qui lui avait donné son prix gagné au stade avait pleuré sur son sein en lui disant qu'elle lui rappelait sa mère. Et soudain, elle fut certaine qu'ils ne feraient aucun mal à une femme enceinte, à une mère. Une Mère. Elle aurait voulu communiquer cette certitude à Vaniya, mais la Pro-Matriarche ne l'avait pas regardée depuis son aveu.

– Vaniya... dit Mahala avec douceur.

Vaniya se tourna vers elle, le regard douloureux.

– Que la Déesse garde et protège ma pauvre enfant...

– Je compatis du fond du cœur, ma sœur, dit Mahala, avec une douceur que Cendri ne lui connaissait pas. Moi aussi j'ai des filles et des petites-filles. Mais nous nous trouvons en face d'une révolte, et, bien que je sympathise avec ton chagrin personnel, la situation ne nous laisse pas le loisir de pleurer. Nous devons trouver le moyen de faire évacuer les rues et de renvoyer les mâles à leur travail et dans les Maisons des Hommes. Acceptes-tu de me déléguer l'autorité séculière pour régler le problème, ma sœur, si tu ne te sens pas le cœur de t'en occuper?

– Tu as raison, je suppose, dit Vaniya avec lassitude. Miranda est ma fille, et elle est brave; elle devra supporter cette épreuve, comme le feront toutes les femmes de notre monde dans les jours qui viennent, et je ne peux pas négliger mes responsabilités dans l'intérêt d'une seule femme, quelque chère qu'elle me soit.

– C'est parler en vraie Pro-Matriarche, approuva Mahala. Nous avons des armes dans les magasins, utilisées contre les prédateurs quand nous avons défriché les terres. Aujourd'hui, il faut en autoriser l'emploi. Les hommes résistent peut-être à la persuasion et au fouet, mais quand nous leur enverrons quelques bombes...

– Mais ma sœur, ce serait la guerre ! s'écria Vaniya, la regardant avec horreur.

– Toi qui es perdue dans tes effusions religieuses, tu ne reconnais pas encore que ce sont les hommes qui nous l'imposent ? dit Mahala avec colère.

Vaniya se tordit les mains et dit d'une voix tendue :

– Ma chère sœur, qu'est-ce qui justifie le Matriarcat si nous violons ses principes éthiques la première fois qu'ils sont mis à l'épreuve ? Quand tu protestais contre la venue de scientifiques d'Université, je t'ai entendue dire de mes propres oreilles : les mondes des mâles périssent tous parce que toute société dirigée par des hommes finit par tomber dans la violence, la guerre, l'entropie et la décadence. Si nous devons combattre et tuer pour imposer notre volonté aux hommes, ma chère sœur, alors autant leur remettre le gouvernement de ce monde, car nous vivrons déjà comme dans les mondes des hommes !

La mâchoire de Mahala s'affaissa, et elle regarda Vaniya, de plus en plus consternée à mesure qu'elle réalisait la véracité de ses paroles.

– Tu as raison, reconnut-elle en un souffle. On dirait que le gouvernement des mondes des mâles est déjà sur nous, quoi que nous fassions ! Que faire, ma sœur ? Que faire ? conclut-elle avec désespoir.

Vaniya lui ouvrit les bras, et les deux Pro-Matriarches s'étreignirent. Cendri crut voir les épaules de Mahala se soulever comme agitées de sanglots silencieux. Vaniya regardait au loin par-dessus son épaule, le regard vague.

Elle dit enfin avec une grande douceur :

– Mahala, il n'y a plus qu'une solution. Nous devons demander l'aide de plus sages que nous.

Viendras-tu avec moi à Nous-Fûmes-Guidées, solliciter les avis de ceux qui nous ont accueillies et conseillées lors de notre arrivée ?

Mahala releva la tête, les yeux rouges.

– Cela va à l'encontre de toute raison, Vaniya, mais je reconnais que la raison ne m'a guère aidée en cette crise. Il semble que ce soit le seul recours. Mais je n'espère guère trouver la réponse à nos problèmes dans la cité morte.

– Si tu ne reçois pas de conseils qui t'agréent, Mahala, je t'abandonnerai immédiatement tout contrôle sur les forces séculières d'Ariane. Je te donne ma parole, et je ne l'ai jamais trahie, que je te demande uniquement de m'accompagner, ce que tu as toujours refusé, pour entendre la parole des sages qui m'ont aidée à trouver l'anneau et la robe de Rezali. Toutes choses leur sont connues, et ils sauront ce que tu dois faire en cette crise.

Mahala inclina la tête et répondit :

– En cette crise, je veux bien consulter quiconque pourra m'aider à la résoudre, même des fantômes.

Les préparatifs ne prirent que quelques instants. Quand le cortège quitta la Résidence, la nuit tombait ; Dal et Cendri suivirent le train des deux Pro-Matriarches, qui, accompagnées de leurs maisons, montèrent vers la masse sombre de la cité morte. Cendri baissait la tête, perdue dans sa détresse, pensant qu'elle était déjà venue là avec Vaniya, que Quelque Chose lui avait parlé sur le site de l'antique astronef, à peine consciente de la présence de Dal à son côté jusqu'au moment où il trébucha et jura ; elle dit alors en lui prenant la main :

– J'ai eu si peur, Dal, ils ne t'ont pas maltraité ?

– Maltraité ? Cendri, j'ai plutôt dû les empêcher de m'*adorer*, dit-il tout bas. Ils ne croyaient pas qu'il existait des mondes où les hommes sont libres. Ils ont une envie d'apprendre inimaginable... qui dépasse, je crois, leur désir de liberté, parce que s'ils faisaient des études, disent-ils, ils pourraient prouver qu'ils sont les égaux des femmes et être dignes de leur liberté ! Et quand ils ont découvert que je suis Maître Savant, Cendri, ils m'ont traité avec vénération. Vénération ! répéta-t-il. Ils n'auraient pas touché ne serait-ce que mon ombre ou un cheveu de ma tête !

Il eut un rire sans joie et poursuivit :

– Pauvres diables ! Certains craignent les études autant qu'ils les désirent. Apprenant que j'avais passé toute ma vie à étudier, l'un d'eux m'a demandé si ça ne m'avait pas rendu impuissant ! Et moi qui trouvais Rhu naïf !

– Dal, as-tu fomenté cette rébellion ?

Il secoua la tête en soupirant.

– Dieu m'est témoin que non ; j'ai eu l'égoïsme de m'y opposer, car je ne pensais qu'à mes travaux dans les ruines. Je n'ai été qu'un catalyseur, arrivant au moment précis où les hommes étaient mûrs pour se révolter.

La nuit était chaude et sombre ; Cendri avançait avec lassitude, suivant la torche de Vaniya, au milieu du train des deux Pro-Matriarches. Elle dit enfin :

– Comment se fait-il que tu viennes avec nous, Dal ? Je te croyais opposé à l'idée que les ruines puissent être un centre de pratiques religieuses.

Elle ne vit pas son visage dans le noir, mais sa voix eut un son amusé.

– J'ai envie de voir ce qui a pu faire céder Mahala, je suppose. Ou je pense peut-être, comme elle, que la situation est assez critique pour tout essayer. Ou simplement pour savoir ce que les chefs d'Isis, dit-il, montrant les deux femmes, vont faire maintenant, et comment cela affectera l'Unité. Je n'aurais jamais cru que rien puisse faire rentrer ses cornes à Mahala, ajouta-t-il, branlant du chef. Elle me rappelle beaucoup – et pourtant elles ne se ressemblent pas – Dame di Velo. Et, à la réflexion, Vaniya aussi.

Cendri comprit ce qu'il voulait dire. Il parlait de

l'aura du pouvoir, de la force, de la personnalité, de cette qualité indéfinissable qu'on appelle le charisme.

– Je vois ce que tu veux dire, dit-elle.

Et, dans le noir, Dal lui pressa la main.

– Et tu me la rappelles aussi, parfois, Cendri. Quand tu es assez en colère.

Il la prit par la taille, et sous le couvert de la nuit, ils marchèrent enlacés.

A la lueur des torches, avançant prudemment sur les pierres du chemin, les femmes arrivèrent aux portes de la cité morte qu'elles appelaient Nous-Fûmes-Guidées, puis serpentèrent lentement dans les sombres cañons séparant les géantes structures inconnues, où seuls le souffle de la brise et les battements d'ailes des oiseaux de nuit remuaient l'air immobile. Au-dessous d'eux, le ressac soupirait.

– Qu'est-ce qui se passe ici ? chuchota Dal.

– Je ne peux pas te le dire, Dal. Il faut que... que tu voies par toi-même, dit-elle se rappelant douloureusement les paroles de Vaniya. *Depuis notre arrivée, ceux de Nous-Fûmes-Guidées n'ont jamais parlé aux hommes.*

Mais peut-être que les hommes n'ont jamais écouté...

Elles arrivèrent devant le grand espace découvert au centre duquel se dressait la masse de l'antique astronef. Cendri commença à sentir les premières ondes de la chaleur accueillante.

Je suis là, tu es aimée... Sois la bienvenue...

Mais pour la première fois, elle résista, luttant contre l'irrésistible extase qui envahissait son cerveau.

Non, non. Pas cette fois. La situation est trop critique. Savez-vous pourquoi nous sommes là ? Qui êtes-vous ?

La chaleur caressante sembla hésiter, refluer, se retirer et avancer par vagues, puis Cendri perçut autre chose. C'était la même chose que la chaleur.

La même sensation mentale. Ça ne s'exprimait pas en paroles ; elle savait que c'était elle qui traduisait la sensation en mots, parce que c'était la seule façon de rendre le contact compréhensible.

Oui. Nous... savons. Avec une curieuse certitude. Puis une impression diffuse, comme si, essaya-t-elle de définir par la suite – *comme si une force énorme m'avait soulevée, retournée comme un gant, avait examiné toutes mes pensées depuis le jour de ma naissance, analysé toutes les idées, puis m'avait tapoté la tête comme à un chiot et reposée par terre. Et toujours avec cette chaleur extraordinaire, aimante et pénétrante...*

Elle entendit Dal qui disait – sachant qu'il ne parlait pas tout haut :

– C'est donc vous qui avez construit cette Cité ?

Et la voix répondait, irradiant toujours les mêmes ondes chaleureuses... elle le regarda et vit son visage rayonner de joie... *Non. Nous n'avons pas construit la Cité. Nous sommes venus de l'espace, avec ces femmes. Nous avions besoin d'elles comme elles avaient besoin de nous.*

Puis elle entendit... ou sentit... comment traduire en paroles une expérience sans paroles, un contact qui disait clairement dans son esprit *Vaniya*, puis, *Tu vois Mahala ?*

Je vois. Mais ils parlent à l'homme !

Et les pensées de Vaniya, surprises et indignées.

Jusque-là, jamais vous n'avez parlé aux hommes. Jamais... Pourquoi maintenant ?

Et les pensées extraterrestres, toujours chaleureuses, mais avec une touche de froideur qui terrorisa Cendri. *Ton esprit nous a menti. Nous voyions les hommes à travers tes pensées. Maintenant, nous savons que tu nous as trompés.*

Nous avons dit la vérité, dit l'esprit de Vaniya, enflammé d'indignation. *Les hommes ne sont pas capables...*

Aussi capables que votre première Mère Alicia quand elle s'est rebellée contre la domination des hommes de Pionnier...

Et Mahala, furieuse et terrifiée à la fois : *Que savez-vous de notre Première Mère ?*

Tout ce que sait ton esprit, nous le savons, ma bien-aimée... et de nouveau cette onde de chaleur envoûtante.

Dal haletait d'excitation.

– Une race extrahumaine, chuchota-t-il à Cendri. Pas les Bâtisseurs, mais une race désincarnée. Nuages cosmiques ? Atomes ? Entités gazeuses ? Ils ont besoin de vivre en symbiose avec une autre race, à cause de leur éternelle solitude et de leur besoin d'amour. Et se faisant passer pour des dieux afin de l'obtenir !

Oui, tu as raison, mon fils étranger. Nous avons permis à notre besoin de l'amour de nos filles de nous aveugler aux besoins de nos fils qui crient vers nous leur détresse... et elles nous ont menti... Cendri sentit s'enfler dans sa propre poitrine la colère des esprits désincarnés. *Vaniya ! Tu nous as trompés. Nous ne te parlerons plus !*

Et soudain, le vide choquant, froid, mort.

Cendri s'éveilla comme si une vague glacée avait déferlé sur elle. L'antique astronef luisait encore doucement, et autour d'elles, brillait faiblement la luminescence intérieure des ruines. Mais plus de voix, plus de chaleur, plus d'ondes de tendresse. La voix s'était tue. Les lunes étaient haut dans le ciel, et, dans la clarté lunaire, Cendri voyait les visages des femmes, désemparées, qui pleuraient. Vaniya enfouit son visage dans ses mains, tremblante, désespérée, et Cendri eut pitié de son angoisse et de sa douleur.

Ils avaient si longtemps fait route avec elle. Depuis son arrivée ici, jeune femme, venant avec elle de l'espace, s'installant sur ce monde, la soutenant, l'aidant, au point qu'elle était devenue dépendante de leur protection et de leur amour. Et elle avait conduit à eux les autres femmes, de sorte qu'ils s'étaient nourris de cette dévotion et qu'à leur tour ils avaient donné amour et protection à celles qui venaient communiquer avec eux.

Et par sa seule présence, en posant une simple question, Dal avait anéanti toutes ces années d'adoration aveugle. Mais que va faire Vaniya maintenant ? Que va-t-elle faire ? Vaniya regarda Dal avec une haine virulente.

Je la comprends. Il lui a enlevé sa Déesse... et pourtant, il n'a rien fait de mal. Pourquoi les innocents doivent-ils toujours souffrir ?

Lentement, accablée, Vaniya se détourna du vaisseau. Comme elle baissait la tête, elle trébucha, et Cendri se précipita impulsivement pour la soutenir. Un instant, elle craignit que Vaniya, retrouvant sa colère, ne la repousse, mais Vaniya était trop angoissée pour réagir. Ensemble, elles sortirent de la cité morte et commencèrent à descendre la colline. Puis, derrière elles, Lialla cria soudain avec effroi :

– Regardez ! Regardez !

Une foule immense sortait de la cité d'Ariane, courant le long du rivage et montant la colline en vagues successives. Cendri pensa au raz de marée qui avait englouti le village des pêcheuses de perles ; sauf que c'était un raz de marée *humain,* s'élevant lentement et inexorablement vers les portes de Nous-Fûmes-Guidées. Et, au clair de lune, elle vit que cette lame de fond irrésistible était uniquement composée d'hommes, dont tous les visages portaient les traces de la même extase qu'elle avait vue sur ceux des femmes...

Vaniya gémit et s'écarta en trébuchant. Cendri la soutint pour l'empêcher de tomber, et l'entendit sangloter bruyamment.

– Profanation ! geignit-elle. Profanation !

Les hommes affluant dans la cité s'arrêtèrent devant l'antique astronef, qui se remit à luire. Cendri sentit comme une faible rémanence de la chaleur, mais elle n'entendait plus la voix. Elle se sentit transie et abandonnée, et resserra ses bras autour de Vaniya qui tremblait, avec le désir presque anxieux de réconforter cette femme désespérée, privée du contact et de l'amour qui étaient sa vie, regardant les autres jouir de la communion dont elle était exclue. Les autres, les méprisés. Les hommes. Les sous-humains.

Cendri ne sut jamais combien de temps dura la scène. Elle serrait Vaniya dans ses bras, s'efforçant si fort de calmer ses sanglots qu'elle en était raide et courbatue. Puis, soudain, tout fut fini.

L'un des hommes, un grand gaillard en pyjama de travail, aux cheveux longs rayés de gris, s'avança avec hésitation vers Vaniya.

– Avec respect, Mère Vaniya, commença-t-il d'une voix hésitante.

Très lasse, Vaniya s'efforça de se ressaisir, et, s'écartant de Cendri, se redressa de toute sa taille.

– Tu parles de respect *ici* ? dit-elle, son mépris claquant comme un fouet. Alors que vous piétinez vos mères dans cette profanation ?

– Mère, poursuivit-il d'un ton suppliant, ceux qui nous parlent nous ont confié un message que vous devez connaître ! Les hommes ne peuvent pas affronter seuls cette situation !

Vaniya prit une profonde inspiration et dit :

– Parle, mon fils.

L'homme montra l'océan de la main.

– *Ils* nous ont dit que loin au large, à bien des lieues, en des endroits trop profonds pour plonger, le fond de la mer tremble et continuera à trembler. Et à mesure que les secousses se rapprocheront, la grande vague montera de plus en plus, et demain soir, avant la nuit, un mur d'eau plus haut que ces édifices s'abattra sur le rivage proche de la digue, et s'il la frappe de plein fouet, il n'en restera pas pierre sur pierre. C'est pourquoi, Mère, vous qui contrôlez les voitures, les communications et les transports avec les autres Mères et leurs filles, nous vous supplions d'évacuer tous les hommes du chantier, avec tous nos biens et notre ravitaillement, qui sinon seront perdus à jamais. Les silos et les matériaux de construction seront balayés, avec toutes nos réserves alimentaires.

Vaniya déglutit avec effort.

– Comment sais-tu cela, mon fils ?

– *Ils* nous l'ont dit, répondit l'homme, montrant le vieux vaisseau.

– Et comment savez-vous que c'est vrai ? demanda Vaniya. Comment savez-vous qu'ils ne vous trompent pas comme ils m'ont trompée ? Pourquoi devraient-ils nous avertir maintenant des tremblements de terre et des raz de marée alors qu'ils ne l'ont jamais fait depuis notre arrivée ?

– Avec respect, Mère, dit l'homme en s'inclinant. L'un de nous leur a posé la question. Et voilà leur réponse : vous ne leur avez jamais demandé leur aide dans ce domaine, et ils ne savaient pas qu'ils pouvaient nous l'apporter jusqu'à ce que nous leur fassions connaître ce besoin et qu'ils découvrent qu'ils pouvaient le satisfaire.

Vaniya sembla secouée, mais elle dit :

– Ils ne mentent pas. Ils ont trouvé l'anneau et la robe de Mère Rezali. Rien ne leur est caché de ce qu'ils veulent savoir. Viens, Mahala. Tu es une organisatrice plus rapide que moi, et nous n'avons pas de temps à perdre avec le protocole et nos rivalités. Nous avons juste le temps, si nous nous dépêchons, d'évacuer de la région de la grande digue tous les hommes, femmes et enfants, avec leurs biens et leurs provisions. Nous n'avons pas le temps de renforcer la digue ; si elle est balayée, tant pis, mais si nous avons de la chance, il n'y aura pas de morts. Viens, Mahala ! Regagnons vite la cité pour tout organiser.

S'appuyant lourdement sur Cendri, elle descendit la colline le plus vite possible, donnant des ordres énigmatiques aux femmes de sa maison qui l'entouraient.

– Lialla, va à l'astroport, réquisitionne tous les appareils volants et fais-les préparer au décollage. Zamila, accompagne cet homme, rassemblez tous les mâles de quinze à cinquante ans et organisez les transports. Louée soit la Déesse, Mahala, la plupart des hommes n'avaient pas regagné le chantier de la digue ; personne ne doit y retourner à moins d'être indispensable à l'évacuation !

Dal et Cendri regardaient en silence les deux Pro-Matriarches qui commençaient à organiser le sauvetage.

– J'aurais cru que les hommes voudraient agir seuls, murmura Dal. Mais à la première alerte, ils retournent dans le giron des femmes !

Cendri ressentit quelque chose de très proche de la colère devant cette incompréhension.

– Tu ne comprends donc pas, Dal ? Ils sont obligés de travailler avec les femmes parce qu'elles contrôlent tous les transport, toute l'organisation, tout le savoir-faire technique ! Crois-tu vraiment qu'une société puisse changer du jour au lendemain ?

Elle lui saisit le bras et ajouta avec sérieux :

– Dal, il serait absurde de remplacer la tyrannie des femmes par celle des hommes ! La seule chose qui sauvera cette société, c'est la coopération - et dans tous les domaines ! Le fait de faire ensemble ce que ni les femmes ni les hommes ne peuvent faire séparément...

Il hocha la tête, mais elle vit qu'il avait l'esprit ailleurs. Au bout d'un moment, il dit, tout en regardant la suite de Vaniya organiser les transports :

– Cendri, réalises-tu que nous avons, non pas une, mais deux civilisations à étudier ici ? Nous ne savons toujours pas qui a construit les ruines, la cité morte. Ce sont sans doute les Bâtisseurs, mais il faudra des siècles pour le prouver, et nous devrons d'abord annuler la Stase Temporelle. Et puis, il y a les extrahumains qui ont parlé... à nous, puis aux hommes. Cendri, Isis va devenir le nouveau point focal scientifique de toute la Galaxie ! Peut-être que, après tout, Mahala finira par obtenir ce qu'elle voulait !

Cendri le voyait bien, mais ce qui la troublait pour l'heure était plus immédiat, plus personnel.

Où était Miranda ? Etait-elle prisonnière sur le site de la digue, vers laquelle le raz de marée avançait inexorablement ?

XIV

Le soleil se levait sur Isis. Au-dessous d'elle, Cendri regarda les bras du delta où l'eau rugissait ou serpentait dans des marais salants et des marécages couverts de roseaux, où la terre arable était toujours entraînée par les inondations. La nuit, elle avait observé le va-et-vient des voitures et des camions, qui vidaient les entrepôts et emportaient les engins lourds, hommes et femmes travaillant côte à côte. Et toute la nuit, tandis que les deux Pro-Matriarches travaillaient en bonne intelligence à coordonner les efforts des deux camps, Vaniya avait demandé à chaque homme qui se présentait devant elle, d'une voix qu'elle tentait de raffermir, mais qui tremblait :

– Sais-tu où ma fille est prisonnière ? Si tu sais qui la retient en otage, dis-lui de venir me trouver afin que je puisse négocier sa libération.

Mais tous avaient fait profession d'ignorance – Cendri, qui regardait à distance, commença à croire qu'ils disaient vrai, que seuls quelques chefs étaient au courant du complot. Elle repensa à ce qu'avait dit Yal. *Ce que je ne sais pas, on ne peut pas me le faire dire.* Vaniya récoltait les fruits de son gouvernement impitoyable !

Pourtant, elle ne voulait pas quitter son poste. Mahala, émue de son angoisse, lui avait dit vers minuit :

– Vaniya, ma sœur, retourne dans la cité chercher ta fille. Je m'occuperai de tout ici.

Mais Vaniya, pâle et torturée, avait secoué la tête.

– Mon devoir est ici, ma sœur. Miranda est ma fille et elle comprend mes responsabilités. Si nous survivons à cette nuit, je la chercherai, même si je dois me mettre à genoux devant tous les mâles d'Isis en leur demandant leur aide. Et je chercherai à négocier sa libération à des conditions honorables ; et s'il est impossible de se mettre d'accord sur des conditions honorables, je prierai la Déesse de nous donner la force de supporter son destin. Mais pour le moment, mon devoir est ici ; je ne peux pas laisser mourir des hommes et des femmes pour ne m'occuper que de ma fille et de son enfant.

– Je sais, mon amie, dit Mahala, baissant la tête. Pardonne-moi d'en avoir jugé autrement.

Cendri faisait de petites courses ne demandant pas de connaissances particulières ; au bout d'un moment, on la détacha à la cuisine de campagne organisée à la hâte pour nourrir ceux qui travaillent sur le site. Elle les regardait parcourir lentement le chantier, sous la direction des deux Pro-Matriarches, pour effectuer, réalisa-t-elle, une sorte de tri : ce qu'il fallait sauver à tout prix (essentiellement les réserves alimentaires et les engins lourds), ce qui survivrait peut-être au raz de marée selon l'endroit où il frapperait (essentiellement les bâtiments), et ce qui devait être sciemment abandonné. Chaque décision, Cendri le savait, devait être prise par les Pro-Matriarches.

Avec d'autres femmes et quelques jeunes garçons, elle prépara du thé, fit cuire des céréales et des poissons. Elle cuisina toute la nuit, et, à l'aube, se trouva face à face avec Rhu qui se reposait quelques minutes dans l'herbe après avoir apporté à manger à un groupe de travailleurs.

– Qu'est-ce que tu fais là, Rhu ?

– La même chose que vous, dit-il avec un sourire las. Je n'ai pas de talent particulier pour travailler avec les femmes, et pas assez de force pour travailler avec les hommes. Alors, je fais ce que je peux.

Il était très pâle, et Cendri repensa à ce que lui avait dit Dal, qu'une maladie infantile lui avait affaibli le cœur.

– J'ai vu Dal sur le chantier, dit-il. Tous les hommes d'Isis veulent le voir et le prendre pour modèle. Quoi qu'il arrive cette nuit, Dame Savante, la vie sur Isis sera sans doute plus supportable pour les hommes après ça.

Cendri hocha lentement la tête. Le malentendu fondamental sur lequel s'était construite cette société – à savoir que l'infériorité des hommes était prouvée par la volonté divine, puisque les Bâtisseurs ne leur parlaient jamais – s'était effondré au premier coup. Les hommes devraient longtemps compenser les inconvénients de leur manque d'instruction, lutter pour conquérir l'égalité, comme les femmes l'avaient fait sur Pionnier, cela demanderait du temps. En fait, les hommes et les femmes continueraient sans doute à vivre séparément, puisque cette situation semblait leur convenir à tous ; mais le statut inférieur des hommes ne pourrait pas survivre puisqu'il n'était plus soutenu par une sorte d'ordonnance divine. Rien ne changerait du jour au lendemain. Certaines choses ne changeraient jamais. Mais maintenant, il y avait un espoir qui n'avait jamais existé auparavant.

Une femme appela Rhu.

– Apporte à manger à Mère Vaniya, Rhu. Il faut absolument qu'elle conserve ses forces, et elle acceptera peut-être plus facilement la nourriture de ta main.

Cendri accompagna Rhu. Il y avait trop de bras à la cuisine de campagne – toutes les femmes qui n'avaient rien à faire ailleurs venant y travailler –

et on n'avait pas besoin d'elle. Vaniya, au bord de l'épuisement, les regarda.

– Vaniya, la supplia Rhu, il faut garder vos forces. Tenez, je vous ai apporté à manger et à boire.

– Je n'ai pas faim, dit-elle, mais elle soupira et posa le plan du site, regardant un mâle qui attendait ses ordres.

– Ne vous occupez pas de ces trois entrepôts à la limite du site, dit-elle, montrant l'endroit sur le plan. Ils ne contiennent que du bois et du ciment, et ne justifient pas le temps et l'emploi des machines qu'il faudrait pour les vider. L'eau ne montera peut-être pas aussi haut, mais si elle monte jusque-là, leur contenu sera remplacé plus rapidement que les engins lourds que nous risquerions de perdre en les déménageant.

L'homme hocha la tête et demanda :

– Et où devons-nous mettre les engins lourds ?

– Là, dit Vaniya, montrant un autre point sur le plan. Prends trois ingénieurs de l'université, et allez renforcer cet endroit de la digue ; ainsi, l'eau sera peut-être détournée et coulera dans le delta sans causer de dégâts. Nous aurons une inondation, mais cet ingénieur de l'université me dit que la vague ne déferlera pas ici.

Elle se prit la tête dans les mains, abattue, comme l'ingénieur et l'homme se penchaient sur le plan.

– Nous avons fait installer une photocopieuse dans le bureau en plein air. Faites faire des copies de ce plan pour chacun, et rapportez-le-moi...

Ils s'éloignèrent à la hâte, et elle prit enfin le plateau.

– Rhu, Cendri - elle sourit avec lassitude en portant sa fourchette à sa bouche – ... eh bien, Cendri, tu es venue pour étudier le Matriarcat en crise, et voilà que tu es témoin d'une rébellion, de l'anarchie, et de tous ces événements qui mettent une société à l'épreuve – quel rapport feras-tu à l'Unité à ton retour, petite Cendri ?

– Je ne sais pas, Vaniya. Cela, dit-elle, montrant l'état-major de campagne installé autour d'elles, ne me paraît pas anarchique.

Vaniya étouffa un bâillement et dit :

– Non, peut-être que non. Dans cette crise, nous faisons ce que nous devons ; tous nos fils et nos filles travaillent ensemble à nous sauver. Maintenant, je ne sais pas pourquoi je n'ai jamais demandé leur aide en ce domaine à ceux de Nous-Fûmes-Guidées....

Elle bâilla de nouveau, ferma les yeux un instant, puis leva la tête vers Rhu.

– As-tu des nouvelles de Miranda ? Sais-tu où les hommes la retiennent ?

Rhu, livide, avait l'air épuisé et malheureux.

– Non, explosa-t-il. Je le jure sur ma vie, Vaniya ! Ils nous ont trahis tous les deux !

Vaniya sembla comme frappée par la foudre.

– Qu'est-ce que cette histoire de trahison ? Que pourrais-tu avoir à faire là-dedans ?

Rhu rougit à son ton méprisant. Pourtant, il dit d'une voix ferme :

– Je suis venu me confesser à vous, Vaniya ; Miranda a quitté la maison à ma requête, elle est volontairement venue avec moi comme otage. Elle et moi...

Sa voix mourut, et Cendri pensa que ce qu'il voulait avouer était impensable dans leur société.

– Elle et moi, nous avons passé beaucoup de temps ensemble. Elle disait qu'elle... qu'elle m'aimait...

– Toi ! s'écria Vaniya, incrédule. Elle a toujours été bonne pour toi. Mais *aimer* un homme, pas même un homme, un Compagnon...

– Quoi que je sois, quoi que vous pensiez de moi, j'aime Miranda, dit Rhu d'une voix égale, et elle partageait ma compassion pour le malheur des hommes qui n'étaient rien à vos yeux. J'étais votre Compagnon, mais seulement un... un jouet pour vos heures de loisir, tandis que pour Miranda, j'étais... j'étais moi-même, un être humain comme elle. Nous espérions – nous espérions ensemble – l'avènement d'un monde où un homme et une femme pourraient se rencontrer, s'ils le voulaient, pas au bord de la mer, dans le noir, comme des bêtes en rut...

– Silence ! explosa Vaniya. Comment oses-tu parler ainsi devant moi ?

– Nous espérions l'avènement d'un monde où un homme et une femme pourraient se rencontrer au grand jour, désirer leur bien-être mutuel, se connaître et s'aimer, poursuivit Rhu sans se soucier de son interruption. Et c'est pourquoi, quand vous n'avez pas voulu entendre le messager, Miranda a décidé de se livrer en otage, pensant que vous ne feriez rien qui puisse la mettre en danger. L'homme de l'Unité vous importait peu, mais vous écouteriez un messager si le sort de Miranda était en jeu. Elle a quitté la maison avec moi, et nous sommes venus ici où les mâles étaient rassemblés, croyant comme moi que les hommes ne sont pas nés dans les chaînes...

Le visage de Vaniya se convulsa de colère.

– Toi, mon Compagnon, as-tu approché ma fille comme aucun homme ne doit le faire ? Je te ferai exécuter, car telle est la peine prévue pour un homme qui attaque une citoyenne...

Rhu secoua la tête et dit doucement :

– J'ai touché sa main, je l'ai embrassée et bercée dans mes bras comme une mère berce son enfant, mais rien de plus ; ce n'est pas *Ça* que nous recherchions l'un chez l'autre, c'était l'amour, pas la visite de la mer ; et même si nous avions cherché davantage, elle était enceinte. Vous vous méprenez, comme vous vous êtes toujours méprise.

– Eh bien, où l'as-tu emmenée, misérable ?

– Ils n'ont pas voulu me le dire, répondit Rhu, secouant la tête. De peur que je vous révèle la cachette. Ils nous ont trahis tous les deux ! Comme vous, ils se sont méfiés de moi C'est toujours la même chose, je suis exilé du monde des hommes et aussi du monde des femmes...

Il enfouit son visage dans ses mains, et, au bout d'un moment, Cendri s'aperçut qu'il pleurait.

– J'aurais préféré mourir plutôt que de lui faire du mal, Vaniya. Elle m'est plus chère que la vie...

Vaniya le regarda, bouleversée d'émotion.

– Rhu, pourquoi m'as-tu fait ça ? Ai-je jamais été dure ou cruelle envers toi ?

– Non, Vaniya, dit Rhu à voix basse. Vous avez toujours été bonne pour moi. Mais pour vous, je n'étais rien. Vous ne m'aimiez pas. Pas comme j'aime Miranda. Pas comme s'aiment la Dame Savante et son Compagnon. Non, Vaniya, vous ne m'aimiez pas.

– Mais qui aurait pu s'y attendre ? explosa Vaniya. Qu'une femme aime un homme ! Les rapports entre femmes et hommes sont ordonnés selon les saisons et les marées, ils s'unissent aux dates prescrites... mais s'aimer ?

Rhu secoua la tête en silence et n'ajouta rien. Cendri les plaignait, pensant qu'ils étaient tous deux les victimes de leur monde. Toute société a ses marginaux, et elle, Cendri, avait plus de chance que d'autres, car elle vivait dans une société qu'elle pouvait quitter si ses lois ne lui convenaient pas, pour vivre sur un monde libéral comme Université où une douzaine de cultures de mêlaient. Et, regardant Rhu, désemparé devant Vaniya, elle comprit mieux ses conflits avec Dal.

J'ai épousé un homme de Pionnier, sachant qu'il me demanderait un genre de soumission dont je n'avais pas l'habitude. J'ai un plus grand besoin de dépendance que les femmes de ma planète. Et pourtant, j'ai reproché à Dal ce qu'il est. Je sais maintenant que, lorsque nous aurons terminé nos travaux ici, je devrai soit l'accepter tel qu'il est... tel qu'il est vraiment, et non pas tel que mes insuffisances voudraient qu'il soit... ou le quitter. Je ne peux pas le changer. Isis ne nous a pas changés. Elle nous a seulement révélé ce que nous étions déjà.

Rhu s'essuya les yeux et releva la tête.

– Quand tout cela sera fini, allez consulter les Bâtisseurs à Nous-Fûmes-Guidées. Ils savent tout. Ils sauront où Miranda a été emmenée.

Vaniya grimaça, et, au bout d'un moment, Cendri réalisa qu'elle avait voulu sourire.

– Tu ne le sais donc pas, Rhu ? dit-elle d'une voix brisée. Les Bâtisseurs m'ont reniée. Maintenant, ils ne parlent qu'aux hommes.

– Alors j'irai moi-même à Nous-Fûmes-Guidées et je leur demanderai en votre nom comment retrouver Miranda.

Le visage de Vaniya s'éclaira d'un espoir fugitif.

– Mais si elle est ici...

– Alors, son sort est dans les mains de la puissance qui est supérieure aux hommes comme aux Bâtisseurs, dit Rhu avec calme. Mais si elle se trouve sur ce chantier, les équipes qui explorent le site la retrouveront certainement. Ai-je votre autorisation de partir ?

– Oui. Prends ma voiture, mais je ne peux pas me priver d'un chauffeur...

– Je sais conduire votre voiture, Vaniya.

– Je ne le savais pas, dit-elle, surprise.

– Vous ne m'avez jamais posé la question, ma chère, répondit Rhu avec une ombre de sourire.

Cendri partit avec lui et lui saisit la main.

– Attends, Rhu, dit-elle vivement. Il faut que je vienne avec toi, et Dal aussi – pas le temps de t'expliquer...

Elle monta en courant la colline d'où Dal dominait les activités fébriles au-dessous de lui. A intervalles de quelques minutes, un homme, chargé de matériel qu'il fallait entreposer en hauteur – les matériels les plus importants étaient évacués par des machines, mais elles étaient moins nombreuses que les hommes – s'arrêtait devant Dal, s'inclinait jusqu'à terre, et lui adressait quelques mots.

Cendri hésita à l'interrompre, mais il la vit et s'approcha d'elle. Elle lui prit la main, oublieuse des yeux qui les regardaient et des coutumes du Matriarcat.

– Dal, viens avec moi à Nous-Fûmes-Guidées...

– A cette heure ?

– Oui, j'ai quelque chose à dire aux Bâtisseurs...

– Ce n'est pas eux qui ont construit la Cité, Cendri.

– Peu importe, dit-elle avec impatience. Je dis *Bâtisseurs* parce que c'est le nom qu'on leur donne ici. Tu sais parfaitement de quoi, de qui je veux parler !

– Tu as quelque chose à leur *dire* ?

– Oui, Dal. Viens avec moi, au cas où ils ne parleraient plus aux femmes...

– Je ne te cache pas que je suis content de m'absenter un moment ! Je ne suis pas vraiment utile ici...

Un homme portant une lourde charge sur la tête lui fit une gauche révérence en passant, et Dal s'agita avec gêne.

– Je sais qu'ils pensent bien faire et que ma présence ici les encourage, et Dieu sait que les pauvres diables ont besoin de tous les encouragements possibles. Mais je serai quand même content de m'en aller un moment. Cette vénération... Ça me donne la chair de poule !

Rhu pilota la voiture de Vaniya avec rapidité et maîtrise sur la route menant à Ariane. Le trajet dura plus d'une demi-heure, et ils parlèrent peu. Cendri repensait au trajet du premier jour avec Miranda, Dal trimbalé sans cérémonie dans le compartiment à bagage près de la conductrice.

La Résidence semblait déserte ; il ne faisait pas encore jour, et Rhu arrêta la voiture, la tournant vers les Ruines. Deux enfants de neuf ou dix ans, un garçon et une fille, descendirent le perron et l'appelèrent.

Il se retourna vers eux et demanda :

– A-t-on des nouvelles de Dame Miranda ?

Le garçon secoua solennellement la tête.

– Rhu, c'est vrai que maintenant les Bâtisseurs parlent aux hommes ? demanda la fille.

– Ils ont parlé aux hommes hier soir, petite, répondit Rhu. Pour ce qu'ils feront à l'avenir, je n'en sais pas plus que vous.

– Rhu, est-ce que ça veut dire qu'on ne me chassera pas de la maison de ma mère quand je serai grand ? demanda le garçon.

– Je ne sais pas, Kal, dit Rhu, le prenant par les épaules. Mais ça signifie sans doute que ta vie sera très différente de tes aînés. Il est trop tôt pour le dire.

Blotti au creux du bras de Rhu, le petit garçon leva les yeux vers Dal.

– C'est vrai que tu es un Savant ? dit-il.

Dal acquiesça, et l'enfant poursuivit :

– Tu peux gagner un concours de tir à l'arc ou un match de lutte ?

Dal secoua la tête.

– Je n'ai jamais essayé. J'avais des choses à apprendre qui me paraissaient plus importantes.

– Tu n'as vraiment pas l'air assez fort pour être un homme, dit l'enfant avec dédain. Peut-être que j'aimerai mieux vivre à la Maison des Hommes, après tout.

Et, tirant la fille par la main, ils s'enfuirent en courant.

Dal les suivit des yeux, branlant du chef. Longeant le rivage en direction de Nous-Fûmes-Guidées, Cendri pensa : *Impossible de prédire ce que sera cette société. Une seule chose est certaine : elle sera très différente...*

Une fois franchies les portes, ils s'avancèrent lentement dans les cañons encore pleins d'ombre de la cité morte. Autour d'eux se dressaient les immenses structures, éternellement silencieuses, gelées, et Cendri reconnut les endroits où elle avait travaillé avec Dal à leurs équipements protégés par des bâches imperméables, minuscules taches dans l'immensité des ruines. Avaient-elles vraiment été construites par une race qui avait peuplé la Galaxie des millions d'années plus tôt? Ou simplement par une société très antérieure à l'humanité? Et les voix mystérieuses à Nous-Fûmes-Guidées avaient-elles un rapport quelconque avec les ruines? Ou bien étaient-elles venues vivre dans la cité morte, attachées à l'antique astronef par leur lien émotionnel avec les femmes?

Une race désincarnée existant dans une sphère purement spirituelle. On supposait l'existence de telles races, Cendri le savait, mais elle n'en avait jamais étudié aucune. Il existait *tellement* de races; tellement que même Université, avec son immense accumulation de connaissances, commençait seulement à faire des hypothèses sur leur nombre! Si Cendri avait fait des suppositions sur une race désincarnée, elle aurait cru que ses membres seraient détachés, sans émotions. *J'ai toujours pensé que les émotions étaient provoquées par des réactions hormonales et un conditionnement physique...*

Non, lui parvint la réponse, et elle réalisa qu'ils étaient arrivés devant l'antique astronef, et que la présence chaleureuse des inconnus les entourait. *Nous existons par nos pensées et nos sentiments. C'est pourquoi nous sommes devenus si proches de ce peuple. Nous étions affamés de leurs sentiments, de leurs émotions...*

Cendri sut alors qu'ils pénétraient toutes leurs pensées. Télépathie, bien sûr. Comment une race désincarnée aurait-elle pu communiquer autrement? Mais comment la pensée pouvait-elle exister sans cerveau comme support? Comment les émotions pouvaient-elles exister sans réactions corporelles pour les engendrer?

Je comprends cela, entendit-elle, sachant que c'était Rhu qui parlait, l'émotion de Rhu, étalée ouvertement devant eux tous, et elle repensa au jour où elle l'avait trouvé enlacé avec Miranda. *Mon amour pour Miranda n'a rien à voir avec le corps. On m'avait enseigné quand j'étais enfant que ce qui se passe entre un homme et une femme est provoqué par les hormones sexuelles et n'a pas d'autre réalité, mais j'ai appris par expérience qu'il n'en est rien.*

Puis vinrent les voix désincarnées que Cendri ne ressentait pas comme étrangères. *Nous ne pouvons exister que quand nous sommes considérés, aimés... adorés...*

Et Cendri sentit les pensées de Dal, adressées à la présence étrangère avec colère et quelque chose comme du mépris : *N'avez-vous pas honte de vous faire passer pour des Dieux aux yeux de ces femmes crédules ?*

Etranger, nous ne nous faisons pas passer pour quoi que ce soit. Nous sommes ce que nous sommes, et, recevant de l'amour, nous donnons de l'amour à notre tour. Si elles nous ont perçus comme des Dieux, quoi que soient des Dieux, si la nature d'un Dieu est de donner et de recevoir de l'amour, alors peut-être sommes-nous des Dieux, mais je vois dans ton esprit que tu conçois un Dieu comme une entité qui exerce un pouvoir... il n'en est pas ainsi avec ces femmes. Penses-tu ainsi, étranger, parce que tu viens de ce qu'elles appellent un monde des hommes ?

Cendri se demanda si ce n'était pas la différence fondamentale distinguant les sociétés d'hommes des sociétés de femmes, à savoir que dans les sociétés fondées par les hommes un être suprême est un être de Pouvoir, tandis que dans une société de femmes il est un être d'Amour...

Dal répondit, et Cendri perçut sa colère : *Vous les avez rendues dépendantes de vous !*

Nous avons besoin de leur amour pour survivre, sinon nous nous fondons dans l'air et nous mourons, comme nous avons dormi dans notre douloureuse solitude avant leur arrivée. Pourquoi donc, puisqu'elles satisfont nos besoins, ne les aiderions-nous pas à satisfaire les leurs ?

Ça, pensa Cendri, c'est une question ultra-pertinente !

Etranger, nous n'avons découvert qu'hier soir à quel point elles avaient besoin d'une aide qu'il nous est très facile de leur donner, c'est-à-dire leur faire savoir à l'avance où la terre tremblera, où la grande vague déferlera. Si nous leur donnons ces informations, il sera inutile qu'elles appauvrissent leur planète en achetant des machines pour obtenir les mêmes renseignements.

Dal répondit vivement avec colère :

Ainsi, vous les encouragez à se couper encore plus des mondes civilisés de l'Unité, et à continuer à opprimer les hommes !

Non ! Maintenant que nous savons que leurs hommes ne sont pas tels qu'elles nous les ont représentés, des créatures dangereusement faibles... nous ne connaissions les mâles que par ce que nous pouvions voir dans l'esprit des femmes. Mais maintenant, nous savons que les hommes et les femmes sont très semblables, et nous parlerons aux deux... Quant à les couper des mondes civilisés, nous ne le désirons pas ! Nous sommes sociables... et curieux ! Nous voulons que les gens viennent ici de partout... et apprennent à nous connaître...

Immobile devant le vaisseau luminescent, Dal prit Cendri par la taille. Elle *sentit* ses pensées comme jamais auparavant. Il voyait mentalement une équipe de scientifiques, une centaine pour commencer, venir ici pour étudier les ruines en profondeur, hommes et femmes travaillant côte à côte en égaux, pour montrer aux femmes et aux hommes d'Isis qu'il n'y avait pas de tyrannie dans les mondes des hommes... Cendri s'étonna d'entendre le terme méprisant des femmes d'Isis dans sa pensée... Pour leur prouver qu'il n'y avait pas de tyrannie dans l'Unité ni à Université, mais que les scientifiques d'Université considéraient vraiment les femmes comme leurs égales, leurs partenaires, la moitié inséparable d'un tout –

l'humanité. Cela ferait plus pour *prouver* aux femmes d'Isis qu'elles n'avaient pas besoin de craindre l'égalité des hommes, pensait Dal, que mille ans de conférences et de propagande.

Quand elles nous connaîtront, elles comprendront.

Puis elle sentit les pensées de Dal se tourner vers elle, l'envelopper d'une tendresse et d'une chaleur qu'elle n'avait jamais soupçonnées. Sachant qu'ici, en présence des Bâtisseurs, ses pensées lui étaient connues, Cendri eut honte, puis elle se tourna vers lui et l'embrassa. Ainsi, c'était cela que Dal ressentait pour elle ; acceptation, respect, tendresse, qui n'avaient rien, ou très peu, à voir, avec le sexe ; et qui venait de leur affection réciproque, du travail partagé, de tout le temps qu'ils avaient passé à apprendre à se connaître. Continuant à l'étreindre, son amour d'autrefois, oublié depuis si longtemps dans les irritations de la vie quotidienne, inonda tout son être, et elle pensa : *Dal, Dal, nous nous sommes retrouvés, alors tâchons de ne plus nous perdre...*

Et elle sut qu'elle pleurait dans ses bras.

Les pensées de Rhu se fondirent dans les leurs, hésitantes. *C'est ça que j'ai recherché toute ma vie, je le sais maintenant. Notre société ne reconnaît pas ce sentiment, le bafoue, prétend qu'il n'existe pas, mais quand j'ai commencé à aimer Miranda, je savais qu'il devait exister quelque part, et maintenant, je sais que le rêve fait avec Miranda est vrai, même si nous ne pouvons pas le réaliser en ce monde...* Il posa une main douce sur le bras de Cendri, l'autre sur celui de Dal. Puis il s'écarta et s'avança jusqu'au pied du vaisseau. Il pensa, et Cendri sentit ses paroles résonner avec force dans son esprit :

Vous savez qui je suis. Vous savez ce que j'éprouve. Je ne demande rien pour moi. Mais dans ma confiance aveugle, j'ai livré Miranda aux mains d'hommes moins idéalistes que moi. Aidez-moi à la rendre à sa mère et aux femmes de sa maison, et ensuite, Vaniya pourra faire de moi ce qu'elle voudra.

Long silence, puis Cendri sentit autour d'elle, la chaleur, la tendresse des esprits, la force de l'amour de Rhu. Enfin, la luminescence s'éteignit, et Rhu murmura :

– Merci, oh merci !

Le vent froid de l'aube soufflait autour d'eux, et les ruines s'emplirent de lumière qui se réverbérait sur les tours. Ils étaient seuls sur le site ; la présence s'était retirée.

– Miranda... Miranda... dit Rhu, chancelant, et Dal le soutint pour l'empêcher de tomber.

– Ça va, Rhu ? dit-il avec inquiétude.

Ça n'allait pas du tout, pensa Cendri. Rhu avait le visage couleur de cendre, et il haletait. Mais il ne s'appuya sur Dal qu'un bref instant, puis se redressa.

– Miranda, dit-il. Elle est dans les magasins où l'on entrepose le bois et le ciment. Il faut y aller immédiatement, dit-il, sa longue main crispée sur son cœur. Vous avez entendu... vous avez entendu Mère Vaniya ; elle a dit de ne même pas les vider, de les abandonner pour qu'ils brisent la force de la vague avant qu'elle s'abatte ailleurs sur la digue... Par la Déesse, si elle est seule là-dedans...

Dal et Cendri s'efforcèrent de le rassurer, en revenant vivement vers la voiture. Miranda aurait sûrement conscience des recherches, entendrait les engins lourds manœuvrer, comprendrait qu'il se passait quelque chose. Et même ses geôliers ne l'abandonneraient sans doute pas à la fureur de la grande vague !

– Je ne sais pas, dit Rhu, livide de terreur. J'ai peur... tous ces hommes... ils sont plus ignorants que méchants, mais ils peuvent paniquer et l'oublier. Ou peut-être qu'ils ont tant de rancœur et de haine pour Vaniya qu'ils se vengeront sur sa fille...

– Ecoute, dit Dal, d'après ce que j'ai compris, le raz de marée ne frappera pas avant le crépuscule, et le soleil n'est levé que depuis une heure ou deux. Nous avons tout le temps de retourner sur le chantier et de la chercher. Nous l'aurons tirée de là bien avant l'arrivée de la vague. Viens, dit-il, soutenant les pas chancelants de Rhu et l'aidant à monter en voiture. Tu n'es pas en état de conduire – laisse-nous faire, Cendri ou moi ! Tu en as assez fait, Rhu ! Cendri, tu sais conduire cet engin ?

– Bien sur ; j'ai observé Miranda ; c'est très simple.

Puis, regardant le visage défait de Rhu, elle pensa : *Il a l'habitude de toujours voir les femmes prendre toutes les situations en main.* Et, dans un élan d'amour pur, elle dit :

– Conduis, toi, Dal. Tu es meilleur pilote que moi.

Ce n'était pas vrai, mais cela ferait du bien à Rhu de le penser ; et, étant donné sa situation sur Isis, ça ne ferait pas de mal à Dal non plus !

Dal se mit au volant, fit demi-tour et s'engagea sur la route de terre menant au chantier, avalant les Kilomètres Standard à une vitesse folle. La voiture tanguait et cahotait, n'étant pas faite pour ce sentier accidenté mais pour les rues policées d'Ariane, et les lents déplacements officiels de la Pro-Matriarche. Ce qu'il leur aurait fallu, c'était un véhicule tout terrain, mais ils étaient réquisitionnés pour l'évacuation du chantier.

Ils étaient tous les trois à l'avant, Cendri coincée entre les deux hommes. Soudain, la voiture s'envola par-dessus une énorme bosse – une bosse ? Une section de la route venait de se soulever devant eux ; Dal freina à mort, ils dérapèrent et s'arrêtèrent à l'extrême bord de la chaussée.

– Il ne nous manquait plus que *Ça* ! dit Dal, serrant les dents. Un nouveau séisme !

– Je ne vois pas comment ça pourrait nous manquer... commença Rhu, qui se tut devant le visage orageux de Dal.

Dal descendit, inspecta les roues du véhicule et la route devant eux.

– La voiture n'a rien, dit-il. Enfin, rien qui se voie. La route, c'est autre chose.

Il regarda la crevasse d'un pied de large qui avait soulevé un monticule de terre devant leurs roues.

– Il va falloir pousser pour contourner l'obstacle, je suppose. Heureusement que les femmes d'Isis se déplacent dans de *petits* véhicules. Parce qu'il faudrait dix ou douze hommes pour bouger un des immenses transporteurs que nous avons sur Pionnier !

A eux trois, tirant et poussant la voiture, ils parvinrent à lui faire contourner l'obstacle. Cendri mit la main à la pâte, et même, devant l'air épuisé de Rhu, elle tenta de le décourager, mais il dit avec colère :

– Je suis un Compagnon, Dame Savante, mais je peux tenir ma place quand il le faut !

Et Cendri céda, maudissant entre ses dents l'orgueil des muscles et le fétichisme de la force que pratiquaient les hommes de Pionnier, d'Isis, et de toutes les maudites planètes sous le soleil ! Sous tous les soleils !

Leur soleil était haut dans le ciel quand la voiture fut prête à repartir, après que Dal eut encore rattaché avec la ceinture de Rhu la poignée de la portière qui s'était ouverte deux fois d'elle-même. Finalement, ils démarrèrent, dans la voiture qui tanguait et roulait dangereusement ; Dal supposa que les ressorts ou les amortisseurs s'étaient cassés, de sorte qu'il dut conduire à vitesse réduite pour que le véhicule ne se désintègre pas sous les vibrations. La chaleur était torride et la lumière aveuglante, et Cendri s'inquiétait de voir le temps passer. Elle ne savait pas exactement quand le raz de marée frapperait, et de toute façon, elle n'avait pas de chronomètre, mais elle savait que leur marge de sécurité était faible.

Quand ils arrivèrent enfin en vue du chantier, la voiture fut arrêtée par des barrières en bois. Une femme portant un badge officiel leur dit que le site était fermé, que tout avait été évacué, et que personne n'était autorisé à entrer à l'exception de ceux qui enlevaient les derniers engins de l'aire menacée.

– Où est la Pro-Matriarche Vaniya ? demanda Rhu.

– Toujours dans le site, répondit la femme avec un rire méprisant. Mais elle peut se passer de son Compagnon aujourd'hui, jeune homme. Retourne donc où tu ne risques rien. Elle viendra te chercher quand le danger sera passé.

Un instant, Cendri crut que Rhu allait frapper la femme. Effrayée elle lui saisit le bras – *tout mâle qui attaque une citoyenne sera sommairement exécuté*... Mais le conditionnement de Rhu tint bon. Il recula et dit :

– Avec respect, j'insiste. J'ai un message important...

– Dégage, et cesse de m'ennuyer, dit la femme avec impatience, et Cendri comprit ce qu'elle devait faire.

Elle descendit de voiture et s'avança vers la fonctionnaire... même s'il lui était difficile, pensa-t-elle distraitement, habituée qu'elle était aux standards de l'Unité, de considérer comme une fonctionnaire une femme en pyjama à fleurs... mais son badge la désignait bien comme la personne en charge.

– Je suis la Dame Savante Cendri Malocq, dit-elle avec autorité. Vaniya nous a chargés d'une mission importante concernant sa fille et son héritière. Laisse-nous passer immédiatement !

La femme eut une moue dubitative.

– C'est vrai ; il paraît que sa fille a disparu, dit-elle. Passe, Dame Savante, mais tu ferais mieux de laisser les hommes ici. Il y a encore quelques travailleurs de force sur le chantier, mais les Compagnons et les enfants doivent rester dehors.

– Je prends la responsabilité de leur sécurité, dit froidement Cendri.

– Comme tu voudras, Dame Savante, répondit la femme avec hésitation. Mais à mon avis, c'est une erreur.

Comme Cendri franchissait la barrière, la femme lui toucha le bras et dit :

– La Pro-Matriarche est près du mur intérieur de la digue, supervisant l'évacuation des derniers engins lourds. Tout à l'heure, le tremblement de terre a fissuré le mur extérieur, et elles ont renoncé à le renforcer pour résister à la vague. Toutes les machines ont été ramenées en arrière pour étayer le mur intérieur, afin de ne pas avoir tout à rebâtir. Mais c'est un risque ; d'ici une heure, ajouta-t-elle, consultant le chronomètre pendu à sa ceinture, il faudra évacuer tout le monde, homme ou femme, et toutes les machines pour être sûres de les sauver !

Soudain, Cendri reconnut cette femme. Deux jours plus tôt, au lever du soleil, elle l'avait vue couchée sur la plage près d'elle et de Laurina, et elles s'étaient embrassées comme des sœurs. Elle vit que l'autre la reconnaissait aussi. La femme lui entoura les épaules de son bras.

– Je t'accompagne, dit-elle. Si je suis là, on te laissera passer sans problème. Viens, dépêche-toi – on a vraiment besoin des hommes ?

Cendri acquiesça sans donner d'explication, et elles partirent d'un bon pas, s'écartant quand des engins lourds cahotaient pesamment sur la route. Sur l'un d'eux, elle vit la Pro-Matriarche Mahala qui cria :

– Tout le niveau Nord est évacué, Larida !

La compagne de Cendri hocha la tête et pressa le pas.

– Ce n'est plus loin maintenant. C'est vrai qu'on a trouvé un moyen de prédire à l'avance les séismes et les raz de marée ? dit-elle.

Cendri acquiesça et elle reprit :

– Epatant, nous pourrons mieux nous défendre. Viens par ici... Je trouve qu'il ne devrait pas venir, ajouta-t-elle, regardant Rhu avec inquiétude. Nous n'aurons ni le temps ni l'énergie de le porter s'il s'évanouit.

– Rhu, dit Cendri, inquiète de sa pâleur, reste ici ! Nous pouvons transmettre le message à Vaniya !

Têtu, il refusa de la tête.

Ils arrivèrent alors en vue du mur intérieur de la digue, surmonté de sacs de sable et étayé d'engins lourds, et, s'éloignant sur le dernier véhicule, la lourde silhouette de Vaniya. Cendri courut vers elle.

– Vaniya, Vaniya ! cria-t-elle. Nous savons où est Miranda. Elle est ici... on l'a trouvée ?

Vaniya arrêta la voiture.

– Ici ? Cendri, c'est impossible ! Tous les bâtiments ont été fouillés, dit-elle, la regardant avec consternation.

– Les trois entrepôts de bois et de ciment, ceux que tu as dit de ne pas vider... dit Cendri. Elle est dans celui du milieu... Vite...vite !

Vaniya se retourna sans ajouter un mot et se hâta vers le mur extérieur. Cendri, regardant la pente au-dessous d'elles, vit qu'on avait enlevé absolument tout ce qui était transportable, et qu'il ne restait que les squelettes des bâtisses. Vaniya lança par-dessus son épaule :

– Comment as-tu découvert ça ?

– C'est Rhu... dit-elle en le cherchant des yeux. Où est-il ? Il s'est évanoui ? s'écria-t-elle.

Mais à ce moment, des cris éclatèrent sur la pente.

– C'est interdit de descendre ! Hé, reviens ! C'est trop tard, tout a été enlevé !

Et comme Vaniya se hâtait vers elles, Cendri sur les talons, les femmes gardant le site lui dirent avec colère :

– Un homme vient de dévaler la pente, que le

diable l'emporte ! Un petit chouchou qui a oublié ses rubans, sans doute !

– Ma fille... elle est en bas, dans l'entrepôt... dit Vaniya d'une voix tendue.

– Oh non, Mère Pro-Matriarche, dit une femme d'un ton rassurant. Il n'y a personne en bas, fais-moi confiance. Tout le monde est remonté, et on a tout fouillé à part ces trois entrepôts où il n'y a que du bois et du ciment. Mais qui aurait l'idée de rester là-dedans ? De toute façon, même si elle s'y était trouvée, elle en serait sortie depuis longtemps.

– Elle est peut-être en travail et incapable de marcher... dit Vaniya d'une voix tremblante.

– Tout le remue-ménage l'aurait prévenue...

Elle s'interrompit, la main en visière sur les yeux.

– Par la Déesse ! s'exclama-t-elle. Voilà quelqu'un qui sort de l'entrepôt... ils sont deux !

Elle consulta son chronomètre et ajouta :

– Nous aurons peut-être juste le temps...

Et, faisant signe aux autres gardes, elles dévalèrent la pente vers les deux silhouettes. Vaniya voulut les suivre, mais Cendri la retint de force.

– Non, non, dit-elle d'un ton pressant.. Elles vont la remonter si c'est humainement possible, je t'en prie, Vaniya, reviens derrière le mur intérieur... Dal, aide-moi, supplia-t-elle, soutenant la Pro-Matriarche. Regarde, Vaniya, elles les ont rejoints tous les deux – Rhu portait Miranda dans ses bras – maintenant, elles la lui ont enlevée et ce sont elles qui la portent...

– Elles portent aussi Rhu, intervint Dal. Je savais bien qu'il n'aurait pas dû venir... Oh, mon Dieu !

Il se raidit, regardant l'horizon, et Cendri, horrifiée, sut ce qu'il avait vu. Une sirène ulula quelque part, et les rares personnes restant encore entre la mer et la digue intérieure lâchèrent ce qu'elles tenaient et s'enfuirent en courant. Cendri entraîna

Vaniya, qui, tournant la tête, continua à regarder les quatre gaillardes portant Miranda et Rhu, qui se hâtaient vers la digue intérieure. A eux deux, Cendri et Dal hissèrent la Pro-Matriarche par-dessus le mur, mais elle se dégagea et courut vers l'endroit où les femmes allongeaient la jeune femme sur l'herbe. L'une d'elles avisant son état, dit :

– Je vais voir si je trouve une sage-femme.

Et elle courut vers les arrières.

– Je n'ai rien, dit Miranda, pâle comme la mort. Je vous assure que j'ai besoin d'une sage-femme avant tout ! Cendri, tu es là ? Que se passe-t-il ? Rhu ne m'a rien dit ; il m'a juste attrapée par le bras et m'a entraînée en courant. Qu'est-ce qu'il y a ?

Mais avant que personne ait pu répondre – Cendri réalisa en un éclair que Miranda, enfermée dans l'entrepôt, ne savait rien du raz de marée ni de l'avertissement de Nous-Fûmes-Guidées – il y eut un grondement de fin du monde, et un immense mur d'eau fila vers la digue à une vitesse supersonique. Entendant le rugissement, Miranda cria de terreur, et Rhu, prostré dans l'herbe, le visage convulsé de souffrance, releva la tête et murmura :

– Miranda...

– Elle est saine et sauve, dit Dal, penché sur lui. Vous êtes sauvés tous les deux. Rallonge-toi et détends-toi.

– Miranda... murmura-t-il encore.

Miranda, lentement, douloureusement, se tourna vers lui, et tendit la main vers la sienne, murmurant à son tour :

– Rhu... Rhu...

De nouveau, son visage se crispa de douleur, et il haleta convulsivement, s'efforçant d'aspirer de l'air. Miranda serrait sa main, et, se penchant vers lui, elle l'embrassa sur les lèvres. Mais quand elle se redressa, il avait le visage détendu et figé. Alarmé, Dal lui tâta le pouls.

– Il nous a quittés, dit-il secouant la tête. Pauvre diable héroïque !

Miranda se mit à sangloter de façon incontrôlable. Vaniya se pencha sur Rhu et lui ferma doucement les yeux. Puis, dans un rugissement de fin du monde, le tsunami frappa au-dessous d'eux. Cendri vit les entrepôts balayés dans des gerbes de bois, entendit le fracas de la digue extérieure qui s'écroulait comme un château de sable, l'eau fila vers l'intérieur dans un tonnerre assourdissant, et Cendri fut sûre que cette muraille liquide allait les entraîner, avec les vestiges des digues...

D'immenses gerbes d'écume les inondèrent et leur piquèrent les yeux, l'eau cogna contre la digue intérieure, mais elle tint bon, et, miraculeusement, la vague commença à refluer. Cendri tomba à genoux, haletante. Vaniya regarda le corps de Rhu avec un profond regret.

– Quelle action héroïque... pour un homme, dit-elle avec étonnement. Que lui importait Miranda ? Mais même un chien peut parfois se montrer héroïque !

Et soudain, Cendri fut prise d'une fureur incontrôlable.

– Sais-tu ce qu'il a fait ? dit-elle avec rage. Sais-tu que c'est Rhu qui l'a sauvée, qui s'est tué pour elle ? S'il avait attendu que tes gardes aient fini de discuter, elle serait maintenant au milieu de ces planches qui étaient un entrepôt ! Elle et son enfant à naître ! S'il n'avait pas pris l'initiative, s'il avait attendu l'autorisation d'une femme, ta fille et ton héritière seraient mortes, et tu ne l'aurais jamais su ! Même un chien peut se montrer héroïque ! Il l'aimait, Vaniya ! répéta-t-elle.

Elle s'effondra dans les bras de Dal et se mit à pleurer.

– Comment le sais-tu ? dit Vaniya, l'air bouleversé.

Et Cendri lui raconta comment ils étaient allés à Nous-Fûmes-Guidés, elle, Rhu et Dal.

– Alors, tu as eu une part à son sauvetage, Cendri, et toi aussi, Maître Savant, dit-elle gauchement.

Et au bout d'un moment, Cendri réalisa qu'elle venait de parler à Dal. Il dit, toujours agenouillé près du corps inanimé de Rhu :

– Je regrette seulement de n'avoir pas pu faire plus, Pro-Matriarche ; non seulement pour sauver Rhu, qui était mon ami, mais aussi pour vous montrer que les hommes peuvent avoir toutes les bonnes qualité que, sur Isis, vous réservez aux femmes.

Vaniya baissa la tête et dit :

– Un jour, peut-être, je saurai comment te remercier.

Miranda sanglotait toujours, serrant la main glacée de Rhu dans la sienne.

– Que cela arrive... murmura-t-elle à Cendri... arrive maintenant... quand nous aurions pu réaliser notre rêve...

Cendri serra Miranda dans ses bras sans rien dire. Elle préféra lui laisser son illusion, lui laisser croire que, si Rhu avait vécu, ils auraient pu vivre ensemble comme Cendri et Dal. Cela n'aurait jamais pu être. Ils étaient tous les deux des enfants du Matriarcat. Un changement aussi radical ne surviendrait pas du vivant de Miranda, ni peut-être de celui de sa future fille. Cendri et Dal avaient commencé sur un pied d'égalité, s'étaient aimés à travers le travail, les intérêts partagés et le respect mutuel. Rhu et Miranda auraient pu goûter aux éléments superficiels de ce genre d'amour. Mais pour eux, il se serait transformé en amertume et déception. Maintenant, Miranda pouvait conserver la nostalgie romantique de ce qui aurait pu être, et la consolation de savoir que l'homme qu'elle aimait avait donné sa vie pour elle. Et Rhu... le cœur déchiré, Cendri repensa aux paroles plaintives de son chant :

Quand j'en aurai fini avec la vie,
La Déesse acceptera-t-elle
De me serrer tendrement sur son cœur ?

Soudain, Miranda poussa un cri, portant ses deux mains à son ventre.

– Vite ! Quelqu'un ! Au secours ! Appelez la sage-femme ! Quelqu'un, par pitié... vite !

Il s'ensuivit une grande agitation, et, regardant la pente, Vaniya dit :

– Elle sera là dans une minute, ma précieuse...

Miranda soupira, soulagée.

– Il a fallu un tsunami pour que ma paresseuse de fille se décide à naître, dit-elle. Et vous savez quoi ? Je suis sans doute la première femme à accoucher en visitant la mer !

– Miranda ! dit Vaniya, choquée. Comment peux-tu plaisanter ainsi en un moment pareil...

Car toutes les femmes avaient de petits gloussements scandalisés.

– Peux-tu m'expliquer, s'il te plaît, ce que ça a de si drôle ? dit Dal d'un ton plaintif.

Mais Cendri savait qu'elle ne pouvait pas l'expliquer à un homme, devant les femmes d'Isis. Pas avant des générations.

Extrait du rapport soumis au Mentor Lokshmann, de l'Université de Xéno-anthropologie et de Culture Comparée d'Université, par la Dame Savante Cendri Owain, résidant à Isis / Cendrillon :

... cette saison, la grande digue sur la rivière Anahit a été terminée, pourvue de tous les dispositifs antisismiques. Les ouvriers de la digue ont ensuite travaillé au Projet de Défrichement de l'Intérieur. La plupart des hommes continuent à vivre dans les villages de l'intérieur qu'ils ont fondés, et à louer leurs bras contre salaire. Peu se soucient d'exercer

leur liberté légale, disant que trop d'attention à la politique détruit les instincts naturels des hommes.

Peu après le tsunami qui détruisit la première digue, le Conseil d'Ariane, suivant les avis des Intelligences désignées temporairement sous l'appellation de Culture A des Ruines, a choisi la Grande Matriarche Vaniya pour assumer tous les devoirs religieux de Grande Prêtresse, tandis qu'il choisissait la Grande Matriarche Mahala pour l'administration séculière de la cité d'Ariane. Un représentant des Maisons des Hommes est nommé chaque Longue Année, le Conseil stipulant qu'il devait être « d'âge rassis », et par conséquent libéré de ses pulsions sexuelles et capable de pensée abstraite. Ainsi, le Conseil est présidé par une autorité tripartite, la loi précisant qu'aucune affaire ne peut être réglée sans l'assentiment des trois parties. Cela, disent-elles, garantit qu'aucune majorité ne peut imposer sa volonté à une minorité, et qu'aucune considération matérielle ne peut supplanter les besoins spirituels du peuple. Le titre officiel du mâle nommé au Conseil est Frère Ancien, et la nouvelle coutume stipule qu'il doit conserver à vie un siège au Conseil, sans droit de vote, mais pour conseiller et instruire ses camarades et ses jeunes frères des Maisons des Hommes de la cité et de la campagne.

L'expédition archéologique a maintenant passé une Longue Année complète à Nous-Fûmes-Guidées. Les cent dix-neuf hommes et les cent vingt-quatre femmes de cette première équipe ont admirablement travaillé avec les femmes de l'Université d'Ariane, qui porte maintenant le nom d'Université des Femmes. Après avoir observé le travail des hommes et des femmes d'Université, quatre-vingt-douze hommes de la cité d'Ariane se sont inscrits à l'Université des Hommes, construite dans le village colonial d'Anahit. Les hommes de la première promotion en sortiront, avec le tire de Savants, dans deux ans.

Les hommes et les femmes se fréquentent peu, si

l'on excepte les femmes relativement éclairées de l'Université d'Ariane, et quelques-uns des hommes travaillant avec les hommes de l'Unité à Nous-Fûmes-Guidées. Toutefois, on a noté que plus de trente femmes, dont une bonne moitié encore en âge d'avoir des enfants, ont fait une demande d'autorisation de prendre un Compagnon. Toutefois, la plupart des femmes préfèrent encore prendre une autre femme pour partenaire-de-vie, et le statut de Compagnon reste très bas. « Enfant de compagnon. » Cette expression est considérée comme trop grossière pour être prononcée devant des femmes adultes.

Vingt-neuf femmes de l'équipe d'Université ont fondé une maison commune à Ariane, et, bien que je n'y sois venue qu'en invitée, j'ai remarqué que quelques-unes ont choisi une partenaire-de-vie mais que, jusqu'à présent, il n'y a pas eu de partenariat croisé entre les femmes d'Isis / Cendrillon et celles de l'Unité. Jointes à ce rapport, – transmises par l'Ambassade et approuvées par le Conseil – les demandes de cinq femmes et deux hommes désirant permis de résidence et inscription à Université, avec statut d'Etudiant provisoire. Je connais personnellement deux de ces femmes : Laurina de la Maison de la Grande Matriarche Mahala et professeur d'histoire à l'Université des Femmes, m'a assistée avec compétence pendant la cartographie préliminaire du site de Nous-Fûmes-Guidées ; elle est recommandée par le Maître Savant Dallard Malocq aussi bien que par moi-même. Elle a écrit une monographie sur l'archéologie à l'usage des deux universités d'Isis / Cendrillon, et elle désire y être réaffectée, quand elle aura obtenu le titre de Savante, afin de travailler dans le domaine de la communication avec les intelligences non humaines, parmi le peuple désigné sous l'appellation de Culture A des Ruines.

La deuxième candidate que je recommande personnellement est Miranda, fille de la Grande Matriarche Vaniya. Elle est titulaire d'un diplôme de musique vocale et instrumentale de l'Université des Femmes, et c'est une amie intime. Elle m'a nommée tutrice de sa fille Cendriya pour la durée de son absence.

Je ne connais pas personnellement les autres candidats, mais l'une des femmes est recommandée par la Dame Savante Lurianna di Velo et est diplômée en Mathématiques Temporelles. Les deux hommes sont recommandés par le Maître Savant Dallard Malocq; ils sont étudiants avancés et assistants à l'Université des Hommes.

A une date ultérieure, je vous adresserai un rapport sur l'organisation sociale des êtres de la Culture A des Ruines, sur laquelle les recherches ne font que commencer.

Je sais que vous et vos collègues, vous vous intéressez au déroulement des travaux à Nous-Fûmes-Guidées. Puis-je attirer votre attention sur l'étude, transmise par courrier séparé, du Maître Savant Dallard Malocq et la Dame Savante Lurianna di Velo. Il s'agit, bien entendu, d'une étude préliminaire, qui n'a pas même encore déterminé si oui ou non les Ruines ont été érigées par la race désignée sous le terme de Bâtisseurs. La Dame Savante di Velo enverra un rapport plus complet par le prochain astronef en partance d'Isis / Cendrillon. Je joins également sa requête, à transmettre aux Mentors du Département d'Archéologie, d'une équipe de quatre cents personnes. En ma qualité d'experte en résidence sur les coutumes du Matriarcat, je me permets de rappeler au comité de sélection d'Université, que, conformément aux lois du Matriarcat, les femmes devront être plus nombreuses que les hommes. La Dame Savante demande également au comité de sélectionner au moins une demi-douzaine de femmes titulaires d'un diplôme de Mathématiques Temporelles. Elle connaît l'attitude actuelle du monde scientifique à l'égard de la théorie de la Stase Temporelle, c'est pourquoi elle m'a demandé de transmettre cette requête plutôt que de passer par les canaux officiels.

Je vous remercie de me proposer un congé de maternité pour la saison prochaine et la possibilité de retarder la rédaction de mon rapport avancé en vue de l'obtention de toutes mes qualifications, mais ce n'est pas la coutume, parmi les femmes d'Isis / Cendrillon, de prendre de tels congés, et cela leur donnerait une mauvaise opinion des femmes d'Université. Néanmoins, je vous suis profondément reconnaissante de cette proposition.

En l'attente de votre réponse et de la visite que vous avez promis de faire au site de la Culture A des Ruines,

Avec mes respectueuses salutations,
Cendri Owain Malocq
Dame Savante.
(Isis / Cendrillon)

OUVRAGES DE LA COLLECTION « SCIENCE-FICTION »

ALDISS Brian
Cryptozoïque
Frankenstein délivré

ANDERSON Poul
Le barde du futur (Le grand temple de la S.-F.)
Tempête d'une nuit d'été
Trois cœurs, trois lions

ANTHONY Piers
Les livres magiques de Xanth
1 — Lunes pour Caméléon
2 — La source de magie
3 — Château-Roogna
4 — L'(A)île du Centaure
5 — Amours, délices et ogres
6 — Cavales dans la nuit
7 — Dragon sur piédestal
8 — La Tapisserie des Gobelins

ANTHONY Piers/LACKEY Mercedes
Cher démon

ASIMOV Isaac
Asimov présente
1 — Futurs sans escale
2 — Futurs en délire
3 — Futurs à gogos
4 — Futurs pas possibles
5 — Futurs tous azimuts
6 — Futurs sens dessus dessous
7 — Futurs qui craignent
8 — Futurs mode d'emploi
10 — Futurs bien frappés
11 — Futurs moulés à la louche
L'avenir commence demain
Azazel
Les courants de l'espace
Destination cerveau
Les fils de Fondation
Némésis
Prélude à l'éternité (Le grand temple de la S.-F.)
Prélude à Fondation

ASIMOV Isaac/SILVERBERG Robert
L'enfant du temps
Le retour des ténèbres

BALLARD J. G.
Crash !
Sécheresse
Les statues chantantes (Le grand temple de la S-F.)
Le vent de nulle part
Vermilion Sands

BARJAVEL René
Les dames à la licorne
Le grand secret
La nuit des temps
Une rose au paradis

BLISH James
Les apprentis sorciers
1 — Faust Aleph Zéro
2 — Le lendemain du jugement dernier

BLOCH Robert
La boîte à maléfices
L'embarquement pour Arkham
Retour à Arkham

BOULLE Pierre
La baleine des Malouines
Contes de l'absurde
L'énergie du désespoir
La planète des singes

BRACKETT Leigh
Le livre de Mars
1 — L'Epée de Rhiannon
2 — Le Secret de Sinharat

3 — Le Peuple du Talisman
4 — Les Terriens arrivent

Bradley Marion Zimmer
Les amazones libres
Unité
Chasse sur la lune rouge
La romance de Ténébreuse
1 — La Planète aux vents de folie
2 — Reine des orages!
3 — La Belle Fauconnière
4 — Le Loup des Kilghard
5 — Les Héritiers d'Hammerfell
6 — Redécouverte
7 — La Chaîne brisée
8 — La Maison des Amazones
9 — La Cité Mirage
10 — L'Epée enchantée
11 — La Tour interdite
12 — L'Etoile du danger
13 — Soleil sanglant
14 — La Captive aux cheveux de feu
15 — L'Héritage d'Hastur
16 — L'Exil de Sharra
17 — Projet Jason
18 — Les Casseurs de mondes
Les voix de l'espace (Le grand temple de la S.-F.)

Bradley Marion Zimmer/ Norton André & May Julian
Les trois Amazones

Brin David
Terre
1 — La Chose au cœur du monde
2 — Message de l'univers

Brown Fredric
Paradoxe perdu

Brunner John
Le jeu de la possession
Noire est la couleur

Clarke Arthur
Et la lumière tue (Le grand temple de la S.-F.)
Le vent venu du soleil

Crichton Michael
Les mangeurs de morts

Delany Samuel
La chute des tours
3 — La Cité des mille soleils
Triton

Dick Philip K.
Le bal des schizos
Les dédales démesurés
Glissement de temps sur Mars
Le guérisseur de cathédrales
Les joueurs de Titan
La planète impossible (Le grand temple de la S.-F.)
Simulacres

Donaldson Stephen
Le cycle des Seuils
1 — L'Histoire véritable
2 — Le Savoir interdit
3 — L'Eveil du Dieu noir
L'appel de Mordant
1 — Le Feu de ses passions
2 — Le Miroir de ses rêves
3 — Un cavalier passe

Duveau Marc
Fantasy (Le grand temple de la S.-F.)
High Fantasy 1 — le Manoir des roses
Heroic Fantasy 2 — la Citadelle écarlate
New fantasy 3 — le Monde des chimères
Science Fantasy 4 — la Cathédrale de sang

Duvic Patrice
Naissez, nous ferons le reste

EDDINGS David
La Belgariade
1 — Le Pion blanc des présages
2 — La Reine des sortilèges
3 — Le Gambit du magicien
4 — La Tour des maléfices
5 — La Fin de partie de l'enchanteur
La Mallorée
1 — Les Gardiens du Ponant
2 — Le Roi des Morgos
3 — Le Démon majeur de Karanda
4 — La Sorcière de Darshiva
5 — La Sibylle de Kell
La Trilogie des joyaux
1 — Le Trône de diamant
2 — Le Chevalier de rubis

FARMER Philip José
Le jeu de la création (le Grand temple de la S.-F.)
Le masque vide
Les Mémoires intimes de Lord Grandrith
1 — La Jungle nue
2 — Le Seigneur des arbres
L'odyssée Verte
La saga des hommes-dieux
1 — Le Faiseur d'univers
2 — Les Portes de la création
3 — Cosmos privé
4 — Les Murs de la Terre
5 — Le Monde Lavalite
6 — Plus fort que le feu
7 — La Rage d'Orc le Rouge
Un exorcisme
1 — Comme une bête
2 — Gare à la bête
3 — L'Homme qui trahit la vie

GLUT Donald
Starwars
L'empire contre-attaque
(voir Kahn J. et Lucas G.)

HAMBLY Barbara
Fendragon

HEINLEIN Robert
L'âge des étoiles
Citoyen de la Galaxie
L'enfant tombé des étoiles
Histoire du futur
1 — L'homme qui vendit la Lune
2 — Les Vertes Collines de la Terre
4 — Les Enfants de Mathusalem
Longue vie (Le grand temple de la S.-F.)
Révolte sur la lune
Route de la gloire
Le vagabond de l'espace (le)

HERBERT Frank
La barrière Santaroga
Le bureau des sabotages
1 — L'Etoile et le fouet
2 — Dosadi
Champ mental
Cycle de Dune
1 — Dune tome 1
2 — Dune tome 2
3 — Le Messie de Dune
4 — Les Enfants de Dune
5 — L'Empereur-dieu de Dune
6 — Les Hérétiques de Dune
7 — La Maison des mères
Le dragon sous la mer
Et l'homme créa un dieu
Les fabricants d'Eden
Le preneur d'âmes
Les prêtres du psi
Le programme conscience
1 — Destination vide
2 — L'Incident Jésus
Le prophète des sables (Le grand temple de la S.-F.)
Les yeux d'Heisenberg

HUBBARD L. Ron
Au bout du cauchemar
Mission Terre
1 — Le Plan des envahisseurs
2 — La Forteresse du mal

3 — L'Ennemi intérieur
4 — Une affaire très étrange
5 — L'Empire de la peur
6 — Objectif mort
7 — Destination vengeance
8 — Catastrophe
9 — Noire victoire
10 — Requiem pour une planète
Final blackout
Terre champ de bataille
1 — Les Derniers hommes
2 — La Reconquête
3 — Le Secret des Psychlos

Huxley Aldous
Ile
Jouvence
Le meilleur des mondes
Retour au meilleur des mondes
Temps futurs

Kahn James
Starwars
Le retour du Jedi
(voir Glut D. et Lucas G.)

Knight Damon
Le pavé de l'enfer

Koontz Dean R.
Le monstre et l'enfant

Kurtz Katherine
Les Derynis
1 — La Chasse aux magiciens
2 — Le Réveil des magiciens
3 — Le Triomphe des magiciens
4 — Roi de folie

Kuttner Henry & Moore Catherine
Ne vous retournez pas (le grand temple de la S.-F.)

Lackey Mercedes
L'Honneur et la gloire
1 — Sœurs de sang
2 — Les Parjures

Lafferty R. A.
Tous à Estrevin !

Lee Tanith
Le bain des Limbes
1 — Ne mords pas le soleil !
2 — le Vin saphir
Le dit de la Terre plate
1 — Le Maître des ténèbres
2 — Le Maître de la mort
3 — Le Maître des illusions
4 — La Maîtresse des délires
5 — Les Sortilèges de la nuit

Le guin Ursula
L'autre côté du rêve
La ligue de tous les mondes
1 — Les Dépossédés
2 — Le Nom du monde est Forêt
3 — La Main gauche de la nuit
4 — Le Monde de Rocannon
5 — Planète d'exil
6 — La Cité des illusions
Terremer
1 — Le Sorcier de Terremer
2 — Les Tombeaux d'Atuan
3 — L'Ultime rivage
4 — Tehanu

Leiber Fritz
Le cycle des épées
1 — Epées et démons
2 — Epées et mort
3 — Epées et brumes
4 — Epées et sorciers
5 — Le Royaume de Lankhmar
6 — La Magie des glaces
7 — Le crépuscule des épées
Demain les loups
Les lubies lunatiques
Le vaisseau lève l'ancre à minuit (Le grand temple de la S.-F.)

Lem Stanislas
Mémoires trouvés dans une baignoire
Le masque
Le congrès de Futurologie
Mémoires d'Ijon Tichy

Lovecraft H. P.
Les papiers du Lovecraft club
1 — Le Rôdeur devant le seuil
2 — l'Horreur dans le musée
3 — L'Horreur dans le cimetière
4 — L'Ombre venue de l'espace
5 — Le Masque de Cthulhu
6 — La Trace de Cthulhu
Légendes du mythe de Cthullu
1 — L'Appel de Cthulhu
2 — La chose des Ténèbres

Lovecraft J. P. /Campbell Ramsey
Nouvelles légendes du mythe de Cthulhu
3 — Le Livre noir

Lovecraft H. P. (psaumes pour)
R. Weinberg & M. Greenberg présentent :
L'ombre du maître

Lucas George
Starwars
La guerre des étoiles
(voir Glut D. et Kahn J.)

McCaffrey Anne
La Ballade de Pern
1 — Le Vol du dragon
2 — La Quête du dragon
3 — Le Chant du dragon
4 — La Chanteuse-dragon de Pern
5 — Les Tambours de Pern
6 — Le Dragon blanc
7 — La Dame aux dragons
8 — L'Aube des dragons
9 — Histoire de Nerilka
10 — Les Renégats de Pern
11 — Tous les Weyrs de Pern
Chroniques de Pern
1 — La Chute des fils
La dame de la haute tour
(Le grand temple de la S.-F.)
Les forces majeures
La transe du crystal
1 — La Chanteuse crystal
2 — Killashandra
3 — La Mémoire du crystal
Le vol de Pégase
1 — Le Galop d'essai
2 — Le Bond vers l'infini
3 — La Rowane
4 — Damia

McKillip Patricia
La magicienne de la forêt d'Eld

McKinley Robin
Belle

Matheson Richard
Journal d'un monstre (Le grand temple de la S.-F.)
Miasmes de mort

Moorcock Michael
Le cavalier Chaos (Le grand temple de la S.-F.)
Le navire des glaces
Le cycle d'Elric
1 — Elric des dragons
2 — La Forteresse de la perle
3 — Le Navigateur sur les mers du destin
4 — Elric le nécromancien
5 — La Sorcière dormante
6 — La Revanche de la Rose
7 — L'Epée noire
8 — Stormbringer
9 — Elric à la fin des temps
La Légende de Hawkmoon
1 — Le Joyau noir

2 — Le Dieu fou
3 — L'Epée de l'aurore
4 — Le Secret des runes
5 — Le comte Airain
6 — Le Champion de Garathorm
7 — La Quête de Tanelorn

Les livres de Corum
1 — Le Chevalier des épées
2 — La Reine des épées
3 — Le Roi des épées
4 — La Lance et le taureau
5 — Le Chêne et le bélier
6 — Le Glaive et l'étalon

La quête d'Erekosë
1 — Le Champion éternel
2 — Les Guerriers d'argent
3 — Le Dragon de l'épée

Moore Catherine
Magies et merveilles

Moore Catherine & Kuttner Henry
Ne vous retournez pas (Le grand temple de la S.-F.)

Pelot Pierre
La nuit du sagittaire

Pohl Frederik
La promenade de l'ivrogne

Pohl F. et Kornbluth C. M.
L'ère des gladiateurs
La tribu des loups

Priest Christopher
Le monde inverti

Remy Yves et Ada
La maison du cygne
Les soldats de la mer

Russ Joanna
L'autre moitié de l'homme

Russell Eric Frank
Guêpe
Plus X

Scarborough Elizabeth
Un air de sorcellerie

Sheckley Robert
Eternité société anonyme
Omega
Tu brûles (Le grand temple de la S.-F.)

Silverberg Robert
Le fils de l'homme
Le livre des crânes
La porte des mondes
Résurrections
Revivre encore
Trips
Voir l'invisible (Le grand temple de la S.-F.)

Simmons Dan
Hypérion 1
Hypérion 2
La chute d'Hypérion 1
La chute d'Hypérion 2

Smith Cordwainer
Les seigneurs de l'instrumentalité
1 — Tu seras un autre
2 — Le Rêveur aux étoiles
3 — Les Puissances de l'espace
4 — L'Homme qui acheta la Terre
5 — Le Sous-peuple
6 — La Quête des trois mondes

Spinrad Norman
Les avaleurs de vide
Le chaos final
La grande guerre des bleus et des roses
Les miroirs de l'esprit
Les pionniers du chaos
Rêve de fer

Springer Nancy
Le cerf pâle

Sturgeon Theodore
Les songes superbes
Un soupçon d'étrange (Le grand temple de la S.-F.)
Symboles Secrets

Tolkien J.R.R.
Contes et légendes inachevés
1 — Le Premier âge
2 — Le Deuxième âge
3 — Le Troisième âge
Le Seigneur des anneaux
1 — La Communauté de l'anneau
2 — Les Deux tours
3 — Le Retour du roi
Le silmarillion

Tolkien J.R.R. (chansons pour)
M. Greenberg présente :
1 — L'Adieu au roi
2 — Sur les berges du temps
3 — L'Eveil des Belles au bois

Tucker Wilson
L'année du soleil calme

Van Asten Gail
Le chevalier aveugle

Van Vogt A. E.
A l'assaut de l'invisible
Au-delà du néant
La bête
Les enfants de demain
Futur parfait (Le grand temple de la S.-F.)
La maison éternelle
Mission stellaire
Quête sans fin

Vance Jack
Les aventuriers de la planète géante
1 — La Planète géante
2 — Les Baladins de la planète géante
Châteaux en espace
Les chroniques de Cadwal
1 — La Station d'Araminta
2 — Araminta 2
3 — Bonne vieille Terre
4 — Throy
Chroniques de Durdane
1 — L'Homme sans visage
2 — Les Paladins de la liberté
3 — Asutra
Les cinq rubans d'or
Crimes et enchantements
Docteur Bizarre
Les domaines de Koryphon
Emphyrio
La geste des princes-démons
1 — Le Prince des étoiles
2 — La Machine à tuer
3 — Le Palais de l'amour
4 — Le Visage du démon
5 — Le Livre des rêves
Lyonesse
1 — Le Jardin de Suldrun
2 — La Perle verte
3 — Madouc
Les maisons d'Iszm
Les maîtres des dragons
Les mondes de Magnus Ridolph
Pagaille au loin
Papillon de lune (le Grand temple de la S.-F.)
Space Opera
Un monde d'azur
Un tour en Thaéry

Vonnegut Kurt
Le pianiste déchaîné

Watson Ian
La mort en cage
Les visiteurs du miracle

Weis Margaret / Hickman Tracy
Les portes de la mort
1 — L'Aile du dragon
2 — L'Etoile des elfes

3 — La Mer de feu
4 — Le Serpent mage
5 — La Main du Chaos
6 — Voyage au fond du labyrinthe
La rose du prophète
1 — Le Désir du Dieu errant
2 — Le Paladin de la nuit
3 — Le Prophète d'Akhran

WILLIAMSON Jack
Plus noir que vous ne pensez

WUL Stefan
La mort vivante

Piège sur Zarkass
Le temple du passé

ZAHN Timothy
Starwars
L'héritier de l'empire

ZELAZNY Roger
L'enfant de nulle part
1 — L'Enfant tombé de nulle part
2 — Franc-sorcier
Le maître des ombres
Le maître des rêves
Un pont de cendres

Achevé d'imprimer en janvier 1998
sur les presses de l'Imprimerie Bussière
à Saint-Amand (Cher)

POCKET - 12, avenue d'Italie - 75627 Paris Cedex 13
Tél. : 01-44-16-05-00

— N° d'imp. 134. —
Dépôt légal : janvier 1998.

Imprimé en France